HEARTCRAFT

HEARTCRAFT

Sally Dark & Sam Woods

Doom
of the
Dark Kingdom

Band1

Dark Romance

HEARTCRAFT   www.heartcraft-verlag.de

©2021 Heartcraft Verlag
Landwiese 21 5 35085 Ebsdorfergrund
3. Auflage
Covergestaltung und Buchsatz: Heartcraft Design
Text: Sally Dark und Sam Woods
Bildlizenzen:
Natalie Hof – **stock.adobe**.com

ISBN: 978-3-96966-771-2
Bestellung und Vertrieb: Nova MD GmbH, Vachendorf
Druck: OSDW Azymut sp. z o.o., Polen

Bibliografische Information der Deutschen Nationalbibliothek:
Die Deutsche Nationalbibliothek verzeichnet diese Publikation in der Deutschen Nationalbibliografie; detaillierte bibliografische Daten sind im Internet über http://dnb.d-nb.de abrufbar.

Sally Dark & Sam Woods

Band 1

Vorwort

Ein Spielbrett in zwei Farben unterteilt.

Auf der einen Seite die Farbe Schwarz. Dort steht der schwarze König mit seiner schweren Krone auf dem Brett und taucht sein dunkles Reich in eine Düsternis, aus der es kein Entkommen gibt. Unheilvoll, mächtig und unberechenbar soll er sein, so sagt man es dem schwarzen König nach.

Auf der anderen Seite Weiß. In heller Farbe erstrahlt der weiße König. Mit weißer Krone, stolz und mächtig steht er dort. Doch auch er trägt eine Dunkelheit in sich, die alles und jeden, der ihm zu nahekommt, verschlingt.

Zwei Spielfiguren ... die dein Leben verändern werden!
Zwei Seiten ... und du musst dich für eine entscheiden!
Ein Krieg ... der dich deinen Kopf kosten könnte!
Ein Spielbrett ... welche Rolle nimmst du in diesem Spiel ein?

Du hast die Wahl ...
Schwarz oder Weiß.
Weiß oder Schwarz.
Liebe oder Loyalität?
Loyalität oder Liebe?

Wie wirst du dich entscheiden?
Tick ... Tack ... Tick ... Tack ...
Zu spät, Kleines. Deine Zeit, eine Entscheidung zu treffen, ist nun um. Ab sofort entscheiden wir für dich.
Nun gibt es kein Zurück mehr. Der erste Zug ist getan,

das Spiel um Macht beginnt und du bist mittendrin.

Wir, die Spielmacher, wünschen dir viel Spaß beim Lesen unseres dunklen Liebesromans. Wir könnten dir jetzt noch wertvolle Tipps mit auf den Weg geben. Könnten dich vor den düsteren Kreaturen warnen, die dich hier erwarten werden. Dir den richtigen Weg, den richtigen Zug voraussagen. Aber wo bliebe denn da der Spaß?!

Verspielte Grüße
Sam Woods und Sally Dark

Prolog

Schwarzer König

Vier Jahre zuvor

*D*as Koks jagte noch immer durch meine Venen und putschte mich auf. Auch nachdem der letzte Volltrunkene meinen Rave verlassen hatte, und ich nun auf dem Weg nach Hause war, beherrschte es meinen Körper. Ich liebte dieses Gefühl. Es war berauschend und ich kam mir unantastbar vor.

Meine Maschine brummte laut unter meinem Arsch und die Kurven machten heute gleich doppelt so viel Spaß wie sonst. Doch aus irgendeinem Grund vernahm ich ein seltsames Prickeln in meinem Nacken. Immer wieder wandte ich mich um, konnte jedoch niemanden sehen.

Kurz bevor ich in meine Straße einbog, vernahm ich unerwartet einen lauten Knall und verlor die Kontrolle über mein Bike. Das war mir noch nie zuvor passiert und doch schlitterte ich hier gerade mit meinem Körper über den kratzigen Asphalt. Meine Hände schrappten auf, der Rest von meinem Körper wurde zum Glück gut von meiner Lederkluft geschützt. Auch dass ich zum Abbiegen das Tempo gedrosselt hatte, rettete mir anscheinend das Leben.

Benommen klappte ich mein Visier nach oben und blickte mich irritiert um. Nur um dann in verdammt schnell näherkommende Scheinwerfer zu sehen. Ein Wagen raste mit irrer Geschwindigkeit auf mich zu. Ich wollte mich in den Stand hieven und versuchen auszuweichen. Doch ich wusste, ich würde es niemals schaffen. So sollte es nun zu Ende gehen? Nash Fletcher, überfahren von einem besoffenen Idioten. *So viel zu unantastbar ...*

Plötzlich und kurz bevor der Geländewagen mich erwischte, wurde ich von der Straße gezogen. Keuchend kam ich auf dem harten Boden auf, nicht sicher, was soeben passiert war. Als ich jedoch Schüsse wahrnahm, kam ich schnell wieder in der Wirklichkeit an und rappelte mich hoch.

Ein großgewachsener, schwarzer Footballstarverschnitt schoss wie ein Irrer auf den Wagen, der mich gerade noch zu einer Kühlerfigur hatte machen wollen. Das Auto kam ins Schleudern und raste anschließend gegen den nächsten Strommast.

Das alles lief noch immer wie ein Film vor mir ab. Der Sturz von meinem Bike war heftig gewesen und die Drogen taten ihr Übriges. Dennoch musste ich mich nun zusammenreißen. Schließlich war gerade ein Anschlag auf mich verübt worden und ich wollte verdammt nochmal wissen, von wem!

»Wer bist du?«, fragte ich den Kerl, der mir wohl gerade das Leben gerettet hatte, gereizt und folgte ihm zu dem Geländewagen.

Mit gezogener Waffe verschaffte er sich im Inneren einen Überblick, doch seinem zufriedenen Nicken nach zu urteilen, würde ich behaupten, alle Insassen waren tot. Irritiert zog ich die Brauen zusammen, als er seine Knarre anschließend wegpackte und sich mir zuwandte. So, als wäre er keine Bedrohung für mich. *Ist es so? Wenn nicht, was willst du dann von mir?*

»Was sollte der Scheiß und wer waren die?«, bohrte ich weiter, denn noch immer hatte ich keine Antwort von ihm erhalten.

»Ein Anschlag. Ich habe sie, sagen wir, zufällig reden hören und dachte mir, du benötigst vielleicht meine Hilfe«, erklärte er achselzuckend. *Aha?*

»Zufällig? Sag mal, verarschst du mich?! Sag mir jetzt sofort, wer du bist und was du von mir willst?«, knurrte ich ihm drohend entgegen und zückte anschließend meine eigene Waffe.

Mir reichte es! Wer glaubte dieser Penner eigentlich, wer er war? Kam hier an, ›rettete‹ mich mal eben und dann wollte er mir nichts verraten? So lief das bei mir sicher nicht. Ich gab es zu, ich hatte vielleicht ein kleines Vertrauensproblem. Aber bei meiner Vorgeschichte und Vergangenheit – kein Wunder.

Langsam hob er die Hände und setzte eine neutrale Miene auf. Keine Angst oder Bedenken lagen in ihr. *Wer bist du verdammt?!*

»Ich habe meine Augen und Ohren überall dort, wo sie gebraucht werden. Ich habe dich beobachtet. Dir beim Wachsen und Lernen zugesehen. Du bist gut in dem, was du tust. Ich könnte dir nützlich sein, denn die waren und werden nicht die Einzigen sein, die es nicht gutheißen, dass du größer wirst. Lass mich dir helfen. Lass mich dich beschützen. Ich verspreche, du wirst es nicht bereuen!« Voller Überzeugung sagte er diese Worte, als würde sein Leben davon abhängen, mir zu dienen. Ein Spinner war er ja schon, aber seine Taten sprachen für sich. Ohne ihn wäre ich jetzt tot. Ich war ein Mann der Taten. Sagte ich etwas, setzte ich es auch um. Ein Mann, ein Wort eben.

Ich konnte den Fakt nicht ignorieren, dass mich gerade ein Wildfremder, der mir nichts schuldete, gerettet hatte.

»Du willst für mich arbeiten?«, fragte ich ihn ungläubig und zielte noch immer auf seinen Kopf. Er nickte.

Meine Stirn furchte sich. *Ist das echt?*

»Warum?«, setzte ich verständnislos nach.

»Das sagte ich doch gerade. Ich sehe Potential in dem, was du machst. Du weißt, was du willst. Verfolgst einen genauen Plan. Ich bin gern im Gewinnerteam. Und ich bin immer noch der Meinung, du könntest meine Hilfe gut gebrauchen.« Stumm nickte ich. Ganz unrecht hatte er damit nicht. Nach einem langen Moment, in dem ich das Für und Wider abwog, packte ich schließlich meine Waffe weg.

»Ich hab zwar keine Ahnung, was für ein verrückter Vogel du bist … Aber du hast mir gerade den Arsch gerettet. Ich schulde dir etwas. Also sag mir, was du willst, und wir sind quitt.«

Er nahm seine Hände runter, da ich nicht mehr auf ihn zielte, und sah mich mit ernster Miene an. Dann nickte er schließlich.

»Ich möchte dir dienen.«

Völlig überrascht von seiner Antwort schüttelte ich den Kopf. Das konnte er doch nicht ernst meinen? Bei allem, was er hätte fordern können, wollte er einfach nur für mich arbeiten?!

»Wo ist der Haken?«, bohrte ich misstrauisch nach. *Ich sagte ja, Vertrauensprobleme.*

Sachte wog er den Kopf hin und her, ehe er zu sprechen ansetzte.

»Es gibt keinen Haken. Ich möchte für dich arbeiten. Nicht mehr und nicht weniger«, antwortete er mit fester Stimme.

Ich suchte die Lüge oder Intrige in seinen Augen, doch ich konnte sie nicht erkennen. Konnte nichts dergleichen finden, außer Aufrichtigkeit. Zumindest sagten mir das meine Menschenkenntnis und mein Bauchgefühl und beides hatte mich bis jetzt nur bei einer einzigen Person jemals getäuscht. Aber das brauchten wir hier nun nicht weiter thematisieren. Fakt war, ich glaubte ihm.

»Wie heißt du?«, fragte ich ihn und näherte mich ihm dabei. Er tat es mir gleich und streckte mir seine Hand entgegen.

»Jay.«

»Nash«, stellten wir uns vor und schüttelten uns die Hände.

Was für ein verrückter Abend und doch hatte er etwas Gutes. Denn auch, wenn ich noch etwas skeptisch und misstrauisch war – würde ich wohl auch immer sein – so glaubte ich, in ihm einen wahren Verbündeten gefunden zu haben. Und das war es, was ich nun dringend benötigte, um mir mein dunkles Königreich errichten zu können.

Kapitel 1

Schwarzer König

Mit meinen Unterarmen auf dem leicht rostigen Gerüst abgestützt blicke ich in der alten Halle der stillgelegten Fabrik auf die sich unten tummelnde Menschenmasse herab. Sehe ihnen dabei zu, wie sie tanzen, schreien, feiern, ficken und sich mein Zeug einschmeißen.

Ein König blickt immer auf sein Volk herab, sagt man. Und so ist es auch.

Ich habe mir in den letzten Jahren etwas aufgebaut. Etwas Großes. Es war mein Ventil. Meine Zuflucht. Meine Rettung. Denn nachdem diese Sache vor sechs Jahren passiert ist, war die Stimmung zu Hause eisig. Mein Vater sah mich von da an mit anderen Augen. War schockiert über diese Seite in mir. Er dachte wohl, ich würde für immer ein gewissenhafter junger Mann bleiben, der ein Leben lang bei ihm in seiner Werkstatt arbeitet, sie irgendwann übernehmen und wie der Vater sein Glück in einer Kundin finden würde. Aber das bin ich nicht. War ich nie.

Schon als meine Mutter damals, als ich neun und Madi nicht einmal ein Jahr alt war, gemeint hatte, mit irgendeinem Nichtsnutz abzuhauen, bemerkte ich diese andere Seite in mir. Die Wut. Den Hass. Dennoch versuchte ich sie immer zu beherrschen. Mich zu kontrollieren. Ich brauche die Kontrolle.

Schon immer wusste ich, dass dieses blutdürstige Monster in mir schlummert. Es brauchte nur ein Ventil, um herausgelassen zu werden. Nun ist es frei und ich lasse es nach Herzenslust raus zum Spielen. Sperre es nicht mehr ein und kontrolliere mich auch nicht mehr. Denn das muss ich hier in meiner Welt nicht. Hier bin ich der Boss. Ich stelle die Regeln auf. Und wer sich nicht an sie hält, lernt meine andere Seite kennen. So einfach ist das.

Das hier ist mein Reich. Zwischen all diesen versoffenen und vollgedröhnten Trotteln. Ich versorge sie mit ihrem heiligen Stoff und beschere ihnen die besten illegalen Partys, die es in Phoenix und Umgebung gibt. Meine Ravepartys sind legendär, exzessiv, ausschweifend und verbotener als verboten. Immer finden sie an einem anderen geheimen Ort statt, damit die Bullen, das FBI, die DEA und wer mir nicht noch alles auf die Schliche kommen will, sie nicht finden.

Der Eintritt ist teuer und das zu Recht. Denn Schweigen ist Gold und dafür lasse ich die Leute blechen und versichere mich damit gleichzeitig selbst.

Zu meinen Raves beherrsche ich zusätzlich noch den Pillenmarkt. Ob Molly oder Pep, es geht nur über mich oder meine Leute. Jeder andere, der in meinem Revier etwas vertickt, lebt nicht lang genug, um den Fehler ein zweites Mal zu begehen. Wie beim letzten Mal, als ein dummer, kleiner Wichser meinte, sein billiges und gestrecktes Zeug an die Leute zu bringen. Als ich von seiner erbärmlichen Existenz und seinem unverzeihlichen Verhalten, in meinem Königreich gegen meine Regeln zu verstoßen, erfahren habe, landete sofort eine meiner Kugeln in seinem Hinterkopf.

Ich habe in den vergangenen Jahren einiges gelernt, unter anderem, keine Gnade zu zeigen. Ich bin kein geduldiger Mann, also wieso etwas anderes vorgeben? Außerdem führt man solch ein Unternehmen nicht mit Zuckerbrot, sondern nur mit der Peitsche. Auch das musste ich lernen.

In meiner Anfangszeit wurde ich das ein oder andere Mal ganz schön von größeren Dealern gefickt. Also lernte ich, einfach härter und brutaler zu ficken. Natürlich ging das nicht von heut auf morgen und ich hatte einige Tiefschläge einstecken müssen und dennoch trat ich am Ende als Sieger hervor und übernahm all ihre kleinen Deals, bis ich an der Spitze stand und mich nun keiner mehr fickt. Hartnäckigkeit zahlt sich eben aus.

Zufrieden über den wieder einmal erfolgreichen Abend nicke ich einem meiner Männer von oben zu und gönne mir erst einmal meine abendliche Line Koks und später eine der heißen Miezen, während ich weiterhin die Masse von meinem Thron aus im Auge behalte.

Ja, ich verticke Pillen, doch das gepantschte Zeug mute ich meinem Körper nicht zu. Es dient nur dazu, Geld zu verdienen und die Leute bei Laune zu halten, nicht mehr und nicht weniger.

Seufzend lasse ich mich auf die alte und durchgesessene Ledercouch fallen, zücke meine Metalldose, in der ich mein Koks, einen Spiegel und ein kleines Metallröhrchen aufbewahre, um mir endlich meine verdiente Line zu ziehen.

Prickelnd rauscht das weiße Pulver durch meine Schleimhäute, als ich das Röhrchen an meiner Nase ansetze und mir mein Gift einverleibe. Nachdem ich mir meine Nase gesäubert und mein Zeug wieder verstaut habe, lehne ich mich auf der Couch nach vorne, stütze meine Unterarme auf meine Oberschenkel und blicke mit konzentrierter Miene nach unten zur Menschenmenge. Beobachte meine Mädchen dabei, wie sie leicht bekleidet meine Pillen auf einem Silbertablett verkaufen. Meinen Männern sehe ich dabei zu, wie sie ihre Arbeit erledigen. Überall haben sie ihren Posten eingenommen und ein genaues Auge auf alles, was hier geschieht. Dennoch lasse ich persönlich die Meute ebenfalls nie unbeaufsichtigt. Auch wenn ich genügend Leute besitze, die hier alles unter Kontrolle haben, so ist es noch immer mein Rave.

Mein Königreich!

»Boss?«

Mein Blick wandert verzögert zu meinem Läufer, der neben der Couch steht und mich mit ernster Miene ansieht. Hier oben auf der Empore haben nur meine Leute, meine Mädchen und ich Zutritt. Schließlich handelt es sich um meinen Thronsaal. Fußvolk ist hier nicht gestattet.

Ein leichtes Nicken und ich bedeute ihm, dass er nun sprechen darf. Jay tritt vor und beginnt mich wie jeden Abend über die Verkaufszahlen, den Pillenbestand und die Kundenzufriedenheit zu unterrichten.

Er ist meine Augen und Ohren. Der Kerl bekommt alles mit und weiß über alles Bescheid. Sehr praktisch – und nichts anderes erwarte ich von meinem besten Mann. Ebenso wie absolute Loyalität.

Da bin ich etwas kleinlich, ich gebe es zu. Als einer meiner Männer gemeint hatte, mich hintergehen zu müssen, rollte dessen Kopf schneller, als er sich hätte erklären können. Ich hatte keine Geduld, mir seine Lügen anzuhören. Es war mir egal, warum er mir meinen Stoff gezockt hatte. Ich hatte ihn erwischt, daraufhin rollte sein Kopf. So einfach ist das. Also ja, Hinterfotzigkeit, ehrenloses Verhalten und Illoyalität dulde ich nicht und sind ein rotes Tuch für mich. Nach der Nummer von vor sechs Jahren ist das auch kein Wunder. Aber reden wir da nicht drüber. Ich bin kein Mann, der in der Vergangenheit lebt, ich lerne nur aus ihr und ziehe meine Konsequenzen daraus. Kein Grund, alte Kamellen wiederzubeleben.

Jay ist zu hundert Prozent loyal. Und dennoch, auch wenn ich mir dessen sicher bin, so vertraue ich niemandem vollkommen. Aus dem ganz einfachen Grund, dass jeder sich immer selbst am nächsten ist, wenn es um Leben oder Tod geht.

Dennoch hat er es eigentlich schon bei unserem ersten Treffen bewiesen. Jay war früher, bevor er angefangen hat, für mich zu arbeiten, eine Art Spion. Deshalb sein Talent, seine Augen und Ohren überall zu haben und alles zu wissen.

Seit diesem Tag hat er sich mehr Vertrauen verdient als alle meine Männer zusammen und war nach einer gewissen Bewährungsfrist zu meinem besten Mann geworden. Alles lief fortan nur noch über ihn.

Er organisierte alles im Hintergrund. Half mir, mein Königreich so aufzubauen, wie es heute ist. Dunkel und mächtig.

Auch war es Jays Idee, meine illegalen Geschäfte mit einer Pfandhauskette zu verschleiern und dort mein Geld zu waschen. Es war genial und so zog ich ein Pfandhaus nach dem anderen hoch und arbeitete dort als anständiger Boss. Tatsächlich läuft dort alles legal ab. Einzig und allein die Geldwäsche ist strafbar, sonst ist alles, was mit meiner Kette zu tun hat, sauber.

»Noch etwas, Boss.«

Mit zusammengezogenen Augenbrauen sehe ich zu Jay. Seine Tonlage gefällt mir nicht. Sie sagt mir, dass mir das Folgende nicht gefallen wird.

»Jemand hat wieder versucht, den Code zu kopieren. Gleich mehrere Male.«

Ich schmunzle leicht, dann schicke ich ihn mit einem Nicken und Handwink weg.

Immer wieder dasselbe mit diesen Feierwütigen. Sie versuchen andauernd, meinen Code, das goldene Ticket, zu kopieren. Selbstverständlich habe ich für solche Fälle Vorkehrungen getroffen. Deshalb gibt es hier und jetzt auch nichts mehr für mich zu bereden.

Nachdem Jay verschwunden ist und sich nun wieder seinen abendlichen Pflichten widmet, beschließe ich, mich für heute zurückzuziehen. Die Party befindet sich auf dem Höhepunkt und benötigt nicht mehr mein strenges Auge. Außerdem habe ich ja noch immer meinen ersten Mann, der bis zum Schluss bleibt, auf alles aufpasst, die Stellung hält und mein Reich in meiner Abwesenheit führt. Bis der letzte zugedröhnte Trottel von dem Gelände torkelt.

Ich schnappe mir eine der heißen und leichtbekleideten Miezen, die hier zur Genüge herumlaufen und alles für eine Nacht mit dem einzigwahren Ravekönig tun würden, verlasse mit ihr die Fabrik und verfrachte sie auf mein Bike.

Nah rutscht sie an mich heran, krallt ihre Hände um meinen muskulösen und massigen Oberkörper und quiekt auf, als ich mit halsbrecherischer Geschwindigkeit losfahre. Grinsend klappe ich das dunkle Visier meines schwarzen Helms herunter und presche durch die Nacht.

Tief brummt meine Maschine unter unseren Körpern. Ich liebe dieses Gefühl, mein Bike unter meinem Arsch. Die Fahrtluft, die mir entgegenschlägt, und das Adrenalin, das durch meine Venen jagt, wenn ich über die Straßen von Phoenix rase.

Scharf und weit zur Seite gelehnt, nehme ich jede Kurve. Ich bin ein guter Fahrer und beherrsche mein Bike. Dementsprechend fahre ich und ich liebe es.

In meiner Straße angekommen, drossle ich meine Geschwindigkeit und fahre die lange Auffahrt zu meinem Anwesen nach oben. Ich bin durch und durch ein König. So lebe ich und genauso werde ich jetzt gleich auch vögeln …

Kapitel 2

Weisser König

Schlendernd ging ich durch die Straßen von Tucson. Meiner neuen und aufgezwungenen Heimat.

Seit knapp einem Jahr war ich nun hier. In diesem, im Vergleich zu meinem richtigen Zuhause, Kaff. Aber ich war schon immer ein Stehaufmännchen gewesen. Also hatte ich all meinen Zorn und meine Rachsucht zusammengenommen und beschlossen, noch einmal von vorne anzufangen.

Ich beobachtete ihn weiterhin aus der Ferne. Jetzt betitelte er sich schon als schwarzer Ravekönig – mit seiner dunklen Krone auf dem weiß-schwarzen Brett, als wäre er eine scheiß Schachfigur.

Lächerlich! Aber gut ... Du willst ein Spiel spielen? Ein Spiel der Könige? Dann warte ab, denn ich werde gewinnen!

Werde mir mein eigenes Königreich aufbauen. Ein besseres. Leider nicht ganz so einfach, so ohne Background. Ohne Unterstützung, loyale Leute, die mir den Rücken stärken. All das hatte ich noch nicht und wenn, dann war ich mir noch nicht so ganz sicher, ob ich ihnen vertrauen konnte. Eventuell hatte ich nach den letzten Ereignissen ein kleines Vertrauensproblem.

Auch hatte ich noch keine Ahnung, in welchem Bereich

genau ich mir etwas aufbauen wollte. Es gab einfach von allem zu viel und der Drogenmarkt war schon überschwemmt von all dem gepantschten Zeug. Ich wollte nicht der Nächste sein, der sich in diese Kette einreihte. Ich wollte mehr. Besser sein. Vor allem besser als *er*.

Die Wut wollte schon wieder von mir Besitz ergreifen, darüber, dass ich hier feststeckte. Den Schwanz einziehen musste. Aber das Schlimmste war, dass ich sie zurücklassen musste.

Demütig lächelte ich bei dem Gedanken an sie. *Fuck, Baby! So hätte das nie ablaufen dürfen ...*

Der Schmerz, sie nicht mehr zu halten, zu spüren, lächeln zu sehen, zu schmecken oder zu hören, zerstörte mich innerlich. Ich wurde kalt und erbarmungslos. Ich merkte es von Tag zu Tag immer deutlicher: Das Dunkle in mir, wie es mich beherrschte, an mir zerrte und mich in meine eigene Düsternis reißen wollte, aus der es kein Entkommen mehr geben würde. Noch kämpfte ich dagegen an, wahrscheinlich, weil der gute Teil in mir, der Teil, der Mann, der sie liebte und der den Frieden wollte, noch daran glaubte, es gäbe eine Lösung, ein Zurück.

Doch es gab kein Zurück mehr, keine Lösung und ganz sicher keinen Frieden mit ihm! Ich wollte Krieg. Ich wollte Rache. Und eines Tages, ja, eines Tages würde ich sie bekommen.

Ein Schuss riss mich aus meinen wilden Tagträumen. Schnell sah ich mich um, horchte auf, nur um dann einen zweiten und einen dritten Schuss zu vernehmen und diesen zu folgen.

Ich bog in eine Seitengasse und ging in einen nicht

einsehbaren Hinterhof. Meine Hand wanderte nach hinten zu meiner eigenen Waffe, aber als ich sah, welches Szenario sich hier vor mir abspielte, ließ ich sie wieder sinken und versuchte, die Situation richtig einzuschätzen.

Eigentlich ziemlich eindeutig. Seitlich und mit erhobener Knarre stand ein junges Mädchen vor mir. Noch keine 20.

Ihre langen, braunen Locken hingen ihr wild in ihr tränenverschleiertes Gesicht. Ihr Top war zerrissen, der BH nach unten geschoben, ihre Hose nur halb über den Arsch gezogen und vor ihr lag ein erschossener und ziemlich toter Polizist in seiner Uniform.

Was sagte mir das Bild?

Fahrig zupfte sie ihren BH wieder halbwegs zurecht, dann, völlig unerwartet, verließ ein verzweifelter Schrei ihre Kehle und sie schoss das gesamte Magazin auf den bereits toten Bullen, ehe sie kraftlos vor ihm auf die Knie fiel und weinte.

Mit schief gelegtem Kopf beobachtete ich diese bizarre Szene. Keine Ahnung, warum ich nicht einfach abhaute, schließlich ging es mich nichts an, warum und weshalb sie diesen Dreckscop erschossen hatte. Doch irgendetwas faszinierte mich an ihr. Die Wut, der Hass, sie waren fast greifbar. Wirbelten durch die Luft und vermischten sich mit dem meinen.

Plötzlich erweckte etwas meine Aufmerksamkeit. Ein geöffneter Rucksack, der auf dem Boden lag. Aus ihm quoll ein Päckchen Koks nach dem anderen. Mein Blick schwenkte sofort wieder zu ihr. *Wie zum Teufel kommt ein so junges Ding wie du an so verdammt viel Koks?!*

In Sekundenschnelle, weil ich bereits die Sirenen hören konnte, fasste ich einen Entschluss.

»Heulen bringt dir auch nichts, Schätzchen«, entgegnete ich ihr mit einem gewissen Schmunzeln in der Stimme.

Ihr Kopf ruckte in meine Richtung. Anscheinend hatte

sie mich erst jetzt bemerkt. Mit ihrem von schwarzen Schlieren verschmierten Gesicht sah sie mich mit ihren großen Bambiaugen an. *Fuck, du bist jung, Kleines! Zu jung! Noch keine 20 Jahre. Eher 16 oder 17!*

Und schon so tief im Drogengeschäft drin, Schätzchen?

Nachdem sie den ersten Schock überwunden hatte, sprang sie auf und richtete die Waffe auf mich.

Ein abfälliges Lächeln zupfte an meinem Mundwinkel. *Niedlich.*

»Wer bist du? Was machst du hier?«, schrie sie mich mit zittriger Stimme an.

Amüsiert schüttelte ich den Kopf und trat näher an sie heran, was sie sofort einen großen Schritt zurückmachen ließ. Ihr Finger wanderte zum Abzug.

»Dir den Arsch retten, das tue ich. Und jetzt mach dich nicht lächerlich, nimm die Knarre runter und komm.«

Ihre Augen verengten sich zu Schlitzen. Keine Spur mehr von dem zerstörten kleinen Ding, das gerade noch weinend und verzweifelt neben der Leiche ihres Peinigers gekniet hatte. *Hallo, Kriegerprinzessin ...*

»Ich brauch deine Hilfe nicht! Also verpiss dich oder ich erschieß dich wie den beschissenen Cop!«, spie sie mir entgegen.

Ein abfälliger Lacher entfuhr mir, ehe ich sie mit hochgezogener Augenbraue ungläubig ansah.

»Du hast dein gesamtes Magazin auf ihn abgefeuert, schon vergessen? Was meinst du, wie das aussieht, wenn seine ach so ehrenwerten Kollegen hier gleich auftauchen und das sehen? Dich, eine kleine Drogenschlampe, die in ihrem Rausch einen Polizisten überfallen und niedergeschossen hat, während er nur seiner Arbeit nachgehen wollte?!«

Erschrocken über meine trockene Zusammenfassung riss sie ihre großen, braunen Rehaugen auf und sah mich schockiert an. *Ja, so grausam ist die Welt, Kleines. Schön, dass du es*

»So war das nicht … «, versuchte sie sich zu erklären.

»Das interessiert keinen. Denn genau so und nicht anders werden sie diese Szene hier auffassen, und du Kleines, du wanderst lebenslänglich für den Mord an einem Cop in den Knast und dort wird man weitaus Schlimmeres mit dir machen als er. Wenn du das willst, bitte. Dann werde ich gehen.«

Ich hob die Hand und winkte ihr zum Abschied, ehe ich mich umdrehte und gemächlich aus der Gasse schlenderte. *Ich werde sicher nicht mit dir untergehen, Schätzchen.*

»Warte«, ertönte plötzlich ihre zarte Stimme in meinem Rücken. Ein wissendes Lächeln zupfte an meinem Mundwinkel, aber ich unterdrückte es. Stattdessen blieb ich stehen, wandte mich halb zu ihr um und sah sie emotionslos an, wartete darauf, was sie nun tun würde.

»Wie willst du mir helfen und was soll ich dann im Gegenzug für dich tun?« *Schlaues Mädchen.*

Ein anerkennendes Nicken, mehr gab ich ihr nicht.

»Das erfährst du, wenn du mit mir kommst«, erklärte ich ihr kühl und streckte die Hand nach ihr aus. Forderte sie somit auf, zu mir zu kommen.

Sie kämpfte mit sich, sehr. Biss sich zweifelnd auf die Unterlippe und überlegte fieberhaft, was sie nun tun sollte. Sich nähernde Männerstimmen rissen sie aus ihrem inneren Gefecht. Ich blickte mir über die Schulter, dann wieder zu ihr, ehe ich mit den Achseln zuckte, auf die knapp zwei Meter hohe Mauer rechts neben mir zurannte und mich mühelos auf diese zog. Oben angekommen ging ich in die Hocke und streckte dem Mädchen die Hand erneut entgegen.

»Letzte Chance, Kleines.«

Ihr Blick wanderte in die Richtung der Stimmen. Gleich wären sie hier. Dann sah sie zu der Leiche und wieder zu mir. In letzter Sekunde entschied sie sich doch für den richtigen

Weg, schnappte sich den Rucksack, stopfte die Waffe rein, schloss ihn und rannte zu mir, um sich dann von mir auf und über die Mauer helfen zu lassen. Unten angekommen packte ich sie bei der Hand und hechtete mit ihr durch den Irrgarten aus Gassen, immer weiter, einfach weg vom Tatort.

Nachdem wir einige Zeit und viel Abstand zwischen sie und uns gebracht hatten, drängte ich sie in die nächste, enge und dunkle Seitenstraße. Ich entriss ihr, ohne zu zögern oder mit ihr zu reden, den Rucksack, zog mir den Ärmel meiner Jacke über meine Hand, um keine Fingerabdrücke zu hinterlassen, und umfasste damit die Waffe. Den Rucksack stellte ich zwischen meine Beine, blieb dicht vor ihr stehen, kesselte sie mit meinem Körper und der Mauer in ihrem Rücken ein.

»Dein Top«, forderte ich sie streng auf und hielt ihr auffordernd meine Hand entgegen.

Irritiert sah sie mich an, wog ab, zerdachte, was ich nun alles mit ihr vorhaben könnte, dann fand ihr Blick die Waffe und sie schien zu verstehen, was ich mit ihrem Shirt wollte. Dumm war die Kleine keineswegs, das musste ich ihr lassen. Was sie gleich noch etwas interessanter und brauchbarer machte.

Sie zog sich den Fetzen aus und reichte ihn mir. Schamlos blieb sie nur im BH vor mir stehen. Dafür, dass sie gerade die Hölle durchgemacht hatte, war sie ziemlich abgebrüht. *Oder ist das dein Schutz, Kleines?*

Ich nahm ihr das Kleidungsstück ab und säuberte damit die Waffe. Ließ ihre Fingerabdrücke und somit die Beweise gegen sie verschwinden, dann warf ich die Waffe in den Müllcontainer direkt neben uns, ehe ich ihr das Shirt zurückreichte. Das sollte sie auf keinen Fall hier liegen lassen, denn das wäre dumm und fatal. Sie sah es wohl genauso wie ich und zog sich den Fetzen wieder an. Somit war sie wenigstens etwas bekleidet.

»So … und jetzt zu dir, Kleine«, raunte ich dunkel und kesselte sie zwischen meinen Armen, die ich links und rechts dicht neben ihrem Kopf abstützte, ein.

Ich hatte einen panischen Ausdruck erwartet oder Angst. Stattdessen sah sie mir mit feurigem Blick und gerecktem Kinn entgegen. Keine Spur mehr von dem zerbrochenen, kleinen Mädchen von gerade eben. *Ob du damit so gut fährst, alles zu verdrängen, wird sich zeigen, Kleines …*

»Na spuck's schon aus. Was muss ich tun, um dich zum Schweigen zu bringen? Was kostet es mich? Einmal deinen mickrigen Schwanz lutschen? Mich von dir hier und jetzt ficken lassen oder dir den Inhalt meines Rucksacks geben, dessen Verlust so oder so meinen Tod bedeuten würde? Also kannst du mich auch gleich umbringen, nachdem du mich benutzt hast. Damit würdest du mir wohl den größten Gefallen tun«, fauchte sie mich wie eine kleine Wildkatze an.

Ich konnte mir ein ehrliches Schmunzeln nicht verkneifen. So viel Temperament und Feuer hatte ich schon lange nicht mehr gesehen. Vielleicht war es auch jugendlicher Leichtsinn, den wir alle einmal hatten. Die Zeit, in der man sich unsterblich fühlte.

Dazu hatte sie noch Köpfchen und ihre Reize waren nicht zu übersehen. *Du wirst mir sehr nützlich sein, Schätzchen …*

»Woher hast du die Drogen?«, umging ich all ihre Fragen und fixierte sie streng. Kurz zog sie ihre Brauen zusammen und sah mich rätselnd an.

»Ist das wichtig? Du wirst sie mir so oder so wegnehmen. Also warum interessiert es dich, wer mir dann die Kehle aufschlitzt?«, ging sie wieder in die Angriffsposition.

»Damit ich für den armen Kerl, der versucht, dir Wildkatze die Krallen zu ziehen, eine Kerze anzünden kann«, konterte ich trocken. Über ihre hübsche Miene huschte ein Ausdruck, den ich nicht deuten konnte.

Ein Moment der Stille entstand zwischen uns, in dem wir uns genauestens musterten. Jede Regung fingen wir voneinander auf.

»Ich werde nichts von alldem mit dir machen. Ich habe etwas ganz anderes mit dir geplant. Denn du, mein Kätzchen, wirst mir helfen. Du wirst ab sofort meine weiße Dame sein.«

»Deine was?«, fragte sie mich ungläubig und begann spöttisch zu grinsen. Ich erwiderte ihr Lächeln und nahm eine Hand von der Wand, strich ihr damit eine von ihren verirrten Strähnen hinters Ohr und beugte mich noch etwas dichter zu ihr nach unten.

»Ich werde durch dich und deine Hilfe der weiße König mit einem mächtigen Königreich, meine Schöne, und du, du bist jetzt meine Dame.«

Mir hätte nichts Besseres passieren können, als über die Kleine zu stolpern. Denn nun wusste ich, wie ich meine Rache bekommen könnte. Meine Seite des schwarz-weißen Spielbretts war nun endlich aufgebaut und nun war ich an der Reihe, das Spiel zu beginnen, denn Weiß machte immer den ersten Zug.

»Du weißt hoffentlich, dass ich kein Wort von dem Bullshit verstehe, den du hier gerade von dir gibst, oder?«, fragte sie mich und beobachtete mich skeptisch.

»Wie heißt du?«, fragte ich sie zusammenhangslos.

Ihre Braue wanderte misstrauisch nach oben.

»Blair«, antwortete sie dann nach einem langen Moment.

»Crow«, stellte ich mich ihr spöttisch grinsend vor und reichte ihr die Hand, die gerade noch an ihrer Wange gelegen hatte. Verzögert und mit weiterhin skeptischem Blick schlug sie ein.

»Und wie genau, stellst du dir meine Hilfe nun vor? Ich habe nichts zu bieten. Ich habe weder Geld, noch werde ich deine Hure spielen. Denn deswegen hat das Bullenschwein erst dieses Ende bekommen.«

Mir war klar, dass sie mir nichts Materielles bieten konnte. Ich wollte schließlich auch nichts von ihren nicht vorhandenen Besitztümern. Ich wollte ihren klugen Kopf, ihre Reize und ihre Loyalität, und ich war mir sicher, alles drei von ihr zu bekommen, ohne nachhelfen zu müssen.

»Ganz einfach. Du schwörst mir ewige Treue und Loyalität und im Gegenzug werde ich dich beschützen. Ich werde dir den Schutz geben, den du brauchst, auch wenn du es dir nicht eingestehst. Jeder braucht irgendjemanden. Allein kämpft es sich schwer. Also lass uns einander nützlich sein und ich verspreche dir, es wird sich für dich lohnen. Und nein, ich werde dich nicht als meine kleine Hure halten. Wenn ich dich ficke, was ich irgendwann werde, dann nur, weil du es willst.« Frech zwinkerte ich ihr zu, was ihr ein Schnauben und ein genervtes Augenrollen entlockte.

»Ewige Treue? Was wird das? Ein Heiratsantrag, oder was? Dafür musst du mir schon etwas mehr geben, vor allem Informationen.«

Ich musste über ihren trockenen Humor lachen. Diese Kleine hatte schon etwas Faszinierendes an sich. Viel wichtiger war jedoch: Sie stellte den Schlüssel zu meinem Sieg dar. Ich sah es genau vor mir, wie Blair als meine weiße Dame den finalen Zug spielen und den schwarzen König stürzen würde. Sie war die entscheidende Figur in diesem Spiel und sie allein würde mir den Kopf meines Erzfeinds auf einem Silbertablett servieren. Auch wenn ich sie gerade erst kennengelernt hatte, so war ich mir ziemlich sicher, sie würde ihn mit ihrer Art um den Finger wickeln. Sie würde seinen Kopf ficken und er würde alles andere zur Nebensache werden lassen.

Auch wenn das kleine Ding noch nicht wusste, auf

welches gefährliche Spiel sie sich eingelassen und auf welches tödliche Spielbrett sie sich gestellt hatte, so würde sie diesen Krieg für mich gewinnen, ob sie wollte oder nicht.

Schmunzelnd zog ich mich von ihr zurück und warf mir den Rucksack über meine Schulter.

»Wir fangen langsam mit unserer Beziehung an, okay, Kleines? Erst bringst du mich zu dem Kerl, der dir das Koks gegeben hat, und dann reden wir über unsere Traumhochzeit.«

Sie begann leise zu lachen und schüttelte leicht den Kopf, als könnte sie selbst nicht glauben, dass sie nun wirklich mit mir gehen und mir helfen würde.

Na ja, großartig andere Optionen hatte sie nicht. Entweder sie half mir oder sie wanderte in den Knast. Wir mussten unseren Deal nicht aussprechen, wir wussten beide, wie das hier nun ablaufen würde. Blair war nicht dumm und konnte zwischen den Zeilen lesen. Das Kleingedruckte übersah sie dabei auch nicht und dennoch entschied sie sich, mir zu helfen. Ich wusste nicht so ganz, ob das mit mir und meinen Überzeugungskünsten zu tun hatte oder eher mit ihrem Wahnsinn. Wir würden es früher oder später herausfinden. Vorzugsweise dann, wenn ich auf dem schwarzen Thron saß – mit meiner weißen Krone auf dem Haupt und der Herrschaft über beide Königreiche.

Kapitel 3

Schwarzer König

ach meinem Saubermann-Arbeitstag in meinem Pfandhaus beschließe ich, für heute Schluss zu machen und noch einmal unten im Keller nach dem Rechten zu sehen. Denn heute Abend findet mein nächster Rave statt.

Zurzeit ist es mir möglich, mehrere meiner exzessiven Partys stattfinden zu lassen, da die CIA und die DEA beschäftigt sind. Mit den falschen Fährten, die ich ihnen immer lege. Schließlich muss ich dafür sorgen, dass meine Partys safe bleiben.

Zufrieden schreite ich die Stufen hinab in den Keller meines Pfandhauses. Was keiner weiß: Unter meinem legalen und ach so sauberen Geschäftshaus befindet sich ein Versteck. Es ist riesig.

Dort bewahre ich nicht nur meine Pillen auf, sondern auch alles, was ich für das schnelle Auf- und Abbauen meiner immer wandernden Ravepartys brauche. Von Boxen und DJ-Pulten über Rauchmaschinen bis hin zu Millionen von Kabeln, Kabelrollen und Scheinwerfern ist alles dabei.

Im Bunker angekommen herrscht schon fleißiges Treiben. Meine Leute sind dabei, alles für die bevorstehende Party zusammenzupacken und zur Location zu bringen.

Sofort werde ich von einem meiner Mädchen umsorgt. Während ihre weichen Lippen meinen Hals und Oberkörper liebkosen und ihre Hände auf Wanderschaft gehen, verschaffe ich mir einen Überblick. Beobachte, wie die anderen Mädchen meine Pillen in kleine Tüten packen. Für die Dealer, die sie auf den Straßen von Phoenix dann für mich verkaufen.

Mein Blick schweift in die andere Ecke. Dort zählen sie die Bestände oder kümmern sich, wenn sie gerade nichts zu tun haben, auch um meine Männer, wenn diese etwas angespannt sind.

Einer meiner Leute tritt an mich heran und möchte mich über etwas informieren. Sie sind dafür zuständig, dass alles rund um den Rave läuft.

Ich nicke ihm zu und gestatte ihm somit, zu sprechen, während die Kleine hier bereits meinen Schwanz über der Hose massiert und ihre Lippen mich weiterhin verwöhnen.

»Boss, einer der Straßendealer wurde erwischt«, setzt er mich in Kenntnis. Wütend knurre ich auf und bedeute der Kleinen, abzuhauen. Dieses Gespräch ist nicht mehr für ihre Ohren bestimmt.

»Bringt ihn zum Schweigen!«, lautet mein deutlicher Befehl und ich schicke ihn weg. Ich dulde keine Ausfälle oder Fehler, denn ich bin der König der Raves. Mein Reich ist mir heilig und das gefährde ich sicherlich nicht wegen eines kleinen, unwichtigen Wurms, der zu dumm war, um vorsichtig zu sein. Meine Straßendealer kennen ihre Aufgaben: Effizient arbeiten, sich nicht erwischen lassen und die Schnauze halten. Klappt es nicht, helfe ich eben nach.

Ich erkundige mich noch einmal bei einem meiner Männer, ob wenigstens die Vorbereitungen nach Plan laufen, aber natürlich läuft alles genau so, wie es sein soll. So mag ich das.

Da alles Weitere zu meiner Zufriedenheit ist und der Rave erst in ein paar Stunden stattfindet, beschließe ich, mir eines meiner Mädchen zu schnappen und mit in mein Büro zu nehmen. Ich muss Zeit totschlagen und etwas überschüssige Energie loswerden. Ein weiterer Vorteil, wenn man ein mächtiger Mann ist. Man hat die Auswahl und sie tun, was auch immer ich will. Ein freches Grinsen und ein Nicken reichen aus und meine Auserwählte für heute folgt mir in mein Büro.

»Zieh dich aus und dann leg dich mit dem Rücken auf meinen Schreibtisch«, befehle ich ihr kühl.

Die Kleine tut, wie ich ihr befohlen habe, entkleidet sich und klettert auf das Möbelstück. Ich ziehe mir mein Shirt über den Kopf, offenbare somit meinen tätowierten Oberkörper. Meine beiden Arme sowie mein gesamter Rücken und Teile meiner breiten Brust sind mit bunten oder auch schwarzen Symbolen bedeckt.

Meine braunen Haare fallen mir jetzt wild in mein Gesicht. Mit einer lockeren Handbewegung streiche ich sie mir wieder nach hinten, dann öffne ich meinen Gürtel.

Sie sieht über ihre handgroßen Brüste und ihre gespreizten Beine hinweg zu mir und lächelt lasziv. Die Kleine habe ich noch nie gefickt. Ich erinnere mich zwar nicht an jede, aber bei ihr bin ich mir sicher – sie hätte ich mir gemerkt. Sie wirkt schon fast zu jung für meine Welt und doch passt sie hier perfekt rein. Ich mag meine Mädchen nun mal jung, schön und gefügig.

»Fass dich an«, brumme ich rau und komme näher. Knopf um Knopf öffne ich meine Jeans, während ich ihr dabei zusehe, wie sie mit ihren zierlichen Fingern hauchzart ihre Schamlippen streift. Dabei beißt sie sich auf die Unterlippe und verschlingt mich mit ihrem Blick.

Ein feines Schmunzeln legt sich auf meine Lippen. Ich werde gleich sehr viel Spaß mit ihr haben.

Meine eine Hand befreit endlich meinen bereits stahlharten Schwanz, während die andere in meine hintere Arschtasche gleitet, um ein Kondom, das ich immer griffbereit habe, herauszuziehen. Ich reiße die Packung mit den Zähnen auf und schon stülpe ich mir das Gummi über meine Härte. Die Kleine keucht immer wieder leise auf, denn sie spielt brav mit ihrer empfindlichen Perle. Bereitet sich dadurch perfekt für mich vor. Ich kann schon ihre verführerische Nässe an ihrem Eingang glänzen sehen. *Perfekt!*

Dicht vor meinem Schreibtisch bleibe ich stehen, stelle mich genau zwischen ihre gespreizten Beine.

»Leg die Arme über deinen Kopf und lass sie dort!«, lautet mein nächster Befehl. Meine Stimme ist dunkel und voller Verlangen.

Sie gehorcht sofort und legt die Arme gehorsam auf das dunkle Holz über ihrem Kopf. Beschert mir dadurch einen noch reizvolleren Anblick, denn somit wölbt sie mir ihre Rundungen etwas mehr entgegen. Ich beuge mich über sie, lege meine Hände links und rechts von ihrem Körper auf der Tischplatte ab. Dann senke ich meine Lippen auf ihre Brüste. Sie keucht leise auf und reckt sich meinem Mund noch mehr entgegen. Ich schmunzle an ihrer weichen Haut und lasse meine Zungenspitze über ihren harten Nippel schnellen. Ein weiteres Keuchen, nur lauter, bebender.

Mit meinem Schwanz zwischen ihren Schenkeln reibe ich mich an ihrer nassen Mitte, während ich mich weiterhin um ihre schönen Brüste kümmere. Ihr Keuchen weicht einem Stöhnen und ihre Bewegungen werden immer drängender.

Ich richte mich auf, packe sie an ihren Hüften, ziehe sie über das Holz meines Schreibtisches bis an die Kante und so, dass ihr halber Hintern in der Luft schwebt. Dann lege ich mir ihre Beine über meine Schulter, positioniere meinen Schwanz an ihrer Öffnung und halte sie an ihrem Arsch gepackt an Ort und Stelle – nur, um mich im nächsten

Augenblick mit einem einzigen harten Stoß komplett in sie zu versenken. Ein erregter Schrei ihrerseits und ein kehliges Stöhnen meinerseits erfüllen den Raum. Schnell wird es von dem klatschenden Geräusch unserer nackten Körper, die aufeinanderprallen, begleitet.

Ich kralle mich haltesuchend in ihren kleinen Pfirsicharsch, ihre Schenkel spannen sich über meine breiten Schultern an und ich ramme mich immer und immer wieder in ihre himmlische Enge. Und, fuck, wie eng sie ist. *Göttlich!*

Ihr Stöhnen nimmt zu, ihre inneren Muskeln krampfen und zucken immer wieder unkontrolliert. Ihre Lider flattern und ihr süßer, kleiner Schmollmund ist zu einem erregten O geformt. *Fuck, was für ein Bild!*

Wie ich es liebe!

Meine Stöße werden härter, mein Stöhnen kehliger, bis ich mich ein letztes Mal tief und kräftig in ihre Nässe dränge und mich in ihr in das Gummi ergieße. *FUCK! Es geht doch nichts über einen geilen Quickie.*

Ich verharre noch einen Moment und genieße das heiße Pochen. Nachdem unser beider Orgasmus verebbt ist, löse ich mich von ihr. Ein breites Lächeln ziert ihren süßen Mund. Sie scheint ebenso zufrieden mit diesem Fick zu sein wie ich. Soll mir recht sein.

Sie will etwas sagen, als sie sich langsam auf meinem Schreibtisch aufrichtet. Ich unterbreche sie jedoch, denn ich weiß, was nun kommt, und ich habe auf das Geschnulze und Geschwärme wirklich keine Lust. Habe ich nie, aber heute noch weniger als sonst.

»Du kannst gehen.« Damit wende ich mich von ihr ab, schließe währenddessen meine Hose und verlasse noch vor ihr mein Büro. Ich brauche eine Dusche.

Ich habe zwar ein vollausgestattetes Badezimmer direkt angrenzend an meinem Büro, doch ich will meine Ruhe und diese habe ich hier nie. Also beschließe ich, nach

Hause zu fahren. Ich verlasse mein Pfandhaus und steige in meinen ganzen Stolz, meinen mattschwarzen Jeep Wrangler Outpost, der genau vor der Tür parkt, ein und fahre los.

Nachdem ich mein Baby zu meinen anderen Schätzen in meine persönliche Tiefgarage gestellt habe, betrete ich mein Heim – ein Haus, dessen Fassade in Schwarz getaucht ist.

Es besitzt lediglich zwei Wohnräume: ein gigantisches, offenes Wohnzimmer mit einer Luxusküche, in der ich tatsächlich gern koche, und ein noch größeres Schlafzimmer im Obergeschoss mit nur einem Bett und zwei größeren Kommoden darin. Es ist beinah so groß wie die gesamte untere Etage.

Dort gibt es sonst nur noch ein Badezimmer mit allem, was ich und mein Luxuskörper brauchen, und einen großzügigen begehbaren Kleiderschrank. Mehr Räume brauche ich nicht. Wofür denn? Hier ist mein Rückzugsort. Hier, aber auch sonst nirgendwo, hat mich keiner abzufucken oder zu nerven. Hier habe ich alles, was ich brauche, um glücklich zu sein.

Mein Tag war wie immer lang und anstrengend und doch ist er noch nicht zu Ende, denn der nächste Rave steht schon an.

Ich habe eine passende Location gefunden. Eine verlassene und abgelegene Hütte in einem kleinen Waldstück. Die Leute werden wie immer auf ihre Kosten kommen und ich mein Geld verdienen. Es wird wie jedes Mal ablaufen. Also springe ich schnell unter die Dusche, ziehe mich an, um dann in mein Königreich zurückzukehren.

Auf meinem Rave angekommen ist die Masse schon dabei, auszuflippen. Der DJ spielt und die Pillen werden fleißig verteilt.

Routiniert begebe ich mich nach oben, um auf meinen Rave hinabzublicken. Ich suche mir meine Locations so aus, dass ich meinen dunklen Thron besteigen und mein von mir erschaffenes Königreich bestaunen kann.

Mein Blick schweift über die Masse, dann entdecke ich unter den Feierwütigen ein junges Ding. Sie ist mir sofort aufgefallen, und das unter all diesen vielen anderen jungen Dingern. Warum? Ganz einfach: weil die Kleine hier regelrecht mit einem blinkenden Neonleuchtschild über dem Kopf durch mein Reich stolziert und ihr Zeug nicht auffälliger verticken könnte. *Bist du wirklich so dumm oder einfach nur unwissend?!*

Beides ist keine Entschuldigung und wird ihr nichts nutzen. Denn wie ich bereits sagte: Ich kenne keine Gnade, auch nicht solch einem Mädchen gegenüber.

Ich lecke einmal meinen Zeigefinger ab, tauche ihn in das weiße Pulver vor mir auf dem verranzten Holztisch, das ich gerade vorbereitet habe und mir eigentlich gerade einverleiben wollte, und schiebe ihn mir in den Mund, lecke das Koks von ihm ab und lasse es seine volle Wirkung entfalten. Dann erhebe ich mich und gehe die kleine Wendeltreppe nach unten, dabei lasse ich die Kleine nicht eine Sekunde aus den Augen. Sehe ihr dabei zu, wie sie ein Geschäft nach dem anderen abschließt.

Anscheinend muss sie auch noch wesentlich weniger verlangen als ich, denn sonst würden die Leute es ihr hier niemals so aus den Händen reißen – auf meinem Rave. *In meinem Reich!*

Schließlich verticke ich mein Zeug hier immer auf dieselbe Art und Weise. Auf einem Silbertablett von halbnackten, jungen Frauen serviert, die pillenweise nicht tütchenweise verkaufen. Also nicht wie die kleine Bikerbraut hier vor mir, mit ihrem engen Lederkleid und ihren langen, braunen Locken, die sie sich verspielt über die Schulter schmeißt, sobald sie von einem dieser Trottel bezahlt wurde.

Als ich dicht hinter ihr stehe, ziehen die beiden Kerle vor ihr augenblicklich ihre Köpfe ein und verpissen sich, ohne ihren Stoff von ihr bekommen zu haben. Irritiert ruft sie ihnen nach, doch als sie wohl meinen heißen Atem dicht, sehr dicht, in ihrem Nacken spürt, wendet sie leicht den Kopf in meine Richtung und sieht süß lächelnd zu mir nach oben. Als hätte sie gewusst, wer nun hinter ihr steht. Als hätte sie nur auf mich gewartet. *Ist es so?! Wenn ja, wer zum Teufel bist du dann?!*

Meine Hand wandert ihren Rücken entlang bis zu ihrer Hüfte, auf der ich sie dann ablege und sie somit fixiere. Meine Miene ist verhärtet, meine Laune nicht unbedingt die Beste und trotzdem bin ich neugierig auf dieses freche Ding. Wie sie dreist über die Schulter grinst und so tut, als hätte sie nichts angestellt.

Ich beuge mich zu ihr nach unten, weil sie wesentlich kleiner ist als ich. Vor allem, da sie nicht wie die anderen Frauen hier hohe Schuhe trägt, sondern Bikerboots. *Wer zum verfickten Teufel bist du, Mädchen?!*

Meine Lippen führe ich dicht an ihr Ohr, wobei mein Vollbart über ihre weiche Haut kratzt.

»Was macht so ein Püppchen wie du hier in meinem Reich und vertickt ihr billiges Zeug?«, raune ich ihr gefährlich dunkel zu.

Die Musik ist laut und der starke Bass erfüllt unsere Körper mit einem Vibrieren, dennoch weiß ich, dass sie mich verstanden hat.

Ihre blendende Schönheit versuche ich dabei vollkommen zu ignorieren. Sie ist nicht gerade förderlich.

»Ach, das ist deine Party hier?«, fragt sie süß und schenkt mir einen filmreifen Augenaufschlag. *Fuck!*

Ein drohendes Knurren presst sich aus meiner Kehle, aber ehe ich sie vollständig packen und ihr die Lektion erteilen kann, die sie nach der Nummer hier mehr als verdient hat, wendet sie sich so schnell und geschickt aus meinem Griff, dass ich sie nicht mehr zu fassen bekomme. Und schon ist sie in der Masse verschwunden. *Miststück!*

Ich eile ihr hinterher, suche sie mit meinen Augen in der Menge. Halte Ausschau nach ihren braunen, langen Locken und ihrem unverkennbaren Look. Dadurch, dass sie so klein ist, kann sie jedoch perfekt mit all den tanzenden Körpern verschmelzen.

Am Ausgang glaube ich dann, sie ausmachen zu können, und folge ihr schnell nach draußen. Was mich dann für ein Bild empfängt, lässt mich kurz in meiner Bewegung innehalten. Das kleine Püppchen ist kein kleines Püppchen, sondern tatsächlich eine Bikerbraut.

Gerade schwingt sie sich auf ihre schwarze Kawasaki Ninja, setzt ihren ebenfalls schwarzen Helm auf und startet den Motor. Das laute Brummen der Ninja holt mich aus meiner Starre und ich sprinte auf sie zu. Sie wirft mir einen letzten provokanten Blick über die Schulter zu, ehe sie das Visier runterklappt, mir zum Abschied eine Staubwolke hinterlässt und davonrast. *FUCK!*

Mit vor Wut geballten Fäusten bleibe ich wie ein zurückgelassener Trottel vor der alten Hütte stehen und starre dem Miststück hinterher, wie sie über die lange Straße hinwegheizt.

Ich habe zwar keine Ahnung, wer die kleine Schlampe ist, doch dass sie unsere nächste Begegnung definitiv nicht überleben wird, das weiß ich sicher!

Jay tritt in mein Sichtfeld. Er muss mich nach draußen rennen gesehen haben und weiß, dass etwas nicht stimmt.

»Was ist passiert? Wer war das?«, fragt er und sieht wie ich dem immer kleiner werdenden Motorrad hinterher.

»Diese Frage stelle ich mir auch! Sie gehört hier nicht her und sie hätte niemals an ein Ticket kommen dürfen. Hol mir alle heutigen Ticketprüfer her! Ich dulde keinen Maulwurf in meinen Reihen!«, knurre ich unkontrolliert und mache mich auf den Weg zu dem Transporter hinter meiner

Location. Dort werden wir ungestört sein und dort werden diese Stümper ihr Ende finden, wenn sie nicht reden.

Der Zorn beherrscht mich und prescht nur so durch meinen angespannten Körper. Ich muss mich regelrecht dazu zwingen, nicht alles und jedem in meiner Nähe den Kopf abzureißen. Ruhig, Nash!

Nervös tigere ich auf und ab, bis Jay mit den Verantwortlichen kommt. Er sorgt dafür, dass sie sich in einer Reihe aufstellen.

Vier. Vier Männer werden gleich ihr Leben verlieren, wenn sie nicht reden.

Mit eingezogenem Kopf stehen sie vor mir. Fürchten mich und meinen unbändigen Zorn, und dennoch hat es einer von ihnen gewagt, meine Befehle zu missachten und jemand Unbefugtem ein Ticket zu verkaufen.

»Ich werde diese Frage genau einmal stellen. Also überlegt euch eure Antwort gut.« Meine Stimme ist dunkel und unheilvoll. Meine Körper nach wie vor angespannt.

Mit verschreckten Augen sehen sie sich gegenseitig an, dann wieder zu mir. Sie wissen, dass mindestens einer von ihnen hier und jetzt sein Leben lassen wird. Redet keiner, gehen sie alle mit dem Maulwurf unter.

»Wer von euch hat gegen eine meiner Regeln verstoßen und unter der Hand ein Ticket verkauft?« Abwartend stehe ich vor ihnen, doch keiner erhebt das Wort.

Knurrend fasse ich an meinen hinteren Hosenbund, zücke meine Waffe und schieße dem ersten mitten in den Kopf. Blut spritzt, sein lebloser Körper sackt dumpf zu Boden und tränkt den Kies um ihn herum mit der dunkelroten Flüssigkeit.

Der laute Bass verschluckt den Schuss und sorgt dafür, dass die Feierwütigen von all dem hier nichts mitbekommen.

»Ich sagte, ich werde mich nicht wiederholen!«, brülle ich ihnen wütend in ihre fassungslosen Gesichter.

Doch weiterhin geht ihnen kein Ton über die Lippen. Ich bin zu unbeherrscht und angepisst, um mich auch nur noch eine einzige Sekunde länger zu kontrollieren. Drei weitere Schüsse hallen durch die Nacht und hinterlassen dadurch drei weitere Männerleichen, die mit einem dumpfen Aufschlag nacheinander zu Boden gehen.

Jay will das Wort erheben, aber ich will es nicht hören und unterbreche ihn, noch während er Luft holt.

»Schaff die Leichen hier weg, stell neue Leute ein und verschaff mir ihren verfickten Namen!«, gröle ich meinen unmissverständlichen Befehl.

Er knirscht mit den Zähnen, tut aber, was ich von ihm verlange, lässt es tatsächlich unkommentiert und macht sich an die Arbeit. Besser für ihn. Wenn ich zuvor noch Koks genommen hätte, würde Jays lebloser Körper nun neben ihnen liegen, denn dann hätte ich mich wirklich nicht mehr kontrollieren können. Und das alles nur wegen eines kleinen Miststücks in Bikerboots!

Kapitel 4

Die Dame

Jackpot! Er hat angebissen. Ich hätte nicht gedacht, dass es so einfach werden würde, ihn auf mich aufmerksam zu machen. Gerade mal eine halbe Stunde hat es gedauert, bis dieser Kerl mich entdeckt hat.

Dafür hat sich der ganze Aufwand wirklich gelohnt. Ich musste viel dafür tun, um endlich auf dieser blöden Gästeliste zu stehen.

Drei Hacker von Crow sind daran gescheitert. Drei Mal durfte ich mit meinem Bike von Phoenix nach Tucson und wieder zurückfahren. Klar ist jede Fahrt mit meinem Motorrad ein Highlight, aber es nervt, dass Leute, die sich Hacker schimpfen, es nicht auf die Reihe bekommen, ihren Job richtig zu machen.

Drei der besten Hacker von Crow versuchten diese scheiß goldene Eintrittskarte, diesen beschissenen Barcode, der eine kleine Datei ist, die einem aufs Handy geschickt wird, zu kopieren, damit ich keine Spuren hinterlasse, und drei Mal erschien dieser scheiß schwarze König auf dem Desktop, duplizierte sich auf dem Bildschirm, bis irgendwann alles schwarz wurde und der jeweilige Hacker seinen PC in die Tonne kloppen konnte.

Crow ist am Anfang fast durchgedreht. Es war kaum möglich, ihn zu bändigen, ihn davon abzuhalten, etwas Unüberlegtes zu tun. Aber zum Glück hat er ja mich.

Natürlich habe ich jedem seiner Hacker bei seiner Arbeit über die Schulter geschaut. Wenn er mir eine Aufgabe überträgt, bin ich zu eintausend Prozent bei der Sache und überwache selbst jeden Schritt, um Crow eine gewisse Art von Sicherheit zu geben. Keine Ahnung, warum, aber aufgrund seiner Vergangenheit hat dieser Typ ein riesengroßes Problem damit, anderen zu vertrauen.

Ich musste einen Umweg nehmen und einen von Fletchers sogenannten Ticketverkäufern bezirzen. Nervige Angelegenheit und auch nicht besonders schön, doch was tut man nicht alles für den Sieg?

Eine Woche und ein paar unschöne Dinge, die ich tun musste, um zu bekommen, was ich wollte, später, habe ich dann endlich diesen scheiß Barcode von ihm erhalten. Obendrauf packte er mich dann noch in den Verteiler der VIP-Gäste, sodass ich vor jedem Rave eine Mail mit dem neuen Code und der Beschreibung, wie ich die neue Location erreiche, erhalte. Bingo! Besser hätte es nicht laufen können.

Diese ganzen dummen Menschen bei diesem Rave sind alle nur auf der Suche nach einem unvergesslichen Rausch. Einem Rausch, der sie aus ihrem tristen Alltag reißt und ihnen einen Moment des Glücks schenkt. Alles Idioten.

Obwohl sie wissen, dass dieses Spektakel vom großen Nash Fletcher veranstaltet wird, hatten sie alle kein Problem damit, den Stoff bei mir zu kaufen. Und dass nur, weil sie es bei mir zu einem Spottpreis erhalten haben.

Natürlich ist dieser Proletenarsch auf mich aufmerksam geworden. Das war ja der Sinn dieser ganzen Aktion. Ich habe genau das getan, was Crow von mir verlangt hat. Ich habe mich absichtlich so auffällig wie möglich verhalten, damit er gar keine andere Wahl hat, als mich zu entdecken.

Als er endlich seinen Arsch von seinem Thron hochbekommen und sich unter sein Fußvolk gemischt hat, hatte ich keine Angst. Im Gegenteil. Adrenalin flutete meinen Körper. Endlich würde ich ihm gegenüberstehen. Nach all den Infos, die ich von Crow erhalten hatte.

Er war mir so nah. Sein heißer Atem und sein dunkler Bart kitzelten in meinem Nacken. Leider dachte er wahrscheinlich, ich wäre nur irgendein dummes Mädchen, dass keine Ahnung hat, in wessen Königreich es sich befindet. *Wie falsch du doch liegst, schwarzer König. Wenn du wüsstest, wer ich wirklich bin!*

Ehrlich gesagt hatte ich ein klein wenig mehr erwartet. Dieser Mann, bullig wie ein Stier, ließ sich tatsächlich von einem lasziven Augenaufschlag und einem süßen Lächeln aus der Fassung bringen. Tja, selbst schuld, so konnte ich die Gelegenheit nutzen und verschwinden.

Und jetzt, wo ich mit meinem Baby davonrase und eine fette Staubwolke hinterlasse, steht er da wie ein begossener Pudel und starrt mir hinterher. Ein klitzekleines bisschen hatte ich auf ein wenig mehr Action gehofft …

Gegen eine Verfolgungsjagd durch das kleine Waldgebiet und über den Highway hätte ich nichts einzuwenden gehabt, aber er wusste wahrscheinlich selbst, dass er mit dem Jeep keine Chance gegen mich gehabt hätte. *Keine Sorge, mein Hübscher, wir sehen uns wieder! Ganz bald!*

In meinem Loft angekommen, schiebe ich als Erstes meinen ganzen Stolz in den Lastenaufzug.

Meine schwarz-pinke Kawasaki Ninja hat einen besonderen Platz in meiner Wohnung. Ja, ich weiß, das ist ein wenig seltsam, aber es gibt auch Menschen, die sich ihr Fahrrad an die Wand hängen, aus Angst es könnte geklaut werden. Und es wäre nur ein Fahrrad. Meine Maschine ist unbezahlbar und hat zusätzlich noch einen persönlichen Wert für mich, da ich sie mit mühevoller Arbeit selbst aufgemotzt habe.

Ja, mit Bikes, Autos und deren Motoren und Technik kenne ich mich aus. Schon als ich klein war, habe ich mich nicht für Kleidchen oder High Heels interessiert, sondern eher für das Getriebe eines alten Mustangs oder einer Kawasaki. Mit den Jahren habe ich trotzdem die Liebe zur Mode entdeckt. Allerdings aus dem ganz einfachen Grund, dass ich die meisten Männer eher kontrollieren kann, wenn ich einen kurzen Rock trage, als mit einem Kartoffelsack am Körper. Meine Klamotten sind einfach nur Mittel zum Zweck.

Als Erstes werde ich die restlichen Drogen los und verstaue sie in einem geheimen Versteck in der Backsteinwand. Man kann ja nie wissen, wer plötzlich auftauchen könnte. Anschließend ziehe ich meine wunderbar bequemen Boots aus und mache mich auf den Weg ins Bad.

Bevor ich Crow Bericht erstatte, will ich mir zuerst eine Dusche gönnen. So lange wird er sich schon noch gedulden können.

In meinem kleinen Wellnessparadies angekommen entledige ich mich vom Rest meiner Klamotten. Schwarzer Ledereinteiler, schwarzer String, schwarzer Spitzen-BH. *Merkt man, welche Farbe ich bevorzuge?*

Eigentlich bin ich ein sehr minimalistischer Mensch. Es gibt zwei Dinge an diesem Loft, die mein Herz sofort höherschlagen haben lassen. Der Lastenaufzug für mein Baby und diese Wellnessoase.

In meinem Bad habe ich alles, was ich brauche. Regenwalddusche, Badewanne mit Whirlpoolfunktion und sogar eine kleine Sauna. Was will Frau mehr? Wenn man den Rest des Lofts sieht, könnte man allerdings denken, dass hier keine Dame lebt. Es gibt nicht viel – außer eine alte Couch, einen Esstisch mit vier Stühlen, eine Küche, ein Bett auf der Galerie und ein paar Kommoden. Natürlich habe ich da, wo das Sofa steht, auch einen Fernseher. Das war's dann auch schon. Aber wie gesagt, ich brauche sonst nicht viel.

Es war einfach ein Glückstreffer, als ich dieses Prachtstück in Phoenix gefunden habe. Das ist der beste Grund, hier neue Wurzeln zu schlagen. Nach all den Jahren auf der Straße, nach all dem Scheiß, den ich hinter mir habe, kann ich mir wirklich vorstellen, hier ein neues Leben zu beginnen, wenn der Mist mit diesem Pisser Fletcher endlich vorbei ist.

Als ich mich unter das angenehm heiße Wasser stelle und es sanft meine Haut umspült, denke ich für einen kurzen Moment an seinen heißen Atem in meinem Nacken. Diese dunkle Aura, die er ausstrahlt, konnte ich sofort spüren. Eine Gänsehaut bildete sich in meinem Nacken und wanderte über meinen ganzen Körper. Trotzdem ist er nur ein prolliges, überhebliches Arschloch. Ich freue mich jetzt schon darauf, ihn in den Wahnsinn zu treiben. Denn das ist mein Auftrag. *Wickel ihn um den Finger, bis er dir verfallen ist.* Und das ist meine leichteste Aufgabe.

Crow wird erst Ruhe geben, wenn Nash Fletcher vollkommen zerstört ist. Er will ihn fertigmachen, will ihm alles nehmen. Worum es genau geht, weiß ich nicht, und es ist mir auch egal. Auch nach den ganzen Jahren bin ich Crow immer noch dankbar und deshalb loyal ihm gegenüber. Ohne ihn würde ich wahrscheinlich immer noch meine Strafe wegen dieses scheiß Bullen Greyson absitzen.

Nach dem Tod meiner Eltern wollte ich nicht in irgendein Heim abgeschoben werden. Jahrelang hatte ich mich schon selbst versorgt, was bei zwei Alkoholikern als Erzeugern wahrscheinlich nicht anders zu erwarten war. Also warum sollte ich es nicht weiterhin tun? Bis dahin hatte sich auch keine Behörde um mein Wohlergehen gesorgt.

Nach nur einer Nacht im Heim zog ich es vor, auf der Straße zu leben. Dort war ich wenigstens diejenige, die bestimmte, was ich tat oder ließ. Selbstverständlich wurde ich mit dreizehn nicht mir selbst überlassen. Fast ein Jahr wurde ich immer wieder wegen Kleindelikten von der Polizei aufgegriffen. Vielleicht Dinge, die nicht unbedingt toll waren, aber irgendwie musste ich ja als Kind an Geld gelangen.

Durch Kontakte auf der Straße vertickte ich irgendwann immer mal wieder kleinere Mengen an Drogen. Oft haben mich meine damaligen Dealer als Botin eingesetzt. Sie meinten, als junges Mädchen würde ich nicht so verdächtig aussehen. Natürlich wurde ich trotzdem öfter mal erwischt und von den Cops aufgegriffen. Irgendwann hat die Polizei mir gesagt, würden sie mich noch einmal dabei ertappen, Stoff zu verticken, müsste ich ins Jugendgefängnis.

Mehrere Wochen blieb ich fern von den Dealern. Habe versucht, durch Betteln irgendwie an Geld zu kommen. Aber ich war vielleicht zu naiv in dem Alter und habe einfach nur die Bezahlung gesehen, die ich für einen einzigen Botengang bekam. Manchmal habe ich so viel nicht einmal in einer Woche beim Betteln zusammenbekommen. An irgendeinem Abend in einer der gewöhnlichen dunklen Gassen, die sich für solche Übergaben besonders eignen, griff mich doch wieder jemand auf. *ER.*

Er stellte mich vor die Wahl. Jugendgefängnis oder ich würde mich ab sofort dafür erkenntlich zeigen müssen, dass er mich bei seiner Dienststelle nicht verpfiff.

Ich war mittlerweile vierzehn, fast fünfzehn. Hatte mein erstes Mal längst hinter mir. Natürlich wollte ich mich ihm nicht anbieten, aber damals dachte ich noch, dass es halb so wild sein würde. Er wollte schließlich nur Sex. Doch es wurde schlimmer. Viel schlimmer, als ich es mir hätte vorstellen können.

Ich erinnere mich daran, wie er meine Lage ausgenutzt hat. Wie er meinen Körper benutzt hat, nur damit ich nicht ins Gefängnis muss. Er hat mich in ein Motel mitgenommen. Jedes Mal das gleiche Zimmer. Das gleiche Bett. Der gleiche Geruch.

Er fesselte mich ans Bettgestell und nahm sich, was er wollte. Jahrelang. Ich habe mich ganze drei Jahre lang benutzen lassen, nur um frei zu sein.

Crow hat mich damals am tiefsten Punkt meines Lebens aufgegriffen, hat bis heute keine Ahnung, welche lange Vorgeschichte sich hinter dieser Szene in der Gasse verbirgt. In diesem Moment musste ich so handeln. Nicht eine Sekunde länger wollte ich von Carl Greyson benutzt werden.

Ich hatte versucht, mich von ihm fernzuhalten, aber in dieser Nacht hatte er mich überrascht und in die Gasse gezogen. Ich wollte das alles nicht mehr, wollte seine ekligen Finger und seinen nach Alkohol stinkenden Atem nicht mehr auf meiner Haut spüren. Und als ich plötzlich seine Waffe spürte, als ich mich gegen ihn zu wehren versuchte, habe ich keinen Augenblick gezögert.

Ein Schauer läuft mir trotz des heißen Wassers beim Gedanken an ihn über den Rücken. Schnell schiebe ich ihn beiseite, denn das ist Vergangenheit. Er ist tot und verrottet unter der Erde, dort, wo er hingehört!

Nachdem mein Körper und auch meine Haare gewaschen sind, drehe ich das Wasser aus und trete aus der Dusche. Ein kleines Handtuch wickele ich um meine Haare, ein großes schlinge ich um meinen Körper. Ich gehe hinauf in meine Galerie und suche mir bequeme Leggings und ein Top heraus.

Mit dem Turban auf dem Kopf schnappe ich mir mein Handy. Schon fünf verpasste Anrufe? *Verdammt, Crow … Bist du so neugierig oder hast du etwa Angst, ich würde es vermasseln? Dein ewiges Vertrauensproblem!*

Bevor der Arme noch einen Herzinfarkt erleidet, rufe ich ihn an und mache es mir, während es tutet, auf dem Bett im

Schneidersitz bequem. Bereits nach dem zweiten Klingeln hebt er ab.

»Blair?«

»Wer soll es denn sonst sein?«, frage ich ihn leicht genervt.

»Verdammt, warst du die ganze Zeit auf der Party? Ich sagte doch, du sollst ihn nur ein wenig auf dich aufmerksam machen und direkt wieder verschwinden«, antwortet er zornig. Ich höre, wie er die Worte zwischen seinen Zähnen hervorpresst.

Okay, er ist angepisst. Ja, er ist in gewisser Weise mein Boss, aber ich glaube, ich bin die Einzige, die es annähernd wagen darf, so mit ihm zu sprechen. Auch wenn er es nicht zugeben würde, auf irgendeine kranke Art und Weise kann er mich gut leiden und vertraut mir. Jedenfalls soweit seine verkorkste Seite das zulässt. Und auch unser Sex ist grandios.

»Bleib ruhig, Großer! Sei nicht so angepisst. Außerdem bin ich deine weiße Dame. Hast du das etwa vergessen?«, versuche ich ihn ein bisschen zu ärgern. Vielleicht beruhigt er sich ja wieder.

»Keine Ahnung, was mich geritten hat, dich dazu zu machen. Und jetzt sag mir endlich, wie es lief! Ich bin echt nicht zu Scherzen aufgelegt, wenn es um diesen Wichser geht!« *Also gut, heute keine Späße.*

Ich atme einmal angestrengt durch, bevor ich ihm antworte.

»Es lief alles so, wie du es wolltest. Ich habe ein bisschen was auffällig unauffällig vertickt und wurde natürlich von dem riesigen Partymacher erwischt. Aber, und das muss ich leider sagen, er ist wie alle Männer. Ein verführerischer Augenaufschlag hier und ein süßes Lächeln da, und euer Gehirn wandert in die Hose. Ich war schnell wieder in der Masse verschwunden und draußen hat er nur noch eine Staubwolke von mir gesehen. Zufrieden?«

»Ich hatte nichts anderes erwartet. Das war so klar, dass

er sich von dir kleinem Biest um den Finger wickeln lassen würde. Aber verdammt, warum hat das so lange gedauert? Ich dachte wirklich, er hätte dich einkassiert.«

»Jetzt hör schon auf. Du kennst mich. So leicht kriegt man mich nicht. Außerdem hab ich noch eine Runde mit meinem Baby gedreht und musste, so verschwitzt wie ich war, erst noch duschen.«

»Jaja … schon gut. Hast du sonst noch irgendwas herausgefunden?«, fragt er drängend.

»Nur, dass diese Partys wirklich verdammt riesig sind. Halbnackte Frauen, die sein Zeug auf einem Silbertablett verticken, riesige Lasershows an der Decke und ein DJ, der es echt draufhat. Die Masse feiert da mit Sicherheit, bis der Letzte vor Erschöpfung umfällt. Sie haben mir mein Zeug nur abgekauft, weil es fast geschenkt war.«

Crow fängt lauthals an zu fluchen.

»Dieser verdammte Wichser! Egal wie lange es dauert. Egal wie viel ich investieren muss. Ich werde ihm alles nehmen! Er glaubt, er steht so weit oben, dass ihm niemand gefährlich werden könnte. Aber er täuscht sich! Sein Fall wird verdammt tief sein.«

»Ja, das wird er. Beruhig dich wieder!« Im Hintergrund höre ich irgendetwas scheppern. *Da ist wohl jemand leicht gereizt.*

»Und noch was …«, versuche ich es vorsichtig. Ich bin mir sicher, dass er von meinem Gedanken nicht begeistert sein wird. »Von seinem Dealer habe ich keine Infos einholen können. Nichts. Man könnte fast meinen, keiner seiner Leute hat ihn jemals zu Gesicht bekommen. Ob es sein kann, dass er selbst die Pillen zusammenmischt?«

»Niemals! Das kann er definitiv nicht allein. So gut war er nicht in Chemie.«

Ich könnte jetzt wieder hunderte Fragen stellen, warum er sich da so sicher ist, aber er wird mir ja doch nichts sagen. Deshalb gehe ich nicht weiter darauf ein und frage stattdessen:

»Wann hast du vor, auch hier aufzutauchen?«

Er schnauft und scheint einen Moment zu überlegen.

»Ich denke, spätestens in einer Woche werde ich da sein. Muss noch was erledigen.« *Was hast du denn noch zu erledigen?*

»Weihst du mich ein? Oder ist das wieder so ein Mach-ich-allein-Ding? Du weißt, ich bin dir loyal gegenüber«, frage ich dann doch leicht gereizt.

Es macht mich schon irgendwie manchmal wütend, dass er von mir zwar verlangt, Fletcher um den Finger zu wickeln, aber mir immer nur das Nötigste mitteilt. Vor allem, wenn man bedenkt, wie lange ich jetzt schon an seiner Seite bin – oder anders ausgedrückt, in seiner Schuld stehe.

»Ja, du bist loyal mir gegenüber. Und wir wissen auch beide, wieso. Du arbeitest für mich. Du bist vielleicht meine rechte Hand, aber bilde dir nicht immer gleich ein, wir wären beste Freunde und ich würde dir alles anvertrauen. Du weißt, was du wissen musst. Punkt.« *Okay, das hat gesessen.*

Jedes Mal, wenn ich zu viel nachbohre, stellt er auf stur. Bitteschön, dann eben nicht. Dann halt wieder ein Boss-Angestellten-Gespräch.

»Soll ich ihn beim nächsten Rave nochmal ein wenig in den Wahnsinn treiben?«

Er redet weiter, als wäre nichts gewesen, nachdem er mich in die Schranken verwiesen hat.

»Blut geleckt, was? Aber keine Sorge, er wird dir sowas von verfallen, du Biest! Dafür kenne ich ihn viel zu gut. Bis dann, Blair. Wir hören uns!«

»Ja, bis dann.«

Damit legen wir beide auf. Und ja, vielleicht mache ich mir ein wenig Sorgen. Immer wenn er mir was verheimlicht, plant er eine Dummheit, die uns irgendwann um die Ohren fliegt. *Ich hoffe wirklich, du weißt, was du tust, Crow!*

Dieser elendige, sture Bock! Egal auf welche Art ich es versucht habe, er wollte mir nichts verraten. Auch wenn er mein Boss ist, so glaube ich trotzdem manchmal, ich bedeute ihm mehr als all seine Männer. Damals hat er mich zu seiner *weißen Dame* gemacht. Dass er mich trotzdem immer wieder so außen vorlässt, verletzt mich manchmal mehr, als es sollte.

Ja, es stimmt, ich bin damals nur mit ihm mitgegangen, damit die Bullen mich nicht erwischen. Und ja, ich bin ihm seitdem etwas schuldig. Trotzdem will ich wissen, was er vorhat. Denn manchmal handelt Crow unüberlegt und will einfach nur mit dem Kopf durch die Wand. Ich schaffe es zumindest in den meisten Fällen, dass er noch einmal nachdenkt, bevor er handelt. Wenigstens dann, wenn er mich in seinen Plan einweiht. Und schon allein deshalb bin ich mir fast sicher, dass ich ihm mehr bedeute, als er zugibt.

Da es schon fast vier Uhr morgens ist, trockne ich mir nur noch schnell die Haare und mache es mir danach in meinem Bett bequem und schlafe nur kurze Zeit später ein.

Kapitel 5

Die Dame

Die ganze Woche über habe ich, wie der große Chef es mir aufgetragen hat, versucht, etwas über Fletchers Dealer herauszubekommen. Doch Pustekuchen. Egal wie tief ich auch gegraben habe, ich habe nichts, aber auch wirklich gar nichts herausfinden können. Anscheinend stellt er die Droge tatsächlich nur für diesen Ravekasper her. Fletcher muss ihm verdammt viel dafür bieten, dass er alleiniger Abnehmer sein kann.

Den Gedanken, dass er die Drogen vielleicht selbst herstellt, habe ich wieder verworfen. Da war Crow sich ziemlich sicher. Warum auch immer. Er kennt ihn besser, als er zugeben will. Ob er mich irgendwann darüber aufklären wird, woher, lassen wir mal dahingestellt.

Noch drei Tage, dann findet der nächste Rave statt. Ich habe heute Morgen das Ticket mit dem entsprechenden Barcode erhalten. Den Standort der Location gibt es erst am Veranstaltungstag, wenige Stunden, bevor der Rave startet. Was für ein Aufstand, aber clever ist er, das muss ich ihm leider lassen. Kein Wunder, dass der große Ravekönig noch nicht erwischt worden ist.

Während ich an diesen eingebildeten Partymacher denke, lasse ich mir den Wind durch die Haare wehen. Es gibt nichts Besseres, als an einem heißen Tag mit seinem Baby über den Highway zu rasen. Hier fühle ich mich frei. Mich kann nichts stoppen. Ich werde ihm auf dem Rave so richtig einheizen, ihn um den Finger wickeln und wieder das kleine, süße Mädchen spielen, auf das alle Männer immer hereinfallen. Und das nur, um ihn erneut stehen zu lassen.

Er wird mich niemals erwischen, selbst wenn er dieses Mal nicht wie ein begossener Pudel zurückbleiben und mir folgen sollte. Meine Ninja ist keine gewöhnliche Maschine. Denn wenn man sich wie ich ein wenig auskennt, werden mit ein paar kleinen Handgriffen aus 200 PS schnell mal 250 oder mehr. Mein Baby erwischt niemand.

Wieder in meinem Loft angekommen will ich es mir gerade nach einer ausgiebigen Dusche auf der Couch bequem machen, als ich von draußen ein lautes Hupen höre. Schnaubend verdrehe ich die Augen. *Du kommst auch immer im unpassendsten Augenblick, Großer!*

Nur mit meinem Handtuch bekleidet laufe ich zum Lastenaufzug und fahre damit hinunter. Ich schiebe die große Tür auf und lehne mich dagegen. Gut, dass ich hier weit und breit keine Nachbarn habe. Die Lagerhalle liegt am Rand von Phoenix und um mich herum gibt es nur Sand, Staub und Kakteen. Deshalb ist es egal, wie ich hier rumlaufe. Obwohl es mir eigentlich auch sonst egal wäre. Ich schäme mich nicht für meinen Körper.

Crow kommt mit einer verdunkelten Sonnenbrille und den Händen in den Hosentaschen freudestrahlend auf mich zugeschlendert. Seine schwarzen Haare fallen ihm cool und lässig in die Stirn. Sein Grinsen ist so anzüglich, dass man all seine Gedanken darin lesen kann, was er mit dir vorhat. Jedes andere Weib würde ihn jetzt mit feuchtem Höschen anschmachten. *So ein Angeber!* Tja, bei mir ist er da leider an der falschen Adresse.

Anscheinend hat er sich beruhigt und ist wieder der, der er immer in meiner Nähe ist. Vielleicht bekomme ich ja doch etwas aus ihm heraus. Denn auch er kann meinen Reizen selten widerstehen. Ich verschränke die Arme vor der Brust und grinse ihn wissend an.

»Hey, meine Hübsche. Extra aufgebrezelt für mich?«,

raunt er mir entgegen, als er vor mir stehen bleibt, seine Sonnenbrille lässig von der Nase nimmt und an seinen Ausschnitt steckt. Seine stahlgrauen Augen wandern von meinem Gesicht hinab zum Ansatz des Handtuchs. Er versucht es immer wieder. Auch nach all den Jahren glaubt er immer noch, ich falle auf seinen Charme rein. *Aber ich bin besser!*

Ich lege meinen Finger unter sein Kinn und schiebe es nach oben, sodass er mir wieder in die Augen sieht. Er legt seine Hände rechts und links neben meinem Kopf auf die Metalltür.

»Hey, Großer! Du wirkst auf mich, als hättest du lange nicht gefickt. Bist du etwa untervögelt?«

»Könnte sein, du kleines Biest. Ich hab dich vermisst«, wispert er mir mit dieser verführerischen Stimme und seinem überaus charismatischen Grinsen entgegen.

Lachend drehe ich mich in einer schnellen Bewegung unter ihm weg und gehe mit wackelnden Hüften zurück in den großen Aufzug.

»O nein, mein Freund! Weih mich in deinen Plan ein. Und ganz vielleicht darfst du dann hier übernachten.«

Crow folgt mir und schließt hinter uns die Türen des Fahrstuhls. Ich drücke auf die Aufwärtstaste und das alte Ding setzt sich ruckelnd in Bewegung. Er stellt sich erneut ganz nah vor mich und kesselt mich mit seinen großen Händen in der Ecke des Fahrstuhls ein, während dieser hinauffährt.

»Das könnten wir auch später noch besprechen ...«, versucht er es wieder.

Seine Finger wandern über mein Schlüsselbein, bevor er sich vorbeugt und beginnt, an genau diesem zu knabbern. Er macht es mir aber auch wirklich nicht leicht.

Ich schließe für einen winzigen Moment die Augen und versuche, meine nächsten Worte so überzeugend wie möglich klingen zu lassen.

»Warum habe ich dich in den letzten Tagen nicht erreichen können?«

Ich schiebe ihn ein Stück von mir weg. Als wir oben sind, öffne ich die Türen und betrete meine Wohnung. Schnaubend läuft er hinter mir her und schmeißt die Arme in die Luft.

»Sei nicht so 'ne Dramaqueen, Blair. Ich bin hier, alles ist gut. Lass uns lieber ficken und die Tage nachholen, an denen wir uns nicht gesehen haben.«

Ruckartig bleibe ich stehen und drehe mich zu ihm um. Kurz vor mir bleibt er stehen und blickt auf mich herab. *Warum bin ich auch so klein? Na gut, dann eben anders.*

»Du hast recht ... Vielleicht haben wir uns wirklich zu lange nicht gesehen«, flüstere ich.

Ich lege meine Hände auf seine Brust, schiebe sie unter seine Lederjacke und fahre an seinem muskulösen Oberkörper hinab, bis meine Hände seinen Schritt erreichen. Mit einem verführerischen Augenaufschlag schaue ich zu ihm auf.

Crows Hand wandert zu meinem Handtuch. Er öffnet es und lässt es fallen, sodass ich nackt vor ihm stehe.

Sein Blick wird lüstern, während ich seinen Schwanz durch die Jeans massiere. Ich kann spüren, wie er an Härte und Größe zunimmt.

»Und wie ich dich vermisst habe«, sagt er mit rauer Stimme. *Auch du bist nur ein Mann und auf eine solche Masche fallen sie alle rein. IMMER!*

Urplötzlich lasse ich von ihm ab, hebe mein Handtuch auf und renne schnell die Treppe zu meinem Schlafplatz hinauf. Oben angekommen drehe ich mich zu ihm um und schaue lachend auf ihn hinab.

»Gut, dann sag mir, was du in den letzten Tagen so getrieben hast. Sonst kannst du heute deine Hand benutzen, um dich zu erleichtern.«

Verdutzt schaut er zu meiner Galerie hinauf. Ich gehe in aller Ruhe zu meinen Kommoden, suche mir ein Tanktop und knappe Shorts heraus und ziehe mich an. Dann höre ich ihn von unten murmeln:

»Du kleines Biest. Ist das dein Ernst?«

Langsam stolziere ich die Treppe hinunter.

»Ja!«, ist meine knappe Antwort.

Ich lasse mich neben Crow auf die Couch fallen, auf der er es sich bequem gemacht und die Unterarme auf der Lehne ausgebreitet hat.

»Also? Leg los«, sage ich, schaue ihn abwartend an und verschränke die Arme vor der Brust.

Er schnauft und legt den Kopf in den Nacken.

»Ja, schon gut, du stures Biest. Du gibst ja doch keine Ruhe! Ich will, dass er untergeht. Ich will ihn komplett vernichten. Er soll alles verlieren. Genau wie ich. Ich kann es nicht einfach dem Zufall überlassen. Ich brauche einen Läufer, der den nächsten Zug machen kann. Ihn wird er nicht kommen sehen. Und dann wird er tief fallen.«

Ich ahne Böses.

»Crow …«, sage ich vorsichtig. »Was hast du gemacht?«

Crow sieht jetzt doch zu mir. Und an seinem entschuldigenden Blick kann ich genau erkennen, dass ich über seine nächsten Worte nicht begeistert sein werde. Aber er ist der Boss. Er entscheidet. Ich kann am Ende nur versuchen, ihm zur Seite zu stehen und ihm zur Not den Kopf zu waschen.

»Ich habe mit dem Oberhaupt des Garcia-Kartells gesprochen. Sie haben wohl schon länger ein Auge auf diese Partys. Es passt ihnen auch nicht, dass Fletcher immer größer wird. Sie werden uns helfen. Ich habe einen richtig guten Deal abgeschlossen. Wenn ich mir seine Partys unter den Nagel gerissen habe, wird Garcia dafür sorgen, dass wir die Raves auch nach Mexiko ausbreiten können. Sie werden mit 55 Prozent beteiligt. Wir werden nicht nur das Koks verticken, sondern den kompletten Drogenmarkt übernehmen. Weißt du, was das bedeuten würde?«

Ich schaue ihn einfach nur perplex an. Er kann doch nicht wirklich selbst glauben, was er da sagt. Ist er zu lange durch die Mittagssonne gelaufen und hat sich das Hirn weggebrannt? Er ist blind vor Hass und hat sich jetzt auch noch auf das Kartell eingelassen? Ich bin so perplex, dass ich im ersten Moment gar nicht weiß, was ich darauf antworten soll.

Ich öffne den Mund, will etwas sagen und schließe ihn wieder. Ist er bescheuert? In meinem Magen beginnt es zu brodeln. Im ersten Moment haben mich seine Worte sprachlos gemacht. Jetzt flutet Wut meine Venen. Erneut öffne ich den Mund.

»Crow, was stimmt nicht mit dir? Hast du zu viel von deinem Koks geschnupft? Du kannst dich nicht mit dem Garcia-Kartell zusammentun! Glaubst du, die werden uns danach mit offenen Armen empfangen? Die werden uns umbringen, Crow! Das kann doch nicht dein verfickter Ernst sein!«, schreie ich aufgebracht.

Ich springe auf, stürme zu meiner Kücheninsel und stütze meine Hände auf der Marmorplatte ab. Immer mehr brodelt es in mir. Aber ich muss mich wieder beruhigen. Ich darf nicht vergessen, wer er ist. Auch wenn ich viel Spielraum habe, mehr als andere, so gibt es auch für mich eine Grenze, die ich nicht überschreiten sollte. Deshalb balle ich meine Hände zu Fäusten und versuche, meine schnelle Atmung wieder zu kontrollieren.

»Blair!«, sagt er mit zusammengebissenen Zähnen und kommt aufgebracht auf mich zu. »Ganz dünnes Eis, auf dem du dich da gerade bewegst. Ich bin der König. Ich bestimme. Du musst meine Entscheidungen nicht gutheißen. Aber du hast sie zu akzeptieren. Hast du mich verstanden?«

Während ich tief ein- und ausatme, schaue ich ihn entschuldigend an und nicke langsam. Mit meiner aufbrausenden Art mache ich es nicht besser. So verschlimmere ich es nur und er erzählt mir beim nächsten Mal wirklich nichts mehr. Ich muss mich beruhigen, muss Crow wieder zur Vernunft bringen. Manchmal könnte man meinen, ich bin mit meinen dreiundzwanzig Jahren erwachsener als mein Boss mit seinen fast dreißig.

Was glaubt er, was das Garcia-Kartell macht, wenn Fletcher weg ist? Eine Party für uns schmeißen und uns als neue Mitglieder feiern? Da kann er doch nicht wirklich selbst von überzeugt sein.

Plötzlich spüre ich warme Hände an meiner Hüfte. Er lehnt sich vor und stützt sein Kinn auf meine Schulter.

»Crow, du bist verrückt. Das wird nicht gut enden«, flüstere ich.

Seine Hände wandern zu meinem Bauch.

»Mach dir keine Sorgen, du kleine Dramaqueen. Ich hab alles im Griff. Und jetzt lass uns etwas Spaß haben.«

So schnell, wie er auf hundertachtzig ist, so schnell beruhigt er sich in meiner Gegenwart auch wieder. Ich sagte ja, irgendwie mag er mich. Auf eine seltsame Weise.

Seine Hände gleiten in meine Shorts und fahren über meinen Venushügel. Crows Becken drängt sich von hinten gegen meinen Arsch und ich kann seinen steifen Schwanz spüren.

»Crow«, flüstere ich mit geschlossenen Augen.

»Du solltest dir das wirklich gut überlegen. Ich hab kein gutes Gefühl dabei, sich auf das Kartell einzulassen.«

»Ich weiß, was ich tue«, haucht er in mein Ohr. »Am Ende wird der schwarze König und alle seine Figuren fallen.«

Eine Gänsehaut breitet sich in meinem Nacken aus. Seine Finger schieben sich weiter zwischen meine Beine und verdammt, ja, gegen eine heiße Nummer mit ihm hätte ich nichts einzuwenden. Meine Libido erinnert mich daran, wie lange ich schon keinen Sex mehr hatte. Und Crow ist halt immer eine gute Wahl. Für uns gehört es einfach zu unserem Leben dazu. Jeder weiß, worauf der andere steht und was er braucht. Keine scheiß Gefühle. Einfach nur Befriedigung. Besser kann es doch gar nicht laufen.

Ich stöhne leise auf, als ich bemerke, wie feucht ich schon bin. Ein Kribbeln entsteht in meiner Mitte. Crow beißt fest in meinen Nacken und ich ziehe scharf die Luft ein. Ich drehe mich zu ihm um, sodass seine Hand aus meiner Hose rutscht.

Das Feuer ist entfacht und es gibt kein Halten mehr zwischen uns. Crow reißt mir mein Top über den Kopf und schiebt meine Shorts hinab. Da ich keine Unterwäsche trage, stehe ich jetzt nackt vor ihm. Sekunden später ist auch sein Shirt verschwunden und sein durchtrainierter Oberkörper kommt zum Vorschein. Unser beider Atem geht schneller.

Fest greift er in meine Oberschenkel, setzt mich auf der Arbeitsplatte ab, fasst in seine hintere Hosentasche, zieht ein Kondompäckchen hervor und reißt es mit den Zähnen auf. In seinen Augen lodert die Lust auf und ohne Umschweife öffne ich seine Jeans, ziehe sie samt Boxershorts hinab. Ungeduldig rollt er sich das Gummi über seine Länge, tritt an mich heran und positioniert seinen harten Schwanz vor meinem feuchten Eingang.

Ich kralle mich mit meinen Fingern in seine trainierten Schultern und als er mit einem einzigen harten Stoß in mich eindringt, verschluckt er mein Aufstöhnen, indem er seine Lippen fest auf meine drückt. Sein Kuss ist dominant und lässt mir fast keinen Moment, um Luft zu holen.

Er fickt mich schnell und tief, nur um im nächsten Moment wieder sanfter zu werden. Crow spielt mit mir und als er sich von mir löst, sehe ich sein überhebliches Grinsen. Ich keuche auf, stütze mich mit meinen Händen hinter mir auf der Arbeitsplatte ab und lasse den Kopf in den Nacken fallen, wobei ich meine Augen schließe.

Dieser Mistkerl weiß genau, was er tun muss, um mich verrücktzumachen. Mein gesamter Körper ist angespannt, will endlich Erlösung finden, doch Crow zieht es mit Absicht in die Länge. Diese Hitze vor Lust sucht verzweifelt ein Ventil. Er macht mich wahnsinnig. Und dann hört er plötzlich auf. Stellt seine Bewegung einfach ein.

»Du hast mich tatsächlich vermisst«, raunt er mir entgegen.

»Bild dir bloß nichts ein. Hatte nur keine Zeit, mir was Passendes zu suchen. Als wenn du dich auf das hier nicht gefreut hättest. Und jetzt fick mich endlich richtig«, sage ich flehend und animiere ihn mit meiner Hüfte dazu, weiterzumachen.

Anscheinend hat er nur auf eine Aufforderung meinerseits gewartet. Er gleitet aus mir heraus, zieht mich von der Arbeitsplatte, nur um mich im nächsten Moment bäuchlings auf diese hinunterzudrücken. Ich lege meine Wange auf den kalten Marmor und die Hände links und rechts neben meinen Kopf, während Crow fest in meine Hüfte greift und sich meinen Arsch so zurechtschiebt, wie er ihn braucht. Mit einem unkontrollierten Knurren schiebt er sich zurück in meine feuchte Mitte.

Auch mir entfährt ein lautes Stöhnen. Eine seiner Hände wandert in mein dunkles Haar, greift fest zu und zieht meinen Kopf so weit in den Nacken, dass es schon fast schmerzt. Immer rauer und unkontrollierter fickt er mich gegen die Arbeitsplatte. *Da hatte wohl noch jemand länger keinen Sex ...*

Ich fasse zwischen meine Beine und stimuliere mich zusätzlich selbst. Als die Hitze so groß ist, dass ich glaube, innerlich zu verglühen, und ich spüre, wie der Orgasmus in mir aufsteigt, sich meine Wände fest um seinen Schwanz zusammenziehen und sich endlich die ersehnte Erlösung in mir breitmacht, schreie ich diese ohne Zurückhaltung heraus. Auch Crow spritzt wenig später in mich und kommt mit einem animalischen Stöhnen.

Außer Atem legt sich sein schwerer Oberkörper auf meinen nackten Rücken. *Puh, das haben wir anscheinend beide gebraucht.*

Als er sich wieder beruhigt hat, gleitet er aus mir heraus und gibt mir einen leichten Klaps auf den Po. Crow schiebt das Kondom ab, verknotet es und lässt es in meinem Mülleimer verschwinden.

»Vielen Dank fürs Druckablassen!«

Daraufhin sammelt er seine Klamotten ein, zieht sich an und bedient sich an meinem Kühlschrank. Auch ich komme langsam wieder zu mir und ziehe mich an.

Crow kommt zu mir zurück und reicht mir eine kühle Wasserflasche. Sofort drehe ich sie auf und lasse die erfrischende Flüssigkeit meinen Hals hinablaufen.

Perfekter hätten wir deine Ankunft nicht feiern können, Crow.

Kapitel 6
Schwarzer König

*E*in Klopfen an meiner Bürotür reißt mich aus meinen wilden Gedanken. Ich nehme die Hand von meinem Gesicht und brumme ein schlechtgelauntes: »Ja«, um den Störenfried hereinzubitten. Auch wenn ich jetzt eigentlich niemanden sehen will. Doch das ist in einem Geschäft wie diesem nicht möglich. Oder besser gesagt in zwei Geschäften. Dem illegalen und dem legalen.

Schließlich muss ich mich ja absichern. Nicht umsonst kann ich seit Jahren meine Raves schmeißen, weil ich nun mal nicht dumm bin. Natürlich gebe ich vor, ein anständiger Saubermann zu sein, der seine Millionen mit einer geschickten Investition und gutem Timing in der Pfandleiher-Branche gemacht hat. Schnell wurde daraus eine ganze Kette.

›Fletchers Pfandhaus‹, diesen Namen kennt man. Muss ja keiner wissen, dass ich mein größtes Vermögen mit illegalen Partys verdiene und nicht mit Schmuck und anderen Wertsachen, die mir die Leute als Pfand geben, um ihre lächerlichen Schulden zu bezahlen.

Dementsprechend herrscht ein reges Kommen und Gehen in meinem Büro. Ständig will jemand etwas von mir.

So wie jetzt, als Jay geschäftig auf mich zukommt. Als er jedoch meinen müden und schlechtgelaunten Gesichtsausdruck sieht, hält er inne.

Jay lässt die Unterlagen in seiner Hand sinken und sieht mich rätselnd an.

»Was ist mit dir?«, fragt er mich dann untypisch für uns.

Ich stütze meinen Kopf auf meiner Faust ab und sehe ihn einfach nur an, ehe ich leicht mit den Achseln zucke.

»Nichts«, brumme ich zur Antwort und nicke auf die Mappe. Ich weiß nicht, warum, doch mich beschleicht eine innere Unruhe. Ich kann sie weder erklären, noch weiß ich, woher sie kommt. Sie ist einfach da und hinterlässt ein ungutes Gefühl in meinem Inneren. Als wolle es mich vor einem Sturm warnen, der auf mich zurollt.

»Was hast du für mich?«, lenke ich ab.

Er verzieht kurz seine schwarzen Brauen, ehe er an mich herantritt und mir die Unterlagen überreicht. Ich nehme sie an mich und blättere sie durch. Die Zigarette dabei zwischen die Lippen geklemmt, damit ich nicht auf mein Nikotin verzichten muss.

»Neue Dealer. Ich habe dir ein paar der Besten herausgesucht. Sie wollen mit dir zusammenarbeiten.«

Kurz wende ich meinen Blick von der Mappe und sehe ihn mit erhobener Augenbraue an.

»Was soll der Scheiß, Jay? Du weißt, ich habe meinen Dealer. Weder will ich noch brauche ich einen neuen«, ermahne ich ihn forsch.

Ich kaufe ausschließlich bei meinem Stammdealer den Stoff – bei niemandem sonst. Keiner kennt ihn und keiner wird ihn auch jemals kennenlernen. Nicht einmal Jay hat ihn je zu Gesicht bekommen, geschweige denn weiß er seinen Namen, seine Adresse oder ähnlich Nützliches.

Ich gebe keinerlei Informationen von ihm heraus, aus einem ganz einfachen Grund: Wenn keiner meinen Dealer kennt, kann mich auch niemand absägen. Man kann mich dann weder kopieren noch mich um meinen zuverlässigen Dealer bringen.

Der Kerl leistet einfach die beste Arbeit. Das Zeug ist zwar dennoch gepantscht, wie alle Partydrogen, und trotzdem macht dieser Kerl etwas anders. Er verstärkt die Wirkung und gleichzeitig reduziert er die Dauer. Sprich, die Leute sind noch besser drauf, brauchen aber schneller Nachschub. Recht praktisch, vor allem, da ich auf meinen Partys immer pillenweise verkaufe.

Also werde ich den Teufel tun, meinen Dealer preiszugeben. Er bringt mir schließlich Millionen ein und verlangt nicht einmal mehr. Gut, vielleicht liegt es auch daran, dass er ein kleiner Spinner von Student ist. Kein Scherz. Ich bin ihm durch Zufall begegnet.

In meiner Stammbar entdeckte ich ihn, wie er großkotzig verkündete, er würde die besten Pillen in ganz Phoenix haben. Natürlich wurde ich, als König der Pillen, hellhörig und bat ihn, mir eine zu geben, auch wenn ich das Dreckszeug normalerweise nicht nehme. Und shit! Das Zeug hat es wirklich in sich. Also kamen wir schnell ins Geschäft. Ich sah sein Potential und vor allem das seiner Zauberdinger.

Er erklärte sich vertraglich dazu breit, nur für mich zu arbeiten und ausschließlich mir sein Zeug zu verkaufen. Im Gegenzug versprach ich ihm, dass er für sein Leben ausgesorgt hätte, denn ich würde ihn gut bezahlen und ihm den gewissen Schutz geben, den er braucht, um unentdeckt zu bleiben.

Das tue ich auch und dennoch zahle ich noch immer weniger als auf dem normalen Markt. Doch die Masse macht es aus und somit haben wir beide etwas davon.

Ich klappe die Mappe wieder zu und werfe sie Jay über meinen Schreibtisch hinweg zu. Ich weiß, dass Jay mir ständig neue Dealer andrehen will, nur weil er dadurch die Information, wer mein Dealer ist, bekommen würde. Er kann einfach nicht akzeptieren, dass er nicht alles zu wissen hat.

»Komm mir nicht noch einmal mit so einem Scheiß an, Jay! Wenn ich einen neuen Dealer brauche, gebe ich dir Bescheid. Vorher brauchst du mich mit der Scheiße nicht mehr zu nerven. Akzeptier einfach, dass du von mir nichts über ihn erfährst, und fertig! Das erspart uns jede Menge Zeit und beruhigt meine Nerven. Und jetzt mach dich nützlich und bereite die letzten Züge für den Rave morgen Abend vor!«

Jay schnaubt einmal laut auf, wagt es aber nicht, zu widersprechen. Er hat schon früh gelernt, wo sein Platz ist. Und dieser ist ganz klar unter mir.

Ich schätze ihn und seine Arbeit, aber wenn es um mein Königreich geht, dann hört jede Freundschaft bei mir auf. Zumal ich mir in meiner Position so oder so nicht wirklich Freunde leisten kann. Schließlich kann ich nie wissen, ob ihre ›Sorge‹ echt ist, oder sie nur an mein Geld, meine Macht oder meine Krone wollen.

Daher führe ich eher oberflächliche Freundschaften und vertraue mich so gut wie niemandem an. Vor langer Zeit war das anders. Da gab es jemanden, dem ich blind vertraute. Aber diese ist schon lange vorbei.

Es gab mal eine Zeit, in der ich ein umgänglicher Kerl war. Einer, der brav in der Werkstatt seines Vaters gearbeitet hat, der perfekte Sohn und große Bruder war. Ich war mitfühlend, höflich und half gern. Was für eine Zeitverschwendung. Mit Nettigkeit kommt man im Leben nicht weiter und mit Arschkriechen so oder so nicht.

Wenn ich früher auf die dunkle, innere Stimme in mir gehört hätte, das Monster früher von der Leine gelassen hätte, dann wäre mir viel Ärger erspart geblieben und ich wäre wahrscheinlich schon Jahre vorher dort gewesen, wo ich heute bin.

Eine einzige Person auf diesem Planeten schafft es noch, den alten, den ›netten‹ Nash hervorzulocken. Madi, meine kleine Schwester. Sie ist mir das Wichtigste auf dieser verschissenen Welt. Für sie würde ich alles tun, jeden töten, ohne auch nur mit der Wimper zu zucken.

Madi weiß nichts über mein anderes Leben. Kennt den schwarzen König nicht, weiß nichts über mein dunkles Reich. Sie hat keine Ahnung, wie schwarz meine Seele und wie tot mein Inneres sind. Wie schlecht ich wirklich bin. Doch sie, meine kleine Madi, sie ist gut und rein. Sie darf nichts von all dem Bösen, das mich umgibt, erfahren.

Auch wenn das Verhältnis zwischen meinem Vater und mir vor Jahren schwierig geworden ist. Seitdem ich mich für mein neues Leben, von dem meine Familie keine Ahnung hat, entschieden habe. Er denkt, ich hätte ihn im Stich gelassen. Ich dagegen bin einfach nur geflüchtet und habe sie damit gleichzeitig beschützt. Denn jeder weiß, dass in solchen Kreisen die Familie immer die größte Angriffsfläche bietet.

Jay kennt meine Vergangenheit, meine inneren Dämonen und den Vertrauensbruch, der mir widerfahren ist, und nimmt mir mein kühles und abblockendes Verhalten eigentlich auch nicht krumm. Außer es geht um meinen verschissenen Dealer. *Gott, wie mich dieses Thema abfuckt!*

Nach einem kleinen Blickduell knickt Jay wie jedes Mal ein. Sobald ich meine Gesichtszüge verhärte, zieht er den Kopf ein, weil er weiß, dass er gegen mich verliert.

»Ja, Boss«, murrt er angepisst.

»Du kannst gehen«, informiere ich ihn und mache eine leichte Handbewegung, um meine Worte zu untermauern. Seine Augenbraue wandert noch einmal abschätzig nach oben. Er mag es nicht, wenn ich ihn wie eine Nutte, die ich nicht mehr brauche, wegschicke. Ich muss jedes Mal schmunzeln, wenn er sich so aufführt.

Als könnte man diesen schwarzen Muskelprotz, der einem Footballspieler gleicht, mit seinen markanten und harten Gesichtszügen mit einer zierlichen Nutte vergleichen, geschweige denn auf dieselbe Stufe stellen?!

Er ist mein erster Mann. Ihn habe ich näher an mich

herangelassen als jeden anderen in den vergangenen sechs Jahren. Ich teile nur ein einziges Geheimnis nicht mit ihm. Die Identität meines Dealers. Er wird es wohl oder übel so hinnehmen müssen.

Nach einem Augenblick nickt er jedoch und lässt mich wieder allein. Sobald die Tür ins Schloss fällt, reibe ich mir erschöpft die Augen. Was für ein Tag. Ich will nur noch nach Hause, eine heiße Dusche nehmen und meine Ruhe. Denn morgen setze ich wieder meine dunkle Krone auf mein Haupt und betrete mein Reich.

Kapitel 7

Weisser König

Der Tag des nächsten Raves ist gekommen und ich habe beschlossen, heute ebenfalls dort aufzutauchen. Denn Blair, meine Leute, aber auch ich haben nichts über diesen verschissenen Dealer herausfinden können. Als gäbe es diesen Kerl überhaupt nicht.

Blairs verrückte Theorie, der selbsternannte Ravekönig würde seine Pillen selbst herstellen, ist Bullshit. Doch wer ist es dann? Wer zum Teufel stellt seine Dreckspillen her?! Ich muss es herausfinden. Jetzt mehr denn je. Das Garcia-Kartell verlangt Antworten, die ich ihnen beschaffen soll.

Es passt mir zwar nicht so ganz, dass ich zu ihrem Laufburschen geworden bin, aber meine Geduld wird sich auszahlen.

Ich muss nur den Bastard aus dem Weg räumen, dann herrsche ich über das Schachbrett. Weiß und Schwarz vereint unter der weißen Krone. So wie es schon immer hätte sein sollen. Und durch das Kartell wird mir das nun gelingen. Aber zuerst musste ich sie auf mich aufmerksam machen. War nicht ganz so einfach, wie ich mir das vorgestellt hatte. Meine Gedanken schweifen noch einmal zu dem Treffen, mit dem Kartell.

Ich sitze in meinem Büro, es ist später Nachmittag und mein Club ist noch geschlossen. Zur Geldwäsche – und um den Leuten einen Saubermann zu präsentieren – führe ich einen gutlaufenden Nachtclub. Das White Kingdom.

Deshalb kümmere ich mich um den lästigen Papierkram, der aber nun mal gemacht werden muss und dazugehört.

Lautes Stimmengewirr sowie vereinzelte Schüsse lassen mich aufhorchen. Ich will mich erheben und nachsehen, wer hier in MEINEM Reich für Unruhe sorgt, doch da fliegt die Tür zu meinem Büro schon auf und drei Männer in edlen Maßanzügen betreten den Raum. Ich muss nicht lange überlegen und weiß, dass gerade das Garcia-Kartell meinen Laden gestürmt hat.

Langsam falte ich meine Hände und lege sie entspannt auf dem Schreibtisch vor mir ab. Sehe mit ernster Miene zu ihnen auf und warte, was sie mir zu sagen haben.

»Crow, richtig?«, fragt mich der Jüngste von ihnen.

Ich nicke zur Antwort.

»Weißt du, warum wir hier sind?«, setzt er nach und schlendert dabei beiläufig durch mein großzügiges Büro.

Ich folge ihm mit meinem Blick, lasse aber auch die anderen beiden nicht aus den Augen. Ich bin mir zwar ziemlich sicher, hier nicht als Verlierer hervorzugehen, doch unterschätzen sollte ich sie keineswegs. Schließlich sind sie ein mächtiges Kartell.

Mit leicht schief gelegtem Kopf sehe ich ihn an. Natürlich weiß ich, warum sie hier sind. Schließlich habe ich dafür gesorgt. Beinah all mein Geld habe ich ausgegeben und investiert, damit sie nun hier vor mir stehen. Indem ich eine exorbitante Menge Koks bestellt und zu mir liefern lassen habe. Denn selbstverständlich überwacht das Kartell alles und jeden, der ins Drogengeschäft verwickelt ist. Und entweder lassen sie dich gewähren, weil du noch zu klein und unbedeutend bist, oder sie kommen auf dich zu. Und manche überleben diese Art von Treffen sogar – so, wie ich es tun werde.

»Ich könnte mir vorstellen, es geht um das Koks?«, frage ich mit einem gewissen Schmunzeln in der Stimme.

Der Jüngste stoppt in seiner Bewegung und blickt zu den anderen beiden. Der Älteste und damit das Oberhaupt sieht mich einfach nur mit seinen von Sonnenbrillengläsern verdeckten Augen in meine Richtung und sagt keinen Ton. Doch das muss er eigentlich auch nicht. Seine Präsenz spricht Bände und wenn sie es nicht tut, tun es seine beiden Söhne. Sie sind perfekt eingespielt und benötigen nicht viele Worte. Als würden sie sich stumm verständigen. Zumindest macht es den Anschein, als das Oberhaupt seinem Jüngsten nur leicht zunickt und dieser sofort seine Waffe zieht und auf mich richtet. Ganz langsam hebe ich meine Hände, denn sie sollen verstehen, dass ich keine Bedrohung bin.

»Bevor ihr mich abknallt, lasst mich euch noch einen letzten Tipp geben. Vielleicht bin ich euch lebend ja doch zu mehr nütze als tot«, versuche ich sie zum Umdenken zu bewegen.

Tatsächlich hält er kurz inne und sieht zu seinem Vater. Dieser nickt wieder leicht und erlaubt mir damit, weiterzusprechen.

»Sagt euch der selbsternannte Ravekönig etwas? Er hat sich in Phoenix sein eigenes dunkles Reich, wie er es nennt, aufgebaut«, informiere ich sie. Aber da sich ihre Mienen nicht verändern, wussten sie schon von Nash und seinem Königreich.

»Was weißt du über ihn?«, fragt mich nun der ältere Sohn.

»Ich weiß, dass er die besten Pillen in ganz Arizona hat. Aber keiner kennt seinen Dealer, von dem er sie bekommt. Nicht einmal seine engsten Männer kennen ihn«, teile ich mit ihnen meine gesammelten Informationen. Dass ich den Wichser noch etwas besser kenne, als ich ihnen gerade gesagt habe, müssen sie ja nicht wissen.

Erneut teilen sie einen intensiven Blick miteinander, ehe sie sich wieder mir zuwenden.

»Du wirst uns alle Informationen beschaffen, die wie brauchen. Ganz besonders die über seinen Dealer. Wir wollen ihn! Wenn wir alles über ihn wissen und seinen Pillenmeister haben, *dann vernichten wir den sogenannten Ravekönig für dich und du herrschst für uns über beide Reiche.«*

Ich nicke und unterdrücke mir mein Siegerlächeln, denn dass ich bei diesem Deal wesentlich besser abschneide, wussten sie nicht.

Anschließend handeln wir dann noch meinen Gewinn aus. Dass sie den Löwenanteil bekommen würden, war mir klar. Doch das ist in Ordnung. Hauptsache, ich gewinne endlich gegen den Wichser. Bei allem anderen handelt es sich nun mal um Kollateralschäden, mit denen man in einem Krieg rechnen muss.

Ich klingle an Blairs Tür und warte darauf, dass sie mich in ihre Wohnung lässt. Da sie mich nicht erwartet, weil es nicht geplant war, dass ich mit auf den Rave gehe, öffnet sie mir nicht, sondern kommt mit dem Lastenaufzug runter. So macht sie es immer, wenn sie nicht weiß, wer vor ihrer Tür steht.

Sie ist vorsichtiger geworden und doch merkt man ihr ihre Vergangenheit nicht an. Zumindest nicht, wenn man sie nicht kennt. Ich kenne sie und weiß, wie sehr es sie belastet. Ich sage jedoch nie etwas dazu. Sie muss selbst damit zurechtkommen, auf ihre eigene Art und Weise. Wenn ich kann, versuche ich ihr etwas die Vergangenheit zu nehmen, indem ich sie ablenke oder stark beschäftige. Beides kommt mir zugute. Unser Sex ist einmalig und ich muss obendrauf keine Angst haben, dass ich mir eine Klette anlache, die ich nicht mehr loswerde. Denn Blair ist nicht eines dieser typischen Mädchen, die von der großen Liebe und ihrer Märchenhochzeit träumen.

Eigentlich kann man es ihr nicht verübeln, dass sie den

Bullen erschossen hat. Einen Mord steckt halt nicht jeder so einfach weg. Blair hat aufgrund einer Kurzschlussreaktion gehandelt und nicht mit den Konsequenzen gerechnet. Damit, dass ihre Psyche einen Knacks davontragen könnte. Vielleicht wird sie die Sache immer ein wenig verfolgen.

Ich weiß auch nicht genau, was damals passiert ist. Sie hat es mir nie erzählt und ich habe auch nicht danach gefragt. Wenn sie sich mir anvertrauen will, wird sie sich mir schon öffnen. Wenn nicht, auch gut.

»Hey, meine Hübsche«, begrüße ich sie charmant lächelnd, um sie etwas zu besänftigen. Denn ich sehe es ihr bereits an, sie ist sauer auf mich.

Die letzten Tage habe ich wieder kaum bis eigentlich gar nicht auf ihre Anrufe reagiert. Das hatte seinen Grund. Einen wichtigen und sehr guten Grund. *Sie!*

Mein Lebenselixier und Gift zugleich. Mein Untergang auf zwei Beinen. *Mein Babe.*

Vor so vielen Jahren war sie der Grund, warum ich mein Ziel aus den Augen verlor, und doch kann ich sie nicht vergessen. Egal wie viele Weiber ich vögle, wie viel ich kokse, ich bekomme sie nicht aus dem Kopf. Deswegen musste ich in all den Jahren immer mal wieder nach ihr sehen. Sie im Auge behalten.

Ebenso wie die vergangenen Tage. Ich musste einfach nach ihr sehen. Musste sie aus der Nähe beobachten. So bin ich ihr wenigstens wieder etwas nah. Auch wenn ich mich ihr erst richtig offenbaren darf, wenn der Bastard geschlagen ist. Alles andere ist zu riskant. Es hängt zu viel daran.

Sechs Jahre feile ich an diesem Plan. Sechs Jahre voller Hass, Wut und Rache wären dann umsonst. Denn sie – und nur sie – kann mich schachmatt setzen. Schließlich ist sie die schwarze Dame in diesem Spiel und sie ist die einzige Schwäche, die ich je hatte und haben werde.

Deshalb darf ich ihr noch nicht persönlich

gegenübertreten. *Bald, Baby! Bald ist alles vorbei. Seine schwarze Krone wird fallen und dann, dann werden du und ich endlich glücklich sein können.*

Bevor sein dunkles Reich mit all seinen Bauern nicht gefallen ist, komme ich an seine Dame nicht ran. Es ist zu gefährlich und ich werde dieses Risiko nicht eingehen. Kann es nicht schon wieder eingehen. Nicht schon wieder denselben Fehler begehen. Ich muss stark bleiben und meinem Babe widerstehen. Darf dem Ruf, sie endlich wieder zu halten, zu schmecken, sie zu berühren, nicht nachgeben. Für den Sieg.

Und da kommt Blair ins Spiel. Sie wird ihn ablenken, damit ich endlich meinen finalen Zug vollführen kann. Meine weiße Dame bringt den schwarzen König zu Fall. Endgültig!

»Hey, mein Großer. Was machst du denn hier?«, fragt mich Blair irritiert, ehe sie mich in den Lastenaufzug einsteigen lässt.

Mein Blick gleitet einmal an ihr rauf und runter. Blair steht mal wieder nur in einem Handtuch vor mir. Mahnend wandert eine meiner Brauen nach oben.

»Wieso bist du noch nicht fertig? Du wolltest auf den Rave«, brumme ich sie ungehalten an und schenke ihr einen strengen Blick. Auch ihre Augenbraue wandert gefährlich hoch. Doch Blair weiß, wo ihr Platz ist.

»Wie du siehst, bin ich gerade dabei, mich fertig zu machen. Außerdem muss ich mich nur noch anziehen. Also reg dich ab. … Jetzt nochmal zu meiner Frage: Was machst du hier, wenn du weißt, dass ich gleich zum Rave gehe?«

Ich liebe ihr kluges Köpfchen. Immer denkt sie mit und ist den meisten noch einen Schritt voraus. Selten entgeht ihr etwas. Für ihr Alter ist sie schon sehr reif und clever. Handelt anders, als es typisch wäre. Und genau deswegen ist sie auch meine weiße Dame. Ihr jugendliches Temperament ist dabei wie ein kleiner Bonus, der mir manchmal den tristen Alltag versüßt.

Blair öffnet, nachdem das alte Ding ruckelnd oben angekommen ist, die Aufzugstür und wir steigen aus.

»Komm, mach dich fertig, dann können wir los«, verkünde ich ihr mal so eben nebenbei, dass ich sie auf den Rave begleiten werde. Sofort hält sie in der Bewegung inne, in die Küche zu gehen, um mir wahrscheinlich etwas zu trinken zu holen, und dreht sich langsam zu mir um.

»Was? ... Nein, Crow! Du kannst mich nicht begleiten! Was, wenn er dich sieht und du auffliegst? Das geht nicht!«, schimpft sie mit mir.

Ich muss immer wieder über ihre Art, mit mir zu reden, schmunzeln. Ich bin ihr verdammter Boss! Eigentlich ist jetzt der Zeitpunkt, in dem ich ihr den Kopf zurechtrücke, ihr deutlich mache, wo sie steht und wo ich stehe. Aber ich denke, heute werde ich ausnahmsweise mal die Taktik ändern. Außerdem muss ich etwas Druck abbauen. Vor allem, bevor ich sein Reich betrete.

Deshalb gehe ich mit meinem frechen Lächeln auf sie zu, bleibe dicht vor ihr stehen und umfasse sanft ihr Kinn, damit sie mich ansieht. Mit hochgezogener Augenbraue lässt sie meine Berührung zu, ihre Mimik bleibt allerdings streng. *Stures Biest.*

»Zeig mir, wie du den großen Nash Fletcher um deinen kleinen Finger wickeln willst, du kleines Biest«, raune ich dicht an ihre Lippen, ehe ich sie verlangend küsse.

Kurz steigt sie in den Kuss mit ein. Doch nach einem Augenblick löst sich Blair von mir, sieht mir intensiv in die Augen, ehe sich etwas in ihrer hübschen Miene verändert. Als hätte sich ein Schalter umgelegt.

Ein filmreifer Augenaufschlag und ein laszives Lächeln und ich weiß, ich habe sie überredet. Blair packt mich bei der Hand und zieht mich dirigierend mit nach oben zu ihrem Bett. Ihr Handtuch verliert sie einfach währenddessen und beschert mir dadurch einen erstklassigen Ausblick auf ihren Knackarsch. *Spielen kannst du, Kleines. Das muss ich dir lassen.*

Bei ihrem Bett angekommen, schubst sie mich auf die Matratze. Mit einem dunklen Lachen lande ich mit dem Rücken auf dieser und stütze mich auf meine Ellenbogen.

»Dann zeig ich dir mal, wie ich den großen Ravekönig später um den Verstand bringen will«, schnurrt sie mir ins Ohr, als sie sich rittlings und nackt auf meinen Schoß setzt. Ihre Zunge schnellt über meine Ohrmuschel und beschert mir einen wohligen Schauer.

»Leg dich hin«, flüstert sie und drückt dabei leicht gegen meine Brust. Grinsend lasse ich mich auf den Rücken fallen. Sofort ist Blair über mir, packt meine Arme und bugsiert sie über meinen Kopf, dabei verschlingt sie mich regelrecht mit einem verzehrenden Kuss. *Fuck, Kleines!*

Auch wenn Blair und ich keine romantischen Gefühle füreinander hegen und auch nie hegen werden, so macht dieses kleine Biest mich dennoch verrückt. Und das weiß sie. Ich bin schließlich, was das angeht, auch nur ein Mann.

Mit kreisendem Becken sitzt sie auf meinem Schoß und ich kann deutlich spüren, wie es verdammt eng in meiner Hose wird.

Vollkommen unerwartet spüre ich kaltes Metall an meinen Handgelenken. Ein Klickgeräusch ertönt und Blair springt von meinem Schoß und aus dem Bett.

Völlig irritiert und von dieser Wendung überrascht sehe ich erst zu meinen nun an das Bett gefesselten Händen, dann zu ihr. Plötzlich überkommt mich eine heiße Welle, ich schäume über wie ein Kessel auf dem Herd.

»Fuck, Blair! Mach mich sofort los!«, brülle ich sie wutentbrannt an und zerre wie ein Irrer mit all meiner Kraft an den Handschellen. Ich habe gehofft, es seien nur scheiß

Sexspielzeug-Handschellen. Leider sind es wohl echte, denn sie geben weder einen Millimeter nach noch brechen sie, wenn ich so heftig an ihnen reiße.

Langsam geht sie rückwärts und schüttelt frech lächelnd den Kopf.

»Ach, weißt du, Crow, ich musste dich doch irgendwie von deinem kopflosen Plan, auf den Rave zu gehen, abhalten. Sei froh, dass ich nicht immer mit dem Kopf durch die Wand will wie du, und mein Gehirn für uns beide gebrauche«, entgegnet sie mir mit einer Ruhe in der Stimme, die mich gleich noch etwas wütender macht.

»Verdammte Scheiße, Blair! Mach mich sofort los, oder ich schwöre, du wirst es bereuen, wenn du wiederkommst!« Ich knurre unbeherrscht und wieder rüttle ich an den scheiß Schellen.

Es klirrt nur, aber weder die Kette noch das Eisen des Bettes geben nach. *So eine verdammte Scheiße! Du kleines Biest!!*

Während meines kleinen Wutanfalls hat sich Blair vollständig bekleidet und steht nun in ihrem schwarzen, schulterfreien Ledereinteiler und ihren Boots vor mir. Sie schmunzelt mich an.

»Hör zu, Großer. Du machst es dir jetzt gemütlich und entspannst ein bisschen. Vertrau mir. Ich schaff das schon. Wir wollen beide, dass dein Plan weiterhin funktioniert, oder? Und glaub mir, auf dem Rave würden aus irgendeinem bescheuerten Grund deine Sicherungen durchbrennen. Bis später, Schatz!« Damit wirft sie mir zwinkernd einen Luftkuss zu und lässt mich tatsächlich hier hängen.

Ich brülle aus Leibeskräften. Schreie ihr meine Wut hinterher und schwöre ihr die Schmerzen ihres Lebens, wenn sie wiederkommt. Doch außer den Aufzug, der sich in Bewegung setzt, bekomme ich keine Reaktion von ihr. *Du verdammtes Miststück bist fällig, wenn du wieder nach Hause kommst!*

Ich bin außer mir vor Wut, dass Blair das tatsächlich mit mir abzieht. Immer wieder reiße ich wie ein Besessener an den Ketten, bis ich irgendwann ein verräterisches Metall-quietschen und ein leises Klicken vernehme.

Ein boshaftes Lächeln legt sich auf meine Lippen und ich zerre mit aller Kraft, die ich aufbringen kann, an den Hand-schellen. *Oh, Kleines, das wirst du bereuen …*

Kapitel 8

Schwarzer König

I ch steige aus meinem mattschwarzen Jeep und schlendere gelassen zu der alten Scheune. Froh, endlich wieder in meiner Welt zu sein. Schließlich liebe ich mein Leben und meine Raves. Hier ist mein Reich und ich bin ihr König. Nicht wie in meinem legalen Leben. Dieses Leben ist mir fremd geworden. Einzig allein meine kleine Schwester Madi macht es erträglich für mich. Ohne sie wäre ich wohl schon völlig der dunklen Seite in mir verfallen. Sie ist mein Licht und hält den alten, den guten Nash am Leben. Auch wenn ich seine Stimme schon lange nicht mehr höre. Sie ist zu leise, zu schwach geworden. Nur bei ihr ist sie laut und lebendig. In der Nähe meiner kleinen Schwester kann ich wieder der alte Nash sein.

Kein Arschloch, Mörder, Drogendealer oder sonst eine Abscheulichkeit aus meinem neuen Leben. Bei ihr bin ich einfach nur ihr sie liebender großer Bruder, der alles für sie tun würde.

Ich sollte sie öfter besuchen und mehr Kontakt zu ihr haben. Wie oft ich mir diese Worte im Geiste aufsage und mich selten – oder gar nicht – daran halte. Nicht, weil mir meine Schwester egal wäre. Das natürlich nicht.

Aber in meinem neuen Leben ist kein Platz für Familie und Schwachpunkte. Zumal ich mich noch immer nicht mit meinem Vater und seiner Frau versöhnt habe. Wegen der Sache von damals. Sie haben es mir beide noch immer nicht verziehen und es ist mir scheißegal. Deswegen vermeide ich es, auf die beiden zu treffen, da es sonst immer nur zum

Streit kommt, was wiederum Madi verletzt. Sie wünscht sich nichts sehnlicher, als dass wir uns alle wieder vertragen würden. Da kann sie lange warten. Aber das konnte ich meinem Engel nicht einfach so hart ins Gesicht sagen.

Ich sage ja, Madi ist der einzige Mensch, bei dem ich kein Arschloch bin. Zumindest nicht absichtlich.

Meine Männer und Mädchen sind schon fleißig und tätigen die letzten Handgriffe. Denn gleich kommen die Feierwütigen aus ihren Löchern.

Jeder Handgriff sitzt und ist zur Routine für alle aus meinem Team geworden. Ich lege großen Wert auf Perfektion, schließlich schmeiße ich keinen Kindergeburtstag, sondern die größten Raves, die es hier in der Gegend gibt. Wenn etwas schiefgeht, fällt es auf mich zurück. Oder eben auch nicht, wenn man schlau genug ist, um für alles einen Notfallplan zu haben.

Ich sehe mich genau um und stelle zufrieden fest, dass alles nach meinen Vorstellungen abläuft. Meinem Dealer habe ich gesagt, er soll die doppelte Menge produzieren, da es beim letzten Mal fast schon knapp geworden ist, und es gibt nichts Schlimmeres, als einen Rave, dem die Drogen ausgehen.

Deswegen mache ich ja um meinen Dealer solch ein Geheimnis. Denn sollte jemand herausfinden, wer mir meine Eins-a-Drogen verkauft, wäre er nicht mehr lange bei mir und würde mit hoher Wahrscheinlichkeit unter der Erde landen. Das muss ja nun wirklich nicht sein.

»Hey, Nash«, begrüßt mich Jay und sieht kurz von seinem Tablett auf.

»Sieht gut aus«, lobe ich ihn und stelle mich neben ihn, um nach unten blickend mein Reich betrachten zu können. Wir stehen oben auf dem alten Heuboden, wo früher das Futter und Einstreu für die Tiere aufbewahrt wurde. Wir haben alles entfernt, was an eine Scheune oder Farmarbeit erinnerte, und durch Rauch- und Lichtmaschine, DJ-Pult, zwei aufstellbare Bars und einige alte Sofas sowie Stehtische ersetzt. Eben alles, was man für einen guten Rave benötigt. Natürlich dürfen die Drogen nicht fehlen. Aber dafür sorge ich ja auch zur Genüge.

Die übrigen Vorräte, sollte Nachschub benötigt werden, befinden sich in einem alten Gefängnistransporter, der jedes Mal hinter der Location steht und von meinen besten Männern bewacht wird. Ich bin doch kein Tölpel, der sich bestehlen lässt. So weit kommt es noch!

Ich achte penibel darauf, dass alles immer reibungslos abläuft. Schließlich bin ich die Person, die Jahre in den Knast wandert, wenn etwas missglückt. Zumindest denkt das die DEA. Sie sind wirklich der Meinung, ich habe kein Sicherheitsnetz und keinen doppelten Boden. Sollen sie ruhig. Es ist mir lieber, wenn sie mich im Nachteil sehen. Schließlich bin ich schon seit Jahren im Geschäft und noch nicht ein einziges Mal wurde eine Party von mir hochgenommen. Warum? Weil ich nicht nur auf alles achte, sondern auch überall meine Bauern, meine Spione habe. Sie behalten die DEA, das FBI und die Bullen für mich im Auge. Somit kann ich ihnen immer einen Schritt voraus sein. Je nachdem, wie sehr ich unter Beobachtung stehe oder ob sie denken, mich endlich zu haben, weil ich ihnen falsche Spuren hinterlasse, plane ich meinen nächsten Rave. Deswegen wechseln meine Locations auch immer und ich bestimme keine festen Termine. Wenn die Zeit reif ist, die passende Location gefunden wurde und die falschen Spuren gut gelegt wurden, findet der nächste statt. Mal folgen sie dicht aufeinander, mal liegen Wochen dazwischen. Die Leute werden geduldig auf meine nächste Party warten, da mache ich mir keine Sorgen. Sie erhalten drei Tage vor dem Rave das Ticket mit dem Barcode per E-Mail.

»Nash, noch eine Sache, bevor es losgeht«, reißt mich mein Läufer aus meinen Gedanken.

Ich blicke mit gerunzelter Stirn zu Jay und warte, was er mir zu sagen hat. Er klingt ernst und so verbissen, wie er schaut, ist er das wohl auch.

»Es melden sich drei deiner Männer nicht. Sie sind seit vorgestern spurlos verschwunden und keiner hat sie gesehen oder etwas von ihnen gehört«, klärt er mich auf und ich merke, dass er sich Sorgen macht. Seine Stimme nimmt dann immer diesen dunklen Ton an.

»Und du denkst, etwas ist mit ihnen passiert?«, frage ich ihn ernst.

»Ich weiß es nicht. Es ist untypisch für sie, sich nicht zu melden. Dann noch die Kleine, die aus dem Nichts auftaucht und über die ich nichts herausfinden kann. Da stimmt etwas nicht.«

Gedankenverloren nicke ich und blicke auf mein Reich hinab. Jay hat recht, hier stimmt etwas nicht. Doch gerade in diesem Moment kann ich nichts dagegen tun. Nicht, solange ich das kleine Püppchen nicht in die Finger bekommen und zum Reden gebracht habe.

»Kümmer dich um die fehlenden Männer. Finde es für mich heraus!«

Mit einer kleinen Handbewegung und einem klaren Befehl schicke ich Jay weg.

Es ist so weit. Die Tore öffnen sich und lassen meine ersten Gäste rein. Sie alle müssen ihr goldenes Ticket vorne an der Tür vorzeigen.

Ein Ticket bekommt man jedoch nur im Darknet. Ich habe einen sehr schlauen und einfallsreichen Hacker beauftragt, eine Webseite für mich anzulegen, auf der die Leute ihre goldenen Tickets erwerben können. Die Stückzahl ist begrenzt und wird je nach Austragungsort bestimmt. Ebenso kann auch nicht jeder Vollidiot einfach mal auf meine Seite zugreifen. Es läuft alles über Kontakte. Der, der jemanden kennt, der jemanden kennt, verrät dir, dass du auf dieser Seite ein goldenes Ticket erwerben kannst.

Mein Hacker hat hervorragende Arbeit mit der Seite, doch viel mehr noch mit den Tickets selbst geleistet. Natürlich war mir klar, dass man versuchen würde, mich zu imitieren oder meine Tickets zu kopieren. Der Fuchs hat sich auch dafür eine schlaue Lösung einfallen lassen. Kopiergeschützte Barcodes. Es ist brillant und erspart mir jede Menge Ärger.

Dazu gibt es zwei Stunden vor jedem Rave eine Wegbeschreibung auf meinem Hochsicherheitsserver.

Jeder weiß außerdem, dass keiner sein eigenes Zeug mitbringt. Zwangsläufig muss ich wieder an die kleine Bikerbraut denken. *Ob du wohl heute Abend kommst?*

Ich hoffe es. Denn ich habe mich die letzten Tage sehr auf unser Spiel gefreut und außerdem will ich Antworten von der Kleinen. Unmöglich, dass sie allein arbeitet. Jemand beauftragt sie und ich will wissen, wer und was er von mir will. Und all das bekomme ich nur raus, wenn sie hier auftaucht. Schließlich konnte dieses kleine Püppchen unmöglich Kontakte haben. Denn bis jetzt konnten wir noch nichts über sie herausfinden. Nicht einmal Jay, der sonst seine Augen und Ohren überall hat, konnte etwas über sie in Erfahrung bringen.

Wir befinden uns auf dem Höhepunkt des Abends und

die Masse flippt völlig aus bei dem DJ, der auflegt, und den Beats, die er spielt.

Eigentlich sollte ich zufrieden über diesen wirklich erfolgreichen Abend sein. Die Leute schmeißen sich eine Pille nach der anderen ein. Noch mehr als sonst. Sie haben Spaß und feiern ausgelassen. Und dennoch tigere ich wie ein Raubtier auf meiner Empore umher und suche unruhig mit meinen Augen die Masse ab. *Wo bist du, Püppchen?!*

Eine innere Nervosität packt mich. Normalerweise gönne ich mir meine Line immer erst am Ende eines Raves. Heute brauche ich sie einfach jetzt schon, sonst reiße ich noch jemandem den Kopf ab.

Die Tatsache, dass sie nicht gekommen ist, ärgert mich. Ich wollte sie mir heute vornehmen und nun verwehrt sie mir das.

Auf dem kleinen Stehtisch direkt neben mir packe ich mein Zeug aus und bereite alles vor. Feinsäuberlich schiebe ich zwei Lines zusammen, dann ziehe ich das weiße Pulver durch meine Nase und lasse es seine volle Wirkung entfalten. Ich liebe dieses Gefühl, das kurz nach der Einnahme durch meinen Körper rauscht. Ich fühle mich unbesiegbar und nicht zu bremsen. Keiner kann mir etwas und ich bin jedem überlegen. Keine Selbstzweifel oder andere nervige Gedanken, zumindest nicht, wenn ich sie ausblende.

Ich halte meine Nase zu und schnupfe noch einmal die letzten Reste, die in meinen Nebenhöhlen festhängen, nach oben. Dann wische ich mir mit meinem Handrücken die verräterischen weißen Spuren weg. Als ich wieder gedankenverloren meinen Blick über die Feierwütigen unter mir schweifen lasse, sehe ich sie. Das kleine Miststück, wie sie mitten in der Masse steht und zu mir nach oben sieht. *Scheiße, wer bist du, Kleine?*

Achtlos lasse ich mein Zeug auf dem Stehtisch liegen und gehe nach unten. Dabei lasse ich sie nicht eine einzige

Sekunde aus den Augen. Nicht, dass sie wieder meint, abhauen zu können.

Aber es scheint nicht so, als wäre sie heute auf eine Flucht aus. Denn auch sie verfolgt mich mit ihren dunklen Augen, beginnt jedoch, als ich den Treppenabsatz erreicht habe, leicht mit ihren Hüften im Takt des Beats zu schwingen. *Bitteschön. Du willst mich, Püppchen? Dann sollst du mich auch bekommen.*

Mitten auf der Tanzfläche steht sie und tanzt ganz für sich allein und doch auch für mich. Denn ihr Blick durchbohrt mich regelrecht. Wie davon hypnotisiert komme ich dicht vor ihr zum Stehen. Natürlich dreht sie mir ihren Rücken zu und präsentiert mir ihren viel zu knackigen Hintern in ihrem sexy Ledereinteiler. Ihre langen, braunen Locken fallen ihr verführerisch über den Rücken. Leicht blickt sie sich über die Schulter zu mir um und lächelt lasziv.

Sofort, als sie meine Nähe spürt, drückt sie sich mit ihrer gesamten Kehrseite an meinen Körper. Reibt sich passend zum Beat an mir. Mit erhobener Augenbraue sehe ich auf sie herab. Ja, es ist heiß, was die Kleine hier veranstaltet, und ich würde lügen, wenn mein Schwanz nicht ab und zu bei einer ihrer Bewegungen zucken würde. Dennoch bin ich in der Lage, einen kühlen Kopf zu bewahren. Ich lasse mich nicht von ihr um den Finger wickeln und so, wie sie mich siegessicher anlächelt, kennt sie es nicht anders.

Sie ist es gewohnt, zu bekommen, was sie will. Ist es gewohnt, Männern wie mir gezielt den Kopf zu verdrehen. Für einen bestimmten Zweck. Ich muss nur herausfinden, was sie von mir will. *Wenn ich doch nur die Geduld hätte, um dein kleines Spiel mitzuspielen.*

Doch die habe ich nicht. Nicht heute und sicher nicht bei ihr. Da kann sie sich noch so aufreizend mit ihrem Knackarsch an meinem Schwanz reiben. Es wird ihr nicht helfen.

Sie hat sich einen guten Zeitpunkt ausgesucht. Für mich

– nicht für sie. Denn der Rave ist am Höhepunkt, die Leute flippen völlig aus und sind dermaßen mit meinen Drogen vollgepumpt, dass sie nichts mehr mitbekommen. Also kann ich hier mitten unter all diesen Leuten mit der Kleinen machen, was auch immer ich will, es würde keinen scheren. Sie würden es eh nicht wahrnehmen.

Der DJ wechselt das Lied und der Beat wird langsamer. Ich fahre ganz gemächlich mit meinen beiden Händen links und rechts an ihren Armen nach oben. Sie folgt meiner stummen Aufforderung und hebt die Arme über ihren Kopf, legt sie von hinten um meinen Nacken und sieht mich weiterhin über die Schulter an.

Meine Finger wandern von ihren Ellenbogen nach unten über ihre Achseln und weiter runter ihre Seiten entlang. Ihren Arsch noch immer gegen meinen Schwanz gepresst spielt sie weiterhin ihr Spiel. *Nur zu, Püppchen ...*

Meine Lippen wandern zu ihrem verführerischen Hals. Mein Vollbart kratzt, wie beim letzten Mal auch schon, über ihre weiche Haut. Kurz verliere ich mich in ihrem Duft nach Orange und Vanille, lecke ihr mit meiner Zunge den leichten Schweißfilm vom Hals. Der salzige Geschmack haftet auf meiner Zunge und treibt mich dazu, für einen winzigen Moment die Beherrschung zu verlieren und ihr meine Zähne in ihr zartes Fleisch zu rammen.

Ein tiefes Brummen entfährt mir, als ich ihr Keuchen höre. Denn in meinen Ohren klingt es erregt und auch ihr Körper schreit nun danach.

Ihre Atmung beschleunigt sich und das sicher nicht nur vom Tanzen. Ihre Bewegungen an meinem Schwanz werden energischer und auch ihr Blick wird intensiver. Das alles hier macht sie an. Ein wissendes Schmunzeln legt sich auf meine Lippen. *Hab ich dich!*

Meine Zunge, Lippen und Zähne machen sich weiter an ihrem Hals zu schaffen. Meine Finger wandern spielerisch über ihre erhitzte Haut. Streicheln sie an ihren Armen, ihrer Seite, ihren Schenkeln, während ich mich ihren sexy Bewegungen anpasse. Man könnte es auch tanzen nennen. Ich dagegen nenne es eher eine Art Machtkampf, den sie nicht gewinnt. Auch wenn sie mit ihrem süßen Lächeln, das sie mir über die Schulter schenkt, anderer Meinung ist.

Gut, kann an meinem allmählich wachsenden Schwanz liegen, aber hey … bei dem Arsch. Dennoch bin ich in der Lage, mich nicht in diesem Spiel zu verlieren, auch wenn ich sie in dem Glauben lasse. Ich habe ein klares Ziel vor Augen und dieses sieht nicht vor, sie zu ficken, sondern Antworten zu erhalten. Egal wie!

Auch wenn ich gestehen muss, dass es bei ihr schon recht bedauerlich ist. Die Kleine bettelt regelrecht danach, hier und jetzt von mir genommen zu werden. *Bedaure, Püppchen …*

Es wird Zeit, mit dem Spielen aufzuhören und ernst zu machen, schließlich will ich ja noch etwas von ihr.

»Komm mit mir«, brumme ich ihr erregt ins Ohr, ehe ich ihr Ohrläppen mit meinen Zähnen gefangen nehme.

Ihr Körper steht in Flammen und ich überlege tatsächlich eine Sekunde, sie erst zu ficken und dann die harte Tour durchzuziehen, entscheide mich aber dagegen.

Ohne ihre Antwort abzuwarten, wirble ich sie herum, packe ihre Hand und ziehe sie hinter mir her. Zielstrebig durch die Masse und immer weiter die Treppe nach oben auf die Empore. Mit einem Nicken schicke ich alle meine Leute, die von hier aus alles im Auge behalten, weg, um mit ihr allein zu sein.

Als wir unter uns sind, sehe ich wieder zu ihr. Sie steht mit leicht schief gelegtem Kopf und etwas Abstand vor mir, lächelt mich süß an. Ihr Brustkorb hebt und senkt sich noch immer schneller als normal und ihre gebräunte Haut glänzt von dem leichten Schweißfilm, der sich über sie zieht.

»Ich hoffe für dich, heute hast du keinen Stoff dabei?«, frage ich sie und gehe langsam auf sie zu.

Ihr Lächeln wandelt sich ins Freche, dann schüttelt sie leicht den Kopf und macht zu meiner Überraschung einen Schritt zurück. *Katz und Maus, hm, Püppchen?*

»Warum bist du dann hier?« Meine Stimme ist tief und rauchig. Ich weiß, was das bei Frauen bewirkt und wie sie darauf reagieren.

Immer weiter steuere ich auf sie zu und immer weiter läuft sie rückwärts vor mir weg, bis sie mit dem Rücken gegen einen breiten Holzbalken stößt.

»Vielleicht Sehnsucht«, entgegnet sie mir keck und blickt zu mir nach oben, als ich dicht vor ihr zum Stehen komme und auf sie hinabblicke. Ohne mein Zutun zuckt mein Mundwinkel wegen ihrer dreisten Art.

»Vielleicht?«, raune ich, stütze mich an dem alten Holz neben ihrem Kopf ab.

Unsere Lippen schweben dicht voreinander. Sie schluckt trocken. Ich scheine sie aus ihrem schönen und extra für mich zusammengestellten Konzept zu bringen. Erneut zupft ein Lächeln an meinem Mundwinkel, doch mehr Reaktion bekomme ich nicht von mir.

»Vielleicht bist du aber auch aus einem ganz bestimmten Grund hier. Kann das sein, Püppchen?«, frage ich sie und meine Lippen und der Vollbart berühren ihren Mundwinkel.

Meine Finger wandern wieder ihren Körper entlang, bis ich ihre Hände erreiche. Sofort packe ich sie und bugsiere sie über ihren Kopf an das Holz des Balkens, an dem sie lehnt. Noch macht sie keine Anstalten, sich gegen mich zur Wehr zu setzen. *Genießt du meine Dominanz etwa?*

»Vielleicht, ja. Vielleicht bin ich aber auch einfach nur scharf auf dich und warte darauf, dass du mich endlich fickst?«, schnurrt sie mir dicht an mein Ohr und leckt danach noch zur Krönung frech über meine Muschel.

Wieder entlockt sie mir gegen meinen Willen eine Reaktion auf sich und ihr Tun und ein tiefes Knurren presst sich aus meiner Kehle. Ich lehne mich mit meinem Körper gegen ihren, schiebe mein Bein grob zwischen ihre Schenkel und übe mit meinem Knie Druck auf ihre Mitte aus.

Mein Griff um ihre zarten Handgelenke nimmt zu und presst diese noch etwas kräftiger gegen den Balken über ihrem Kopf.

Sie ist mir schutzlos ausgeliefert und denkt, dass ich sie gleich hier ficken werde. Doch das habe ich nicht vor, auch wenn mein steifer Schwanz darüber gern noch einmal mit mir diskutieren würde.

Ihre Atmung beschleunigt sich immer mehr und ihr Körper bebt bereits. Dafür, dass sie hier so mit mir spielt, reagiert sie aber ganz schön eindeutig auf mich.

»Du willst also, dass ich dich hier und jetzt ficke? Dir diesen Lederfetzen vom Leib reiße, dich auf meine Hüften hebe und dir meinen großen Schwanz in deine süße Pussy ramme? Dich so hart ficke, dass dein Schreien und Stöhnen sogar die laute Musik hier übertönt und jeder hören kann, was ich mit dir kleinem Püppchen anstelle? Das willst du, ja?«, brumme ich erregt vor ihren sinnlichen Lippen.

Kurz durchzuckt mich der Gedanke, sie zu kosten, doch ich rufe mich zur Besinnung. *Konzentrier dich, Nash!*

Statt zu antworten, nickt sie nur noch ergeben, was mich dreckig grinsen lässt.

»Und weißt du, was ich will?«, frage ich sie und wandere mit einer Hand ihren Arm nach unten, während die andere weiterhin ihre beiden Handgelenke fixiert hält.

Meine Finger streichen ihren Arm hinab über ihre Achsel weiter bis zu ihrem Schlüsselbein. Dort angekommen hält sie die Luft an. Bis meine Hand kurz zu ihren verführerischen Brüsten wandert. *Nur einmal anfassen!*, bete ich mir vor.

Meine Hand umfasst ihre volle Brust. Sie ist, wie ich es

beim letzten Mal eingeschätzt habe, größer als meine Handfläche. Leicht massiere ich sie und schiebe mein Knie härter gegen ihre Mitte, bis ihr ein erregtes Keuchen entfährt.

»Ich will ... Antworten!«, kaum habe ich das Letzte ausgesprochen, lasse ich von ihrer Brust ab und fasse grob an ihren Hals.

Meine gesamte Hand bedeckt ihre Kehle und übt bedrohlich Druck aus. Mit meinem massigen Körper nagle ich sie an den Pfosten und gebe ihr nicht den Hauch einer Chance, sich zu rühren, geschweige denn, zu fliehen.

Sie japst nach Luft und beginnt, in meinem erbarmungslosen Griff zu zappeln. Ein breites Luziferlächeln stiehlt sich auf meinen Mund und ich beuge mich weit zu ihr nach unten, um sie ansehen zu können. Ihre dunklen Augen glühen und ihre Miene ist vor Wut verzogen. Sie hat anscheinend nicht damit gerechnet, dass das hier heute so für sie ausgeht.

»So, Püppchen. Und jetzt ist es Zeit, zu singen. Sonst ziehe ich die Samthandschuhe aus. ... Wer schickt dich?«, frage ich sie drohend und durchbohre sie mit meinem dunklen Blick.

Statt zu antworten, beißt sie mir unerwartet und dermaßen fest in die Unterlippe, dass ich kurz meinen Griff um ihre Kehle lockere und wütend aufschreie. Keinen Augenblick später schmecke ich den metallischen Geschmack von Blut, der sich auf meine Zunge legt.

In dem Moment, als sich unsere Blicke wieder treffen und ich sie in meinem abgefuckten Hirn bereits töte, zieht sie ihr Knie zwischen meinen Beinen hoch und bereitet mir den nächsten unverhofften Schmerz. Ich lasse von ihrem Hals und Handgelenken ab und krümme mich um meine schmerzende Mitte. Sie hat mich voll erwischt.

Sofort befreit sie sich von mir und rennt an mir vorbei, doch ehe ich sie wieder verliere, reiße ich mich zusammen und eile mit zusammengebissenen Zähnen hinterher. Kurz bevor sie bei der Treppe ankommt, bekomme ich sie an ihrer braunen Mähne zu fassen und zerre sie an dieser zu mir zurück, wobei sie aufschreit. Zu meiner weiteren Überraschung fährt sie in einer schnellen Drehung zu mir um und verpasst mir einen gekonnten und schon fast profimäßigen Roundhouse-Kick.

Mein Kopf fliegt zur Seite und ich lasse erneut unfreiwillig von ihr ab. Schmerz explodiert an der Stelle, an der sie mich getroffen hat. *Wer zum verfickten Teufel bist du?!*

»FUCK!«, schreie ich wutentbrannt und hole mit meinem Handrücken so schnell und hart aus, dass sie es nicht hat kommen sehen. Von der Wucht meines Schlages fliegt sie zu Boden.

Keuchend und außer mir vor Wut steige ich über sie, lasse mich rittlings auf ihrem Oberkörper nieder und nagle sie damit auf dem Boden fest. Mein Schritt genau vor ihrem Gesicht, mache ich sie bewegungsunfähig und packe erneut nach ihren Handgelenken, um sie wieder über ihren Kopf zu bugsieren. *Kleine Fotze!*

»Du bist also hergekommen, um heute zu sterben, hm?«, keuche ich ihr schwer atmend entgegen und töte sie mit meinem Blick.

Auch ihre Augen spucken Feuer und verteufeln mich ebenso wie ich sie. Wir fechten einen stummen Machtkampf aus. Doch keiner geht als Gewinner hervor. Weder sie noch ich geben nach. Ich bin schon fast beeindruckt.

Mit meiner Zunge lecke ich mir die Blutreste aus meinem Mundwinkel. Dies lässt sie böse lächeln und ihre Augen bekommen ein dunkles Funkeln.

Auch in ihrem Mundwinkel hat sich von meinem harten Schlag Blut gesammelt. Ihre Wange zeigt einen roten Fleck, ihre Haare hängen ihr wirr ins Gesicht. Fuck, warum macht mich das hier so an? Am liebsten würde ich jetzt meinen harten Schwanz, der sich ganz klar in meiner Hose abzeichnet, befreien und ihr zwischen die Lippen schieben. Sie tief in den Rachen ficken, bis sie würgt und ihr die Tränen in die Augenwinkel schießen.

Als hätte sie meine Gedanken erkannt, verengt sie ihre Augen zu gefährlichen Schlitzen.

»Denk nicht einmal dran! Ich schwöre, ich beiße zu!«, droht sie mir und ich traue es ihr tatsächlich zu.

Keine Ahnung, warum, bei ihrem dummen Spruch entfährt mir ein dröhnendes Lachen. Kurz lege ich den Kopf in den Nacken und johle herzlich auf, nur um in der nächsten Sekunde einen neuen unerwarteten Schlag von ihr zu kassieren. Sie hat ihr Bein mit einer schnellen Bewegung nach oben gezogen und mir mit ihren schweren Boots einen Tritt gegen meinen Hinterkopf verpasst. Ich fliege von der Wucht leicht nach vorne und gebe ihr somit erneut die Möglichkeit, sich zu befreien.

Eilig robbt sie über den Boden, zur Treppe, findet in den Stand und rennt los. Ich bleibe einfach auf den dreckigen alten Dielen liegen und mein dröhnendes Lachen will nicht verstummen, es klingt schon beinah irre. Obwohl mir alles andere als nach Lachen zumute ist. Eigentlich will ich ihr ihren hübschen Hals umdrehen. Aber manchmal muss man über beschissene Situationen einfach lachen.

Sie hat mich überrascht und das nicht nur einmal. Sie hat mich verarscht und mir weismachen wollen, sie sei ein süßes Mädchen, das einfach nur geil auf mich wäre. Leider hat es bei meinem Schwanz ziemlich gut funktioniert. Er drückt sich noch immer in einer Dauererregung ungeduldig gegen meine Jeans.

Beim nächsten Mal, Püppchen … da werde ich dich nicht nur zahlen lassen und zum Singen bringen, sondern dich auch ficken. Und das nicht bloß auf die eine Art und Weise, sondern auf jede erdenkliche, bis du mich anflehst, es zu beenden. Aber

ich glaube nicht, dass ich dir Gnade entgegenbringen werde,
denn Gnade hast du nicht verdient …

Kapitel 9

Die Dame

hh! Du verdammter Wichser!

Er hat mich ganz schön hart am Kiefer und der Lippe getroffen. *Tja, wenn man nicht aufpasst, bekommt man es eben zu spüren.*

Vorsichtig berühre ich mit meinen Fingerspitzen die aufgeplatzte Haut und ziehe scharf die Luft ein. *Das wirst du definitiv bereuen.*

Morgen hab ich mit Sicherheit einen riesigen Bluterguss und eine dicke Lippe.

Angestrengt atme ich von unserem Kampf immer noch schnell und schiebe mich durch die Menschenmassen, blicke nicht zurück und renne auf den Ausgang zu. Dort bleibe ich allerdings doch noch einmal stehen. Aus einem inneren Drang heraus drehe ich mich um und schaue zu dem selbsternannten Ravekönig hinauf. Er steht da oben auf seiner Empore, die Hände auf das Geländer gestützt und schaut in meine Richtung. Sein Gesicht kann ich aufgrund des schummrigen Lichts und des künstlichen Nebels nicht genau erkennen.

Was sollte das eben? Wieso hast du nicht angebissen?

Nach diesem heißen Tanz dachte ich wirklich, er würde sich auf das kleine süße Ding einlassen. Aber nein. Pustekuchen. Tatsächlich hat er es geschafft, mich für einen kurzen Moment aus der Fassung zu bringen. Mein Körper hat plötzlich ein Eigenleben entwickelt und ließ sich von meinem Gehirn nicht mehr kontrollieren.

Genau in dem Moment, als er seine Maske hat fallen

lassen, hat sich auch endlich mein Menschenverstand an die Oberfläche zurückgedrängt. Wenigstens die kleine Genugtuung, dass er mit meiner Reaktion anscheinend so gar nicht gerechnet hat, bleibt mir.

Ich werde dir beim nächsten Mal noch mehr den Arsch aufreißen, Fletcher! Das verspreche ich dir!

Mit einem kleinen Fingerzeig an meine Stirn in seine Richtung drehe ich mich um und verlasse endgültig die große Scheune. Mein Baby wartet bereits auf mich und nur wenige Sekunden später lasse ich den Motor aufheulen, die tanzende Masse und den dröhnenden Bass hinter mir und verschwinde in der Dunkelheit.

Ich war bestimmt vier Stunden weg, als ich meine Ninja in den Lastenaufzug schiebe und mich erschöpft an die Wand lehne, als das Ding nach oben in mein Loft fährt.

Mühselig schiebe ich mein Motorrad an seinen Platz und lege auch meinen Helm beiseite, nachdem ich ihn mir vom Kopf gezogen habe. Einen Blick in den Spiegel neben der Eingangstür hätte ich mir besser sparen sollen. Ich sehe fürchterlich aus. Und ja, genauso fühle ich mich. Das kurze, aber intensive Aufeinandertreffen mit Fletcher war anstrengender, als ich gedacht hatte. Ich bin froh, heil hier angekommen zu sein, so erschöpft bin ich.

Mein eigentlich sonst so glänzendes Haar ist zerzaust und von dem Staub des Scheunenbodens verdreckt. Es steht in alle Richtungen ab. Mein lächerlicher Versuch, irgendwie wieder Ordnung in mein Vogelnest zu bekommen, ist geradezu zum Scheitern verurteilt. Von meinem Gesicht will ich gar nicht erst anfangen. Auf meiner Wange bildet sich schon jetzt ein dunkler Schatten, der in den nächsten Tagen sicherlich in allen Farben leuchten wird. Ebenso wie mein Hals jetzt schon rötlich schimmert. An meinem Mundwinkel ist das Blut bereits getrocknet. Hat ein bisschen was von einem Vampir, der gerade seinen Hunger gestillt hat. *Sehr witzig, Blair ...*

Und dann sehe ich den Riss oberhalb meiner Hüfte in meinem geliebten Einteiler. Na toll. Wer hätte auch ahnen können, dass ich mich heute im Nahkampf verteidigen muss? Der Plan sah eher so aus, dass er sich von mir verführen lässt und ich als süßes, ihn anhimmelndes Ding so an ein paar Infos komme. Aber nein, der Herr hat mich vorgeführt. Er wusste von Anfang an, dass ich etwas anderes vorhabe und das mit den Drogen nur ein Vorwand war. Wie konnte er mich so schnell durchschauen?

»Blair?« Crows wütende Stimme reißt mich aus meinen Gedanken.

»Ja, ich bin's«, sage ich müde.

Langsam steige ich die Treppen nach oben, bereite mich im Geist schonmal auf seinen Ausbruch vor, der definitiv kommen wird.

Ich hab noch nicht ganz die Treppe erklommen, da funkeln mich schon zwei wütende Augen an. Ich kann ihm ansehen, wie sauer er auf mich ist, weil ich ihn so verarscht habe. Aber es musste sein. Stellt sich mal einer vor, er wäre heute wirklich dabei gewesen. Keine Ahnung, ob wir es lebend da rausgeschafft hätten.

»Was ...?«, grollt Crow schon los. Als er bemerkt, wie mitgenommen ich aussehe, hält er inne und schaut mich etwas überrascht an. Ich hoffe, er wäscht mir bei meinem Anblick heute nicht den Kopf wegen meines kleinen Fesselspiels und lässt es gut sein. Ich will einfach nur noch in mein Bett.

Mit aller Macht reißt er an den Handschellen. Wie gut,

dass es keine Spielzeughandschellen sind und das Bett aus massivem Metall besteht. Auch wenn ich mir ehrlich gesagt etwas Sorgen gemacht habe, ob das Ding wirklich halten oder er mein Bett nicht doch auseinandernehmen würde.

Einmal tief durchatmend steige ich die letzten Stufen hinauf und bleibe mit verschränkten Armen vor dem Bett stehen, auf dem er immer noch festgekettet sitzt. Ich blicke ihn abwartend an. Und dann scheint die Wut doch aus ihm herauszubrechen.

»Blair, verdammte Scheiße, was ist passiert?! Ich dachte, du hättest das unter Kontrolle! Ich dachte, ich kann mich auf dich verlassen! Vielleicht muss ich das alles selbst in die Hand nehmen?! Du scheinst ihm nicht gewachsen zu sein!«

Ach, Großer, du brauchst dir keine Sorgen um mich machen. Du hast mich selbst ausgebildet und müsstest wissen, was ich draufhabe.

Heute saß halt leider Fletcher am längeren Hebel. Aber ich hab's geschafft und bin zu Hause.

Dann wollen wir dich großen Krieger mal wieder beruhigen.

Ich versuche, mit meinen Händen erneut etwas Ordnung in meine Haare zu bekommen, bevor ich noch einen Schritt näher an ihn herantrete.

»Beruhig dich, Crow! Ich bin hier. Also reg dich ab! Ich krieg das schon hin. Beim nächsten Mal pass ich besser auf. Glaub mir«, versuche ich ihn trotz angeschlagener Stimme zu beruhigen. Er kann jetzt nicht seinen ganzen Plan über Bord werfen.

Die Auseinandersetzung hat mich wirklich vollkommen ausgelaugt. Ich bin platt und will einfach nur noch in mein Bett. Aber wenn ich ihn jetzt losmache, weiß ich genau, was dieser Vollidiot tun wird. Also muss ich da jetzt wohl durch. Ich krabbele einfach zu ihm und lasse mich auf seine Brust fallen, bette meinen Kopf darauf und schließe erschöpft die Augen.

»Blair! Ich meine es ernst. Was glaubt er, wer er ist?«, schnauzt Crow angepisst. Erneut seufze ich und schaue ihm in die Augen.

»Können wir das bitte morgen klären? Ich bin echt platt, Crow«, versuche ich ihn nochmal zu besänftigen.

»Mach mich los und ich verschwinde!«, antwortet er mir schnaubend. *Ja, klar.*

Wissend schaue ich ihn an und ziehe eine Augenbraue hoch.

Da ich keine Anstalten mache, ihn zu befreien, klärt sich plötzlich sein Blick und er wird weicher. Da ich weiß, dass ich keine andere Wahl hab und es mit jeder Minute, die vergeht, nur schlimmer mache, erhebe ich mich und hole den Schlüssel aus der Kommode. Wieder zurück am Bett beuge ich mich vor und öffne die Handschellen. Crow reibt sich kurz seine Gelenke, steht auf und tritt an mich heran. Ein besorgter Ausdruck huscht über sein Gesicht. Er hebt seine Hand und fährt vorsichtig mit den Fingern über meine verletzte Haut. Eine seltene zärtliche Berührung. *Sei ehrlich, Großer ... Machst du dir etwa Sorgen?*

»Ich fasse es nicht, dass er jetzt sogar Frauen schlägt«, sagt er nun etwas sanfter, während er meine Wange betrachtet.

»Ist nicht so schlimm«, sage ich und drehe meinen Kopf weg.

»Du weißt, dass ich selbst in der Lage bin, mich zu wehren. Das hier ...« Ich deute auf meine Schramme. »... war ein Versehen. Ich hab einen Moment nicht aufgepasst.«

Denn dank Crow bin ich sehr wohl in der Lage, mich selbst zu verteidigen. Nachdem er mich in der Gasse aufgegriffen hat, war das Erste, was ihm wichtig war, dass ich mich ohne Hilfe selbst wehren kann. Denn das kann in unseren Kreisen manchmal über Leben und Tod entscheiden. Hätte Crow mich nicht bis ins kleinste Detail im Nahkampf ausgebildet, wer weiß, was Fletcher heute mit mir angestellt hätte?

Crow hat mich glücklicherweise bis an meine Grenzen gebracht, damit ich auf genau solche Situationen vorbereitet bin. Trotzdem kann auch dann mal etwas schieflaufen. Beim nächsten Mal bin ich aufmerksamer und lasse mich nicht von seinem berauschenden Duft und seiner rauen Stimme sowie von seinem massigen Körper einnebeln. Ohne dass ich es will, wandern meine Gedanken zurück in die Scheune. Wie mich Nash gegen den Balken in meinem Rücken gedrängt und mich an diesem festgenagelt hat, war schon mehr als heiß gewesen. Und dass er so verflucht sexy aussieht, ist hier nicht besonders förderlich. Angefangen bei seinen braunen Augen, die einen mit ihrer Intensität regelrecht gefangen nehmen. Weiter zu seinem akkurat gestutzten, dunklen Vollbart. Seine braunen Haare, wie sie ihm immer mal wieder bei einer schnellen Kopfbewegung in die Stirn fallen – und dieser Körper. Shit! Wie ein Bär, groß und vollbepackt mit Muskeln.

Crow schnaubt und reißt mich so aus meinen Gedanken. Aber so langsam scheint er sich wieder einzukriegen. Zumindest sagt mir das sein Blick. *Wenigstens etwas.*

»Ich hoffe, du hast ihm eine Tracht Prügel verpasst, die er nicht so schnell vergisst, und er muss sich jetzt seine Wunden lecken.«

»Oh, ich glaube, am meisten hat sein Ego gelitten. Er war von meiner Gegenwehr wohl etwas überrascht. Außerdem könnte es sein, dass er in den nächsten Tagen Probleme beim Sitzen hat. Ich hab ihn ordentlich erwischt«, sage ich mit einem triumphierenden Schmunzeln.

»Außerdem wäre es wirklich bescheuert von dir, wie ein hirnloser Ochse zu ihm zu rennen. Denk daran, was du willst. Ich bin ja nicht aus Zucker und kann, glaube ich, ganz gut mit euch bösen Jungs mithalten. Ich hatte ja schließlich einen guten und sehr strengen Lehrer. Also, wie sieht's aus? Bleibst du ruhig und handelst nicht kopflos, wenn du jetzt mein Loft verlässt?«, frage ich mit einem ernsten Gesichtsausdruck.

»Ja, schon gut. Du hast ja recht. Du schlaues Biest, ich kann wohl wirklich nicht ohne meine weiße Dame.«

»Nein, kannst du nicht«, sage ich mit einem wissenden Grinsen.

Ich trete einen Schritt von ihm zurück und beginne, mich ganz langsam zu entkleiden. Ich will noch schnell unter die Dusche springen und kann danach hoffentlich in mein Bett.

Plötzlich spüre ich Crows Hände an meinen Hüften und seine Lippen in meinem Nacken.

»Ich glaube, ich hab noch was gut bei dir, nachdem du mich vor Stunden hier angekettet hast. Findest du nicht auch?«

Ich lege den Kopf schief, drehe mich zu ihm um und muss lachen.

»Nein, mein Großer. Da muss ich dich leider enttäuschen. Ich gehe jetzt duschen. Und dann will ich nur noch in mein Bett. Allein. Du darfst in deine eigene Bude.«

Ich befreie mich aus seinem Griff und laufe nackt, wie ich bin, zur Treppe.

»Vielleicht bleibe ich einfach in deinem Bett liegen und warte auf dich.«

»Ehrlich, Crow! Für heute hab ich genug. Verschwinde einfach. Und solltest du glauben, ich schiebe nach der Dusche 'ne heiße Nummer mit dir, hast du dich geschnitten. Vielleicht kette ich dich dann erneut an mein Bett! Also los, hau schon ab.«

Ich verschränke die Arme vor der Brust, Crow kommt erneut auf mich zu und bleibt direkt vor mir stehen. Ich bin mir sicher zu wissen, was jetzt kommt, und schaue betreten zu Boden, doch er schnappt sich mein Kinn und dreht es vorsichtig so, dass ich ihn anblicken muss.

»Heute lass ich dir deine Fesselspielchen mal durchgehen

… Aber solltest du mich nochmal so verarschen, versohl ich dir den Arsch, verstanden?«

Ich nicke nur, denn für einen frechen Spruch bin ich einfach zu platt. Damit lässt er mich los und verlässt ohne ein weiteres Wort mein Loft. *Endlich allein!*

Nachdem ich geduscht habe, meine Haare und meinen Körper jeweils in ein Handtuch gewickelt habe, gehe ich hinauf. Schnell ziehe ich mir ein Höschen und ein Top an und kuschele mich endlich in meine weichen Laken.

Heute ist echt nicht mein Tag … Ich hoffe nur, du stellst wirklich keinen Blödsinn an, Crow.

Kapitel 10

Weisser König

Angepisst verlasse ich Blairs Loft. Am liebsten würde ich jetzt zu diesem Bastard fahren. Ich schäume vor Wut und kann mich kaum beherrschen, deswegen kommt es, wie es kommen muss.

Ich finde mich eine halbe Stunde später vor seiner protzigen schwarzen Villa wieder.

Wie kann man nur so eingebildet und größenwahnsinnig leben? Sein Anwesen sieht wie ein kleines Schloss aus, als wäre er wirklich der Meinung, er sei ein scheiß König! *Und was soll das Schwarz bitte? Dein Ernst?!*

Mit den hohen Mauern, der langen Auffahrt und den vielen Kameras, die rund um das Gelände überall verteilt die Gegend filmen. *Fuck!*

Ich sollte wieder verschwinden. Wenn mich die Kameras einfangen, ist meine schöne und lang geplante Rache dahin. Blair hat ja recht. Ich darf nicht kopflos handeln. So viele Züge habe ich vorausgeplant. So viele Bauern werden fallen. Springer, Türme, Läufer, ob weiße oder schwarze, sie alle werden geopfert für den Sieg. *Meinen Sieg!*

Das kann ich nicht riskieren und wegen Blair durchdrehen. Auch wenn sie meine weiße Dame ist und sie dieses Spiel beenden wird. An meinem Ursprungsplan hat sich nämlich nichts geändert, so muss sie dieses kleine Opfer jetzt für mich, für den Krieg und den Sieg bringen. Ich muss mich beruhigen und darf mein Ziel nicht aus den Augen verlieren. Nicht schon wieder und ganz sicher nicht schon wieder für eine Frau!

Meine Hände umschließen fest das Leder, würgen das Lenkrad. Ich entscheide mich dafür, nach Hause zu fahren. Meinen Plan weiter zu verfolgen und besonnen an die Sache heranzugehen. Ich werde gewinnen und ich werde den schwarzen König schachmatt setzen. Dafür benötige ich einen klaren, ruhigen Kopf.

Mit quietschenden Reifen rase ich davon und bringe so viel Abstand wie nur möglich zwischen mich und den Wichser! Sicher ist sicher.

Morgen früh werde ich Kontakt zum Kartell aufnehmen und das weitere Vorgehen mit ihnen besprechen. Ich will ihn endlich fallen sehen. Will ihm alles nehmen und will, dass er in den Trümmern seines Reiches steht, bevor ich ihm den Kopf abschlage.

Nachdem ich endlich zu Hause, meinem vorübergehenden Reich, angekommen bin, nehme ich noch eine schnelle Dusche und falle ins Bett.

Ich hatte noch keine Zeit, etwas Angemessenes zum Wohnen für mich zu finden, zumal ich mich nach wie vor bedeckt halten sollte. Ein standesgemäßes Anwesen kann ich mir auch noch nach meinem Sieg suchen.

Meine noch immer wütenden Gedanken, dass der Bastard wirklich so tief gesunken ist und nun auch Frauen schlägt, versuche ich zu verdrängen. Leichter gesagt als getan. *Verdammt, Nash, was ist nur aus dir geworden?!*

Der nächste Morgen kommt viel zu früh und doch verlasse ich umgehend das Bett, um das Garcia-Kartell anzurufen und mit ihnen ein Treffen zu vereinbaren. Ich habe Glück und bekomme heute Nachmittag bei ihnen eine Audienz.

Die passenden Worte sollte ich mir dafür zurechtlegen. Immerhin ist es noch immer ein mächtiges Kartell, dem ich gegenübertrete. Sollte ich es mir bei ihnen verscherzen, rollt nicht nur mein Kopf, sondern der all meiner weißen Figuren. Ich bin bereit, jeden Kollateralschaden einzugehen, aber meinen Kopf würde ich gern behalten. *Und Blair ...,* schießt es mir durch meinen Verstand, aber ich versuche den Gedanken zu verdrängen. Ich kann es mir nicht erlauben, wieder nachsichtig zu sein. Mein Sieg über Fletcher steht über allem!

Ich will es nicht, doch meine Gedanken wandern automatisch zu ihr. Meiner Versuchung. Meinem Untergang. Meiner Liebe.

Es zieht mich zu ihr. Ich muss sie sehen. Es beruhigt mich, zähmt mein Inneres, wenn ich sie aus der Ferne beobachte. Näher darf ich ihr nicht kommen.

Wie ferngesteuert finde ich mich nach einiger Zeit vor ihrer Wohnung wieder. Sie ist bei sich zu Hause ausgezogen. Nach dem ganzen Stress ist das kein Wunder.

Ich sitze in meinem Auto und sehe zu deinem Fenster rein. Du hast keine Vorhänge. Das ist so typisch für dich.

Schmunzelnd schüttle ich den Kopf. Du wohnst im Erdgeschoss und meinst tatsächlich, du hättest keine Vorhänge nötig?! Baby, du schaffst mich. Immer denkst du nur Gutes über die Menschen. Siehst nur das Gute in ihnen, obwohl die Welt um dich herum so schwarz und böse ist. Du siehst es nicht, willst es nicht sehen. Auch bei mir wolltest du es damals nicht sehen.

Dann entdecke ich dich, wie du verschlafen und mit

zerzaustem Haar durch dein Apartment gehst, um dir erst einmal deinen viel zu süßen und mit Milch verschandelten Kaffee zu machen. Wehmütig schüttle ich den Kopf, denn die Erinnerungen, die meine Gedanken gerade durchfluten, schmerzen und machen mein kaltes Herz schwer.

Ich hätte nicht kommen dürfen. Du bringst mich durcheinander, Baby. Lässt mich zweifeln, wo ich mir doch keine Zweifel erlauben darf. Nicht schon wieder!

Nur noch einen kleinen Moment, bete ich mir vor, und beobachte dich weiter, wie du dich mit deiner Tasse an deinen kleinen Küchentisch setzt und nachdenklich nach draußen siehst.

Ich lehne mich etwas mehr in meinen Sitz zurück, damit du mich nicht entdeckst. Auch wenn alles in mir schreit, zu dir zu gehen und dich endlich wieder zu berühren, zu schmecken, so darf ich dem nicht nachgehen.

Du bist noch immer so wunderschön, Baby. Vielleicht noch schöner als damals?! Mit deinen braunen, schulterlangen Haaren, wie sie dir leicht wellig über die Schulter fallen. Sind sie länger als damals?

Und, fuck, diese Lippen, diese sinnlichen und sündigen Lippen, die mir schon so viele wohlige Schauer beschert haben. Dazu dein Engelsgesicht, du bist so unschuldig und rein, Baby.

Dann deine sanften, braunen Augen, in die ich mich zuerst verliebt habe, weil sie mich mit so viel Liebe angesehen haben. Liebe, von der ich dachte, ich würde sie nie verdienen.

O Baby, du machst es mir so verdammt schwer!

Mit einem Mal werde ich wieder in die Realität katapultiert. Hart und schmerzhaft. Aber so ist die Wirklichkeit nun mal. Erbarmungslos.

Sein verfickter Wagen fährt vor und dieser Wichser steigt aus und geht zu dir. Mein Zorn will mich übermannen. Ich will ihn tot sehen. Will nicht, dass er in deiner Nähe ist, und doch kann ich nichts tun, außer dabei zuzusehen, wie du ihm *freudestrahlend und dazu noch halbnackt die Tür öffnest, ihm um den Hals fällst und er dir einen vertrauten Kuss auf die Stirn aufdrückt.*

Ich halte es nicht mehr aus! Wenn ich jetzt nicht verschwinde, dann erschieße ich ihn und das vor dir, vor deinen unschuldigen Augen. Also fahre ich mit qualmenden Reifen davon.

»Du wolltest eine Audienz bei uns, Crow?«

Ich nicke dem Oberhaupt des Garcia-Kartells zu und setze mich etwas aufrechter hin.

»Ja, Sir. Ich möchte mit Ihnen allen besprechen, wie es nun weitergeht. Wie wir Fletcher stürzen und ihm sein Reich entreißen wollen«, sage ich mit fester Stimme.

Die fünf Männer am Tisch sehen sich gegenseitig an, dann wieder zu mir. Vor mir sitzen die mächtigsten Männer in ganz Phoenix und noch weit darüber hinaus.

Das Garcia-Kartell herrscht mit eiserner Hand über halb Arizona. Alles, was etwas mit Drogen, egal welcher Art, zu tun hat, geht über ihren Tisch. Sie wissen über jeden kleinen Dealer Bescheid. Eigentlich etwas unheimlich, aber gut, solange sie für und nicht gegen mich sind, kann es mir egal sein.

Wir sind in ihrer herrschaftlichen Villa. Alles schreit hier nach purem Luxus und Macht. Edle und antike Möbel füllen die Räume. Alte und wahrscheinlich unbezahlbare Ölgemälde zieren die Wände. Der Tisch, an dem wir sitzen, ist aus dem teuersten Mahagoniholz gefertigt. Womöglich auch noch von Hand geschnitzt.

»Hast du denn deine Aufgabe erfüllt, und kannst uns endlich einen Namen nennen?«, fragt der Alte mich streng und innerlich fluche ich gerade sehr laut.

»Nein. Ich konnte noch immer nichts über seinen Dealer herausfinden. Keiner aus seinen eigenen Reihen hat ihn je gesehen«, erkläre ich ruhig.

»Wie kommst du darauf, dass keiner seiner eigenen Männer ihn je gesehen hat?«, fragt der Sohn des Oberhaupts interessiert.

»Ganz einfach, ich hab nicht nur meine rechte Hand darauf angesetzt, mir dies zu bestätigen, sondern ich habe auch den einen oder anderen seiner Männer einer kleinen Befragung unterzogen. Und so loyal, dass er bei meinem *netten* Frage-Antwort-Spiel schweigt, ist keiner«, antworte ich schulterzuckend.

Alle nicken sie und ihre Mienen verziehen sich nachdenklich. Es ist schon fast unheimlich, dass sie sich kaum verständigen. Sie benötigen nur wenige Worte und sind sich anscheinend immer einig. Wohl ihr Erfolgsrezept. Sie tauschen Blicke, sprechen ein paar Dinge auf Spanisch, die ich nicht verstehe.

»Solange du uns keine Ergebnisse bringst, kannst du von uns auch nichts erwarten. Wir wollen den Dealer! Haben wir ihn, vernichten wir Fletcher für dich. Das war der Deal!«, unterrichtet mich das Oberhaupt.

Zähneknirschend schlucke ich meinen Protest runter. Es wäre unklug, ihm zu widersprechen. Also tue ich es nicht und nicke stattdessen unterwürfig. Ich könnte kotzen! Ich bin ein König und nicht ihre kleine Schlampe und doch kann ich nichts anderes machen, als mich wie eine solche wegschicken zu lassen und das zu tun, was sie von mir verlangen. *FUCK!*

So war das nicht geplant. Ich wollte ihre Unterstützung und nicht eine weitere Demütigung. Und wie zum Teufel soll ich an den scheiß Namen rankommen? Ich habe keine Ahnung, wer sein verschissener Dealer ist. Wo er ihn versteckt hält und warum er so ein verficktes Geheimnis um ihn macht. Man sollte meinen, Fletcher will seinen Namen von den Dächern schreien, zeigen, dass er sein Juwel ist. Aber nein! Er hütet ihn lieber wie einen Schatz. Nicht einmal seinen engsten Männern hat er von ihm erzählt.

Plötzlich durchzuckt mich ein Geistesblitz. *Die Ware!*

Wenn ich herausfinde, wer und von wo aus er die Pillen abholen lässt, komme ich vielleicht so an den Dealer ran. Oder zumindest an den Ort, wo er die Scheiße herstellt.

Eigentlich will ich Blair sofort damit beauftragen, aber nach der Nacht von gestern gönne ich ihr widerwillig zwei, drei Tage Pause und kümmere mich selbst darum. Ich brauche sie einsatzfähig und das bleibt sie nur, wenn ich ihr auch mal eine Auszeit gebe.

Nachdem ich das Anwesen des Kartells verlassen habe, zücke ich mein Handy und verständige meine Leute, dass sie Ausschau nach dem umgebauten Geldtransporter halten sollen, der bei jedem Rave immer hinter der Location steht und voll mit seinen heiligen Pillen ist.

Ob ich dich vielleicht etwas aus der Reserve locken soll?

Der Gedanke lässt mich nicht los, also beschließe ich, dem nachzugehen, und fische erneut mein Handy aus meiner Jeans. Tief atme ich noch einmal durch. *Wer hätte denn gedacht, dass ich jemals wieder deine Nummer wählen werde ...?*

Meine eigene Nummer habe ich selbstverständlich unterdrückt und ich habe ebenso meine Stimmenverzerrer-App eingeschaltet. Ich bin doch kein Trottel und ein Anfänger erst recht nicht.

Nach dem dritten Tuten nimmt er tatsächlich mit einem schlechtgelaunten Knurren ab. *Immer noch so ein Brummbär.*

»Schwarzer König?«, spricht meine verzerrte Stimme und macht es ihm damit unmöglich, mich zu erkennen. Ich muss mich zusammenreißen, nichts zu sagen, dass mich verraten könnte.

»Ich bin dein Gegenspieler ... du darfst mich weißer König nennen und das Spiel ist hiermit offiziell eröffnet«, setze ich schnell nach, bevor er überhaupt zu Wort kommt.

»Was zum Teufel soll der Scheiß mit der verzerrten Stimme? Du Feigling, zeig dich und kämpfe öffentlich wie ein Mann!«, spuckt Nash in den Hörer.

Ich grinse. Er ist noch immer so unbeherrscht, wenn nicht sogar noch mehr. Und ich dachte, er hätte über die Jahre etwas gelernt ...

»Oh, du wirst noch früh genug erfahren, wer ich bin, und dein Fall wird tief sein, schwarzer König.«

Sein wütendes Knurren lässt mich nur noch fieser grinsen.

»Wer denkst du kleiner Wichser eigentlich, wer du bist, hm? Mit deiner fake Stimme! Du willst ein Spiel der Könige spielen? Du willst mein Königreich? Dann stell dich mir wie ein Mann! Anders nehme ich dich gar nicht ernst, du Möchtegern-König!« Seine Stimme trieft vor Hohn.

Wenn Nash Fletcher eins kann, dann seine Worte und Stimme für sich arbeiten lassen. Er wusste schon früher immer, was er sagen muss, um sein Gegenüber zu verunsichern. Das habe ich damals, vor langer Zeit, an ihm bewundert. Aber diese Zeit ist vorbei!

»Was ist, wenn ich dir sage, dass ich über dein kleines Geheimnis Bescheid weiß?«

Ich habe auch ein ziemlich nützliches Talent. Ich bin ein Stratege und kann wunderbar die Stille für meine Zwecke nutzen. Eine kleine Andeutung und ein langes Schweigen sagen oftmals mehr als ein großes Wortgefecht.

Am anderen Ende wird es kurz ruhig, sehr ruhig. Ich sehe ihn vor mir, kiefermahlend, wie er sein Handy regelrecht in seiner Bärenpranke zerdrückt, und doch darf er nicht auf mein Gesagtes reagieren.

»Bullshit! Du weißt gar nichts, kleiner Prinz! Aber nicht

schlecht gespielt. Mich mit einer fake Stimme anrufen, versuchen, mich zu verunsichern und mich aus der Reserve zu locken. Vielleicht wirst du in ein, zwei Jahren ein ernstzunehmender Gegner. Doch noch musst du einiges lernen. Husch, kleiner weißer Prinz. Geh auf deine Seite des Spielbretts zurück und lass die richtigen Könige miteinander kämpfen.« Damit legt der Wichser tatsächlich auf.

Etwas perplex, wie es dieser verdammte Bastard schon wieder geschafft hat, den Spieß umzudrehen, meine eigene Taktik gegen mich zu verwenden, sehe ich auf mein schwarzes Display.

Er ist gut, besser als damals. Nash war schon immer brillant darin, sein Gegenüber binnen Sekunden zu durchschauen und das Spiel zu übernehmen. Aber ganz ehrlich: So macht es noch viel mehr Spaß, ihn zu besiegen. Denn dass ich diesen Krieg gewinne, steht außer Frage und hat sich nach diesem Telefonat nur noch mehr bestätigt.

Fletcher wird fallen, sehr tief und sehr schmerzhaft. Ich werde ihm alles nehmen. Angefangen bei seinem kleinen Kuscheldealer. Denn ich bin mir sicher, nun wird er die Sicherheitsmaßnahmen um ihn verschärfen. Wenn er denn überhaupt welche hatte. Wenn keiner nach einem sucht, weil keiner weiß, wer derjenige ist, muss man ihn auch nicht beschützen. *DAS IST ES! ... Pass auf, schwarzer König. Bald setze ich dich schachmatt!*

Kapitel 11

Die Dame

*D*en gestrigen Tag habe ich komplett im Bett verbracht. Ich wollte einfach nur meine Ruhe, musste Ordnung in das Chaos in meinem Kopf bringen. Warum verdammt geht er mir so unter die Haut? Ich soll ihn doch um den Verstand bringen und nicht andersherum.

Glücklicherweise hat Crow mich den kompletten gestrigen Tag in Ruhe gelassen. Noch nicht mal eine SMS hat er mir geschickt. Ob er immer noch sauer ist wegen meines kleinen Fesselspielchens? Na ja, er beruhigt sich schon wieder. Vielleicht gönnt er mir wirklich auch nur ein paar Tage Ruhe nach dem Zusammenstoß mit Fletcher.

Meine Lippe tut immer noch scheiße weh und auch die Verfärbung meiner Wange wandelt sich, wie zu erwarten war, langsam von Lila in Grün. *Du verfluchter Wichser!*

Doch heute zieht es mich auf die Straße, weshalb ich diesen Tag für eine ausgiebige Fahrt über den Highway nutze. Die Sonne strahlt wie immer heiß vom Himmel, ich kann die PS-Zahl meines Babys voll ausnutzen und lasse mir den Fahrtwind um die Nase wehen. Schon seit heute Morgen bin ich unterwegs und es ist für mich immer noch die beste Möglichkeit, einen klaren Kopf zu bekommen.

Da ich bereits seit mehreren Stunden ohne großartige Pause fahre, entschließe ich mich am frühen Nachmittag, einen kleinen Stopp einzulegen. Zum Glück gibt es an den großen Highways immer wieder mal einen Truckstop oder auch ein Diner.

Der nächste wird schon angekündigt, also drossele ich meine Geschwindigkeit und fahre langsam auf den Parkplatz, stelle meine Ninja ab und mache mich auf den Weg in das kleine, fast schon heruntergekommene Gebäude. Bevor ich das Diner betrete, ziehe ich meinen Helm ab und ordne meine Haare.

Drinnen empfängt mich durch die wahrscheinlich dauerhaft laufende Klimaanlage eine angenehme Kühle. Nach der langen Fahrt mit den Lederklamotten und dem Helm in der prallen Sonne tut es wirklich gut. Fast alle Tische sind belegt. Bei meinem Glück sind es natürlich ausschließlich Männer. Und selbstverständlich betrachten mich alle wie ein Stück Frischfleisch. Die ersten Kommentare bezüglich meines Hinterns sind zu hören. Aber ich habe heute keine Lust auf eine unnötige Auseinandersetzung mit jemandem. Die letzte sitzt mir immer noch in den Knochen. Also ignoriere ich die ganzen verschissenen Biker fürs Erste. Zumindest, solange mir keiner auf die Pelle rückt.

Ich bestelle mir gerade einen Bagel und eine Coke, als plötzlich ein großer, bulliger Typ an mich herantritt und mich mustert. *War ja klar ...* Die Bardame geht ins Lager und lässt mich mit dem Kerl allein. Mein Inneres beginnt unruhig und warnend zu Kribbeln und ich bin mir fast schon sicher, dass das hier nicht ohne Zwischenfall ablaufen wird. Trotzdem atme ich tief ein und aus. *Bleib ruhig, Blair!*

Ich beobachte ihn aus dem Augenwinkel, während seine Kumpels schon grölen. *Euer Ernst?*

Er ist groß, hat eine stämmige Figur und schulterlanges, dunkles Haar. Seine Augen wandern an mir auf und ab, als würde er mich in Gedanken schon aus meiner Motorradkluft schälen. Sein ekelhaftes Grinsen und seine Zunge, die genießerisch über seine Lippen leckt, zeigen mir seine restlichen Gedanken. Ich hasse Männer, die in mir nur ein Fickobjekt sehen. *Seid ihr denn alle gleich?*

Er kommt noch einen Schritt näher und beugt sich zu meinem Ohr.

»Hey, Schönheit! Meine Jungs und ich hätten nichts gegen nette Gesellschaft. Setz dich doch zu uns«, raunt mir dieser widerliche Typ gegen meine Halsbeuge. Und dann wagt er es auch noch, sich eine meiner Haarsträhnen um den Finger zu wickeln. *Ganz großer Fehler, mein Freund!*

Ich erstarre. Ganz langsam hebe ich meinen Kopf und funkele ihn wütend an.

»Nimm sofort deine Finger weg oder du wirst es bereuen!« Meine Stimme ist leise, aber drohend. Doch dieser Wichser scheint das nur als Aufforderung zu sehen, umfasst mit der anderen Hand meine Hüfte und zieht mich zu sich.

»Schätzchen … Komm schon! Du brauchst deine Krallen nicht ausfahren. Wir sind auch ganz anständig zu dir. Versprochen!«

Das bin ich gleich auch zu dir, wenn du mich nicht sofort loslässt!

»Letzte Chance, Arschloch! Lass mich los, oder ich bin mir nicht sicher, ob du heute nochmal auf deine Maschine steigen kannst.«

»Was willst du schon machen, du kleine Schlampe?! Ich kann die Samthandschuhe auch ausziehen, wenn du auf die harte Tour stehst.«

Seine Freunde pfeifen und feuern ihn an, mich zu ihnen zu holen. Es hätte so ein schöner Tag werden können. Dann eben nicht. Ich ändere meine Taktik und schenke ihm einen unschuldigen Augenaufschlag. Versuche meine Wut, die durch meine Adern peitscht, nicht zu zeigen.

»Wie hast du mich durchschaut? Du hast recht, ich stehe eher auf richtige Männer«, hauche ich ihm entgegen und streiche ihm mit meinen Fingern über die Brust.

»Na, geht doch, Schätzchen. Komm mit, ich stell dir meine Kumpel vor«, sagt er mit einem von sich selbst überzeugten Grinsen.

Doch bevor er sich umdrehen kann oder eine Antwort von mir erhält, ramme ich ihm ohne ein Wort mein Knie zwischen die Beine. *Ihr Männer schreit auch immer wieder danach!* Augenblicklich lässt er meine Hüfte los, gibt ein Stöhnen von sich und sackt in sich zusammen. Als er vor mir kniet, ramme ich ihm noch meine Faust gegen seine Nase, aus der daraufhin Blut spritzt. Mein Schlag war allerdings so fest, dass auch meine Knöchel schmerzen. *Scheiße …*

»Überleg dir beim nächsten Mal, ob du ein Nein nicht doch besser auch so verstehen solltest!«, sage ich mit zusammengebissenen Zähnen und versuche mir den Schmerz nicht anmerken zu lassen, schüttele meine Hand nicht aus, obwohl sie pocht wie die Hölle.

Erst als ich von dem Typ wieder aufblicke, stelle ich fest, dass es mucksmäuschenstill im Diner geworden ist und mich alle anstarren. Selbst seine Freunde halten die Klappe. *Hättet ihr nicht gedacht, was? Auch ein kleines Püppchen kann zuschlagen!*

Auch wenn ich nicht die Größte bin, kann ich mich sehr wohl wehren. *Nicht wahr, schwarzer König?*

Ich drehe mich zurück zur Theke, wo die junge Kellnerin steht, die anscheinend während meiner Auseinandersetzung bereits das Lager wieder verlassen hat und mich mit großen Augen anstarrt. Vor mir stehen meine Cola und der Bagel. Da ich keine Lust habe, irgendetwas zu erklären, lege ich ihr einen Zwanzig-Dollar-Schein auf die Theke, schnappe mir meine Bestellung und suche mir im Anschluss eine kleine Nische. Ich will heute einfach nur noch meine Ruhe. Warum versteht das denn keiner?

Nachdem ich auf der Bank Platz genommen habe, nehmen die anderen Gäste wieder ihre Gespräche auf und starren mich nicht länger an. Der Typ sitzt mittlerweile auch wieder an seinem Tisch und ignoriert mich, während sich seine Freunde ein wenig über ihn lustig machen. Mir soll's egal sein. Ich hab ihn schließlich vorgewarnt.

Immer noch kribbeln meine Finger ein wenig, aber das war es mir wert. Ich werde mich nie wieder gegen meinen Willen anfassen lassen. Von niemandem!

Ich schaue aus dem Fenster in die wüstenähnliche Landschaft mit ihren Kakteen und trockenen Sträuchern und wie von selbst wandern meine Gedanken zu ihm. Immer noch verpestet dieser Ravekasper mein Hirn. Obwohl ich mir doch so sicher war, dass sich der Nebel in meinem Kopf durch meine kleine Tour lichten und der schwarze König daraus verschwinden würde. Tja, falsch gedacht.

Beim nächsten Rave ist er definitiv fällig. Dann bin ich nicht mehr das kleine süße Ding. Dann hole ich mir irgendwie die Informationen. Irgendjemand muss doch etwas über Nash Fletcher wissen.

Was hat dieser verfluchte Wichser nur an sich? Immer wieder denke ich an den Rave zurück. An unseren Tanz, seine Berührungen und seine unglaublich starke Präsenz.

Ich sollte nichts an ihm anziehend finden, doch mein Körper hat schon in der Scheune gegen meinen Verstand gewonnen. Warum stelle ich mir vor, wie der Abend ausgegangen wäre, hätte er mich nicht durchschaut? Wie weit wären wir wohl gegangen? Als er mich gegen den Balken gepresst und sein Knie gegen meine Mitte gedrückt hat, wollte ich mehr, und als er mich im Anschluss auf dem Boden festgenagelt hat, konnte ich spüren, dass auch sein Körper auf mich reagiert hat. *O Gott! Das muss aufhören!*

Wenn Crow davon wüsste, würde er mich wahrscheinlich für völlig verrückt halten. Also schiebe ich diese Gedanken ganz schnell in das tiefste Eckchen meines Gehirns.

Nachdem ich den Bagel aufgegessen und auch die Coke geleert habe, verlasse ich das Diner und mache mich auf den Heimweg. Zum Glück kommt dieses Mal kein blöder Spruch aus irgendeiner Ecke.

Der Himmel verfärbt sich bereits hellrot, als kurz vor Phoenix plötzlich ein Motor hinter mir aufheult. Heute sind wohl viele mit ihrer Maschine unterwegs.

Ich konzentriere mich wieder nur auf mich, doch das Geräusch kommt näher. Da hat aber jemand einen Affenzahn drauf. Seltsamerweise überholt er mich nicht, sondern fährt neben mir her, als er mich erreicht hat.

Er besitzt ebenfalls eine Ninja, allerdings komplett mattschwarz lackiert. Nicht schlecht. Sein Körper ist in einen schwarzen Einteiler gehüllt. Und auch sein Helm ist, wie sollte es anders sein, schwarz. Das Visier ist so dunkel, dass ich sein Gesicht nicht erkennen kann. Dann dreht er seinen Kopf und schaut mich direkt an. *Wer bist du?*

Unter meinem Helm bildet sich ein Lächeln. Wenn ich es darauf anlegen würde, würde ich ihn schneller abhängen, als er gucken kann. Ich lasse mit meiner Hand am Lenkrad den Motor aufheulen und rase los. Gleich wird er nur noch meinen Arsch sehen. Zu meiner Überraschung heult sein Motor ebenfalls auf. Er kann mithalten! Und ist kurze Zeit später wieder neben mir. *Das kann doch nicht sein!?*

Etwas überrascht gebe ich noch einmal Gas. Hole alles aus meinem Baby raus, was geht. Doch dieser Möchtegernbiker, der anscheinend doch keiner ist, klebt an mir wie Kaugummi in den Haaren. *Wer verdammt nochmal bist du?!*

Dann überholt er mich sogar. Bedrängt mich so, dass ich langsamer werden muss, und ich tue ihm den Gefallen. Er muss wahnsinnig sein. Und bevor ich hier bei über 250 Sachen wegen so einem Vollhorst ins Straucheln gerate, drossele ich lieber das Tempo.

Er drängt mich immer weiter ab, bis wir an der nächsten Ausfahrt sind. Da ich nicht über eine Leitplanke stürzen will, gebe ich nach und fahre tatsächlich ab. Kurz hinter der

Ausfahrt befindet sich ein Schotterparkplatz.

So langsam bekomme ich das Gefühl, als wollte er mich genau hier haben. *Aber warum?* Dieser Platz ist mit Bauzäunen umrahmt. Und nur ein einziger dunkler Transporter parkt hier.

So lebensmüde kann doch keiner sein! Mein Atem geht schnell. Adrenalin flutet meine Venen und trotzdem schleicht sich auch ein wenig Nervosität mit hinein. Aber ich habe heute schon einmal bewiesen, dass ich nicht mehr hilflos bin und mich wehren kann. Ich will endlich wissen, wer er ist. Warum er mich so halsbrecherisch auf einem vollbefahrenen Highway bedrängt.

Also steige ich von meiner Ninja und bocke sie auf den Ständer. Mit einer lässigen Bewegung nehme ich den Helm ab und schüttele meine Haare einmal aus. Er muss nicht sehen, dass ich nervös bin. Wir sind hier mitten in der Pampa und ich habe wirklich so langsam das Gefühl, er hat mich absichtlich hier hin gelotst. Ein bisschen komme ich mir vor wie ein eingefangenes Schaf.

Mein Puls beschleunigt sich noch mehr und auch Wut steigt plötzlich in mir auf. Mit seinem leichtsinnigen Manöver hätte er uns beide umbringen können.

Wütend und mit festem Schritt laufe ich auf ihn zu. Er sitzt seelenruhig auf seiner Maschine, beide Füße auf dem Boden. Hat aber immer noch den Helm auf. Worauf wartet er? Das wird mir zu bunt.

»Sag mal, spinnst du? Warum drängst du mich ab? Wer bist du und was willst du von mir?«, speie ich ihm wutentbrannt entgegen.

Ganz langsam setzt er sich auf und nimmt dann den Helm ab. Und ich erstarre. All mein Blut sackt in meine Füße. *Scheiße! Ich bin sowas von am Arsch!*

Kapitel 12

Schwarzer König

Ich sehe in ihre großen, vor Schreck aufgerissenen braunen Augen. Ein teuflisches Lächeln bildet sich auf meinen Lippen und ich genieße diesen Moment viel zu sehr. Mein Körper beginnt zu kribbeln und ich spüre eine regelrechte Euphorie in mir aufsteigen.

Schon als ich sie zufällig in diesem abgelegenen Diner mitten in der Pampa habe sitzen sehen, durchzuckte mich dieses Prickeln. Die Vorfreude, was ich alles mit meinem kleinen Püppchen anstellen könnte, wenn ich sie wieder in die Finger bekomme. Aber auch etwas anderes flutet meinen Körper. Zorn!

Dieser scheiß Wichser! Er hat Hand an mein Püppchen gelegt. Ich wollte schon von meinem Bike springen und ihn eigenhändig umbringen. Auch wenn ich ihr ebenfalls an die Gurgel will, so hat keiner mein kleines Püppchen anzupacken. Doch dann rammte sie ihm ihr Knie in die Weichteile und einen ordentlichen Schlag hat sie auch noch drauf. Ich war für einen kurzen Moment wirklich beeindruckt. Aber sie hat mir ja gestern schon bewiesen, dass sie was kann.

Und da steht sie, verschreckt und außer Stande, einen ihrer frechen Sprüche zu klopfen. Zu überrascht über diesen Ausgang ihres kleinen Ausflugs.

Aber gut, ich bin hier schließlich auch etwas im Vorteil. Ich wusste, dass wir hier landen würden. Denn ich habe es so von meinen Männern vorbereiten und einfädeln lassen.

Ich bin ihr nach ihrer Rast gefolgt und habe nur darauf

gewartet, sie hier, kurz vor der Abfahrt, abdrängen zu können. Die Ortswahl ist beabsichtigt gewesen und der Transporter im Hintergrund ist auch nicht nur Deko. Das wird sie früher oder später schon noch herausfinden. Jetzt werde ich erst einmal dieses kleine Katz- und Mausspiel mit ihr genießen.

Es wird mich auch etwas von diesem seltsamen Telefonat von gestern ablenken. Was war das nur für ein Spinner? Er nennt sich weißer König und meint, mit mir ein Spiel auf dem teuflischen schwarz-weißen Spielbrett zu eröffnen. Ist er lebensmüde? Dumm? Oder einfach nur unwissend? Und was hat mein Püppchen mit all dem zutun? Ist es wirklich reiner Zufall, dass sie zum selben Zeitpunkt wie dieser selbsternannte weiße König hier auftaucht? Denn ich glaube eigentlich nicht an Zufälle.

Ich habe wirklich keine Ahnung, und ich hasse nichts mehr, als im Nachteil zu sein. Auch seine Anmerkung auf mein Geheimnis, meinen Dealer … Ich weiß nicht, was ich davon halten soll. Doch ich werde den Teufel tun und darauf reagieren. Das ist genau das, was er will. Dieser kleine Wichser will, dass ich kopflos zu meinem Dealer fahre und ihm Wachen hinstelle. Man findet jedoch niemanden, der sich nie wirklich versteckt hat. Der es nicht nötig hat, sich zu verstecken, da ihn niemand kennt. Mein Dealer geht vollkommen in der Masse unter und genauso soll es auch sein.

Langsam und mit einer Ruhe, die sie in den inneren Wahnsinn zu treiben scheint, hänge ich meinen Helm an meinen Lenker, bocke mein Bike auf und steige ab.

»Hallo, Püppchen. Was für ein Zufall, du hier?!«, mache ich mich über die Situation lustig.

Ihr entgleist kurz ihre Mimik, ehe sie sich wieder fängt und trotzig ihr Kinn hebt. Mein Lächeln nimmt an Bosheit zu und ich schlendere gemächlich weiter. Lasse genüsslich meinen Blick über ihren in schwarzes Leder gehüllten Körper wandern. Sie hat heiße Kurven und ich muss gestehen, dass mich ihre Bikeruniform anmacht.

Die vergangenen zwei Tage musste ich immer wieder an sie denken. Und an unsere Auseinandersetzung, unseren Kampf. Wie sie mir nicht nur eine verpasst hat. Mich sprachlos gemacht und überrascht zurückgelassen hat.

Ein Teil, der rachsüchtige und dauerwütende Teil in mir, will ihr dafür ihren hübschen Hals umdrehen und ihr all ihre schmutzigen kleinen Geheimnisse entlocken. Doch der andere, der tief begrabene Mann von früher, der will sie ficken und besitzen. Hier und jetzt.

Dicht vor ihr komme ich zum Stehen. Ein wenig wundert es mich, dass sie nach unserem letzten Tänzchen nicht versucht, zu fliehen. Schließlich zieren ihre von der Sonne geküsste Haut noch immer die Zeichen unserer Auseinandersetzung. Ebenso wie meine Wange von ihrem harten Kick in mein Gesicht einen dunklen Schatten trägt.

Als sie den blauen Fleck unter meinem dichten Vollbart erspäht, huscht ein kleines Lächeln über ihre sinnlichen Lippen. *Fuck, Püppchen! Heute ficke ich dich in deinen süßen Mund!*

Mit leicht schief gelegtem Kopf betrachte ich sie, ehe ich mit einer schnellen Bewegung meine Hand hebe und grob in ihre braune Mähne fasse, sie somit dicht an mich heranziehe und auf sie herabblicke.

»Und jetzt, Püppchen, wirst du mir endlich ein paar Fragen beantworten«, raune ich dunkel an ihre vollen Lippen.

»Einen Scheißdreck werde ich!«, faucht sie mir gefährlich entgegen, ehe sie mir mitten ins Gesicht spuckt. Angewidert verziehe ich dieses, hebe meinen Arm und wische mir ihren Speichel mit meinem Lederärmel weg.

Im nächsten Moment wickele ich mir ihre lange Mähne

einmal um meine Faust, erhöhe den Zug auf ihre Kopfhaut, um sie noch besser bändigen zu können.

Ihre Augen zu engen Schlitzen verengt, wünscht sie mir wohl gerade den Tod an den Hals. *Niedlich bist du ja schon.*

»Keinen blöden Spruch mehr auf Lager, hm? Nicht doch, Püppchen. Ich brauche dich gesprächig.« Meine Lippen dicht an ihre blaue Wange geführt, lasse ich meine Zunge hervorschnellen und lecke ihr über ihre weiche Haut. Sie zischt wütend auf, aber das interessiert mich nicht im Geringsten.

»Ich werde dir aber nichts erzählen. Also los. Spiel deine billigen Folterspiele mit mir. Du wirst sehen, sie zeigen bei mir keine Wirkung.« Ich höre ein Schmunzeln aus ihrer Stimme und doch schwingt ein kleiner Teil Unsicherheit in ihr mit. Für die meisten nicht zu hören. Ich war schon immer gut darin, die Menschen und ihre Lügen zu durchschauen. Sie hat Angst. Ich weiß nicht genau, ob vor mir oder der Situation. Doch das ist egal. Fakt ist, ich werde es für mich nutzen.

Meine Lippen ziehen sich weiter bis zu ihrem Ohr.

»Ach nein? Und warum zitterst du dann? Warum schwingt in deiner Stimme Angst mit, wenn es doch keinerlei Wirkung auf dich zeigt, obwohl ich noch nicht einmal begonnen habe? Püppchen, komm schon. Mach dir doch nicht weiter etwas vor und sei das gefügige kleine Ding, das du von Natur aus nun mal bist. So ist es leichter und es wird auch wesentlich weniger wehtun. Versprochen.« Flüsternd geht mir das letzte Wort über die Lippen, dicht an ihrem Ohr.

Ein Schauer nimmt von ihrem Körper Besitz und jagt ihren gesamten Rücken entlang. Ein weiteres teuflisches Lächeln legt sich auf meinen Mund. *Jetzt zahlst du, Püppchen!*

Demonstrativ beißt sie ihren Kiefer zusammen. Ich höre ihre Zähne knirschen und spüre ihre Muskeln zucken.

»Weißt du, was deine Sturheit bringt? Gar nichts. Außer der Gewissheit, dass ich dich gleich noch härter ficken werde, nachdem du endlich geredet hast.« Meine Lippen berühren beim Sprechen ihre Ohrmuschel, so nah bin ich ihr. Wie von selbst nehme ich ihr Läppchen mit meinen Zähnen gefangen und knabbere leicht daran. Statt einen ihrer typischen frechen Sprüche oder undurchdachten Aktionen zu bringen, erstarrt sie völlig in meinem Griff.

Sie wehrt sich nicht. Sie sagt nichts. Steht nur völlig erstarrt vor mir und ihr Atem beschleunigt sich. *Was ist mit dir?*

Ich habe noch nicht einmal angefangen, sie hart anzupacken oder sonst irgendetwas zu tun, was ich sonst mit jemandem wie ihr mache. Und normalerweise hätte ich an diesem Punkt bei jedem anderen auch schon längst meine Knarre gezogen und abgedrückt. Ich hätte keine Antworten verlangt, sondern das Problem einfach auf meine Art und Weise beseitigt und denjenigen hier mitten in der Pampa verrotten lassen. Ohne schlechtes Gewissen oder Bedenken.

Ich wäre danach wieder auf mein Bike gestiegen und nach Hause gefahren. Ich hätte eines meiner Mädchen zu mir bestellt und die Nacht über durchgefickt, ohne auch nur noch eine einzige Sekunde an den Mord, den ich heute begangen hätte, zu denken. Schließlich wäre es nicht mein erster und sicher nicht mein letzter.

Menschenleben kümmern mich eigentlich nicht. Ich töte nicht unbedingt gern, aber wenn es sein muss, tue ich es selbst. Selten lasse ich das meine Leute erledigen. Schließlich ist das mein Reich und was für ein König wäre ich, wenn ich mein Urteil nicht selbst vollstrecken würde?

Doch bei ihr ist es anders. Keine Ahnung, warum. Auf ihre süße Masche falle ich nicht rein. Ihr Puppengesicht und der Heiligenschein sind, wie der Name schon sagt, nur Schein. Also keine Ahnung, was es ist, das mich bei ihr anders handeln lässt als sonst.

Statt also meine Waffe zu ziehen und sie ihr gewaltsam in den Mund zu stecken, werfe ich sie mir, ohne groß zu überlegen, über die Schulter und gehe mit ihr zu dem Transporter, den meine Männer hier für mich abgestellt haben. Im ersten Moment ist sie noch immer wie erstarrt, doch im nächsten trommelt sie mir wie eine Verrückte mit ihren kleinen Fäusten auf meinen breiten Rücken. Außer ein amüsiertes Mundwinkelzucken bekommt sie dafür nichts.

»Lass mich los, du Arschloch!«, faucht sie mir über die Schulter entgegen und schlägt weiterhin auf mich ein.

»Für jeden Schlag, den du mir gibst, bekommst du zwei auf deinen süßen, gleich nackten Knackarsch. Also überleg es dir. Wir sind jetzt schon bei mindestens zehn Schlägen, Püppchen«, brumme ich ihr mit rauer Stimme über die Schulter zu. Kurz hält sie inne, dreht den Kopf und sieht mir genau ins Gesicht.

»Das wagst du nicht!«, spuckt sie mir warnend entgegen und verengt ihre haselnussbraunen Augen zu wütenden Schlitzen. Ein wissendes Lächeln legt sich auf meine Lippen, ehe ich die Tür von dem Transporter öffne und mit ihr geschultert einsteige.

»LASS MICH RUNTER!«, schreit sie und der nächste Fausthagel prasselt auf meinen Rücken ein. Mein Lächeln weitet sich und ich sehe ihren rotleuchtenden Arsch bereits vor mir. Wie ein Handabdruck neben dem anderen ihre Backen ziert. *Scheiße!*

In meiner Hose wird es verdammt eng. Der Gedanke, wie meine Hand auf ihre Backen trifft. Das Kribbeln und elektrisierende Knistern, das durch meine Handflächen wandert. Das Klatschen, das den Innenraum hier erfüllt, gefolgt von ihrem Keuchen oder – noch besser – Schreien. Der rote Abdruck, der zurückbleibt, mein Zeichen auf ihrem schönen Knackarsch. Sie als mein Eigen, meinen Besitz kennzeichnet. *Oh, Püppchen …*

Das von außen unscheinbare Fahrzeug ist in Wahrheit ein alter, ausgemusterter Gefängnistransporter. Ich habe einige von diesen nützlichen Wagen. Hin und wieder benutze ich sie anstatt als Pillenlager auch als kleine Folterstation. So wie jetzt.

Schwungvoll hebe ich sie von meiner Schulter und zwinge sie auf ihre Knie. Eine Hand wieder in ihrer braunen Mähne, die andere greift nach dem Reißverschluss ihrer Jacke. Im nächsten Moment zerre ich ihr ihre Lederjacke etwas unbeholfen mit nur einer Hand von ihrem Körper. Ich weiß, dass sich darin all ihre Wertsachen befinden.

Als ich das Kleidungsstück achtlos in den hinteren Teil des Transporters gefeuert habe, greife ich nach ihren Händen. Als ich sie endlich zu fassen bekomme, zerre ich sie etwas näher an die Bank, dann greife ich nach den dort befestigten Handschellen und mit einer schnellen Bewegung kette ich sie somit an Ort und Stelle fest.

Panisch reißt sie ihre Augen auf, blickt auf ihre gefesselten Hände, an denen sie einmal kräftig zieht, dann findet ihr Blick wieder den meinen. Ihr sonst so gut einstudiertes Lächeln fällt vollkommen in sich zusammen.

Ein breites und siegessicheres Grinsen legt sich dafür aber auf meine Lippen. Sie so schockiert und mir hilflos ausgeliefert zu sehen, ist eine Genugtuung. Nachdem sie mich nicht nur einmal wie einen Trottel hat einfach dastehen lassen.

»Mach mich los!«, zischt sie mich an und der panische Ausdruck wird noch etwas größer. Mein Luziferlächeln ebenfalls. Denn sie hat mir soeben eine Schwäche von sich verraten und wer wäre ich, wenn ich nicht mit dieser spielen würde?!

»Was ist denn los, Püppchen? Stehst wohl nicht auf Fesselspielchen, hm?«, verspotte ich sie und gehe neben ihr in die Hocke. Denn sie kniet vor der Bank auf dem Boden, den Oberkörper leicht auf diese gestützt.

Ein kleines provokantes Lächeln schleicht sich auf ihre sinnlichen Lippen und lässt kurz meine Sicherungen durchbrennen. Wie kann sie mich noch immer so trotzig ansehen?!

Meine Hand schnellt nach vorne und umfasst mit unnachgiebigem Griff ihr Kinn. Ich drücke sie leicht zurück, sodass ihr Oberkörper nicht länger auf der Bank stützt. Dann setze ich mich breitbeinig auf die Bank, ziehe sie an ihrem Kiefer gepackt wieder an mich heran, ganz dicht zwischen meine geöffneten Beine. Ihre gefesselten Hände muss sie seitlich an meinen Beinen halten, dort, wo die Kette der Handschellen befestigt ist.

Mit unnachgiebigem Griff halte ich sie nach wie vor gefangen und hebe ihr Kinn an, damit sie mich anschauen muss. Sie soll mir in die Augen sehen und ich will in ihre blicken, wenn ich meine nächsten Worte ausspreche.

»Okay, Püppchen. Du willst die harte Tour? Kein Problem. Für jede weitere Respektlosigkeit oder falsche Antwort lasse ich dich einen Tag länger hier drin. Jetzt sind wir bei einem Tag, mal sehen, wie lange ich dich zum Spielen behalten darf. Und vergiss nicht, dass du für deine Schläge gerade eben auch noch deine Strafe erhältst. Denn du musst wissen, ich bin ein Mann, der sein Wort hält. Immer!« Mein Lächeln weitet sich in eine unheimliche Fratze, als ich in ihre schockierte Miene blicke. Sie hat geglaubt, ich würde sie wieder gehen lassen, doch eigentlich gefällt mir der Gedanke, sie als mein kleines Spielzeug zu behalten. Sie zu brechen und mit ihren Ängsten zu spielen, bis sie mir endlich sagt, was ich wissen will.

»Fangen wir mit etwas Einfachem an … Wer bist du?«, frage ich sie höhnisch.

Doch nichts. Sie bleibt still, beißt sich sogar noch demonstrativ auf den Kiefer. Ich kann ihn unter meinen

Fingern zucken und arbeiten spüren.

Meine andere Hand wandert nach unten zu ihrer Hose und ich beginne die vielen Knöpfe zu öffnen, während ich sie weiterhin mit meinem Griff sowie intensiven Blick gefangen halte.

Als ich ihre Hose endlich geöffnet habe, schiebe ich ihr langsam das warme Leder über ihren Knackarsch. Sie tötet mich währenddessen mit ihren Blicken. Sonst tut sie nichts. Sie lässt es tatsächlich über sich ergehen, wie ich ihr ihre Lederhose bis unter ihren Pfirsicharsch schiebe.

Eine harte Nuss, die ich brechen werde. Vielleicht nicht heute Nacht, aber in den kommenden, wenn sie merkt, ich lasse sie nicht mehr gehen.

Du dachtest, du kannst mit mir spielen? Dann mal los, Püppchen, lass uns spielen!

Kapitel 13

Schwarzer König

*D*ort kniet sie, mit halb heruntergelassener Hose, gefesselten Händen und einem Blick, der mich auf die übelste Art und Weise tötet, die sie sich in ihrem hübschen Köpfchen ausmalen kann. *Scheiße, macht mich das alles hier geil!*

Mein Schwanz drückt sich hart gegen meine Lederhose, schreit mich an, ihn endlich zu befreien. Doch noch ist es nicht so weit. Erst muss ich sie bestrafen. Ich sagte ihr, sie würde jeden Schlag, den sie mir vorhin auf meinen Rücken gegeben hat, zurückbekommen. Ich bin ein Mann, der sich an sein Wort hält. Und hier in diesem Fall tue ich das nur allzu gern.

Kommentarlos, weil ich weiß, dass sie das Unerwartete noch etwas mehr in den Wahnsinn treibt, packe ich sie an ihren Hüften, um sie mir anschließend übers Knie zu legen. Sie keucht erschrocken auf. Und als sie dann versteht, in welche Position ich sie zwinge, ich meine Hand auch noch frech auf ihrem tangabekleideten Arsch ablege, während die andere bestimmt auf ihrem Rücken ruht, um sie an Ort und Stelle zu halten, sieht sie über ihre Schulter und schenkt mir einen feurigen Blick.

»Wag es ja nicht!«, speit sie mir hasserfüllt entgegen.

Erneut entlockt sie mir ein Schmunzeln. Meine Finger wandern zu dem Bund ihres Strings und fahren das dünne Stück Stoff nach, immer weiter runter.

»Du hattest die Wahl. Und nun gebe ich dir eine neue. Antworte auf meine Fragen und ich werde dir nur deine verdienten Schläge auf deinen Knackarsch geben und dich anschließend sofort gehen lassen. Es liegt an dir, wie das heute für dich ausgeht. Also wähle weise.« Meine Stimme ist ruhig, während ich meinen Finger in dem dünnen Stoff einhake und ihren String zwischen ihren Backen nachfahre. Sie zischt warnend und noch immer trifft mich ihr feuriger Blick.

Als ich mit meinem Finger fast bei ihrem Eingang ankomme, beginnt sie mich wüst zu beschimpfen und zappelt wie ein gestrandeter Fisch auf meinem Schoß.

»Du feiges Arschloch! Mach mich sofort los!«, faucht sie über ihre Schulter und versucht sich noch immer mit ihrem lächerlichen Gestrampel zu befreien. Ich schnalze einmal tadelnd mit der Zunge, doch in ihrem kleinen Tobsuchts-anfall hört sie mich nicht. *Gut, wer nicht hören will, muss fühlen, Püppchen …*

Ich lasse von ihrer Unterwäsche ab, nur um im nächsten Moment meine flache Hand mit einem lauten Klatschen auf ihre linke Backe niedersausen zu lassen. Durch meine Handfläche zieht sich ein elektrisierendes Prickeln, sodass ihre Haut brennen muss.

Ein erschrockenes Keuchen entfährt ihr, dann der ungläubige Blick zu mir. Sie hat wohl nicht geglaubt, dass ich sie wirklich spanken werde.

Ein freches Lächeln gleitet über meine Lippen. Als sie ihren süßen Mund zu einer ihrer weiteren, für sie typischen Schimpftiraden öffnet, verhärtet sich meine Miene und der nächste Schlag folgt auf exakt dieselbe Stelle.

»Du sprichst jetzt nur noch, wenn ich dir eine Frage stelle. Antwortest du nicht auf diese und beleidigst mich stattdessen wieder oder lügst mich an, folgt ein doppelt so harter Schlag als der davor. Dieses kleine Spiel führen wir dann so lange weiter, bis ich entweder keine Lust mehr habe, dir deinen kleinen süßen Knackarsch zu versohlen, oder du mich um Gnade anbettelst. Ob ich sie dir dann gewähre, ist wieder etwas anderes. Also, Püppchen, welche Tour hättest du gern?«, frage ich sie und betrachte sie mit schief gelegtem Kopf.

Ich kann ihre Gedanken regelrecht schreien hören. Wie sie mir die Pest und alle Krankheiten, die es sonst noch so gibt, an den Leib wünscht. Wie sie nach einem Ausweg sucht, den es für sie nicht gibt. Schnell kommt ihr die Erkenntnis, denn in ihrem Blick verändert sich etwas. Die Wut weicht und wird durch Trotz ersetzt.

Sie entscheidet sich wohl, es einfach auszusitzen. *Na, schauen wir doch mal, wie lange du kleines Ding das aushältst.*

Stumm nicke ich ihr zu und lasse sie nicht aus den Augen, als der nächste Schlag auf ihre linke Backe folgt. Ich will sie ansehen, wenn der Schmerz sie durchzuckt. Will wissen, was dabei in ihrem hübschen Köpfchen abgeht.

»Wer bist du?«, frage ich sie ruhig.

Sie beißt sich nur fest auf die Unterlippe und fordert damit den nächsten Schlag. *Nichts lieber als das!*

Ein lautes Klatschen und ein darauffolgendes Keuchen erfüllen den kleinen Innenraum. Meine Handfläche brennt und mein Schwanz schwillt in meiner Hose zu seiner vollen Größe an. Dass sie auch noch direkt auf ihm liegt, hilft mir hier nicht. Aber da ich sie so oder so heute noch ficken werde, kann ich es aushalten.

»Dein Name?«, amüsiere ich mich, während meine Finger ihre heiße Backe leicht massieren, um die Durchblutung zu fördern und somit die Schmerzen etwas zu mindern. Das gehört zu meinem Spiel. Schon letztens in der Scheune habe ich bemerkt, wie sehr sie auf meine Berührungen reagiert hat und dass sie es sehr wohl etwas gröber mochte. Auch jetzt spricht ihr Körper eine andere Sprache, als ihr Blick sagt. Sie wünscht mir vielleicht die Pest, doch nur, weil sie das hier irgendwie anmacht. *Ob du feucht bist?*

149

Der Gedanke lässt mich leise brummen.

»Du kannst mich mal!«, spuckt sie mir entgegen.

»Später, Püppchen. Jetzt verlange ich noch immer Antworten. Dann, wenn du artig warst, belohne ich dich, indem ich dich nicht ganz so grob ficke. Obwohl ich mir nicht sicher bin, ob du nicht genau das willst. Oder? Dich macht das hier ebenso an.« Ich schnaube amüsiert.

»Fick dich! Mich macht hiervon gar nichts an! Und jetzt mach mich verdammt nochmal endlich los, du krankes Arschloch!«, schreit sie und beginnt wieder wie wild mit ihren Beinen zu strampeln. Ein angestrengtes Seufzen entfährt mir, ehe mir eine Idee kommt.

Unverhofft beuge ich mich nach unten und beiße sie nun in die rechte Backe. Ein spitzer Aufschrei von ihr, und sie stellt augenblicklich das Gestrampel ein.

Meine Zähne haben sich tief in ihr zartes Fleisch geschlagen. Als ich meinen Kiefer wieder öffne und mich zurückziehe, bleibt ein ovaler Abdruck auf ihrem Knackarsch zurück. Völlig von diesem Anblick fasziniert, beuge ich mich erneut herunter und küsse die gerötete Stelle. Lecke mit der Zungenspitze meine Zahnabdrücke nach und brumme tief bei ihrem Geschmack. Sie schmeckt süß. Nach Vanille und Leder.

»Lass das!«, zischt sie panisch.

Ich halte kurz in der Bewegung inne, lasse meine Lippen unbeweglich auf ihrem Hintern verweilen und achte auf ihre Körperreaktionen. Ihr Atem hat sich beschleunigt und sie presst ihre Schenkel zusammen. Es erregt sie, das kann sie nicht länger verbergen.

Mit einem teuflischen Lächeln auf den Lippen küsse ich weiter ihre Backe. Wandere zu ihrer linken, um dort ihre heiße und schmerzende Stelle zu liebkosen. Als mein Mund die Rötung erreicht, lässt sie zischend die Luft aus und funkelt mir mahnend über die Schulter entgegen.

»Was ist los, Püppchen? Überrascht, dass ich dich so gut kenne? Ich weiß genau, was du brauchst, wie du es magst und was dich in Panik versetzt. Du könntest es so schön genießen, wenn du mir einfach meine Frage beantworten würdest.«

»Du weißt einen Scheißdreck über mich!«, faucht sie verächtlich. Ein wissendes Lächeln legt sich auf meine Lippen.

»Ach ja? Ich weiß, dass es dich in Panik versetzt, gefesselt zu sein. Ich weiß, dass du mich anziehend findest, auch wenn du es nicht willst. Ich weiß, dass du nicht das kleine Engelchen bist, wie alle denken, und ich weiß, dass du es gröber brauchst, als du es dir selbst eingestehen willst. Du hast innere Sehnsüchte, Püppchen. Dafür brauchst du dich nicht schämen. Und wenn du mir gibst, was ich will, gebe ich dir, was du brauchst. ... Wie heißt du?«

Meine Finger streicheln ihren roten Arsch entlang, schieben sich leicht zwischen ihre Backen, folgen ihrem String bis zu ihrer Mitte. Der Stoff ist bereits feucht und gibt mir die Gewissheit, dass ich recht habe.

Ich schiebe den dünnen Stoff beiseite und fahre hauchzart ihre Schamlippen nach. Sie keucht leise auf und verspannt sich. Presst ihre Schenkel zusammen, um mich damit davon abzuhalten, weiterzumachen. *Wie niedlich ...*

»Siehst du? Ich habe recht. Komm schon, Püppchen. Mach den Mund auf und ich stelle Dinge mit dir an, von denen hast du noch nicht einmal geträumt. Ich weiß genau, was du brauchst«, raune ich mit tiefer Stimme zu ihr nach unten. *Scheiße, mein Schwanz ist so hart, dass er bereits schmerzt.*

»Was brauche ich denn deiner Meinung nach?«, wispert sie mit brüchiger Stimme.

Meine Finger ziehen sich durch ihre nasse Spalte.

»Genau das hier. Einen guten Mix aus Züchtigung und

Verwöhnen. Du brauchst einen Mann, der dir deine Grenzen aufzeigt, der nicht auf deine kleinen billigen Tricks reinfällt und der dir den Atem mit unvorhersehbaren Dingen raubt.«

Kaum habe ich zu Ende gesprochen, entziehe ich ihr meine Finger und meine flache Hand trifft hart auf ihre gerötete Backe. Da entweicht ihr tatsächlich ein leises Stöhnen. Ein triumphierendes Lächeln stiehlt sich auf meine Lippen. *Gleich hab ich dich so weit ...*

Nun nehme ich beide Hände dazu. Mit der einen massiere ich ihre geschundene Stelle, mit der anderen wandere ich zurück zwischen ihre Schenkel. Ihre Nässe benetzt bereits ihre Schenkelinnenseiten.

Schnell finden meine Finger ihren nassen Eingang und ich schiebe mich in ihre himmlische Enge. Mit der anderen Hand massiere ich weiterhin ihre Backe.

»Dein Name ...«, brumme ich rau.

Ich bin kaum noch in der Lage, mich zu beherrschen, und beginne sie ungeduldig mit meinen Fingern zu ficken.

»Blair«, stöhnt sie regelrecht. *Endlich!*

Ich weiß, dass sie mir die Wahrheit gesagt hat. Sie ist viel zu abgelenkt, um sich in dieser Situation eine Lüge einfallen zu lassen. Also lasse ich von ihr ab, schiebe sie von meinem Schoß und öffne bereits beim Aufstehen meine Hose. Sie beugt sich von allein weit über die Bank, präsentiert mir ihren Arsch und bettelt mich damit regelrecht darum an, sie hier und jetzt hart zu ficken.

Ich gehe hinter ihr in die Knie, ziehe sie mir zurecht und ramme mich dann mit nur einem kräftigen Stoß in sie. An ihren Hüften halte ich sie fest, während ich sie hart von hinten zu ficken beginne. Sie wirft verführerisch ihren Kopf in den Nacken und sieht mich dabei an. Ihre sinnlichen Lippen, die ich demnächst noch um meinen Schwanz sehen will, zu einem erregten O geöffnet und die Augen vor Lust verhangen, lässt sie sich von mir nehmen.

Meine Hände kneten kräftig ihre geröteten Backen, meine Bewegungen werden ebenfalls gröber. Die ganze Vorstellung hat mich selbst so geil gemacht, dass ich mich beherrschen muss, nicht in ihr zu kommen. Schließlich ficke ich sie hier gerade ohne Kondom. Doch ich musste mich jetzt in sie versenken.

Tief nehme ich sie von hinten. Schiebe meinen Schwanz bis zum Anschlag in sie, nur um ihn dann wieder aus ihr gleiten zu lassen und das Spiel mit einem harten Stoß zu wiederholen.

Ihr Stöhnen wird immer lauter und auch mir entweicht ein erregter Laut. Meine Finger bohren sich in ihr zartes Fleisch, als ich sie mit einem letzten harten Stoß über die Klippe schicke und sie lauthals aufstöhnt. Ihre inneren Muskeln ziehen sich beinah schmerzhaft um meinen Schaft zusammen, melken ihn regelrecht und bringen mich ebenfalls zum Kommen. Schnell ziehe ich mich aus ihrer himmlischen Enge zurück, umfasse meinen von ihrer Lust nassen Schwanz und wichse ihn leicht, um mich dann auf ihrem Arsch zu ergießen. Mit einem kehligen Aufschrei spritze ich auf die gerötete Stelle.

Keuchend sackt sie auf der Bank zusammen. Ich schiebe meinen Schwanz wieder zurück in meine Shorts und schließe meine Hose, während ich mich erhebe und mein Kunstwerk auf ihrem Hintern anschaue. Dieses Bild von ihren geröteten Backen und meinem Saft, der auf ihrer Haut klebt, hat definitiv etwas an sich. Ich habe sie markiert und das nicht nur auf eine Weise. *Fuck! Dieser Gedanke fickt meinen Kopf!*

Ich fahre mit einer Hand durch mein wildes Haar, dann trete ich wieder an sie heran, ziehe einen Schlüssel aus meiner Hosentasche und befreie sie von ihren Handschellen.

Verblüfft sieht sie mich an. Sie scheint nicht zu verstehen, warum ich sie nun doch gehen lasse. Aber das wird sie gleich.

Ich weiß, dass sie nicht reden wird. Vor allem nicht, nachdem sie sich mir hingegeben hat. Sie ist zu stur und trotzig, um sich einzugestehen, dass es ihr tatsächlich gefallen hat. Also muss ich etwas nachhelfen, wenn ich Antworten von ihr will. Muss meine Taktik ändern und sie erneut überraschen, sie in ihre Schranken weisen und gleichzeitig meine Regeln klar aufstellen und durchziehen.

»Du kannst gehen«, sage ich und nehme noch etwas Abstand von ihr, dass sie aufstehen kann.

Sie sieht mich über ihre Schulter völlig entgeistert an, ehe sie sich langsam erhebt und sich wieder ihre Hose anzieht.

»Wieso?«, fragt sie ungläubig.

Mein Mundwinkel zuckt verdächtig.

»Weil ich es sage, deswegen«, antworte ich mit einem Nicken Richtung Tür.

Dass draußen eine kleine Überraschung auf sie wartet, verschweige ich ihr. Schließlich sieht sie es ja gleich. Statt auf mich zu hören und in Richtung Tür zu gehen, will sie an mir vorbei und ihre Jacke holen. Ich weiß, dass dort ihr Handy und ihre Wertsachen drin sind.

Drohend stelle ich mich ihr in den Weg und schüttle bestimmt den Kopf.

»Die brauchst du nicht, Püppchen!«

Mit vor der Brust verschränkten Armen stehe ich vor ihr und lasse sie nicht an mir vorbei.

»Natürlich brauche ich die!«, keift sie mich an und will sich an mir vorbeizwängen. Also packe ich sie und werfe sie mir wie vorhin einfach über die Schulter, um sie nach draußen zu befördern.

Ich steige mit ihr geschultert aus dem Transporter und setze sie ab. Genau in dem Moment hört man nur noch einen Motor aufheulen. Schnell dreht sie sich um und sieht ihrem Bike hinterher, wie es von einem meiner Männer weggefahren wird, wie ich es mit ihm besprochen habe.

Blöd für sie, dass sie einfach den Schlüssel vorhin hat stecken lassen.

Ich schließe die Tür von dem Transporter und gehe seelenruhig zu meinem Motorrad. Endlich scheint sie zu begreifen, was hier abgeht.

»Was soll der Scheiß?«, brüllt sie mir in meinen Rücken und eilt mir nach, als ich gerade dabei bin, mich auf meine Maschine zu schwingen. Ich setze meinen Helm auf, lasse jedoch das Visier noch oben, damit ich ihr antworten kann.

»Deine Strafe. Ich melde mich bei dir und wenn du deine Maschine wiederhaben willst, solltest du etwas gesprächiger sein. … Mach's gut, *Blair,* und danke für den Fick.« Ihren Namen betone ich absichtlich. Dann nach einem kurzen Blickgefecht, klappe ich das Visier von meinem Helm runter, lasse meinen Motor aufheulen und rase an ihr vorbei. Ihre wütende Stimme begleitet mich noch einen kurzen Moment, ehe ich in der Dunkelheit verschwinde.

Püppchen, schon vergessen? Ich bin der König in diesem Spiel …

Kapitel 14

Die Dame

Du verdammtes Arschloch! Du kannst mich doch nicht mit nichts hier in der Pampa stehen lassen!«, schreie ich ihm hinterher.

Einen Moment stehe ich sprachlos auf diesem abgesperrten Schotterparkplatz. Diesmal bin ich der begossene Pudel, der zurückbleibt. Mein kompletter Körper zittert und das Adrenalin peitscht nur so durch meinen Körper. Ich atme langsam tief ein und aus, um mein schnell schlagendes Herz zu beruhigen. *Was war das bitte eben?*

Ich fluche, schreie und stampfe. Ich bin so scheiße wütend. Aber wahrscheinlich noch mehr auf mich selbst als auf ihn. *Jetzt kennt er deinen Namen, du dumme Nuss!*

Und das nur, weil meine Libido mein Hirn auf Sparflamme runtergedreht hat. Das kann doch nicht wahr sein!

Er hat mir nicht nur meinen kostbarsten Besitz genommen, sondern auch meinen Stolz angekratzt. Ich habe mir geschworen, ihn um den Finger zu wickeln, ihn mit meinem Körper verrücktzumachen. Dass ausgerechnet er mich anscheinend absichtlich genau hierhin getrieben hat, hat mich vollkommen überrumpelt. Darauf war ich beim besten Willen nicht vorbereitet. Seine Worte und auch die Handschellen haben mich für einen Moment erstarren lassen. Sie erinnerten mich an die Zeit, aus der ich mich selbst befreit habe und die ich hinter mir lassen wollte.

Ich wollte ihm nicht antworten. Ich bin Crow gegenüber loyal. Doch seine dominante Art und die Tatsache, dass er mich von Anfang an lesen konnte, hat etwas mit mir gemacht. Ich bin eigentlich der typische Kopfmensch. Ich will mich nicht von irgendwelchen blöden Gefühlen leiten lassen. Vielleicht ist die Beziehung, die Crow und ich miteinander haben, auch genau deshalb so einfach.

Wir haben Sex, wenn wir ihn brauchen und wie wir ihn brauchen. Wenn Crow nicht da ist, suche ich mir irgendwo jemanden. Aber ich unterwerfe mich nicht. Niemals. *Eigentlich.*

Und dennoch hat Nash es geschafft, meinen Kopf auszuschalten. Ich habe nur noch gefühlt, habe mich seinen Berührungen hingegeben. So laut konnte mein Kopf gar nicht STOPP schreien, dass er sich über meinen Körper hinwegsetzen konnte. *Sparflamme* … Sag ich ja.

Wenn Crow hiervon erfährt, ist alles vorbei. Dafür leg ich nicht nur beide Hände ins Feuer, sondern könnte mich gleich freiwillig auf den Scheiterhaufen stellen. Dann würde er alles stehen und liegen lassen und zu Nash stürmen und wer weiß was mit ihm machen. Aber dann könnten wir das mit der Übernahme sofort vergessen.

Nash kennt jetzt meinen Namen und ich bin mir sicher, es wird nicht lange dauern, bis er weiß, dass ich zu Crow gehöre. *Verdammt, Blair! Das hätte niemals passieren dürfen!*

Und doch hat er einen Nerv in mir angekratzt, der mir tatsächlich verdeutlichte, was ich wirklich brauche. *Warum kannst ausgerechnet du mich so gut lesen?*

Nachdem ich mich wieder zur Vernunft gerufen und endlich meinen Kopf eingeschaltet habe, komme ich zu der Erkenntnis, dass nicht nur mein Baby weg ist, sondern dass auch meine Lederjacke samt Handy und Papieren im Transporter liegt. Mehrmals umrunde ich ihn. Versuche irgendwie noch einmal hineinzukommen, doch alles vergebens. *Wie soll ich jetzt von hier wegkommen?*

Mir bleibt nichts anderes übrig, als am Straßenrand des Highways zurück Richtung Stadt zu laufen. Mittlerweile ist es dunkel und ich kann froh sein, dass am Himmel der Vollmond so hell strahlt und mir ein wenig den Weg erleuchtet. Vereinzelt fahren zwar ein paar Trucks vorbei, aber bis jemand hält, weil ich den Daumen herausstrecke und so um eine Mitfahrgelegenheit bitte, dauert es ewig. Hätte mir das mal jemand vorausgesagt, hätte ich ihn wahrscheinlich ausgelacht.

Glücklicherweise nimmt mich schließlich ein kleiner Tanklaster ein Stück mit.

Als er an einer Kreuzung in eine andere Richtung muss und ich aussteige, kann ich in einiger Entfernung endlich die Lichter der Stadt sehen, die mir zumindest mein Ziel anzeigen. Ich kann froh sein, dass es hier in Phoenix auch nachts nicht besonders kalt ist und ich ohne meine Jacke nicht frieren muss. Ich fühle mich vollkommen ausgelaugt. Nicht nur mein Körper ist völlig fertig, sondern auch mein Geist fühlt sich vollkommen leer an. Alles, was in den letzten Tagen und besonders heute passiert ist, bringt meine Gedanken durcheinander.

Es muss mitten in der Nacht sein, als ich nach mindestens zwei Stunden Fußmarsch endlich am Loft ankomme. Was für ein Glück, dass ich etwas außerhalb wohne, sonst würde ich wahrscheinlich noch eine weitere Stunde laufen müssen. Schwerfällig lehne ich mich im Aufzug an die Wand. Hoffentlich wird das jetzt nicht zur Gewohnheit, dass ich jedes Mal, wenn ich auf Nash Fletcher treffe, so ausgelaugt zurückkomme. Glücklicherweise brauche ich für mein Loft keinen Schlüssel. Es ist mit einem Code gesichert.

Nachdem ich den Aufzug verlasse und mein Blick auf dem Platz meines Babys landet, seufze ich schwer. *Baby, ich hol dich zurück!*

Ohne noch lange über diese Scheißsituation nachzudenken, gehe ich direkt durch in mein kleines Wellnessparadies. Ich will nur noch in meine heiße Wanne und

Entspannung. Mir scheißegal, wie spät es ist. Bevor ich in mein Bett steige, will ich die letzten Stunden, seinen Duft und vor allem seine Spuren von mir waschen. Na ja, zumindest die, bei denen das möglich ist.

Während das Wasser einläuft, entkleide ich mich. Die Klamotten lasse ich achtlos auf dem Boden liegen. Da kann ich mich auch später oder morgen noch drum kümmern. Vor dem Spiegel blicke ich über meine Schulter und sehe diesen verdammten Abdruck auf meinem Arsch. *Oh, ich hasse dich!*

Dieser Penner hat mir nicht nur den Arsch versohlt, sondern mich auch mit einem Biss markiert, als wäre ich irgendeine Stute, bei der er seinen Besitz beansprucht. Ein wütender Schrei verlässt meine Kehle und ich balle meine Hände zu Fäusten.

Komm wieder runter! Ich kann froh sein, dass er mich nicht wie angedroht in den Transporter gesperrt hat. Er hätte mich überall hinbringen können. *Warum hast du mich gehen lassen?*

Einmal tief durchatmend schließe ich die Augen. Als ich sie wieder öffne, begebe ich mich zu meiner Badewanne und gebe ein wenig meines Lieblingsbadezusatzes ins Wasser. Sobald es sich mit dem warmen Nass verbindet, steigt der angenehme Duft nach Vanille und Orangenblüte mit dem Dampf auf und erfüllt den Raum. *Perfekt!*

Bevor ich in die volle Wanne steige, drehe ich das Wasser ab. Angenehm warm umspült es meine Beine und fühlt sich jetzt schon herrlich an. Als meine Pobacken allerdings das Badewasser berühren, zische ich schmerzhaft auf. *Ach ja, da war ja noch was!*

Als ich, nach mehreren ziepend schmerzenden Versuchen, endlich sitze, verfluche ich ihn erneut. Diese Spuren auf meinem Hintern werden mich noch eine ganze Weile begleiten. Ich muss Crow in den nächsten Tagen verdammt gut aus dem Weg gehen, oder mir eine gute Ausrede einfallen lassen, woher dieser Biss stammt. Aber das ist eigentlich meine kleinere Sorge. Auch wegen meines Motorrads. Ihm wird sofort auffallen, dass es weg ist. Er weiß, wie viel mir die Maschine bedeutet und wird mich so lange löchern, bis ich ihm Antworten gebe.

Gut, dass er mich nicht erreichen kann, denn mein Handy hat ja der werte Herr Ravekasper. Also habe ich mindestens bis morgen oder besser gesagt heute Zeit, mir eine gute Ausrede zu überlegen.

Meinen ganzen Körper zieren seine Spuren. Angefangen bei meinem Gesicht, weiter über meinen Hals und jetzt auch noch meine Arschbacken, die nicht nur von den Schlägen rot glühen, sondern auch noch von dem Biss. Als ich an meine Handgelenke schaue, sehe ich außerdem rote Striemen der Handschellen. Zusätzlich hat er mich noch mit seinem Saft markiert. Aber warum erregt mich dieser Gedanke daran? Er hat mich einfach gefickt. *Klar, Blair, red dir das nur ein. Du hast ihm ja auch nicht bettelnd deinen Hintern entgegengestreckt.*

Ganz von allein wandern meine Hände wieder unter die Wasseroberfläche. Meinen Kopf lege ich auf das Polster am Wannenrand. Ich schließe die Augen und lasse meine Finger über meinen Körper wandern, fahre zwischen meine Beine, finde meine Perle und umkreise sie langsam. Sofort durchfährt mich ein Blitz und meine Gedanken wandern zu *ihm* zurück.

Ich denke an seine warmen, rauen Finger, wie er mich mit ihnen gefickt hat, während er mir den Arsch versohlt hat. Ich war so verdammt feucht wegen ihm. Nicht nur das heiße Wasser ist schuld daran, dass Hitze durch meine Adern fließt.

Mit aller Macht versuche ich mich dagegen zu wehren, möchte meine Gedanken in eine andere Richtung lenken, doch sobald der Druck meiner Finger stärker wird, sehe ich dieses dreckige, überlegene Grinsen vor meinem inneren Auge. *Nur dieses eine Mal will ich mich dir auch in Gedanken hingeben. Dann ist Schluss!*

Meine zweite Hand beginnt meine Brustwarzen zu umkreisen, während die Finger der anderen langsam in meine Enge eintauchen. Immer schneller bewege ich meine Finger und in dem bereits von Dunst umwaberten Raum entkommt meinen Lippen immer wieder ein Stöhnen. Der Gedanke an seine starken Hände, wie sie über meinen Körper fuhren, meine Brüste kneteten und in meine Pussy eindrangen, machen mich wahnsinnig. Sein Schwanz, der erbarmungslos in mich stieß. *Wie er wohl schmeckt?*

Nach nur wenigen Minuten beginnt mein ganzer Körper zu zucken und ein quälender Orgasmus reißt mich fort.

Seufzend öffne ich die Augen und schlage mir gedanklich gegen die Stirn. *Das muss sofort aufhören! Warum stell ich mir ausgerechnet dich vor?!*

Ein lautes Klingeln reißt mich aus dem Schlaf. Ich drehe mich auf den Bauch und verkrieche mich unter der Decke. Ich kann mir schon denken, wer da unten vor der Tür steht, allerdings will ich ihn nicht sehen. Wenn er bemerkt, dass mein Baby weg ist, wird er eine Erklärung verlangen. Und was soll ich ihm dann bitte sagen? Ich kann ihm ja schlecht von meinem zufälligen Treffen mit dem schwarzen König erzählen.

Aber natürlich gibt er nicht auf. Natürlich nimmt er den Finger gar nicht mehr von der Klingel, mit der Absicht, mich aus dem Bett zu scheuchen. *Schon gut, Crow, ich bin auf dem Weg!*

Quälend langsam krieche ich aus dem Laken. Ich ziehe mir eine Jogginghose und eine dünne Strickjacke an, um anschließend mit dem Lastenaufzug nach unten zu fahren. Sofort blendet mich gleißendes Sonnenlicht, als ich die große Stahltür öffne. Mit verschränkten Armen schaue ich ihn abwartend an. Crow steht in seiner schwarzen Lederjacke, die seine definierten Muskeln umspielt, vor mir und schaut mich angepisst an.

»Was ist los, Blair? Warum erreiche ich dich nicht, verdammt?«

Genervt stöhne ich auf.

»War gestern mit dem Bike unterwegs.« *Mein Baby! Oh, Fletcher! Das wirst du noch bereuen! Niemand nimmt mir mein Baby weg, ohne mit den Konsequenzen zu leben.*

»Als ich an einem Diner gehalten habe, habe ich meine Jacke auf meinem Bike liegengelassen, doch als ich zurückkam, war sie weg. Ich werde später in die Stadt fahren und mir ein neues besorgen. Wolltest du was Bestimmtes?«, versuche ich ihn mit meiner letzten Frage abzulenken.

Crow sieht so aus, als wolle er nicht ganz mit der Sprache herausrücken. Er kommt auf mich zu und lehnt sich neben mir an der Stahltür an.

»Hab mich nur gewundert, dass ich dich nicht erreiche. Das ist untypisch. Ich hatte schon befürchtet, der große schwarze König hätte dich geschnappt!«, sagt er schmunzelnd.

Für einen winzigen Moment reiße ich die Augen auf und muss schlucken.

»Ach Quatsch!«, antworte ich voller Überzeugung und lache etwas übertrieben auf. »Fletcher wird nicht nochmal eine Chance bekommen. Beim nächsten Mal bin ich vorbereitet!«, versichere ich ihm mit einer abwinkenden Handbewegung.

Crow mustert mich, als wäre er nicht wirklich von meiner Aussage überzeugt, sagt aber nichts weiter dazu. Stattdessen entgegnet er etwas anderes, mit dem ich weiß Gott nicht gerechnet habe.

»Es könnte sein, dass ich dich in den nächsten Tagen brauche. Eventuell wird sein nächster Zug sehr unüberlegt sein. Vielleicht kann ich ihn endlich schachmatt setzen«, prophezeit er mit einem teuflischen Grinsen auf den Lippen. *Was hast du gemacht, Crow?*

Er scheint meinen Blick zu bemerken und sieht sofort, dass ich nicht begeistert bin.

»Mach dir keine Sorgen, B! Bald ist es vorbei und er wird endlich fallen!«

Crow gibt mir zum Abschied einen Kuss auf die Wange. Ich will ihn schon verwundert ansehen, da gibt er mir zusätzlich noch einen Klaps auf meinen Po. Natürlich genau auf die Stelle, wo Nash seine Zähne in mein Fleisch gebohrt hat. Scharf ziehe ich die Luft ein, grinse ihn mit zusammengebissenen Zähnen an.

Ein paar Minuten später sitzt er in seinem weißen Range Rover und lässt seinen Motor aufheulen. Ich schaue ihm noch einen Moment nach und fahre dann hoch in meine Wohnung. Als ich mich dort auf meine Couch fallen lasse, muss ich erneut aufkeuchen. *Du blödes Arschloch! Jedes Mal, wenn ich mich setze, werde ich an dich denken müssen. Ob das dein Plan war?*

Kapitel 15

Weisser König

Noch einmal blicke ich zu Blair, als ich mich hinter das Steuer gesetzt habe. Irgendetwas stimmt nicht mit ihr. Ich habe es sofort bemerkt, aber anscheinend will sie nicht, dass ich weiß, was mit ihr los ist. Ob ich beunruhigt sein soll? *Schluss damit! Blair ist dir treu ergeben!,* mahne ich mich gedanklich selbst.

Ich vertraue zwar niemandem so wirklich, denn die Erfahrung hat es mir einfach immer und immer wieder bewiesen, doch bei Blair weiß ich es eigentlich besser. Seit so vielen Jahren ist sie nun schon an meiner Seite. Und das, obwohl sie schon längst ihre Schulden bei mir abbezahlt hat. Wir haben es nur nie ausgesprochen. Haben nie wieder über diesen Abend von vor fünf Jahren geredet.

Gedankenverloren rase ich davon. Es hat ja doch keinen Sinn, sie nun zur Rede zu stellen. Anscheinend nimmt sie die Sache mehr mit als vermutet. Ich sollte ihr diesen einen Tag noch lassen. Dann brauche ich meine rechte Hand einsatzfähig. Dann muss sich Blair einkriegen und wieder die Alte werden. Schließlich ist sie meine weiße Dame und mein gesamter Plan, meine Rache, baut auf ihr auf.

Blair wird es sein, die den Wichser ein für alle Mal schachmatt setzt. Ich weiß, dass sie, und nur sie, das Potential dazu hat. Ich kenne Fletcher. Kenne seine Gewohnheiten, seine Vorlieben und seine Schwächen, auch wenn er natürlich von sich behauptet, keine zu besitzen. Jeder Mensch besitzt welche, auch ein König.

Ich selbst habe es schon erleben müssen. Frauen machen

das Leben eines Mannes kompliziert. Und doch können wir nicht ohne sie.

Ohne dass ich es verhindern kann, wandern meine Gedanken augenblicklich zu ihr. Diese Perfektion von Frau. *Fuck! ... Bald, Baby. Dann werde ich dich wieder in meinen Armen wissen.*

Leicht schüttele ich den Kopf, um sie aus diesem herauszubekommen. Ich kann es mir nicht leisten, mich erneut von ihr ablenken zu lassen. Durch sie mein Ziel aus den Augen zu verlieren. Nein! So wird das dieses Mal nicht ablaufen. Ich bin zu nah dran. Habe ihn fast so weit. Fletcher wird untergehen!

Ich beschließe, meine Männer zusammenzutrommeln. Nur eine Handvoll von ihnen habe ich mit nach Phoenix genommen. Die anderen kümmern sich in meiner Abwesenheit um mein weißes Königreich. Es passt mir nicht, einem von ihnen meinen Thron zu überlassen. Schließlich habe ich hart dafür gearbeitet. Es mir allein aus dem Nichts aufgebaut. Okay, nicht ganz allein. Mit Blairs Hilfe.

Damals vor fünf Jahren ging ich mit ihr und dem vollbeladenen Rucksack mit Koks zu dem Dealer, der ihr das Zeug zum Verkaufen gegeben hatte. Ich wollte in sein Geschäft mit einsteigen. Natürlich lachte er mich aus und schickte mich weg. Ich blieb hartnäckig und schlug ihm einen Deal vor. Wenn ich seine Ware für das Dreifache als üblich verkaufen würde, und das auch noch schneller als ausgemacht, dann müsste er mich ohne Wenn und Aber in sein Unternehmen mit aufnehmen. Fifty-fifty. Ich mache schließlich keine halben Sachen.

Zuerst stutzte er und auch Blair blickte mich an, als hätte ich sie nicht mehr alle. Doch ich wusste schon immer, was ich konnte, und verkaufte mich nicht unter Wert. Wenn ich eins gut kann, dann ist es Verkaufen. Egal, was es ist, ich verticke dir alles.

Da er nichts zu verlieren hatte, willigte er ein. Drei Tage später und damit knapp eine Woche vor dem Fristende kam ich zu ihm zurück. Mit drei Taschen voller Bargeld und meinem Siegerlächeln auf den Lippen. Damit war ich im Koksgeschäft und begann mein Königreich langsam, aber stetig aufzubauen. Er nahm mich wie versprochen in sein Unternehmen auf.

Nach etwa einem Jahr, nachdem ich einige seiner Männer um mich gescharrt hatte, sägte ich ihn ab und nahm seinen Platz ein. Nicht unbedingt die feine englische Art, aber ich war schließlich auch um meinen Thron gebracht worden. Als König muss man nun mal erbarmungslos sein, um zu bekommen, was man will.

Schnell und vor allem effizient baute ich dann mein weißes Königreich auf. Es hatte von Anfang an nur einen Nutzen:

Ich will Rache an Fletcher und diese werde ich nun bekommen.

Ich muss nur seinen scheiß Dealer finden und das war's dann.

Also trommle ich meine Männer zusammen, um mit ihnen zu besprechen, wie es jetzt weitergeht. Normalerweise fehlt Blair als meine rechte Hand bei keiner meiner Besprechungen. Dieses eine Mal wird es auch ohne sie gehen.

Ich treffe mich mit meinen Leuten in einem leerstehenden Bürogebäude, das ich gekauft habe. Schließlich brauche ich, wenn ich dann über beide Seiten des Schachbretts herrsche, etwas Legales, worüber ich mein Geld waschen kann. In Tucson ist es mein Club, hier in Phoenix dann eine Internetfirma. Ich habe schon alles in die Wege geleitet. Alles ist bereit und wartet nur noch auf den Fall des schwarzen Königs. Dann habe ich es endlich geschafft und kann mir hier wieder ein Leben in meiner Heimatstadt aufbauen. Auch wenn ich immer mal wieder für einen kleinen heimatlichen Besuch gekommen bin, um meine Mutter zu besuchen. Verbannung hin oder her, aber das konnte ich ihr nach allem, was geschehen war, nicht antun. Außerdem konnte ich mich so bei meiner Mutter nach *ihr* erkundigen. Wenn ich sie schon nicht sehen oder berühren dürfte, so konnte ich wenigstens hören, wie es ihr in all den Jahren ging.

»Was habt ihr Neues für mich?«, frage ich in die Runde.

Leider ist das Ergebnis ernüchternd. Meine Leute konnten nichts über Fletcher, das ich nicht schon wusste, herausfinden. Auch nicht über seinen Dealer.

»Es ist, als gäbe es diesen Kerl nicht, Chef!«, wirft einer meiner Männer ein. Alle anderen stimmen ihm nickend zu.

»Das macht nichts. Ich denke, Fletcher wird bald etwas Dummes und Unüberlegtes tun. Also müssen wir ihn eigentlich nur im Auge behalten. Aber das soll Blair weiter übernehmen. Er wird sonst stutzig und tut unvorhersehbare Dinge, wenn zu viele Augenpaare auf ihn gerichtet sind«, erkläre ich ihnen.

»Aber er bemerkt uns doch nicht. Wir sind diskret«, versichert mir einer von ihnen. Tadelnd schüttle ich den Kopf.

»Glaubt mir, er hat euch schon längst bemerkt. Fletcher ist nicht dumm. Leider. Und wenn er sich in die Ecke gedrängt fühlt, schlägt er wild um sich, und das möchte ich noch etwas vermeiden. Also tut, was ich sage, und haltet euch weiter an den Dealer. Findet ihn!« Mein Befehl ist deutlich und es kommt keine Widerrede von meinen Leuten. Sie wissen, diese dulde ich nicht.

Ich versinke für einen Moment in meine Gedanken. Ich muss ihn dazu bringen, etwas Dummes, etwas Unbedachtes zu tun. Leider hat mein Anruf nicht das bewirkt, was ich gehofft habe. *Ob ich dir eine Botschaft zukommen lassen soll?!*

Ein Geistesblitz zuckt durch mein Hirn.

»Wenn ich es mir recht überlege, finde ich, sollten wir langsam das Level erhöhen. Der sogenannte schwarze König hatte nun lange genug Zeit, sich seinen Zug gut zu überlegen. Wenn er nicht zieht, werden wir ihn dazu zwingen.«

Meine Männer werden hellhörig und hängen förmlich an meinen Lippen.

»Schnappt euch ein paar seiner billigen Handlanger. Spielt etwas mit ihnen, wenn ihr Energie loswerden wollt. Mir egal. Ich will nur wortwörtlich ihre Köpfe. Denn diese werdet ihr dem schwarzen König höchstpersönlich bringen. Setzt einem von ihnen eine schwarze Krone auf, dem anderen legt ihr eine schwarze Dame in den Mund. Er wird wissen, für was diese Drohung steht. Das sollte reichen, und Fletcher flippt aus.«

Ein Raunen geht durch meine Reihen. Ja, es ist gewagt und könnte den Krieg in eine explosive Richtung drängen. Aber ich brauche diesen Neandertaler wütend, denn dann wird er leichtsinnig. Vielleicht rennt er dann überstürzt zu seiner Schwester oder seinem Dealer.

Keiner der Männer widerspricht. Natürlich nicht. Damit ist alles klar, ebenso wie der Auftrag, den sie soeben von mir bekommen haben.

Zufrieden nicke ich, dann, nachdem ich ihnen noch ein paar kleine Instruktionen gegeben habe, schwinge ich mich wieder in meinen weißen Range Rover und fahre in mein vorübergehendes Zuhause. Gedanklich packe ich schon meine Koffer und ziehe in ein angemessenes Heim. Noch muss ich mich bedeckt halten. Fletcher oder seine Männer dürfen mich hier nicht zufällig entdecken, sonst wäre der Überraschungseffekt dahin und dieser ist unabdinglich für meinen Sieg.

Deshalb schicke ich Blair vor. Sie kann sich in Phoenix frei bewegen, ohne dass Fragen gestellt werden. Sie kann die Nähe zum großen Ravekönig suchen, ohne dass man Verdacht schöpft, und wird sein Untergang sein.

Bald, Nash! Bald setze ich dich schachmatt!

Kapitel 16

Die Dame

Nach einem ausgiebigen Frühstück und einer noch längeren Dusche, beschließe ich, gegen Fletchers Worte zu handeln. Ich bin weder eine seiner vielen Schlampen noch sein Schoßhündchen. Er hat mir gar nichts zu sagen und ich will mein Bike zurück!

Also werde ich dem sauberen Geschäftsmann einfach mal einen Besuch in seinem ach so feinen Pfandhaus abstatten. Doch zuerst muss ich mir ein neues Handy besorgen.

Wer weiß, auf was für Ideen der werte Herr diesmal kommt. Aber eins kann ich versprechen: Bevor er mir nicht sagt, dass er mir mein Baby wiedergibt, werde ich den Laden nicht verlassen. Und wenn ich in den Sitzstreik gehen muss.

Nachdem ich mir ausnahmsweise mal kurze Jeansshorts und ein einfaches, dünnes Top angezogen habe, taucht ein neues Problem auf. Wie komme ich jetzt in die Innenstadt?

Ich habe kein Auto, weil ich ausnahmslos mit meinem Bike fahre. Aber da ich auch kein Handy hier habe, um mir ein albernes Taxi zu rufen, beschließe ich tatsächlich, mit dem Bus in die Stadt zu fahren. Auf noch einen weiteren Fußmarsch habe ich definitiv keinen Bock. In diesem Moment danke ich meiner inneren Stimme, dass ich eine gute Summe meines Geldes hier lagere. Also packe ich einen Teil davon in einen kleinen Lederbeutel, setze meine Sonnenbrille auf, verlasse mein Loft und mache mich auf den Weg zur nächsten Haltestelle.

Ich stehe in der prallen Sonne und warte auf dieses blöde Teil, das mich in die Stadt bringen soll. Natürlich ist es nicht pünktlich. Erneut verfluche ich Nash Fletcher. Ich hasse ihn! Und er wird es bereuen, mir mein Baby weggenommen zu haben. Wegen ihm stehe ich in dieser Hitze und schwitze vor mich hin. Hier draußen gibt es noch nicht einmal einen Baum, der mir beim Warten Schatten spenden könnte. Habe ich schon erwähnt, dass ich Fletcher hasse?

Als der Bus endlich an der einsamen Haltestelle ankommt, stöhne ich genervt auf, steige ein und kaufe mir beim Fahrer ein Ticket. Im Innenraum sind gefühlt sechzig Grad und ich sehne mir den Fahrtwind, der sonst durch mein Gesicht weht, herbei.

Da ich keine Lust habe, mich mit meinem gerade etwas empfindlichen Hintern auf die heißen Ledersitze zu setzen, bleibe ich einfach stehen und lehne mich an die Scheibe im Mittelteil. Glücklicherweise sind es nur zwanzig Minuten bis zu Fletchers Pfandhaus.

Ein Stückchen weiter ist ein Elektroladen, in dem ich mir zuallererst ein neues Prepaidhandy besorge. Nachdem es aktiviert ist, schreibe ich Crow, damit er meine neue Nummer hat. *Und jetzt zu dir, Nash Fletcher!*

Bevor ich eintrete, atme ich noch einmal tief durch, versuche, mich groß zu machen, und gehe mit selbstbewussten Schritten hinein. Die Klingel über der Tür kündigt mich an und aus einem kleinen Kämmerchen hinter der Theke kommt ein junger Typ heraus. Er wirkt nicht älter als fünfundzwanzig, also nur wenige Jahre älter als ich. Musternd sieht er mich an, setzt sich auf einen Bürostuhl und faltet die Hände auf dem Holz.

»Was kann ich für dich tun, Schätzchen?«, fragt er nach einer Weile.

»Ich will zu deinem Boss«, sage ich nur und verschränke die Arme vor der Brust.

Er beginnt, dreckig zu grinsen.

»Was ist los?«, frage ich genervt. »Ist meine Frage so

missverständlich?«

»Steht vor dir«, sagt er nur.

Wütend trete ich einen weiteren Schritt nach vorn, stütze mich mit meinen Händen auf der Theke ab und beuge mich zu ihm herüber. Sie ist verdammt hoch, weshalb ich mich sogar ein wenig auf Zehenspitzen stellen muss. *Scheiße, wenn man so klein ist!*

»Verarsch mich nicht«, knurre ich. »Wo ist dein Boss? Ich muss ihn sprechen.«

»Oh, also wenn ihr schon gefickt habt und du jetzt süchtig nach seinem Schwanz bist, muss ich dich enttäuschen. Da musst du dich hintenanstellen. Sorry, wenn er sich nicht mehr bei dir meldet.« *Oh, dieser verfluchte Wichser.*

Wut steigt in meinem Inneren auf. Ich balle meine Hand zur Faust und hole bereits aus, als raue Finger mein Handgelenk umschließen, sie mir auf den Rücken drehen und mich bäuchlings auf die Theke drücken. Ein Schritt drückt sich gegen meinen Hintern. *Heilige Scheiße, Nash! Wo kommst du denn jetzt her?*

Ganz nah an meinem Ohr flüstert er: »Hey, Püppchen, hatte ich mich nicht klar ausgedrückt? Hat dir die kleine Lektion nicht gereicht? Oder tust du ab sofort was für die Umwelt und gehst jetzt immer brav zu Fuß? Darf ich dein Bike etwa behalten?« *Oh, ich hasse dich!*

Seine rauchige Stimme kriecht wie ein Virus durch meinen Körper. Ein Schauer rieselt von meinem Nacken den Rücken hinab.

Zur Untermalung seiner Worte fasst er fest an meinen Hintern, sodass ich vor Schmerz scharf die Luft einziehe. Er hat genau die Stelle getroffen, an der er mich gebissen hat. *Toll gemerkt, Fletcher!*

Ich schnaube verächtlich in seinem Griff und versuche, mich freizustrampeln. Keine Chance. Seinen Mund verlässt nur ein dreckiges Lachen.

»Lass mich los, verdammt!«, schreie ich.

»Wenn du mir versprichst, meine Angestellten nicht zu schlagen, dann vielleicht.«

»Ja, verdammt! Aber lass mich los«, sage ich zwar leiser, aber immer noch wütend.

Ich trete nach hinten und versuche, ihn irgendwie zu treffen, doch er lacht mich bei meinem lächerlichen Versuch, mich zu befreien, nur aus. Im nächsten Moment zieht er mich von der Theke hoch und schubst mich leicht in Richtung Ausgang. Ich kann mich zum Glück fangen, ohne zu fallen, und drehe mich schnell, jedoch schwer atmend zu ihm um. Da steht er, mit verschränkten Armen an die Theke gelehnt. Und wieder ist da dieser glühende Ausdruck in seinen Augen. Genauso wie gestern.

Ich schlucke den Kloß in meinem Hals hinunter und recke ihm trotzig mein Kinn entgegen, will ihm keine Unsicherheit zeigen. Seine Präsenz nimmt allerdings den ganzen Raum ein. *Denk jetzt ja nicht an den Sex im Transporter!*

»Ich will mein Bike zurück. Jetzt!«, sage ich irgendwann mit überraschend fester Stimme.

Nash lacht bloß dunkel und blickt mich, ohne ein Wort zu sagen, an. Seine Augen wandern an meinen nackten Beinen, wo auf meinem linken Oberschenkel mein tätowierter Totenkopf prangt, hinauf, weiter nach oben über meinen Bauch und bleibt für einen winzigen Moment zu lange an meinen Brüsten hängen. Sein Mundwinkel zuckt verräterisch.

»Oder soll ich zu den Bullen gehen und dich wegen Diebstahl anzeigen?«, schiebe ich noch schnell provozierend hinterher.

Er muss ja nicht wissen, dass ich das eh nicht kann. Doch er überrascht mich mit seinen nächsten Worten.

»Und was willst du ihnen erzählen? Dein Bike ist noch nicht mal angemeldet.«

Ich will etwas erwidern, hab sogar schon den Mund für eine weitere patzige Antwort geöffnet, da kommt er mir zuvor.

»Geh nach Hause und warte, bis ich mich bei dir melde. Beim nächsten Mal bin ich nicht so nett, *Blair!*«

Ich höre den warnenden Unterton heraus, doch ich denke gar nicht daran, klein beizugeben. Was soll er hier schon tun, hier in seinem ach so legalen Pfandhaus?

»Vergiss es. Gib mir mein Bike und du bist mich los. Vorher werde ich dein kleines Lädchen nicht verlassen.«

Demonstrativ überkreuze ich die Arme und schaue ihn abwartend an.

Er dagegen löst seine Verschränkung, stellt sich gerade hin und schüttelt belustigt den Kopf. Wenn er glaubt, seine Größe schüchtert mich ein, hat er sich geschnitten.

»Gestern hat dir anscheinend nicht gereicht«, sagt er nur.

Mit einem Blick in Richtung des Typs hinter der Theke, der uns die ganze Zeit seelenruhig beobachtet hat, und einem Nicken in meine Richtung steht der Mann von seinem Stuhl auf und steckt seinen Kopf kurz ins Kämmerchen.

Nur einen Augenblick später kommt ein riesiger Kerl, der so breite Schultern wie ein Schrank hat, heraus und mit einem grimmigen Blick auf mich zu. Ich bewege mich kein Stück.

»Gib mir mein Bike und ich gehe freiwillig«, versuche ich es erneut mit einem Blick in Nashs Richtung. Er steht unbeeindruckt da und gibt keinen Ton von sich. Beobachtet einfach, wie dieser schwarze Riese mit einem wütenden Ausdruck auf mich zukommt. Meine Sicherung droht, durchzubrennen. Als ich mit erhobenem Zeigefinger an dem Schrank vorbei und auf Nash zustürmen will, werde ich gepackt und über die Schulter geworfen. Ich bin so perplex, dass ich bloß sprachlos in Nashs wissend grinsendes Gesicht sehen kann.

»Ach, übrigens … warte nicht auf eine Einladung für den nächsten Rave. Du bist raus!«, ruft er mir hinterher, als wolle er mir noch einen schönen Tag wünschen.

»Und komm nicht wieder! Das meine ich ernst. Sonst behalte ich es wirklich!« *Woher wusstest du, wer ich bin? O nein!*

Er kennt meinen Namen! Damit konnte er mich von der Liste nehmen. Wie soll ich das Crow beibringen? Wenn er erfährt, dass ich Fletcher meinen Namen verraten habe, glaubt er wirklich, ich sei nicht fähig, meinen Job zu erledigen. Er wird durchdrehen! Wie soll ich an Fletcher rankommen, wenn ich keine Chance habe, auf seine Raves zu gelangen? Ich habe keine Lust, meinen Körper erneut für ein Ticket anbieten zu müssen.

Nachdem mich der Schrank einfach auf dem Bürgersteig hat fallen lassen und ich unsanft auf dem Beton gelandet bin, verschwindet er wieder im Pfandhaus und zieht die Tür hinter sich zu. Und ich sitze hier auf dem Boden und sehe so aus, als wäre ich in einen Hurrikan geraten. Meine Haare stehen in alle Richtungen ab, meine Sonnenbrille hängt irgendwo darin fest, da ich sie mir vorhin beim Betreten des Ladens nur auf den Kopf geschoben hatte, und auch mein Shirt verdeckt weniger, als es eigentlich soll.

Nachdem ich mich wieder einigermaßen geordnet habe, stehe ich auf und sehe auf der anderen Seite eine Bar. Voller Wut stapfe ich über die Straße und betrete die kleine Kneipe. Ich brauche einen Drink. Dringend!

Dieses aufgeblasene Arschloch. Am liebsten würde ich erneut in seinen beschissenen Laden gehen und ihm eine Tracht Prügel erteilen. So wie dem Typen im Diner. Aber leider ist er nicht allein. Und so viel habe ich dann leider auch nicht drauf, mich im Notfall gegen drei Männer zu wehren, sollte der Thekentyp auch noch helfen.

Vielleicht sollte ich Crow doch einweihen. Aber wenn

ich das tue, weiß ich, dass er seinen Plan über den Haufen werfen würde. Das kann ich nicht zulassen. Ich muss mir selbst etwas einfallen lassen.

Ganz in Gedanken habe ich eine der hinteren Nischen angesteuert. Ich bemerke, wie die anderen Gäste mich überrascht mustern und zu tuscheln beginnen, als ich mich auf der Bank niederlasse. *Was ist denn jetzt schon wieder?*

Etwas unsicher kommt eine blonde junge Kellnerin auf mich zu und sieht sich kurz im Rest der Kneipe um.

»Ähm … also … Sie sollten sich vielleicht lieber woanders hinsetzen. Das hier ist reserviert für einen unserer Stammgäste«, stammelt sie vor sich hin.

»Ich sehe keinen Stammgast. Diese Nische ist frei und deshalb sitze ich jetzt hier. Keine Sorge, sollte ihr Stammgast auftauchen, kann ich ja immer noch verschwinden. Ich hätte gern einen Gin Tonic.«

Für einen kurzen Moment scheint sie sprachlos. Dann dreht sie sich um und verschwindet schnell wieder hinter der Bar. Kurze Zeit später steht meine Bestellung vor mir. *Endlich!*

Ich muss mir wirklich etwas einfallen lassen. Nash scheint meinem Körper nicht abgeneigt zu sein. Das habe ich ganz deutlich vorhin im Pfandhaus gesehen. Auch wenn es nur eine winzige Sekunde war. Vielleicht muss ich einfach ein wenig mehr mit meinen Reizen spielen. Ich meine, er ist auch nur ein Mann. Mit gezielten Aktionen wird auch er bloß noch mit dem Schwanz denken. Das schaffe ich sogar bei Crow. Also wird es mir wohl auch irgendwie bei Nash Fletcher gelingen. Ich will mein Baby zurück und dafür nicht auf die Gnade des Ravekönigs warten müssen.

Ganz in Gedanken nippe ich bereits an meinem zweiten Gin Tonic, als mich plötzlich eine mir zu vertraute Stimme zusammenzucken lässt.

»Sagte ich nicht, du sollst nach Hause gehen?«

Erschrocken schaue ich auf. Da steht er. Mit den Händen auf meinem Tisch abgestützt schaut er mich mit einem so eindringlichen Blick an, dass ich mich ganz automatisch, so weit wie möglich, zurücklehne. Einmal atme ich tief durch, um mich wieder zu sammeln. Natürlich fällt ihm sofort meine Unsicherheit auf und augenblicklich ziert ein wissendes Grinsen seine Lippen. *Was machst du nur mit mir? Warum machst du mich jedes Mal sprachlos mit deiner Präsenz?*

»Verfolgst du mich schon wieder?«, frage ich nach kurzem Schweigen etwas zu laut.

»Du sitzt auf meinem Platz, Püppchen. Also frage ich mich, wer hier wen verfolgt ...«

Um uns herum beginnen die Leute wieder zu tuscheln. Er ist also der Stammgast? Wer's glaubt!

»Ich sehe hier kein Schild, auf dem ›Nash Fletcher‹ steht. Also such dir einen anderen Platz. Ich will mich betrinken, schließlich brauche ich ja heute nicht mehr fahren.«

Provokativ proste ich ihm mit meinem Glas zu und nehme einen großen Schluck. Und was macht er? Er setzt sich demonstrativ auf die Bank gegenüber, lehnt sich weit zurück, legt die Arme auf der Rückenlehne ab und betrachtet mich stumm. Worauf wartet er denn?

»Sag mal, hast du mich nicht verstanden? Ich will allein sein. Und dich will ich schon gar nicht sehen.«

»Ich sag's dir auch gern nochmal: Das hier ...«, er deutet mit dem Finger auf diese Nische, in der wir sitzen, »... ist MEIN Stammplatz. Sei froh, dass ich dich nicht aus dieser Ecke vertreibe.«

Gerade, als ich etwas erwidern will, kommt die Bedienung zurück. O Mann, sie schmachtet ihn an, als wäre er irgendein Gott. Genervt verdrehe ich die Augen.

»Hey, Judy«, sagt er mit betörend rauchiger Stimme.

»Hi! Was kann ich dir bringen?«, fragt sie schüchtern.

»Bring mir einen Whiskey. Erstmal.«

Seine Hand wandert an den Arsch von Judy, die erschrocken auflacht und einen Schritt zurückmacht. *Das ist jetzt nicht dein Ernst, oder?*

Er spricht zwar mit der Kellnerin und betatscht sie, lässt mich aber keinen Moment aus den Augen.

»Und für sie das Gleiche. Schließlich muss sie nicht mehr fahren!«

Wütend funkele ich ihn an, während sich Judy mit einem letzten schmachtenden Blick auf den Weg zurück zur Bar macht.

»Betatschst du hier alle Kellnerinnen? Bist du deshalb hier Stammgast? Weil du so leichter an ein paar Muschis kommst?«

Nash beugt sich vor und schenkt mir ein düsteres Grinsen.

»Bist du etwa eifersüchtig, Püppchen?«

Kapitel 17

Schwarzer König

Eigentlich wollte ich einfach nur, wie jeden Abend, einen Drink nehmen, abschalten und vielleicht eine der Kellnerinnen hinten im Lager vögeln. Doch dann sitzt sie auf meinem Platz und das nach gestern.

Schon gerade, als ich sie in meinem Pfandhaus gesehen habe, wusste ich nicht, ob ich mich freuen oder ärgern soll, dass sie ohne meine Erlaubnis zu mir gekommen ist. Jede andere hätte ihre Abreibung bekommen. Warum auch immer, aber bei ihr begebe ich mich immer in eine gewisse Grauzone, was meine eigenen Worte betrifft. So kenne ich mich nicht. Was ich sage, tue ich. Ohne Wenn und Aber. Ohne Erbarmen. Ohne Gnade.

Ein feuriger Blick trifft mich und lässt mich noch etwas breiter grinsen. *Diese jungen Dinger, sie sind immer so erfrischend mit ihrem Temperament.*

»Träum weiter!«, spuckt sie mir zur Antwort auf meine Frage, ob sie eifersüchtig sei, entgegen.

»Wie geht es deinem Arsch?«, frage ich sie belustigt und lehne mich wieder zurück, dabei breite ich meine Arme links und rechts auf der Lehne der Sitzbank aus. Mein Blick ruht nur auf ihr, während sie mich mit ihrem tötet. Auch als uns Judy unsere Bestellung bringt, lösen wir unseren Augenkontakt nicht.

»Du verfluchter Wichser! Jetzt machst du dich über gestern auch noch lustig?! Nachdem du mich eingesperrt, gefesselt, missbraucht UND mir dann auch noch mein Bike genommen hast?!«, spuckt sie mir entgegen. Von mir erhält sie für den Bullshit, den sie hier verzapft, nur ein tadelndes Zungenschnalzen und einen warnenden Blick.

»Na, na, Püppchen. Nicht lügen! Du weißt, ich merke es sofort, wenn du nicht ehrlich bist. Wir wissen beide, wie sehr ich dich gestern erregt habe. Wie sehr du mich wolltest. Ich wette, du hast gestern an mich gedacht. Hast du dich angefasst?«

Ihr schockierter Blick verrät mir, dass ich genau ins Schwarze getroffen habe. Ein Luziferlächeln huscht über meine Lippen, dann erhebe ich mich, umrunde den Tisch und rutsche zu ihr auf die Bank. Sie weicht schnell vor mir zurück, verliert jedoch nicht ihren feurigen Blick.

»Ja, ich habe an dich gedacht! Wie ich dir Wichser am besten den Arsch aufreißen kann, damit du mir MEIN Eigentum wiedergibst!«, faucht sie mich an.

Unbeeindruckt über ihre kleine Rede rutsche ich immer dichter an sie heran, lege einen Arm hinter sie auf die Lehne der Bank und berühre hauchzart mit meinen Fingern ihre nackte Schulter. Ihr Blick wandert erst zu meiner Hand, dann wieder in mein Gesicht. Mit erhobener Augenbraue mustert sie mich abschätzig. *Mumm hast du, das muss ich dir lassen.*

Keine, die mich und meinen Ruf kennt, gibt sich so wie sie. So kämpferisch und unbrechbar. Wild und frei. *Fuck, du weißt gar nicht, was du genau mit diesem Verhalten mit mir anstellst.*

Mein Jagdinstinkt läuft auf Hochtouren, so wie schon seit vielen Jahren nicht mehr. Ich will sie als meine Beute erlegen. Sie besitzen und letztendlich unterwerfen. Und das Schlimmste ist: Tief in ihrem Inneren will sie, dass ich es bin, der genau das mit ihr macht.

Sie ist eine starke junge Frau, die sich sonst nichts sagen lässt und allein durch die Welt geht. Ich bin mir sicher, sie ist überrascht von ihren eigenen Gedanken. Denn dass sie an mich denkt und wie sie an mich denkt, ist nicht schwer zu erraten. Ihre Gedanken schreien mich buchstäblich an. Wie ein offenes Buch kann ich sie und ihre Emotionen lesen. Ihr Körper reagiert auf alles, was ich tue. So wie jetzt, als ich mit meinen Fingerspitzen ihre weiche Haut an ihrer Schulter streichle. Ein Schauer durchzuckt sie.

»Was sagte ich gerade über das Lügen, Püppchen?!«, brumme ich dicht an ihren Lippen.

Schnell wendet sie ihr Gesicht von mir ab und sieht auf ihr Glas vor uns auf dem Tisch. Ihr Atem beschleunigt sich und doch spüre ich eine gewisse Anspannung. Sie ist kurz davor, zu explodieren.

Wut, Verachtung, Selbsthass, Verwirrung, Lust und Verzweiflung fluten gerade ihren Verstand. Ich kann sie förmlich durch ihr hübsches Köpfchen rauschen sehen.

»Du weißt, was du tun musst, um dein geliebtes Bike wiederzubekommen«, hauche ich ihr mit meiner rauchigen Stimme an ihre Wange. Mein Vollbart kratzt dabei wieder einmal über ihre weiche Haut, ehe meine Lippen sie dort hauchzart berühren.

Sie hält den Atem an und bewegt sich keinen Millimeter, ist wie erstarrt. Bis ich meine andere Hand auf ihren linken, nackten Oberschenkel ablege, genau auf ihr Tattoo, dass von der kurzen Shorts nicht vollständig verdeckt wird. Dann lässt sie zischend die Luft aus. Den Blick stur geradeaus.

»Ich werde dir nichts sagen«, flüstert sie erstickt.

Meine Finger streichen spielerisch ihren seidigen Schenkel immer weiter nach oben, fahren die schwarzen Linien der Rosen und des Totenkopfs nach. Meine Lippen wandern langsam über ihre nun glühenden Wangen bis zu ihrem Ohr.

Ich weiß, wie sehr ich sie mit all dem hier aus dem Konzept bringe. Bestimmt war es ihr Plan, das mit mir zu tun, um ihr Bike so wiederzubekommen. Sie wollte mich sicherlich demnächst verführen, so wie sie es sonst bei allen

Männern spielend leicht konnte, um zu bekommen, was sie will. Doch ich bin nicht einer ihrer jungen, dummen, naiven und schwanzgesteuerten Typen. Mit meinen dreiunddreißig Jahren weiß ich genau, was und wen ich will.

Ich bin zu alt, um mich von einem jungen Ding wie ihr um den Finger wickeln zu lassen. Dafür bin ich schon zu lang im Geschäft und habe zu viele billige und vor allem willige Dinger um mich herum.

»Bist du da ganz sicher, Blair?« Der tiefe Bass meiner Stimme dicht an ihrem Ohr lässt ihr einen Schauer über den Rücken jagen. Ich kann das Erschauern spüren und schmunzle an ihre Ohrmuschel, ehe ich ihr auch dort einen hauchzarten Kuss aufdrücke.

Ihr Körper spannt sich von Neuem an. Ihr Atem nimmt zu und doch tut sie nichts, um mich davon abzuhalten, mit meinen Fingern bis zu dem Bund ihrer Hose zu kommen.

Ein wissendes Lächeln legt sich auf meinen Mund und ich öffne den Knopf ihrer kurzen Shorts, während meine Lippen ihren Hals entlangwandern. Nicht mehr lange und ich habe sie so weit, dass sie endlich singt.

Zielstrebig wandert meine Hand in ihre Hose und unter ihr Höschen. Als meine Finger ihre Schamlippen berühren, keucht sie leise auf, nur um sich dann auf ihre vollen Lippen zu beißen, damit ihr nicht noch ein erregter Laut entweicht. Dann öffnet sie ihre Beine etwas mehr für mich, sodass ich besseren Zugang habe. Mein Siegerlächeln wächst an ihrem Hals, an dem ich mich noch immer entlangküsse.

Um sie noch etwas verrückter zu machen, fahren meine Fingerspitzen hauchzart ihre unteren Lippen nach. Immer und immer wieder, ohne sie auseinanderzuschieben, um an ihre empfindliche Perle zu gelangen. Ich streichle nur ihren Hügel, während ihr meine Zunge das Salz von ihrem Hals leckt. Sie dreht beinahe durch, wackelt unruhig mit dem Hintern hin und her, verlangt nach mehr.

»Sprich, Püppchen, und du bekommst alles von mir, was du dir wünschst«, raune ich mit kratziger Stimme an ihren Hals, ehe ich sie überraschend beiße, sie erneut markiere und tief brumme, als sich dieser Gedanke in mein Hirn fickt.

»Und wir wissen beide, dass es nicht nur dein Bike ist.«

Ein heiseres Stöhnen entweicht ihren vollen Lippen. Doch sie schüttelt sachte den Kopf, um mir zu bedeuten, dass sie noch immer nicht sprechen wird. *Willst du wirklich weiterspielen, Püppchen?!*

Ich lege meine andere Hand bestimmend in ihren Nacken, drehe ihren Kopf in meine Richtung und drücke meine Lippen auf die ihren. Mein Kuss ist dominant und einnehmend. Aber vor allem kommt er für sie überraschend.

Als ich dann meine Zunge in ihren Mund schiebe, teile ich im selben Moment mit meinen Fingern ihre Schamlippen und drücke gekonnt ihre Perle. Ein Blitz zuckt durch ihren Körper und ich bin mir sicher, sie nun dort zu haben, wo ich sie haben will.

»Wer schickt dich und warum?«, murmle ich gegen ihre geschwollenen Lippen und tauche in dem Moment mit meinem Finger in ihre verführerische Nässe.

Ein Keuchen ertönt, dann entzieht sie mir ihr Gesicht und sieht mir direkt in die Augen. Ich bin mir sicher, nun endlich das zu bekommen, was ich will. Antworten!

»Fick dich!« Mit diesen Worten greift sie in einer schnellen Bewegung nach ihrem Glas auf dem Tisch und kippt es mir ins Gesicht. Ein Fluch entfährt mir und ich lasse von ihr ab. In dem Moment springt sie auf und steigt tatsächlich über den Tisch, um von mir wegzukommen. Schon eilt sie aus der Kneipe und lässt mich abermals mit meinen vielen Fragen zurück. *Fuck, Püppchen!*

Mit einem leisen Fluchen wische ich mir mit meiner Hand ihren Gin aus dem Gesicht. Keine Ahnung, wie lange ich ihr noch hinterhersehe. Dieses Mädchen!

Kopfschüttelnd greife ich nach meinem Whiskey und exe ihn. Dann fische ich mein Handy aus meiner Hosentasche und versuche, meinen harten Schwanz auszublenden. Er hilft mir jetzt auch nicht weiter.

Ich wähle die Nummer meines Läufers, Jay. Denn ich will Antworten und wenn ich schon keine von meinem Püppchen bekomme, beschaffe ich sie mir eben selbst. Da sie mir bei unserem letzten Treffen ihren Namen verraten hat, konnte ich Jay den Auftrag geben, etwas über sie in Erfahrung zu bringen. *Mal sehen, was du über mein Püppchen herausgefunden hast …*

»Was hast du?«, frage ich ohne Umschweife und ordere mit einem Wink an die Kellnerin noch einen Drink.

»Das wird dir nicht gefallen, Nash«, prophezeit mir Jay kryptisch. Ich schnaube genervt auf, um ihm meine Ungeduld zu verdeutlichen. Zum Glück bringt mir Judy gerade Nachschub und ich nehme sogleich einen großen Schluck, um meine Nerven zu beruhigen.

»Über deine Kleine konnte ich nicht viel herausfinden. Vergangenheitstechnisch, meine ich. Sie hat sicher ihren Namen geändert. Nur über den Zeitraum, seitdem sie hier in Phoenix ist, kann ich dir etwas sagen.«

»Na, dann hast du doch etwas für mich herausgefunden«, halte ich stirnrunzelnd dagegen und nippe erneut an meinem Glas.

»Ja und nein. Sie ist erst wenige Wochen in der Stadt. Aber mit wem sie in der Stadt ist, das dürfte für dich interessant sein. Mit einem gewissen Crow aus Tucson. Sein Koks soll das Beste des Landes sein. Sie nennen ihn den Schneekönig. Und er soll angeblich ebenfalls hier sein. Nash, die wollen dich stürzen. Ganz sicher! Du musst die Kleine loswerden und das schnell!«, drängt Jay mich.

Mit festem Griff umklammere ich mein Glas und

versuche, mich zu beruhigen. Doch keine Chance! Der Zorn prescht durch meine Venen und ich weiß genau, an wem ich ihn rauslassen werde.

Du wolltest mich also ficken, Püppchen?! Na warte, bis ich dich das nächste Mal in die Finger bekomme!

Kommentarlos lege ich auf, dann bricht der Zorn aus mir heraus. Mit einem lauten Wutschrei schleudere ich mein Glas gegen die nächste Wand und donnere meine Fäuste auf den Tisch. Mein Körper ist zum Zerreißen angespannt.

»Was ist los, Nash? Kann ich dir irgendwie helfen?«, holt mich die zarte und mit Angst erfüllte Stimme von Judy aus meiner Trance. Sie kennt mich schon ein bisschen und weiß, dass ich kein Mann von Geduld bin. Deshalb versucht sie mich zu beruhigen, so gut es eben geht, und stellt mir einen neuen Drink vor die Nase.

Mit schief gelegtem Kopf betrachte ich sie, wie sie mit nervös knetenden Händen vor mir steht und mich mit ihren blauen Engelsaugen unschuldig anblickt. Sie hat Angst vor mir, das ist nicht zu übersehen, und doch liegt auch eine gewisse Faszination in ihrem Blick.

Ich brauche Ablenkung!

»Ja, du kannst mir tatsächlich helfen, süße Judy.«

Für einen kurzen Moment zieht sie ihre hellen Brauen fragend zusammen. Sie versteht nicht ganz, wobei sie mir nun helfen soll. Doch das wird sie gleich.

»Geh nach hinten ins Lager. Zieh deine Hose und dein Höschen aus. Dann stellst du dich breitbeinig und mit rausgestrecktem Arsch mit dem Gesicht zur Wand. Deine Arme nimmst du über dem Kopf zusammen. So wartest du auf mich.« Meine Stimme wird zum Ende hin immer dunkler.

Ihre blauen Augen weiten sich ungläubig und doch sehe ich diesen gewissen Glanz in ihnen tanzen. Sie will es.

»Jetzt!«, knurre ich unkontrolliert.

Sie zuckt leicht zusammen, dann wendet sie sich ab und

verschwindet nach hinten. Ich genehmige mir noch meinen neuen Drink. Erst nachdem ich ihn ausgetrunken habe, lege ich ein paar Hundert-Dollar-Scheine auf den Tisch und gehe nach hinten zu Judy. Sie hatte nun genug Zeit, um meinen Befehl auszuführen.

Und tatsächlich, als ich in das Lager trete, steht sie genauso da, wie ich es von ihr verlangt habe. Langsam trete ich hinter sie. Ihr Körper erzittert bereits, obwohl ich noch nicht einmal angefangen habe. Vielleicht ist es aber auch ihre Nervosität. Es ist mir egal. Ich will sie nur ficken und meiner Wut ein Ventil geben, sonst bringe ich hier und jetzt noch jemanden in der Kneipe um.

Ich greife mir an meinen Gürtel und öffne ihn, dann meine Hose und befreie meinen halbsteifen Schwanz, um ihn leicht in meiner Hand zu wichsen. Dicht bleibe ich hinter ihr stehen, beuge mich zu ihr. Mein Atem streift ihren Nacken, ihre Wange und endet bei ihrem Ohr. Ein Schauer nach dem anderen rieselt über ihre Wirbelsäule. Sie kann meinen nun harten Schwanz an ihrem Arsch spüren.

»Du lässt deine Arme schön, wo sie sind. Du berührst weder dich noch mich, bis ich etwas anderes sage. Hast du das verstanden, Engelchen?«

Augenblicklich, ohne auch nur eine Sekunde über meine Worte nachzudenken, nickt sie.

»Das könnte jetzt etwas härter werden«, raune ich leise und beiße im nächsten Moment in ihren Hals.

Judy keucht leise auf und reckt mir automatisch ihren Hintern entgegen. Reibt sich mit ihm an meiner Länge und bettelt um mehr. Soll mir recht sein.

Ich positioniere mich hinter ihr, stülpe mir ein Gummi, das ich zuvor aus meiner hinteren Hosentasche gefischt habe, über und führe meine Spitze an ihre bereits nasse Pussy. Packe sie an ihren zierlichen Hüften und stoße mich tief in sie. Judy schreit spitz auf, denn ich lasse sie sich nicht an ihn und seine Größe gewöhnen. Ich ficke sie sofort hart und tief, so wie ich es gerade brauche.

Meine Finger bohren sich in ihr zartes Fleisch und geben ihr keinen Raum, sich zu bewegen, damit ich sie weiter in meinem kräftigen Takt von hinten nehmen kann. Immer wieder schlage ich meine Zähne in ihren Hals und jedes Mal wird ihr Stöhnen dabei lauter.

Ein klatschendes Geräusch nach dem anderen und ihr süßes Stöhnen erfüllen den Raum, spornen mich an und lassen mich meine Wut für einen Augenblick vergessen. Meine Wut auf SIE. *Fuck!*

Ohne dass ich es will, denke ich an mein Püppchen und stöhne bei dem Gedanken an ihre enge Pussy kehlig auf. *Raus aus meinem Kopf, du kleines Biest!*, schimpfe ich mich gedanklich selbst und versuche, wieder den Fick mit der Kleinen zu genießen.

Ihr Körper zuckt schon verdächtig und als sich ihre inneren Muskeln fest um meinen Schaft pressen, kann ich es nicht mehr zurückhalten. Meine letzten Stöße werden noch eine Spur härter, bis ich mit einem kehligen Stöhnen komme und ihren Orgasmus damit untermauere. Ihr zierlicher Körper zittert leicht, doch ich kümmere mich nicht mehr um sie. Sie war ein Mittel zum Zweck. Ein gutes Mittel. Denn nun werde ich nach Hause fahren und mich voll und ganz meiner Wut auf mein kleines Püppchen hingeben. Ich will mich in ihr suhlen, bis ich sie endlich in die Finger bekomme und sie dafür zahlen lassen kann.

Kapitel 18

Die Dame

O Mann, beinahe wäre ich wirklich schwach geworden. Wäre ich nicht voller Panik über den Tisch gesprungen, hätte nicht mehr viel gefehlt und ich hätte ihm tatsächlich etwas über Crow erzählt. Was stimmt nicht mit mir? Warum reagiert mein Körper immer so auf ihn? Gerade auf ihn?

Niemals in meinem Leben hat mich ein Mann so sprachlos werden lassen. Eigentlich ist es doch immer genau andersherum und ich muss nur ein bisschen mit den Wimpern klimpern oder mit dem Arsch wackeln, und ich hab sie in der Hand. Warum ist es aber bei Nash mein Körper, der auf jede kleine Geste anspringt, als wäre er ein Funke, der mein Innerstes in Brand setzt? Seine rauen Finger auf meiner Haut, seine tiefe Stimme, die mir eine Gänsehaut beschert. Ich weiß, dass ich ihm nicht noch viel länger widerstehen kann.

Das muss aufhören! Jetzt! Ich brauche Crow! Ich muss zu ihm und mir Nash aus dem Hirn vögeln!

Da ich jetzt wieder ein Handy besitze, rufe ich mir einige Straßen von der Bar entfernt ein Taxi und lasse mich zu ihm bringen.

Völlig aufgelöst stehe ich vor seiner Tür und klingele.

»Blair? Ist alles ok?«, fragt er etwas überrascht, nachdem er die Tür geöffnet hat.

Nein, ist es nicht. Ich drohe, dem Ravekönig zu verfallen!

Bevor Crow überhaupt versteht, was ich vorhabe, überfalle ich ihn regelrecht. Ich springe ihm an den Hals, schlinge die Beine um seine Hüfte und küsse ihn. Crow ist im ersten Moment völlig überrumpelt. Er taumelt einen Schritt nach hinten und fällt mit meinem Schwung fast um. Ein brummendes Geräusch verlässt seinen Mund, als er mich zurück in seine Wohnung trägt und zur Couch läuft. Darauf setzt er mich ab.

Er unterbricht den Kuss und schiebt mich ein Stück von sich. Widerwillig lasse ich es zu. Schwer atmend und mit kribbelnden Lippen schaue ich ihn an. Er fasst an mein Kinn und dreht mein Gesicht hin und her. Prüfend schaut er mir in die Augen. *Denkt er etwa, ich hätte was genommen?*

»Was ist los? Ich ficke dich echt gern, das weißt du genauso gut wie ich, aber so bist du mir noch nie um den Hals gefallen!«, fragt er immer noch leicht irritiert.

Ich befreie mich aus seinem Griff und klettere auf seinen Schoß, reibe meine Mitte an seinem Schwanz und natürlich spüre ich, dass er auf mich reagiert. Crow legt seine Hände an meine Hüften und sieht mich abwartend an. Ich beuge mich zu seinem Ohr, lecke über seine Ohrmuschel und flüstere anschließend: »Ich brauchte dich einfach …«

Als ich mich wieder zurücklehne, sehe ich immer noch einen kurzen Zweifel in seinen Augen. Was ist los mit ihm?

»Hör auf, Blair. Warum bist du wirklich hier? Bevor du mir nicht sagst, was wirklich los ist, werde ich dich nicht ficken.«

Jetzt schaue ich ihn irritiert an. *Nein, das kann nicht sein Ernst sein!*

Ich lege den Kopf schief und schenke ihm ein verführerisches Lächeln. Als ich beginne, an seinem Gürtel herumzunesteln, schnappt er sich meine Handgelenke und will mich davon abhalten. Erneut lehne ich mich zu seinem Ohr.

»Keine Sorge, ich habe nichts genommen. Ich hatte nur Lust, mehr nicht. Und jetzt lass dich fallen und mach mit«, flüstere ich, lecke und knabbere mich an seinem Hals entlang. Sofort bildet sich eine Gänsehaut auf seiner Haut und ein leises Keuchen verlässt seinen Mund. Manchmal ist es schon ein Vorteil, den anderen so gut zu kennen. Ich kenne alle Knöpfe, die ich bei ihm drücken muss. Sein Griff um meine Gelenke wird sanfter. Sobald ich den Gürtel und die Knöpfe seiner Jeans geöffnet habe, schiebe ich meine Finger in seine Shorts und umfasse seinen Schwanz. Ein erneutes Keuchen seinerseits.

Dann scheint er seine Zweifel, welche auch immer das sind, beiseitezuschieben. Fest greift er an meine Hüfte, hebt mich kurz an und setzt mich neben sich auf der Couch ab. Innerhalb weniger Augenblicke ist seine Hose verschwunden und er über mir.

Doch ich will jetzt kein langes Vorspiel. Ich will einfach nur harten Sex, der mir mein Hirn wieder freipustet und mich von diesen elenden Gedanken an den Ravekönig befreit. Deshalb drücke ich gegen Crows Brust und bedeute ihm, sich zurückzulehnen. Mit einem Schmunzeln tut er genau das, was ich verlange.

»Hast du es so eilig?«

»Ja, verdammt!«, sage ich nah vor seinem Mund und küsse ihn anschließend hungrig. Ich genieße diesen Kuss. Bis, ja, bis ich die Augen schließe und wieder diese tiefbraunen Iriden vor mir sehe. Etwas erschrocken reiße ich die Augen wieder auf und will gerade zurück auf seinen Schoß klettern, da folge ich seinem Blick. *O nein!*

»Was ist das, Blair?«, fragt er dunkel und greift nach meinem Handgelenk.

Schnell entziehe ich ihm meinen Arm und halte ihn hinter meinen Rücken. *Verdammt! Die Striemen! Die hatte ich total vergessen!* Ich setze mein verführerischstes Lächeln auf, lege meine Hände in seinen Nacken und beuge mich abermals zu seinem Ohr, nachdem ich mich doch wieder auf seinen Schoß geschwungen habe. Sein Schwanz reibt an meinem Eingang und ich bewege mich langsam auf ihm.

»Nichts …«, sage ich leise. »Fick mich endlich!«

Doch sein Blick verändert sich plötzlich.

»Blair!«, sagt er wütend durch zusammengebissene Zähne. »Sag mir sofort, wer das war!«

Na toll, ich weiß genau, dass ich den Sex jetzt vergessen kann.

Ich springe von seinem Schoß, verdrehe die Augen und laufe mit verschränkten Armen zu seiner Kücheninsel. Was soll ich ihm auch groß sagen? *Sorry, Crow, der Ravekönig hat mir mein Gehirn rausgevögelt? Ich kann an nichts anderes mehr denken als an unseren heißen und für mich so untypischen Sex?*

Also antworte ich ihm nicht und bleibe mit dem Rücken zu ihm gewandt stehen. Ich höre, wie er schnaubend aufspringt und zu mir kommt. Er greift etwas grob an meinen Unterarm, dreht mich um und hält ihn zwischen uns hoch. Ja, man kann immer noch die roten Striemen erkennen. Bei dem Gedanken an die Handschellen im Transporter durchzuckt mich eine Gänsehaut, was Crow zu bemerken scheint. Wütend hebt er eine Augenbraue.

»Blair!«, mahnt er mich. »Sag mir sofort, wer das gewesen ist. War *er* es?«

Bei seinem unterkühlten Tonfall reiße ich für einen winzigen Moment die Augen auf und senke ertappt den Blick. Immer noch schweige ich, als seine Finger mein Kinn umfassen und er es so dreht, dass ich seinem Blick nicht mehr ausweichen kann.

»War er es?«, fragt er erneut. Diesmal allerdings so eindringlich, dass ich nur schwer seufze und leise: »Ja«, flüstere.

Für einen winzigen Augenblick glaube ich, er lässt seine aufsteigende Wut an mir aus, so zornig funkelt er mich nach meinem Geständnis an. Doch er lässt mein Kinn los, legt die Hände links und rechts neben meinem Körper auf der

Arbeitsplatte ab und kesselt mich so ein.

Crow kommt mir so nahe, dass ich mich automatisch zurücklehne und den Atem anhalte.

»Sag mir sofort, wann das genau passiert ist!«, grollt er so dunkel, dass ich es nicht länger für mich behalten kann.

»Er … Er hat mich auf dem Highway abgedrängt … und er hat … er hat versucht, Informationen aus mir herauszubekommen.«

Ich bin sowas von am Arsch!

Er greift nach meinem Handgelenk und hebt es neben unsere beiden Gesichter.

»So? Oder hat er noch etwas anderes mit dir gemacht?«

Ich presse die Lippen fest aufeinander und schüttele schnell den Kopf.

»Was hast du ihm verraten, Blair?«, fragt er dunkel.

»Nichts! Gar nichts, Crow!«

Er hebt eine Augenbraue und forscht in meinem Blick. Lange sagt er kein Wort und ich versuche, ihm keinen Grund dafür zu geben, an meinen zu zweifeln.

Irgendwann löst sich seine Anspannung. Er atmet tief durch und lässt von mir ab. Als er sich umdreht und zu seiner Bar geht, nehme ich einen tiefen Atemzug, um mich zu beruhigen.

Crow gießt uns beiden einen Whiskey ein und reicht ihn mir. Verlegen nehme ich ihm das Glas aus der Hand.

»Tut mir leid, dass ich es dir nicht früher erzählt habe …«, flüstere ich mit gesenktem Blick.

Er sieht mich belehrend an. »Du hättest es mir erzählen müssen!«

»Ja, ich weiß.«

Mehr sagen wir nicht dazu.

»Heute Nacht bleibst du hier«, befielt er, nachdem wir beide unseren Drink geleert haben.

Ich nicke nur, da ich keine Lust auf weiteren Ärger habe.

Kapitel 19

Schwarzer König

Der Zorn überwiegt auch noch am nächsten Morgen allem anderen. Am liebsten würde ich dieses kleine Miststück umbringen, da sie auf mich angesetzt wurde. Ebenfalls habe ich mir nun zusammengereimt, dass dieser sogenannte Schneekönig der weiße König von meinem Telefonat sein muss und somit nun wirklich klar ist, dass die beiden zusammenarbeiten und mich stürzen wollen.

Zum Glück hat sie nichts aus mir herausbekommen und ich habe sie noch immer mit ihrem Bike in der Hand. Vielleicht kann ich mit meinem jetzigen Wissen und meinem Trumpf ihr gegenüber etwas spielen? Es gegen sie benutzen?

Gestern in der Kneipe war sie schon kurz davor, zu reden. Ich habe es ihr angesehen, deswegen die Flucht. Sie sah keinen anderen Ausweg. Was, wenn ich ihr aber beim nächsten Mal keinen Ausweg lasse?

Ich beschließe, ihr eine goldene Eintrittskarte für meinen nächsten Rave zukommen zu lassen.

Keine Ahnung, wie genau sie es vorher überhaupt auf die Gästeliste geschafft hat, das konnte mir bis jetzt noch keiner beantworten. Aber es ist auch nebensächlich, da ich mich um die Lücke gekümmert habe und sie nun offiziell einlade. Und sie wird kommen. Schließlich habe ich etwas, das sie wiederhaben will. Dann lasse ich sie nicht mehr gehen. Beim nächsten Mal werde ich meine Antworten bekommen und wenn ich sie aus ihr rausprügeln muss, ich tu's!

Ich will gerade das Haus verlassen, da ich mit Madi

zu unserem wöchentlichen Treffen verabredet bin, da erstarre ich mitten in der Bewegung, als ich drei Köpfe meiner Männer direkt vor meiner Haustür auf dem Boden aufgereiht sehe. Nur die Köpfe. Abgetrennt. Ich blicke mich zu allen Seiten um, doch natürlich ist niemand mehr hier.

Dann gehe ich vor den Körperteilen in die Hocke, um mir das barbarische Werk näher anzusehen. Schließlich ist es hier nicht ohne Grund so demonstrativ vor meiner Tür platziert worden. Jemand möchte mir damit etwas sagen, eine Botschaft schicken. Wer, ist klar, vor allem, als ich die schwarze Krone auf einem der drei Köpfe wahrnehme. Eine klare Kriegserklärung.

Bei genauerem Betrachten sehe ich, dass der eine etwas im Mund hat. Mit erhobener Augenbraue – über diese Art, zu spielen – fasse ich zwischen die Lippen des Toten und ziehe eine kleine schwarze Figur heraus. Als mir klar wird, welche Schachfigur sie darstellen soll, brennen mir kurz die Sicherungen durch.

Mit einem lauten Wutschrei erhebe ich mich, packe einen der Köpfe am Schopf und schleudere ihn über mein halbes Grundstück. Dann blicke ich zu der schwarzen Dame in meiner Hand herab. *Du Bastard bist so gut wie tot!*

Ich bin außer mir vor Wut und will am liebsten sofort losstürmen und die halbe Stadt niederbrennen, um ihn zu finden. Das Klingeln meines Handys reißt mich aus meinen rasenden Gedanken.

Schwer atmend fische ich es aus meiner Jeanstasche und gehe dran, ohne auf mein Display gesehen zu haben.

»Wo bist du denn?«, ertönt plötzlich Madis Stimme und meine Gedanken klären sich augenblicklich. Sie war schon immer mein Ruhepol. Der Mensch, der mich und meine zerstörerische Wut auf die Welt im Zaum halten und bändigen kann.

Für einen kurzen Moment schließe ich meine Augen,

reibe angestrengt über diese und atme tief durch. Sammle mich, indem ich auf- und ablaufe und mich zwinge, ruhigzubleiben. *Beruhig dich, Nash! Das ist genau das, was er will! Dich ausflippen sehen!*

»Entschuldige. Ich bin gleich da.« Damit lege ich auf und wähle jedoch gleich eine andere Nummer, während ich zu meinem Wagen gehe.

»Jay, schick zwei Männer zu mir und sag ihnen, hier gibt es etwas zu beseitigen. Den restlichen teilst du mit, dass sie vorsichtig und noch aufmerksamer sein sollen. Der verfickte weiße König hat mir nun offiziell den Krieg erklärt und will mich aus der Reserve locken. Er will, dass ich Hals über Kopf zu meinem Dealer renne und ihn warne. Finde etwas heraus und dann bring mir seinen verfickten KOPF!«, knurre ich unkontrolliert und lege auf, bevor Jay überhaupt zu Wort gekommen ist.

Ich habe dafür jetzt einfach keine Geduld mehr, zumal ich mich erst beruhigen muss. Schließlich treffe ich mich gleich mit meiner kleinen Schwester und meine schlechte Laune will ich nicht an ihr auslassen. Das hat sie nicht verdient.

Meine Gedanken überschlagen sich dennoch. Ob ich will oder nicht. Ich muss demnächst zu meinem Dealer. Muss ihm sagen, dass er vorsichtig sein soll. Da führt kein Weg dran vorbei.

Telefonieren fällt hier flach. Ich treffe mich immer persönlich mit ihm. Schließlich weiß ich nie, ob ich mal abgehört werde. Egal von wem. Ob von meinen eignen Männern, der DEA, den Bullen oder sonst wem. Wenn es um meinen Dealer geht, überlasse ich nichts dem Zufall.

Am liebsten würde ich das Treffen mit Madi absagen. Doch ich muss nach ihr sehen. Schließlich ist sie meine schwarze Dame in diesem Spiel. Auch, wenn sie davon nicht mal etwas ahnt und unfreiwillig zu meiner Dame wurde. Doch da sie meine Schwachstelle, meine einzige Schwäche und der wichtigste Mensch auf diesem abgefuckten Planeten ist, macht sie das automatisch zur wertvollsten Figur in diesem Spiel.

Außerdem besteht Madi auf unser wöchentliches Treffen und – was soll ich sagen? – die Kleine hat mich in der Hand. Ich tue alles für meine Schwester.

Schon immer wusste ich, dass ich kein guter Mensch bin. Ich wollte nur Madi vor dem, was aus mir werden würde, beschützen. Und das tue ich noch, auch wenn ich nun endlich der echte Nash bin. So bin ich es nie vor ihr.

Madi weiß nichts von meinen Geschäften. Aber ich bin mir sicher, sie ahnt es, denn sie ist vieles, aber sicher nicht dumm. Sie könnte so viel mehr erreichen, als in der Werkstatt unseres alten Herren im Büro und der Rezeption zu arbeiten. Doch sie will es nun mal so und … na ja, was Madison will, bekommt sie von mir auch. Ich kann ihr kaum etwas abschlagen und noch weniger böse sein.

Madi ist nun mal zu gut für diese Welt und liebt mich ebenso bedingungslos wie ich sie.

Auf der Fahrt zu meiner kleinen Schwester überschlagen sich meine Gedanken und doch klären sie sich schlagartig, als ich mit meinem Wagen vor der Werkstatt meines Vaters auf der anderen Straßenseite halte. Ich weiß, dass ich hier und jetzt nichts ändern kann, und ich will meine Probleme, die des Königs in mir, nicht mit zu meiner Schwester nehmen. Also steige ich aus meinem Wagen und lasse meine Wut und den Hass, die Rachegelüste, weit weg von hier.

Wie jedes Mal hole ich sie von der Arbeit ab und wie jedes Mal betrete ich die Werkstatt unseres Vaters nicht, sondern warte angelehnt an der Motorhaube meines mattschwarzen Heiligtums auf sie.

Meine Augen mit einer Sonnenbrille bedeckt und meine tätowierten Arme abweisend vor der Brust verschränkt sehe ich auf das Gebäude vor mir.

Ich habe gern hier gearbeitet. Habe es geliebt, an Autos und Motorrädern rumzuschrauben. Sie zu reparieren, zu pimpen oder umzulackieren. Mein alter Herr hat mir alles beigebracht, was ich über Motoren weiß. Meine Leidenschaft für diese entfacht, die noch bis heute andauert und wohl auch nie vergehen wird. Dafür könnte ich ihm sogar dankbar sein.

Manchmal, in seltenen Fällen wie diesem, bin ich etwas wehmütig, wie es zwischen uns gelaufen ist. Diese Momente verfliegen jedoch recht schnell, wenn ich ihn dann mit einer abschätzigen Miene auf mich zukommen sehe, so wie jetzt. Er tritt an mich heran. Seine kantigen Gesichtszüge sind ernst. Seine dunklen Brauen missbilligend zusammengezogen und seine braunen Augen mustern mich kühl.

Seufzend verdrehe ich die Augen und warte nur auf seinen ersten dämlichen Spruch. Er kann es nicht lassen, über mein neues Leben herzuziehen. Wenn das wie immer keine Wirkung auf mich hat, kommt er mit der Schuldnummer an. Er will mir dann immer ein schlechtes Gewissen machen, dass ich ihn im Stich gelassen hätte.

Ich bot ihm nicht nur einmal Geld an, um seine Schulden zu bezahlen. Schließlich habe ich davon mehr als genug und auch nicht vergessen, wo ich herkomme. Natürlich nimmt er die Hilfe von seinem Sohn, dem Schläger und Familienzerstörer, nicht an.

»Madi kann heute nicht. Sie hat viel in der Werkstatt zu tun«, klärt er mich mit kühlem Tonfall auf.

Ich schnaube einmal belustigt auf, ehe ich mich von meinem Auto abstoße und zu meiner vollen Größe aufbaue. Ich bin größer als er. Das ist mit meinen knapp zwei Metern auch nicht besonders schwer. Dennoch ist mein alter Herr ein großer und noch immer sportlich gebauter Mann.

»Ich denke, die drei Rechnungen können auch bis morgen warten, alter Mann«, verspotte ich ihn und ein kleines Schmunzeln gleitet mir über die Lippen.

Warum auch immer, aber in seinem Beisein werde ich immer wieder zu einem dummen und hitzköpfigen Teenager. Auch wenn ich es nicht will, es passiert einfach.

Seine Miene wird streng und erinnert mich an früher. Wenn er mich damals so angesehen hatte, wusste ich, es wäre besser, ihm zu gehorchen. Mein Vater war kein gewalttätiger Mann, aber wie er seine Kinder zu erziehen hatte und Strafen verteilte, wusste er sehr wohl. Dennoch kann ich ihn dafür jetzt nur noch belächeln. Schließlich bin ich kein Kind mehr. Ich bin ein erwachsener und erfolgreicher Mann. Stehe mit beiden Beinen im Leben und habe sogar mein eigenes Königreich. Von dem er zwar nichts weiß, doch das muss er auch nicht.

Ich will ihm nichts beweisen, das habe ich nicht nötig. Und wenn – meine Autos, Uhren, Klamotten und mein Motorrad sagen es schon für mich aus, ohne dass ich es muss.

»Vorsichtig, Junge! Vergiss nicht, wer hier noch immer vor dir steht!«, brummt er mir mit seiner tiefen Stimme entgegen. Meine Augenbraue hebt sich, doch ich lasse es unkommentiert, weil hinter ihm Madi aus der Werkstatt eilt. Sofort hebt sich meine Laune, und das nur, weil ich sie sehe. Das war schon immer so und wird wohl auch immer so sein.

»Hey, streitet ihr euch wieder?!«, ermahnt sie uns.

Ich schüttle belustigt den Kopf, dann ziehe ich sie, als sie bei mir ankommt, in eine Umarmung und drücke ihr wie immer einen kleinen Kuss auf ihren Haaransatz.

»Natürlich nicht. Wie kommst du darauf?!«, scherze ich und sehe über ihren Kopf hinweg zu unserem Vater.

»Respektloser Rotzlöffel! Ich hätte dir wohl in deiner Kindheit doch ein paar Mal etwas härter Respekt einflößen sollen!«, knurrt er verächtlich.

Madi schenkt ihm einen bitterbösen Blick, ich jedoch kann ihn bloß belächeln.

»Nur blöd, dass du dann nicht so überheblich vor mir stehen könntest. Denn schließlich kannst du mich nicht für etwas verstoßen, das du dann selbst getan hast, oder?«, provoziere ich ihn.

»Nash!«, ermahnt mich Madi. Ich zucke nur entschuldigend mit den Achseln.

»Können wir?«, frage ich sie, nachdem der Alte und ich einen stummen Kampf ausgetragen haben. Sie blickt kurz zu ihm, bis er dann einen wütenden Laut von sich gibt, mit einer Hand abwinkt und sich fluchend von uns abwendet. Amüsiert schüttle ich den Kopf und sehe ihm hinterher, wie er zurück in seine Werkstatt stampft.

»Das hätte nicht sein müssen, Nash!«, schimpft sie mit mir. Ich blicke auf sie herab und schenke ihr mein charmantestes Lächeln. Darauf verdreht Madi nur die Augen.

»Los jetzt. Für einen Kaffee habe ich Zeit, dann muss ich wieder zurück. Es reicht, wenn er ein Kind hasst.«

Ich lache, dann steige ich ein und fahre mit ihr zu ihrem Lieblingscafé.

Eigentlich gehen wir immer etwas essen und verbringen, soweit es meine Zeit erlaubt, den Abend miteinander. Aber ich weiß, dass Madi unseren alten Herren niemals hängen lassen wird. Also lasse ich auch das unkommentiert und nehme, was ich kriegen kann. Und wenn es nur eine Stunde mit meiner kleinen Schwester ist, dann nehme ich auch diese und genieße jede Sekunde mit ihr. Sie beruhigt mich und genau das kann ich jetzt gut gebrauchen. Schließlich weiß ich, was mich erwartet, wenn ich in meine Welt zurückkehre. *Krieg!*

Wir setzen uns ganz nach hinten in eine kleine Nische. Ich möchte vermeiden, dass man mich erkennt und zusammen mit ihr sieht. Nicht weil ich mich schämen würde, sondern weil ich nicht will, dass Madi in mein anderes Leben hineingezogen wird. Vor allem nicht nach dieser eindeutigen Botschaft!

»Und was macht der werte Geschäftsmann so? Du scheinst schlechte Laune zu haben. Laufen die Geschäfte nicht so, wie du es gern hättest?«, fragt sie mich, nachdem wir bestellt haben.

Sie – wie immer, wenn wir einen Kaffee trinken – ihren Latte und einen Käsekuchen und ich nur einen doppelten Espresso und ein stilles Wasser.

»Wie kommst du darauf, dass ich schlechte Laune habe?«, frage ich sie und nehme meine Sonnenbrille endlich ab.

Gestern waren es dann doch noch ein paar Gläser Whiskey mehr geworden wegen dieser kleinen Fotze!

»Na, weil ich dich kenne, du Brummbär«, zieht sie mich auf und leckt anschließend den Schaum von ihrem Löffel.

»Und warum hast du so gute?«, stelle ich ihr eine Gegenfrage und muss wirklich feststellen, dass sie verdammt vergnügt wirkt. Gut, Madi ist schon immer eine Frohnatur gewesen und sieht grundsätzlich auch nur das Gute in jedem. Aber heute ist es noch extremer als sonst.

Sie zuckt unbeteiligt mit den Schultern, doch als sie den Blick abwendet und nervös auf ihrer Unterlippe herumkaut, setze ich mich auf und meine Miene verdunkelt sich.

»Madi«, raune ich und betrachte sie mit erhobener Augenbraue. Etwas stimmt nicht und das gefällt mir nicht.

»Reg dich ab! Es ist nichts.«

»Wer ist der Kerl?«, knurre ich sie regelrecht an und muss mich zur Ordnung rufen, da sie nicht eines meiner Mädchen ist, mit denen ich so reden kann. Sie ist meine kleine Schwester. Mein Heiligtum. Also schließe ich kurz die Augen, atme tief durch und öffne sie erst wieder, als sich der Sturm in mir etwas gelegt hat.

»Niemand! Spinn dir nicht wieder etwas zusammen, was nicht da ist, Nash!«, ermahnt sie.

»Entschuldige! Du hast recht, ich habe schlechte Laune«, versuche ich zu erklären und doch nicht zu viel zu sagen.

Ihr wütender Gesichtsausdruck wird durch einen besorgten ersetzt. Madi lehnt sich etwas nach vorne, greift über den Tisch und legt ihre kleine Hand auf meine. Dabei sehen mich ihre großen braunen Augen betroffen an.

»Nash, was ist? Du kannst es mir sagen.«

Ein kleines Lächeln soll mich vollends von ihren Worten überzeugen. Ich muss ebenfalls grinsen. Wenn sie bei mir ist, kann ich gar keine schlechte Laune haben.

»Ich habe etwas Ärger mit der Konkurrenz. Doch das werde ich bald beheben. Also alles gut, Kleines.«

Ich zwinkere ihr zu und beende damit das Thema.

»Sturer Hund«, schimpft sie mit einem Schmunzeln auf den Lippen über mich, lässt es jedoch damit auf sich beruhen. Schließlich hat sie auch etwas vor mir zu verbergen und wenn sie bei mir so einfach nachgibt, ist es ihr wohl wichtig, dass ich es nicht erfahre. Ich werde dennoch einen meiner Männer die nächsten Tage auf Madi ansetzen. Nach der Botschaft muss ich ein Auge auf sie haben. Mehr als sonst. Ich hoffe nur, sie bemerkt es nicht. Denn kommt es raus, verzeiht sie mir das nicht. Auch wenn es nur zu ihrem Schutz ist. Doch da sie meine Welt und deren Gefahren nicht kennt, kann sie es auch nicht verstehen.

Nachdem wir noch einige Zeit geredet und unseren Kaffee getrunken haben und Madi ihren Kuchen gegessen hat, bringe ich sie zurück zur Werkstatt. Ich hätte gern noch den restlichen Tag und Abend mit ihr verbracht. Wenn sie bei mir ist, bin ich nicht der Ravekönig. Ich bin auch nicht wütend oder denke an die Arbeit, wie sonst immer. Ich bin einfach ein normaler Mann, der Zeit mit seiner kleinen Schwester verbringt.

»Wann soll ich dich wieder abholen?«, rufe ich ihr hinterher, als sie aussteigt und dabei ist, die Straße zu überqueren. Mit einem Lächeln dreht sie sich noch einmal zu mir um.

»Wenn du nicht mehr wütend bist.« Damit geht sie rein.

Ich schmunzle. Sobald Madi jedoch außer Sicht ist, werde ich wieder ernst. Wie ein Faustschlag trifft mich die Wut erneut und nimmt von mir Besitz.

Du willst Krieg, weißer König? Bitteschön. Dann bekommst du deinen Krieg. Und dein Kopf wird als Erstes rollen!

Kapitel 20

Weisser König

Als ich an diesem Morgen aufwache, verlasse ich so leise wie möglich mein Bett. Ich möchte sie nicht wecken.

Blair stand gestern Abend unverhofft und unangemeldet vor meiner Tür und fiel mir regelrecht um den Hals. Schon an der Tür hatte sie mich stürmisch geküsst, kaum hatte ich Hallo gesagt. Als ich sie hereinbat, wurde es nicht besser. Ich habe jetzt nichts gegen eine heiße Nummer mit ihr, vor allem, wenn sie mich so überfällt. Sie ist eine sehr leidenschaftliche junge Frau. Wenn sie sich einem hingibt, dann voll und ganz.

Gestern war etwas anders als sonst. Beinah verzweifelt und zwanghaft wollte sie mit mir vögeln. So kenne ich sie nicht, also musste es einen Grund für ihr Verhalten geben.

Natürlich sagte sie mir nichts, als ich etwas nachbohrte. Doch als ich an ihren Handgelenken die rötlichen Striemen sah, musste sie mir ein paar meiner Fragen beantworten. Das wusste sie und sie ergab sich seufzend ihrem Schicksal und erzählte mir, dass Fletcher sie von der Straße gedrängt und einkassiert hatte.

Anschließend hatte er sie gefesselt, damit sie ihm etwas von ihrem Arbeitgeber, sprich mir, preisgab. Sie blieb stumm und daraufhin hat der Wichser Blair ihr geliebtes Bike genommen. Sie bekommt es erst gegen Informationen zurück.

Ich schäumte vor Wut gestern Abend und tue es noch. Nash war schon immer ein Meister darin, die Schwächen seines Gegenübers zu finden und gegen diesen zu verwenden. Es ist immer wieder erstaunlich zu sehen, wie gut er darin ist. Selbst Blairs Schwäche, das Fesseln, hatte der Penner in wenigen Tagen aus ihr lesen können und gegen sie verwendet.

Dieser Bastard spielt unfair, aber eigentlich habe ich nichts anderes erwartet. Nur hatte ich irgendwie gehofft, Blair wäre ihm besser gewachsen. Ich mache ihr keinen Vorwurf. Dennoch hatte ich unterbewusst einfach mehr erwartet. Aber Nash ist wohl eine Sache für sich.

Blair beteuerte mir, dass Nash sie nicht weiter angerührt hat. Ist auch besser für ihn. Ich benutze Blair zwar ebenfalls auf eine Art und Weise für meine Zwecke, jedoch beschütze ich sie auch.

Nachdem sie mir alles erzählt hat, berichtete ich ihr im Gegenzug, dass ich Nash mit verzerrter Stimme angerufen habe.

Ich muss Nash endlich aus der Reserve locken. Und wie man sieht, jetzt noch viel nötiger als gedacht! Blair wird diesem elenden Wichser nicht ewig standhalten können, so sehr sie es auch will. Ich muss mir sein Temperament, das er noch nie zügeln konnte, zunutze machen und das geht nur, wenn ich ihn provoziere.

Dann, als wir uns gegenseitig informiert haben, tranken wir noch etwas und ich habe sie anschließend ins Bett verfrachtet.

Gevögelt haben wir nicht. Blair kompensiert ihre Probleme gern mit Sex. Das hat sie schon früher immer getan und ich habe es all die Jahre gern mitgemacht. Doch gestern kam es mir falsch vor, da ich sie noch nie so erlebt habe.

Als ich nach dem Duschen aus meinem Badezimmer zurückkomme, steht Blair schon wieder vollbekleidet in meiner Küche und macht uns Kaffee.

»Guten Morgen. Geht es dir besser?«, frage ich sie, lehne

mich neben sie an den Küchentresen und mustere sie besorgt.

Blair reicht mir meine Tasse, ehe sie nickt und an ihrem Kaffee nippt.

»Ja. Entschuldige für den Überfall gestern. Ich weiß auch nicht, was mit mir los war«, nuschelt sie in ihre Tasse.

Ungläubig ziehe ich eine Augenbraue nach oben.

»Blair, lüg mich nicht an! Es ist doch sicher mehr vorgefallen, als dass er dich 'nur' etwas fesselt und dann, wenn er merkt, du redest nicht, wieder gehen lässt und dir einfach dein Bike nimmt?!«

Ich beobachte sie genau. Ich kenne sie und ich weiß, wann sie lügt.

Seufzend stellt sie ihre Tasse ab, dann dreht sie sich vollständig zu mir und sieht mir fest entgegen.

»Mach dir keine Sorgen um mich, mein Großer. Er hat mich einfach nur kalt erwischt. Ich wusste nicht, dass er der Biker ist, und ich wusste auch nicht, was er vorhat. Das nächste Mal werde ich die Spielregeln aufstellen und dann werde ich ihn zum Reden bringen. Ich habe alles unter Kontrolle«, versichert sie mir.

Ich kann keine Lüge in ihren großen Puppenaugen feststellen. Dennoch bleibt meine Braue ungläubig hochgezogen.

»Schon beim letzten Mal hast du gesagt, dass er dich kalt erwischt hat. Blair, die Sache entgleitet dir und das kann ich mir nicht erlauben! Ich bin so nah dran, endlich gegen ihn zu gewinnen! Das war's, ich zieh dich ab!«

Beschlossene Sache. Blair ist, warum auch immer, nicht in der Verfassung, Nash Fletcher schachmatt zu setzen. Oder zumindest für mich soweit zu bedrängen, dass ich es tun kann.

Entsetzt reißt sie ihre Lider auf und schüttelt fassungslos den Kopf. Noch nie habe ich sie von einem Auftrag abgezogen. Aber wir hatten schließlich auch noch nie so einen Gegner wie diesen Wichser. Ich wusste ja, dass es nicht leicht werden würde, gegen ihn zu gewinnen. Aber dass selbst Blair keine Chance hat, mit ihrem Charme, ihren weiblichen Reizen und ihrer Intelligenz, das wundert mich dann schon etwas.

»Crow, rede keinen Unsinn! Mir entgleitet überhaupt nichts! Nash fucking Fletcher ist einfach nur anders, als ich ihn eingeschätzt habe. Doch jetzt weiß ich, wie er spielt, und kann ihn um den Finger wickeln. Vertrau mir! Du hast mir und meinem Gespür, meinem Bauchgefühl immer vertraut und nie habe ich dich enttäuscht.«

Argwöhnisch verenge ich die Augen und fange jede Regung ihrer hübschen Miene ein. Blair sieht mich voller Entschlossenheit an.

»Blair, ich habe keine Zeit mehr für eure Spielchen. Das Garcia-Kartell will seinen verdammten Dealer. Ohne ihn werden sie Fletcher nicht für mich vernichten und mir helfen, sein Königreich nach seinem Tod zu übernehmen. Denn ich denke, ein, zwei loyale Leute wird selbst er haben und die werden es nicht einfach so hinnehmen, dass mal eben die Farbe geändert wird. Also muss ich ihn endlich finden!«

Wütend stelle ich meine Tasse auf den Tresen. Die braune Flüssigkeit schwappt über den Rand. Schnaubend tigere ich durch meinen offenen Wohnraum.

»Crow, beruhig dich! Dann werde ich ihn verfolgen. Ich werde sein Schatten sein und werde herausfinden, wo er seinen Dealer versteckt. Ich finde ihn für dich. Versprochen!«, beschwört sie mich, stellt sich direkt vor mich und sieht zu mir auf.

»Du hast nicht mal ein Bike. Außerdem haben wir ihn schon verfolgen lassen und es kam nie etwas dabei raus«, erinnere ich sie augenreibend und überlege, was ich nun tun soll.

»Sagtest du nicht, du hättest ihn provoziert? Er würde demnächst etwas Dummes tun?«

Stumm nicke ich und meine Gedanken überschlagen sich. Vielleicht ist Blairs Idee, dass sie ihn verfolgt, gar nicht so schlecht. Sie, da bin ich mir eigentlich ziemlich sicher, würde Nash auch nicht umbringen, wenn er sie erwischt. Einen meiner Männer würde er bestialisch abschlachten für das, was ich mit seinen Leuten gemacht habe und welche Botschaft ich ihm damit geschickt habe.

»Gut. Du bekommst ein Bike von mir. Damit kannst du dich an ihn hängen. Er kennt es nicht und rechnet auch nicht damit, dass du dir für dein Baby einfach Ersatz suchst. Aber bleib unauffällig, Blair. Ab jetzt ist er wirklich unberechenbar, weil er angepisst ist. Unterschätze ihn nicht!«

Fragend zieht sie ihre Brauen zusammen.

»Warum weißt du eigentlich so verdammt viel von ihm? Dinge, die keiner über ihn weiß?«, fragt sie mich, womit ich nicht gerechnet habe.

Blair hinterfragt sonst nicht, ist mir treuergeben und führt meine Aufträge gewissenhaft aus.

»Weil ich ihn über Jahre studiert habe. Deswegen«, antworte ich trocken.

Ich bin ihr keine Rechenschaft schuldig und damit auch nicht die Wahrheit. Das Warum geht nur mich und Fletcher etwas an.

Sie will noch etwas sagen. Will Antworten auf ihre neuen Fragen. Doch ich bin für ein Frage-Antwort-Spiel nicht in Stimmung. Also blocke ich es mit meinen nächsten Worten und der passenden Wegwerfbewegung ab.

»Du kannst gehen. Ein Bike findest du in meinem neuen Bürogebäude. Nimm dir eins und dann sieh zu, dass du endlich diesen verfickten Dealer findest! ... Und, Blair, dieses Mal keine Spielchen! Bring mir den Namen oder Nashs Kopf!« Damit lasse ich sie stehen. Ich drohe beinah, zu zerspringen, und habe keine Lust, dass sie mich nun weiter löchert und somit provoziert, bis ich bei ihr in die Luft gehe. Ich brauche meine Wut. Sie ist mein Ansporn. Mein Elixier, ohne das ich nicht leben kann. Schließlich wurde mir mein anderes gewaltsam genommen und ist noch in weiter Ferne.

Fuck, Baby! Deine Nähe wäre jetzt das Einzige, das mich retten könnte. Aber bald … versprochen!

Ich höre, wie meine Wohnungstür nach wenigen Minuten mit einem lauten Knall ins Schloss fällt. Blair ist wütend auf mich. Ich kann es verstehen, und doch musste dieser Einlauf gerade sein. Ich brauche meine weiße Dame und sie kann nicht noch einmal bei Nash versagen. Das dulde ich nicht mehr!

Es ist Zeit für den nächsten Zug, schließlich befinden wir uns beinah am Ende dieses Spiels.

Kapitel 21

Die Dame

O Mann. Was für eine Nacht! Was habe ich mir nur dabei gedacht, zu Crow zu fahren, um mich von Nash abzulenken? *Du bist so bescheuert, Blair!*

Aber da Crow eben Crow ist und er mich einfach zu gut kennt, kam ich nicht drumherum, ihm von meinem Zusammentreffen mit Fletcher zu erzählen. Okay, unseren Sex habe ich mal ausgelassen. Dann hätte Crow wahrscheinlich vollkommen überreagiert und mich vielleicht aus Reflex heraus einfach erschossen. Dabei war es doch nur Sex, Mann … Crow weiß doch, wie das ist.

Ja, ich kann verstehen, dass er nicht besonders begeistert davon war, dass Nash mir mehr unter die Haut geht, als er sollte. Aber mich komplett rauszunehmen, ist doch bescheuert. Auch Nash hat irgendeinen Narren an mir gefressen. Ich weiß es einfach. Er hätte mich schon so oft einfach umbringen können. Hat er aber nicht.

Ich werde Crow beweisen, dass ich es schaffe, dem dunklen König den Kopf zu verdrehen, ohne erneut die Kontrolle über mich an ihn abzugeben.

Ich weiß selbst, dass Sex mit meinem Boss nichts besser gemacht hätte, aber gestern Abend wusste ich einfach nicht, wohin mit mir, denn Nash war nach unserem Aufeinandertreffen unaufhaltsam in meinen Gedanken gewesen.

Niemals in meinem Leben hat mich ein Mann so sprachlos werden lassen. Eigentlich ist es immer genau andersherum und ich muss nur ein bisschen mit den Wimpern klimpern oder mit dem Arsch wackeln und ich hab sie in der Hand.

Warum ist es aber bei Nash mein Körper, der auf jede kleine Geste seinerseits anspringt, als wäre er ein Funke, der mein Innerstes in Brand setzt? Seine rauen Finger auf meiner Haut, seine tiefe Stimme, die mir eine Gänsehaut beschert.

Ich weiß, dass ich ihm nicht noch viel länger hätte widerstehen können. Ich musste da weg. Musste weg von seiner unglaublich starken Präsenz, die mein Gehirn auf seltsame Art und Weise nicht richtig arbeiten lässt.

Das wird sich heute ändern. Obwohl ich trotzdem etwas angepisst bin, dass Crow mir nichts erzählt. Er muss Nash einfach besser kennen. Woher verdammt nochmal sollte er sonst so viel über ihn wissen? Das kann doch nicht nur an seinen sogenannten Recherchen liegen. Irgendetwas verheimlicht er mir.

Aber er hat während des Gesprächs schnell deutlich gemacht, dass die Fragestunde beendet ist und mir einen klaren Befehl erteilt. Entweder den Namen des Dealers oder Fletchers Kopf.

Ich kenne meinen Boss. Er wird mir niemals mehr verraten, wenn ich Druck ausübe und er es nicht freiwillig tut. Und je mehr ich bohre, desto mehr verschließt er sich. *Also, Blair, einfach mal die Klappe halten. Das kannst du ja besonders gut.*

Ich befinde mich bereits, nachdem ich mich zu Hause noch einmal umgezogen habe, in seinem neuen Bürogebäude, in dem irgendwann mal seine Internet-Firma aufgebaut werden soll. Irgendwo muss man ja zum Schein sein Geld verdienen. Auch darin ist Nash Fletcher ein Meister. Nach außen tut er so, als wäre er der geborene

Geschäftsmann, der durch seine Pfandhauskette Millionen verdient. Dabei ist seine Hauptgeldquelle eine ganz andere.

In einer riesigen Tiefgarage unter dem Bürokomplex hat Crow einen kompletten Fuhrpark. Auch wenn er eine so große Auswahl hat, beneide ich ihn nicht. Ich bin mit meinem Baby vollkommen glücklich.

Mit dem allerersten Geld, das ich von ihm erhalten habe, habe ich mir meine erste eigene Maschine zugelegt. Am Anfang war sie einfach nur schwarz und sah nach nichts aus. Aber ich habe aus ihr ein Unikat gemacht. Ein ganz besonderes Einzelstück. Nur für mich.

Die pinken Highlights und gleichfarbigen Felgen machen es einfach perfekt. Aber ich muss mir ja leider eine von Crows Rennmaschinen leihen, weil dieser verfluchte Wichser Fletcher mein Baby entführt hat. *Ich hol sie mir zurück, Fletcher! Verlass dich drauf!*

Ich entscheide mich für eine weiße Yamaha. Er und diese Affinität für die Farbe Weiß. Wenn ich mich hier so umblicke, sind bis auf ein schwarzer SUV alle Fahrzeuge weiß. Nicht nur aufgrund des Koksgeschäfts nennt man ihn den Schneekönig.

Der weiße König wird dich stürzen, dunkler Ravekönig! Warte nur ab.

Nachdem ich mir einen schwarzen Helm mit verdunkeltem Visier aufgesetzt und mich auf das Motorrad geschwungen habe, verlasse ich mit einem Affenzahn die Tiefgarage und schlängele mich durch die Straßen von Phoenix in Richtung Fletchers Pfandhaus. Auch wenn es nicht dasselbe ist, so fühlt sich dieser Fahrtwind, der um meine Nase weht, wunderbar an.

In einer Gasse direkt gegenüber verstecke ich mich hinter mehreren großen Mülltonnen, sodass ich den Eingang zwar perfekt im Auge habe, man mich aber auf den ersten Blick nicht entdecken kann.

Wie gern würde ich den Helm abziehen, weil es so verdammt heiß darunter ist. Aber bei meinem Glück kommt er genau in dem Moment heraus und findet mich doch. Auch der Motorradledereinteiler trägt nicht wirklich dazu bei, dass ich weniger schwitze. Außerdem stinkt es nach faulenden Essensresten und ich möchte nicht wissen, wie viel Viehzeug hier herumkrabbelt. *Was freue ich mich jetzt schon auf eine erfrischende Dusche!*

Nach etwas über einer Stunde in der Mittagshitze schwingt die Tür auf und er tritt mit diesem Typen, der mich beim letzten Mal auf die Straße gesetzt hat, aus dem Pfandhaus. Sie scheinen über irgendetwas zu diskutieren, ich bin jedoch zu weit weg, um verstehen zu können, über was sie genau reden.

Nach einem anscheinenden Machtwort von Fletcher zieht der andere Typ den Kopf ein, nickt und verschwindet im Pfandhaus. Nash setzt sich eine Pilotensonnenbrille auf und läuft auf einen schwarzen Jeep Wrangler zu. *Dann wollen wir mal sehen, wo du hinwillst, schwarzer König!*

Ohne den Motor zu starten, rolle ich aus meinem Versteck. Auch wenn ich mir sicher bin, dass er mich nicht entdeckt hat, will ich trotzdem genügend Abstand zwischen uns lassen.

Nachdem er seinen Motor gestartet und sich in den Verkehr eingefädelt hat, tue ich es ihm gleich und folge ihm. Er fährt Richtung Norden.

Was für ein Glück, dass er nicht weiß, dass ich ihm folge. Wie sollte er mich auch erkennen? Erstens trage ich einen Helm und zweitens kennt er dieses Motorrad nicht. Ich könnte jeder sein, der einfach nur in die gleiche Richtung muss. Trotzdem bleibe ich in ausreichender Entfernung und halte mich an alle Geschwindigkeits- und Verkehrsregeln, damit ich nicht ungewollt auffalle.

Er heizt durch die gesamte Stadt. Fast könnte man

meinen, er macht eine Spazierfahrt ins Grüne. Er kommt sogar an der University of Phoenix vorbei.

Für einen winzigen Augenblick denke ich, er will schon auf das Gelände abbiegen, aber dann ist der kleine Schlenker wieder vorbei und Nash fährt weiter. Vielleicht musste er mit seinem kostbaren Besitz nur einem Schlagloch ausweichen. So ein Jeep hat schließlich sehr empfindliche Stoßdämpfer … nicht. Aber was mache ich mich lustig über ihn? Ich bin ja selbst immer darauf bedacht, mit meinem Baby sorgsam umzugehen. Außerdem glaube ich kaum, dass Nash Fletcher neuerdings unter die Studenten gegangen ist.

Ich muss mir ein Schmunzeln verkneifen bei dem Gedanken daran, dass Nash in einem Hörsaal sitzt und brav irgendeinem Dozenten zuhört und anständig mitschreibt. Nein, das ist völlig absurd.

Vielleicht genießt er wirklich nur den Ausflug. Irgendwann scheint er wieder in Richtung Innenstadt zu wollen. *Bitte fahr irgendwohin, wo ich wenigstens ein paar Infos bekomme.*

Ich möchte Crow endlich beweisen, dass er sich – auch in Bezug auf Fletcher – auf mich verlassen kann und dieser Typ mich nicht aus der Fassung bringt. Na ja, okay … Sagen wir, ab sofort nicht mehr. Er ist der Feind und egal, wie mein verräterischer Körper auf seine Reize reagiert, ich werde nicht mehr anbeißen. *Warten wir es ab, Blair …*

Von weitem erkenne ich plötzlich, dass er in eine Seitengasse biegt. Ich drossele mein Tempo. Da ich mir sicher bin, dass es eine Sackgasse ist, beschließe ich, hier zu halten.

Er kann nicht plötzlich verschwinden. Also parke ich Crows Leihgabe an der viel befahrenen Hauptstraße, nehme endlich den Helm ab und ordne meine verschwitzten Haare. Ich schleiche an der Hauswand entlang in die Gasse hinein und sehe … nichts. *Wo bist du?*

Es gibt hier anscheinend mehrere kleinere Lagerhallen

und Garagen. Vielleicht trifft er sich hier mit dem Dealer. In irgendeiner der Hallen. Leider kann ich seinen Jeep nirgendwo entdecken.

Immer weiter laufe ich in die Gasse, horche nach auffälligen Geräuschen, doch ich kann nichts finden oder hören. Als wäre er wie vom Erdboden verschluckt.

Wenn ich ihn schon wieder verloren habe, bringt Crow mich um. Ich habe ihm versprochen, ich bekomme das hin. Er kann nicht weit weg sein. Einen anderen Weg gibt es nicht hier raus. Also muss er irgendwo in dieser Gasse sein.

Plötzlich höre ich, wie ein Rolltor hochgeschoben wird. Schnell verstecke ich mich hinter ein paar Tonnen und Gerümpel und hocke mich auf den Boden. Vorsichtig linse ich um eine alte, hochkant gestellte Palette. Wenigstens stinkt es an dieser Stelle nicht wie eben nach faulendem Essen.

Anstatt dass er wie erwartet zu Fuß aus der Lagerhalle tritt, fährt er ganz langsam mit seinem dunklen Jeep aus der Halle und aus der Gasse hinaus. Wo will er hin?

Er hat das Rolltor nicht verschlossen. Warum nicht? Hat er etwas vergessen? Als ich mich ein Stück vorlehne, kann ich sehen, wie er auf der Hauptstraße verschwindet. Er kommt bestimmt gleich wieder zurück. Für einen winzigen Moment überlege ich, zu meinem Bike zu rennen und ihn zu verfolgen. Dann entscheide ich mich jedoch dagegen. Vielleicht kann ich irgendwelche Infos für Crow in der Lagerhalle finden.

Gerade als ich mich aufrichten will, um aus meinem Versteck zu verschwinden, sehe ich Nashs Jeep erneut am Ende der Gasse auftauchen. Er parkt ihn genau so, dass ich keine Chance habe, hier wieder herauszukommen, ohne über sein Auto zu klettern. Es wirkt so, als hätte er es mit purer Absicht so abgestellt. Aber nein, das kann nicht sein! Er kann nicht wissen, dass ich hier bin. *Oder doch?*

Schnell hocke ich mich wieder in mein Versteck und linse an den Tonnen vorbei. Ich muss mir schleunigst überlegen, wie ich hier wieder rauskomme. Mein Puls hat sich mittlerweile so sehr vor Aufregung beschleunigt, dass er mir bis zum Hals schlägt.

Ich beobachte ihn dabei, wie er ohne Hektik aus seinem Jeep steigt, völlig ruhig seine Fahrertür schließt und mit Leichtigkeit einfach über die Motorhaube hüpft, dass ich voller Bewunderung schlucken muss. *Okay ... Ich bin sowas von am Arsch.*

Mit einer Ruhe, die mir fast schon Angst macht, schlendert er durch die Gasse. Direkt auf mich zu. Immer noch trägt er eine Pilotensonnenbrille. Sein dunkler Vollbart umspielt ein schmutziges Grinsen, als würde er auf etwas warten. Aber er kann mich nicht sehen. Das ist unmöglich.

»Püppchen, komm raus. Du brauchst dich nicht verstecken. Hast du wirklich geglaubt, nur weil du 'ne andere Maschine hast, erkenne ich dich nicht? Du enttäuschst mich, *Blair!*«, sagt er mit einer fast schon vor Spott triefenden Stimme.

Augenblicklich schrecke ich zusammen. Ich drehe meinen Körper so, dass ich meinen Rücken gegen die Hauswand presse. Vor Schreck halte ich für einen Moment die Luft an und überlege, wie ich von hier fliehen soll. *Ich muss ruhig bleiben. Panik bringt mich nicht weiter!* Mir wird bewusst, dass ich tatsächlich in der Falle sitze. Die einzige Möglichkeit, um aus der Gasse zu verschwinden, versperrt er mir. Voller Angst blicke ich mich suchend nach einem anderen Fluchtweg um. *Moment!* Da fällt mir was ins Auge.

Ich schaue hinauf und entdecke eine Feuerleiter. Das könnte meine Chance sein. Ich fliehe einfach übers Dach. Irgendwo werde ich schon wieder herunterkommen.

»Komm schon raus. Oder muss ich dich holen, Püppchen?«

In seiner Stimme kann ich jetzt einen warnenden Unterton heraushören. Ich darf ihm körperlich nicht noch einmal so nahekommen. Ich sollte ihn nur beobachten oder ihn töten. Crow war in seinem Befehl sehr deutlich. Er darf mich nicht schon wieder erwischen.

Also überlege ich nicht lange, gehe in die Hocke, hole somit Schwung, stoße mich vom Boden ab und springe mit einem Satz an die Feuerleiter über mir. Zum Glück bekomme ich sie sofort zu fassen. Das harte Training unter Crows Aufsicht zahlt sich in diesem Moment definitiv aus. Ich will mich gerade hochziehen, da spüre ich einen festen Griff an meinem Knöchel.

»Hiergeblieben!«, knurrt er unter mir und zieht mit einem festen Ruck an mir. *Scheiße!*

Natürlich kann ich mich nicht halten und lande vor ihm auf dem Boden. Erschrocken schaue ich zu ihm auf. Da steht er und grinst mich dunkel an. Mein Puls schießt erneut in die Höhe, meine Atmung beschleunigt sich. Ich schlucke und weiß, ich muss ganz schnell hier weg. Sonst bin ich verloren.

Auf allen vieren rutsche ich auf dem dreckigen Boden der Gasse zurück. Und was tut er? Anstatt mir zu folgen, lehnt er sich mit der Schulter an die große Mülltonne. Die Sonnenbrille nimmt er mit einer lässigen Handbewegung von der Nase und klemmt sie sich in den Ausschnitt seines Shirts. Seine tätowierten Arme verschränkt er vor der Brust. Sein Blick strahlt so viel Überheblichkeit aus, dass mich plötzlich Wut überkommt. Was bildet er sich ein?! Glaubt er wirklich, er braucht mich nicht ernstnehmen, weil ich eh keine Chance gegen ihn habe? Okay. Soll er das glauben!

Immer noch schwer atmend richte ich mich auf. Bis jetzt hat er noch kein Wort gesagt.

»Also, sag mir, Blair, dachtest du wirklich, ich würde dich auf dem fremden Bike nicht erkennen?«

Nash lacht. Er lacht aus vollem Halse und beachtet mich für einen Augenblick überhaupt nicht. Tja, Pech für ihn, wenn er mich unterschätzt. Ich nutze diese wenigen Sekunden, öffne den Reißverschluss und ziehe meine Waffe aus dem Holster unter meinem Anzug. Augenblicklich richte ich sie mit ausgestreckten Armen auf ihn. Mit beiden Händen umfasse ich den Griff und lege meinen Zeigefinger auf den Abzug, nachdem ich die Pistole entsichert habe.

Das Klacken scheint er zu bemerken und es reißt ihn aus seinem Lachflash. Nash gibt zwar keine Geräusche mehr von sich, doch ein höhnisches Grinsen liegt immer noch auf seinen Lippen.

»Püppchen, wir wissen doch beide, dass du nicht abdrücken wirst. Also nimm sie runter und mach es nicht noch schlimmer für dich.«

Innerlich habe ich gehofft, das nicht tun zu müssen. Das eine Mal vor so vielen Jahren hat mir gereicht.

Ich stehe zitternd und voller Adrenalin in der Gasse, kann immer noch seine widerlichen Finger auf meiner Haut spüren. Ich wollte vor ihm flüchten, hatte gehofft, er würde mich nicht wieder einkassieren. Aber wieder war ich zu dumm, zu naiv, um das einzig Richtige zu tun. Aus der Stadt zu verschwinden. Wieder einmal hat er mich gefunden. Wieder einmal musste ich mich ihm beugen. Aber so viel Spielraum hatte ich sonst nie. Sonst bin ich gefesselt. Habe keine Chance, mich gegen seine schrecklichen Vorlieben zu wehren. Ich habe es satt, sein kleines Spielzeug zu sein, ich will nie wieder unter ihm leiden. Gerade als er mich mit einer Hand gegen die Backsteinwand drückt und mit der anderen seine Hose öffnet, spüren meine Hände bei

meiner Gegenwehr plötzlich kaltes Metall. Eine Pistole! Ohne lange nachzudenken, ziehe ich sie aus seinem Hoster, entsichere sie und halte sie auf ihn gerichtet. Er tritt einen Schritt zurück, sieht mich warnend an.

»Gib mir sofort die Waffe, oder ich scheiß auf unseren Deal und buchte dich ein!«, antwortet er mit dieser autoritären Copstimme. Ich zucke zusammen, sodass mir fast die Waffe aus der Hand rutscht. Ich nehme meine zweite Hand dazu, umklammere die Pistole mit aller Macht. Mein Sichtfeld verschwimmt und Tränen voller Verzweiflung rollen über meine Wangen.

»Komm schon, Blair, wir wissen beide, dass du nicht abdrückst.«

Nein, eigentlich will ich das nicht, aber ich weiß, ich muss es tun, um endlich frei sein zu können! Er reißt für einen winzigen Moment die Augen weit auf, als er begreift, dass ich es doch tue. Ein lauter Knall donnert durch die Gasse und dann noch einer.

Seine raue und dunkle Stimme reißt mich aus meinen Gedanken.

»Du solltest nicht so lange zögern.«

Meine Hände zittern und ich versuche, mich wieder aufs Hier und Jetzt zu konzentrieren. Ich habe es schon damals geschafft, ich werde es wieder tun können. Für Crow. Er will seinen Kopf. Dann beschaffe ich ihm diesen.

»Los! Hau ab, Fletcher. Lass mich raus aus der Gasse und ich puste dem schwarzen König nicht das Gehirn weg!«

Ich versuche so viel Sicherheit wie möglich in meine Stimme zu legen. Doch selbst ich kann das Beben darin heraushören. Egal. Ich habe die Waffe. Nicht er.

Natürlich tut er wieder etwas, das ich nicht erwartet hätte. Er stößt sich von der Mülltonne ab und kommt ohne einen Funken Angst auf mich zugeschlendert.

»Bleib stehen. Ich schwöre dir, ich schieße!«, schreie ich ihn an.

Obwohl ich diejenige mit der Knarre bin, gehe ich rückwärts. Er treibt mich regelrecht weiter in die Gasse hinein.

Nash strahlt so eine düstere Präsenz aus, dass ich schlucken muss. Dass er nicht viel redet, sondern die Stille für sich arbeiten lässt, macht es nicht besser.

Plötzlich stoße ich mit dem Rücken gegen eine Backsteinwand und Nash überbrückt die letzten Meter, die uns trennen. Die Waffe berührt seine Brust und ich schaue ihn überrascht mit großen Augen an. Mein Puls beschleunigt sich noch mehr.

Sein Lächeln ist verschwunden. Sein Blick ist ernst und eindringlich. Ich ziele direkt auf sein Herz und trotzdem hat er keine Angst. Warum nicht?

Seine nächsten Worte lassen mich zusammenzucken.

»Siehst du, Püppchen? Ich hatte schon wieder recht. Ich sagte doch, ich weiß besser über dich Bescheid als du selbst.«

Sein Grinsen ist wissend und überlegen.

Ich drücke die Waffe nur noch fester gegen seine Brust. Crow hat mir einen klaren Befehl gegeben. Ich muss es tun.

Aber warum fühlt es sich in diesem Moment dann so verdammt falsch an?

Kapitel 22

Schwarzer König

*O**h, Püppchen, wie niedlich du doch bist.*
Meine beiden Hände stütze ich links und rechts von ihrem Kopf an der kalten Backsteinwand ab und beuge mich noch etwas weiter zu ihr nach unten. Ihre großen Puppenaugen sind weit aufgerissen und sie starrt mich ungläubig an. Warum sollte ich Angst vor ihr haben?

»Als würdest du wirklich abdrücken. Du schaffst es ja nicht einmal, mir zu widerstehen. Wie zum Teufel willst du mich dann eiskalt abknallen?!«

Meine Lippen wandern zu ihrem Ohr. Hier und dort hauche ich ihr auf dem Weg dorthin einen zarten Kuss auf, ehe ich dicht an ihrer Muschel stoppe.

Ihr Körper zittert und ist zum Zerreißen angespannt. Sie führt einen inneren Kampf mit sich. Soll sie ruhig. Wir wissen sowieso, welche Seite gewinnt.

»Hast du denn schon einmal jemanden erschossen? Ein Leben genommen? Zugesehen, wie das Leben aus seinen Augen erlischt? Der Körper erschlafft und mit einem dumpfen Schlag zu Boden geht?«

Urplötzlich hört sie auf zu atmen und wirkt wie erstarrt. Als hätte ich mit meinen Worten voll ins Schwarze getroffen. *Ach, Püppchen, mach es mir doch nicht so verdammt einfach!*

»Du bist also eine kleine Mörderin, hm? Wer war es? Hat er es verdient oder war es ein dummer Zufall? Zur falschen Zeit am falschen Ort? Das scheint dir öfter zu passieren.«

Meine Lippen streifen ihre Ohrmuschel und sie japst nach Luft. Endlich ist sie wieder aus ihrer Starre erwacht und ihr

Atem geht nun hektisch. Ihre schönen Brüste heben und senken sich ungesund schnell. Bringen ihren Ledereinteiler zum Spannen. Wenn sie so weitermacht, hyperventiliert sie mir noch bei der Hitze.

Noch immer drückt sie mir die Waffe mit festem Druck gegen meine Brust. Ihr Finger am Abzug. Nur eine kleine Bewegung ihres Fingers und ich bin Geschichte. Doch sie wird nicht abdrücken. Ich weiß es. Spüre es.

»Fick dich!«, spuckt sie mir verächtlich entgegen und drückt den Lauf noch tiefer in mein Fleisch. Ein teuflisches Grinsen legt sich auf meine Lippen.

»Abdrücken geht aber anders, Püppchen«, erinnere ich sie schmunzelnd. Sie will etwas erwidern, doch nun ist die Spielstunde vorbei. Das Püppchen hatte ihre Chance. Jetzt ziehe ich die Samthandschuhe aus. Schließlich will ich Antworten.

Antworten über sie und den verfickten Schneekönig. Was sie von mir wollen und wie lange sie schon hier ist, mich beschattet.

Und was war das bitte vorhin?! Beinahe hätte ich die Identität meines Dealers verraten. Zum Glück habe ich sie, kurz bevor ich auf das Campusgelände abgebogen bin, im Rückspiegel gesehen. Diese braune Mähne und diese sexy Kurven würde ich unter Tausenden wiedererkennen. Egal, welches billige Bike sie auch fährt.

Ich konnte einfach nicht widerstehen. Dieses kleine Spiel hier musste ich mir daraufhin gönnen. Und jetzt habe ich sie dort, wo ich sie haben will, und werde eine Menge Spaß mit ihr haben und als kleinen Bonus auch endlich meine Antworten bekommen.

Mit einer blitzschnellen Handbewegung packe ich den Lauf und drehe ruckartig daran, sodass ich ihr die Waffe aus der Hand nehme.

Spielerisch wirbele ich die Knarre in meiner Hand und

bringe etwas Abstand zwischen uns. Ein spöttisches Grinsen bildet sich auf meinen Lippen, als ich ihren schockierten Gesichtsausdruck sehe.

»So, Püppchen. Ich denke, es wird Zeit, endlich den Mund aufzumachen. Du hast die Wahl … Entweder du benutzt deine süßen Lippen zum Reden oder ich stopfe sie dir gern mit etwas anderem.«

Sofort wandelt sich ihre Miene. Der altbekannte Trotz und das Feuer kehren in ihren Blick zurück. *Da bist du ja wieder …*

Ich habe gedacht, sie würde gleich einen ihrer frechen Sprüche klopfen. Dann aber tut sie etwas, mit dem ich beim besten Willen nicht gerechnet habe. Blair greift schnell nach einem Mülleimerdeckel. Und bevor ich auch nur einen Muskel anspannen kann, donnert sie mir das Metall mit einer Geschwindigkeit und Kraft gegen meinen Schädel, die ich ihr nie im Leben zugetraut hätte.

Ein dumpfer Schmerz explodiert an der Stelle, wo sie mich erwischt hat. Ich spüre, wie meine Haut aufplatzt. Durch die Wucht des Schlages fällt mir die Waffe aus der Hand.

Eilig lässt sie den Deckel scheppernd zu Boden fallen und rennt los. Benommen und mit einer scheiß Wut in mir sprinte ich ihr hinterher. *Dafür zahlst du, Püppchen!*

Ich spüre, wie mir das warme Blut aus meiner Lippe und Wange fließt, ignoriere jedoch das Pochen und Brennen. Sie hat mich ordentlich erwischt. *Miststück!*

Blair rennt in Richtung Ausgang der Gasse und genau auf meinen Wagen zu. Sie hat zwei Möglichkeiten: oben drüber oder unten durch. Sie entscheidet sich für den falschen und wesentlich langsameren Weg.

Langsam laufe ich aus, denn ich weiß, ich werde sie erwischen. Blair ist gerade dabei, sich zu bücken und dann unter meinen Jeep zu robben. Da sie sich für den falschen

Weg entschieden hat, bin ich bei ihr, ehe sie überhaupt unter meinem Auto verschwinden kann. Ich greife nach ihrem Fußgelenk und mit einem kräftigen Ruck zerre ich sie dicht zu mir. Ein erschrockener Laut verlässt ihre Lippen.

Sie hat Glück, dass ihre Lederkluft die gröbsten Kratzer und Schrammen abhält, die sie andernfalls davongetragen hätte.

Mit einer schnellen Bewegung drehe ich sie auf den Rücken und knie mich über sie. Pinne sie damit auf dem Boden fest. Mein Schritt direkt über ihrem Gesicht. Meine Hände packen ihre Handgelenke und nageln sie über ihren Kopf fest.

Keuchend liegt sie unter mir und funkelt mich wütend an. Wieder hebt und senkt sich ihre Brust viel zu schnell. Ich spüre es unter meinem Körper, der sie auf den harten und warmen Asphalt drückt.

Ihr Blick die reinste Kampfansage. Als sie die Wunden, die sie mir gerade eben verpasst hat, in meinem Gesicht entdeckt, ziert jedoch ein kleines Lächeln ihre schönen Lippen. *Miststück!*

»Freu dich nicht zu früh, Püppchen. Du kennst die Regeln. Für jeden Schlag erhältst du nicht nur doppelt so viele, sondern auch härtere.«

Sofort bricht ihr Lächeln in sich zusammen und sie beginnt in meinem Griff zu zappeln. Doch das stört mich nicht. Ich erhebe mich, packe sie und werfe sie mir mit Leichtigkeit über die Schulter. Besitzergreifend liegt eine Hand auf ihrem Knackarsch.

Ich gehe mit ihr zusammen in mein Lager, in dem ich einen Teil meiner Pillen aufbewahre. Dass ich mir sofort, nachdem der Spaß hier mit ihr vorbei ist, ein neues suchen muss und meine Männer meine Ware wegschaffen müssen, ist mir klar. Das ist es mir jedoch wert. Ich will etwas mit ihr spielen, aber vor allem will ich hier und jetzt Antworten von ihr und diese werde ich endlich bekommen.

Nachdem ich das Lager mit ihr geschultert betreten habe, ziehe ich das Rolltor hinter mir zu. Schließlich will ich ungestört mit ihr sein und ihr keine erneute Chance zur Flucht geben.

Mit einer schnellen Handbewegung fege ich all den Scheiß von der Werkbank, nehme sie mir von der Schulter und donnere sie unsanft auf das Holz. Laut keucht sie auf, ehe sie sich in meinem dominanten Griff in ihrem Nacken zu wehren versucht. Vergeblich.

»Ficke ich dich erst in deinen süßen Arsch oder in deinen frechen Mund?«, frage ich sie brummend. Denn dass ich erst einmal meinen Frust an ihr auslasse, steht nicht zur Debatte.

»Weder noch, du Wichser!«, zischt sie mir warnend über die Schulter entgegen und sieht mich mit glühenden Augen an. Und obwohl sie mich so wütend anfunkelt, lese ich etwas anderes ihn ihrem Blick. Auch ihr Körper reagiert nicht so, wie er es sonst tut. Sie ist verspannt. Alles schreit nach Abwehr. Das ist gerade nicht eines unserer typischen Spiele für sie. Etwas stimmt nicht. Aber was? Und warum zum Teufel mache ich mir darüber überhaupt Gedanken?!

Mir sind andere egal. Wenn ich eines meiner Mädchen ficken will, dann ficke sich sie. Ob sie gerade Lust hat oder nicht, interessiert mich da recht wenig. Zum einen, weil ich noch nie ein Nein bekommen habe, und zum anderen, weil ich sie dafür bezahle. Sie gehören mir und sie tun, was, wann und wie ich das will.

Bei ihr, bei meinem Püppchen, ist es jedoch anders. Schon von Anfang an. Sie reizt mich, wie mich noch keine gereizt hat. Fickt meinen Kopf, wie es definitiv ungesund für uns beide ist. Aber das Schlimmste: Sie geht mir unter die Haut. Und das hindert mich wohl daran, zu tun, was ich eigentlich tun sollte. Sie hart zu ficken und anschließend zum Reden zu bringen.

In einer schnellen Bewegung drehe ich sie um, packe sie erneut im Nacken und ziehe sie von der Werkbank herunter dicht vor mein Gesicht. Auf den Zehenspitzen stehend versucht sie Halt zu finden und nicht aus dem Gleichgewicht zu geraten. Mit dunklem Blick durchbohre ich sie und sehe ihr tief in ihre großen, braunen Augen.

Dann erkenne ich ihn, den inneren Kampf, den sie mit sich führt. Etwas beschäftigt sie so sehr, dass sie heute so anders reagiert. Was es ist, will sich mir nicht erschließen.

»Was ist los, Püppchen?«, frage ich sie und lege nicht meinen typischen Spott oder Zynismus in meine Stimme.

Von meiner Frage überrascht sieht sie mich staunend an. Eine kleine, nachdenkliche Kerbe bildet sich zwischen ihren Augenbrauen. Ihre beiden Hände hat sie abwehrend gegen meine Brust gedrückt, damit sie mich irgendwie auf Abstand hält. *Du versuchst, meine Nähe zu meiden? Ist es das? ...*

»Etwas ist anders. Warum?«

Ihre Augen werden noch etwas größer, ehe sie sich wieder fängt und der übliche Trotz ihre schöne Miene ziert.

»Ich will nur weg von dir, Wichser! Hat das mein Schlag in deine hässliche Fresse nicht gezeigt?!«, spuckt sie mir verächtlich entgegen und drückt noch etwas mehr gegen meine Brust.

Gedankenverloren lege ich den Kopf leicht schief und betrachte sie einen langen Moment. Eigentlich sollte ich sie jetzt züchtigen. Für den Schlag. Das hartnäckige Schweigen. Ihr ständiges Flüchten und ihre freche und aufmüpfige Art. Ich sollte ihr ihren süßen Knackarsch versohlen und meine Antworten aus ihr rausvögeln. Nichts anderes kommt infrage und doch lockere ich den Griff in ihrem Nacken und führe meine Lippen dicht zu ihren. Und wie ich es erwartet habe, erstarrt sie. Ihre Brust hebt und senkt sich hektisch. Aber nicht wie sonst vor Lust, sondern vor Panik.

Sie scheint ihren inneren Kampf zu verlieren. Der

Kontrollverlust macht ihr Angst.

Hauchzart küsse ich ihren Mundwinkel weiter ihre Wange nach oben bis zu ihrem Ohr.

»Du wirst mir nach wie vor nichts über dich und den Schneekönig verraten, richtig?« Meine Lippen berühren bei jedem Wort ihre Ohrmuschel. Doch anstatt wie sonst zu erschaudern, erstarrt sie nur wegen meiner Worte.

»Dann sag mir nur eins: Bist du seine weiße Dame? Stehst du an seiner Seite, in jeder Hinsicht?«

Keine Ahnung, warum ich sie gerade das frage. Bei all den Fragen, den wirklich wichtigen Fragen, die ich ihr stellen wollte, stelle ich ihr ausgerechnet diese. Doch der Drang zu wissen, ob da mehr ist, ob sie ihm gehört, ist einfach zu groß.

Erschrocken hält sie die Luft an. Ihr Puls rast. Ich kann ihn unter meinen Fingern pulsieren und klopfen spüren. Ihr Herz muss ihr regelrecht aus der Brust springen. *Fuck!*

»Geh!«, knurre ich und lasse schlagartig von ihr ab. Sie muss gehen. JETZT! Sonst bringe ich sie in meinem Zorn um, der gerade meinen Körper von innen zerreißt, durch jede meiner Venen jagt und von mir Besitz ergreift.

Bebend sieht sie mich mit geweiteten Augen an. Sie rührt sich keinen Millimeter. Steht vor mir und starrt mich wie ein Reh im Scheinwerferlicht an.

Mein Körper versteift sich. Jeder Muskel ist zum Zerreißen angespannt. Ich kann das Monster in mir kaum noch kontrollieren.

»LOS!«, brülle ich und mache einen großen Schritt auf sie zu. Heftig zuckt Blair zusammen, fällt damit aus ihrer Starre und rennt.

Ich wende mich von ihr ab, damit der Jäger in mir sie nicht wieder als seine Beute einfangen will, wenn ich sie vor mir weglaufen sehe. Das Rolltor wird nach oben geschoben, dann höre ich ihre eiligen Schritte immer leiser werden.

Mein Atem geht schnell. Meine Fäuste öffnen und schließen sich immer fester. Ich beginne wie ein hungriger Tiger in meinem Lager auf- und abzuwandern. Der Drang, sie doch wieder einzufangen, zu züchtigen und sie zu meiner zu machen, wird übermächtig. Doch ich bestimme über mich und mein Tun, nicht der Zorn, nicht das Verlangen und ganz sicher nicht sie!

Brüllend fege ich mit einer kräftigen Handbewegung eines der Regale neben mir leer. Es scheppert und kracht nur so um mich, doch es ist mir egal. Am liebsten würde ich jetzt den ganzen Raum auseinandernehmen. Aber ich weiß, dass mir das nichts nützen wird. Es wird nichts ändern. Mir keine Antworten bringen.

Und dass ich nichts aus ihr herausbekommen werde, habe ich hiermit verstanden. Warum kann ich bei meinem Püppchen nicht so vorgehen, wie ich es bei jeder anderen tun würde? Bei jedem, der meint, sich mit mir und meinem dunklen Königreich anlegen zu müssen, hätte ich nicht eine Sekunde gefackelt und ihn nach dem zweiten Treffen erschossen. Nachdem klar war, dass ich keine Informationen rausbekommen würde, und ich ihn beseitigen müsste. Bei ihr, bei Blair, ist alles anders. Sie macht mich anders. Aber wie?

Ich weiß es nicht und doch muss ich irgendwie an die Antworten kommen. Muss wissen, was sie und der weiße König von mir wollen. Und wenn ich diese Antworten nicht von ihr bekomme und auch nicht von ihm, muss ich wohl zum Ursprung. Noch komme ich nicht an ihn ran. Schließlich habe ich keine Nummer von ihm und auch sonst keine Ahnung, wer der Wichser sein soll.

Ich beschließe, gemeinsam mit Jay nach Tucson zu fahren und dort etwas zu schnüffeln, aber auch um meinen Gegenzug zu vollführen. Schließlich bin ich ihm noch einen schuldig. Da der Bastard es gewagt hat, mir eine Drohung zu schicken und Hand an meine Männer zu legen. Ich denke, ich werde ihm denselben Gefallen tun, nur werde ich es etwas deutlicher machen als er.

Auch der Abstand zu meinem Püppchen wird mir sicher ganz guttun. Ich brauche meinen Fokus zurück. Sie darf nicht solch eine Macht über mich haben. Darf mich nicht so kontrollieren. Meinen Kopf ficken.

Sammle deine Kräfte, Püppchen. Du wirst sie brauchen …

Kapitel 23

Schwarzer König

*E*rzählst du mir nochmal, was genau wir hier machen?«, raubt mir Jay mit seiner Scheißlaune den letzten Nerv. *Ruhig, Nash!*

Geräuschvoll atme ich aus und sehe ihn mit erhobener Augenbraue an. Es dämmert und wir sitzen in meinem Wagen vor dem Nachtclub dieses Wichsers. Das *White Kingdom*. Sein Ernst?!

»Das sagte ich dir doch schon. Ich will wissen, wer der Wichser ist! Und warum er an mein Königreich will, wenn er sein eigenes hat?! Was will er von mir? Wo kommt er plötzlich her und was hat das kleine Püppchen damit zu tun? Ich will ihn aus seinem Versteck locken und das geht nur, indem ich eine Antwort auf seine Botschaft gebe. Der Kerl taucht plötzlich wie aus dem Nichts auf und zettelt einen Krieg an. Schlachtet MEINE Männer ab und bedroht meine Schwester! Denkst du ehrlich, das lasse ich mir gefallen?« Meine Stimme wird zum Ende hin immer lauter und zorniger.

Jay hebt schnell beschwichtigend die Hände.

»Schon gut. Und was ist jetzt dein Plan?«, lenkt er gefügig ein. Immer wieder witzig, zu sehen, wie dieser Football-spielerverschnitt vor mir den Kopf einzieht und bemüht ist, nicht meinen unbändigen Zorn auf sich zu entfachen.

Ein teuflisches Grinsen legt sich auf meine Lippen und meine Miene verdunkelt sich. Mit einem Nicken deutete ich auf den Club.

»Jetzt werden wir uns erst einmal umhören und dann die

Seite seines Schachbretts etwas umgestalten. Mal sehen, wie er meine Antwort auf seine Drohung finden wird.«

Damit steige ich aus, gehe zum Kofferraum und nehme eine Reisetasche heraus. Ich habe mich vorbereitet und die Utensilien darin werde ich später noch gut brauchen können. Nachdem ich den Kofferraum wieder geschlossen habe, gehe ich in den kleinen Hinterhof der Location. Jay folgt mir mit gefurchter Stirn, scheint allerdings zu begreifen, als ich die Tasche hinter einer der Mülltonnen deponiere.

Ich sehe mich um, überlege und beschließe, etwas vorzusorgen. Schließlich haben wir keine Ahnung, wie viele Männer dort drin sein werden. Wie viele der weiße König mit sich genommen und wie viele er hiergelassen hat. Deshalb lieber Vorsicht als Nachsicht.

Ich nicke Jay zu, damit er mir mit den Müllcontainern zur Hand geht, und schiebe einen der beiden schon in Position. Genau die Hälfte des recht großen Hinterhofs trenne ich damit ab. Im hinteren Teil habe ich etwas ganz Besonderes geplant. Die Container mitten in der Gasse dienen uns später eventuell als Schutz.

Nachdem wir damit fertig sind, betreten wir das *White Kingdom*. Ohne Probleme kommen wir in den Laden, was mich im ersten Moment etwas wundert. Vielleicht kennen seine vielen Bauern mich nicht, sondern nur seine höhergestellten Figuren.

Jay braucht zum Glück keine Anweisung von mir. Er kennt den Auftrag und ist gut, sehr gut in seinem Job. Er arbeitet schon lange genug für mich, um zu wissen, wie es abläuft, was ich von ihm erwarte und was er zu tun hat. Das schätze ich an ihm. Deswegen ist er mein erster Mann.

Fachmännisch lassen wir unsere Blicke durch den Laden schweifen. Ich muss gestehen, der Club gibt ganz schön was her. Die Einrichtung, Aufmachung, Deko, Beleuchtung, alles ist durchdacht. Man erkennt genau das Konzept. Alles ist sehr edel und geschmackvoll eingerichtet. Das genaue Gegenteil von meinen Raves also. Bei mir muss es nützlich sein. Edel und geschmackvoll passt da einfach nicht rein.

Je mehr wir von dem Laden durchqueren und abchecken, desto deutlicher wird, dass der Wichser das mit dem Weißen-König-Schwachsinn ganz schön ernst nimmt. Erneut stellt sich mir die Frage, warum es ausgerechnet das Gegenteil von mir sein musste?

In meiner Anfangszeit, nachdem ich mich auf dem Pillenmarkt endlich behauptet und durchgesetzt hatte, gab ich mir den Namen schwarzer König. Nannte meine Raves mein dunkles Königreich. Setzte mir die schwarze Krone auf mein Haupt und herrschte wie ein König über sein Reich.

Alles, was er sich hier aufgebaut hat, wirkt, als wäre er gegen mich. *Ist es so? ... Könntest du ...? – Nein, Schwachsinn!*

Wir setzen uns an die Bar und bestellen erst einmal einen Drink. Auch hier zeigt sich schnell, dass alles genauestens durchdacht ist und viel Wert auf Qualität gelegt wird. Sein Stoff soll der Beste sein. Aber davon will ich mich erst einmal selbst überzeugen.

»Geschmack hat der Junge, das muss man ihm lassen«, lobt auch Jay ihn.

Gedankenverloren nicke ich. Noch immer fehlt mir dieses eine Puzzleteil, damit sich mir endlich das Gesamtbild erschließt.

»Was ist dein genauer Plan?«, raunt Jay mir leise zu und sieht sich noch einmal unauffällig um. Ihm sind die vielen Männer hier drin auch schon ins Auge gesprungen. Der gesamte Laden ist voll von ihnen. Warum lässt er all seine Leute hier, wenn er doch gegen mich in den Krieg zieht? Es sei denn ... *Du willst noch nicht, dass ich weiß, wer du bist. Du suchst nach etwas. ... MEINEM DEALER!*

Es fällt mir wie Schuppen von den Augen. Fuck! Der kleine Bastard spielt besser, als ich dachte. Er hat das

Püppchen auf mich angesetzt, damit ich ihr etwas verrate. Aber wie kommt er auf die absurde Idee, ich würde einer, die ich ficke, wichtige Insiderinfos geben? Schließlich gebe ich diese nicht einmal meinem besten Mann.

Aber nun weiß ich wenigstens, wie er spielt und was seine nächsten Züge sein werden. Ich werde ihn mit meinen nächsten beiden der Reserve locken. Nachdem ich mich für die Nummer mit meinen Männern bei ihm revanchiert und ihm somit ebenfalls den Krieg eröffnet habe, werde ich ihn aus seinem Loch rausscheuchen. Dabei wird mir mein kleines Püppchen helfen.

Bevor ich die beiden in mein dunkles Königreich locke, muss ich, wenn ich wieder zu Hause bin, meinen Dealer vorwarnen. Blair ist mir gefolgt und wenn sie ihr kleines, kluges Köpfchen nur etwas benutzt, wird sie bald darauf kommen, dass ich auf dem Weg zu meinem Dealer war. Allerdings werden sie eine Weile brauchen, bis sie seine Identität herausgefunden haben, und bis dahin habe ich ihn schon längst aus der Stadt geschafft. Das war schließlich der Deal. Ich sorge dafür, dass er nicht draufgeht. Dennoch muss ich mit ihm persönlich sprechen, ihn warnen.

»Ich will ihn aus der Reserve locken. Das ist mein Plan. Also machen wir jetzt etwas Ärger«, antworte ich Jay und erhebe mich. Ich beschließe, ihm nichts von meiner Erkenntnis, dass der weiße König an meinen Dealer will, zu erzählen. Das Thema ist ein wunder Punkt bei ihm. Jay nimmt es mir noch immer übel, dass ich selbst ihm nicht seine Identität verrate.

Gestern hatte er sich deswegen schon wieder lautstark bei mir beschwert. Gerade als ich auf dem Weg zu meinem Dealer war und in meinen Wagen steigen wollte, ist mir Jay nach draußen gefolgt und hatte mich mal wieder zur Rede gestellt. Und abermals musste ich ihn deswegen in seine Schranken weisen. Ich weiß wirklich nicht, wie lange ich die Scheiße mit ihm noch mitmache, ehe ich ihn erschieße?! Genau das fragte ich ihn gestern auch. Daraufhin zog er den Kopf ein und verschwand wieder in meinem Pfandhaus.

»Geh und hör dich etwas um. In einer halben Stunde treffen wir uns im Hinterhof. Sieh zu, dass du mir acht seiner Männer bringst und sie mit nach draußen nimmst. Ach, und Jay, du wirst dein ganzes Magazin brauchen.«

»Wieso genau acht? Und wie soll ich das anstellen?«, fragt er irritiert.

Mahnend hebe ich eine Braue.

»Weil ein Schachspiel acht Bauern auf jeder Seite hat. Deswegen. Du machst das schon, und jetzt geh!«

Jay verzieht bei meinem Befehl kurz seine schwarzen Brauen, ehe er nickt und geht. Er versteht nicht ganz, was das soll, aber das macht nichts.

Ich kippe mir meinen Drink runter, dann mache ich mich auf den Weg hinter die Bar. Denn mein Ziel ist nicht einer seiner Männer, sondern die süße Barkeeperin. Ich brauche sie. Sie soll ihm alles zwitschern, denn seine anderen Männer werden dazu nicht mehr in der Lage sein.

»Sie dürfen hier nicht sein«, ertönt eine liebliche Stimme.

Allein die Tatsache, dass sie mich siezt verrät mir, dass sie ein graues Mäuschen ist. Als Barkeeperin in so einem großen Laden etwas untypisch, aber gut, es soll nicht meine Sorge sein, was für Angestellte der Pisser hat. Für meine Zwecke wird sie reichen.

Wenn ich sie nicht bräuchte, würde ich erst einmal noch etwas meinen Spaß mit ihr haben. Aber dafür bleibt leider keine Zeit. Deshalb setze ich mein charmantestes Lächeln auf und trete dicht an sie heran. Während ich sie mit meinen Blicken verschlinge, schiebe ich mir unauffällig ein Stück Kreide, das sie hier zum Beschriften der Tafeln benutzen, in meine hintere Arschtasche.

»Ich dachte, ich könnte dir etwas zur Hand gehen,

Schätzchen.«

Sie lächelt süß, damit habe ich mein Ziel erreicht.

Nach ein paar Minuten, in denen ich meinen Charme versprühe, ist sie so weit, dass sie mit mir nach hinten geht. Sie will sogar, dass ich sie in der Getränkekammer ficke, doch ich ziehe sie weiter nach draußen. Als wir raus in den Hinterhof treten, dränge ich sie sofort gegen die nächste Wand und küsse sie einnehmend. Sie ist Butter in meinen Händen und tut, was ich will. Na, mal sehen, ob das so bleibt.

Mein Knie schiebe ich ihr dominant zwischen ihre Schenkel, übe Druck auf ihren Schritt aus, während ich sie um den Verstand küsse. Sie keucht und erzittert. *Oh, Kleines, dein Fall wird gleich verdammt wehtun …*

Plötzlich packe ich sie grob an ihrer Kehle, drücke zu und hebe sie leicht an. Den Kuss unterbreche ich dafür und sehe mit dunkler Miene auf sie herab. Sie schreit, bis sie nur noch nach Luft japsen kann, weil der Druck um ihren Hals immer kräftiger wird.

»Ganz ruhig, Schätzchen. Ich werde dir nichts tun. Denn ich brauche dich lebend. Also reiz mich nicht und tu einfach, was ich dir sage. Bekommst du das hin?«, frage ich sie mit meiner tiefen Stimme und durchbohre sie mit strengem Blick.

Eifrig nickt sie in meinem erbarmungslosen Griff. Japst immer wieder nach Luft. Für einen Moment sehe ich sie einfach nur an, nehme weder den Druck von ihrer Kehle, noch gebe ich sie aus meiner Dominanz frei. Ich lass die Stille und die Situation für mich arbeiten. Panik breitet sich in ihrem Gesicht aus. So wird sie gleich besser spuren. Zumindest hoffe ich das für sie.

Ich lasse von ihr ab, nehme jedoch keinen Abstand von ihr. Dann fische ich das Stück Kreide aus meiner hinteren Hosentasche.

»Du willst mich also nicht verärgern und tun, was ich sage?!«, hake ich noch einmal nach. Ängstlich nickt sie.

»Gut. Dann hier, nimm die Kreide und mal ein großes Schachbrett auf den Boden. Du wirst nicht weglaufen oder schreien! Tu einfach, was ich sage, rühr dich nicht und geh erst, wenn ich es dir erlaube. Egal, was hier gleich passieren wird. Du wirst diesen Hinterhof erst verlassen, wenn ich es dir gestatte – oder ich schwöre dir, ich knall dich, ohne mit der Wimper zu zucken, ab! Verstanden, Schätzchen?«

Mit aufgerissenen Augen starrt sie mich ängstlich an. Meine Worte durchfluten gerade ihr lahmgelegtes Hirn und kommen allmählich bei ihr an.

»Warum tust du das?«, wispert sie verängstigt.

Mit schief gelegtem Kopf und einem dunklen Lächeln auf meinen Lippen betrachte ich sie. Bei diesem Ausdruck zuckt sie wie von selbst etwas zusammen.

»Weil ich den Kopf deines Königs will. Aber dafür muss ich ihn erst aus seinem Loch scheuchen. Also tu, was ich von dir verlange, und im Anschluss erzählst du ihm haargenau, was hier passiert ist. Und überreichst ihm den hier.«

Ich drücke ihr einen Brief in die Hand. Dort ist eine Nachricht für den weißen König drin. Seine Einladung und sein Todesurteil zugleich.

»Du wirst mich nicht töten?«, flüstert sie mit zittriger Stimme.

Mein Lächeln wird noch eine Spur dunkler, ehe ich meine Lippen dicht zu ihrem Ohr führe.

»Wenn du tust, was ich von dir verlange, dann nein. Ich werde dich nicht mehr anrühren und du wirst diese Gasse unbeschadet verlassen. Du hast mein Wort. … Und jetzt los.«

Ich nehme Abstand von ihr und nicke mit ernster Miene hinter mich. Mit wackeligen Beinen macht sie sich an die Arbeit und beginnt ein großes Schachbrett auf den Boden

zu malen. Zufrieden nicke ich. Plötzlich höre ich Männerstimmen von drinnen. Es sind einige und sie klingen nicht
besonders erfreut. Jay hat wohl gute Arbeit geleistet. Sehr
gut.

Ein feines Schmunzeln legt sich auf meine Lippen. Ich
kann ihr Blut bereits riechen, das hier gleich den gesamten
Boden tränken wird. Ein vorfreudiges Kribbeln jagt durch
meinen Körper. Dieser Nervenkitzel und das Adrenalin –
ich liebe es.

Ich töte nicht aus Freude. Es macht mir aber auch nichts
aus, mir die Hände schmutzig zu machen. Außerdem will
ich den Wichser in seine Schranken weisen. Er meint, sich
mit mir, dem Ravekönig, anlegen zu können? Dann muss er
mit den Konsequenzen leben.

Die Tür springt auf und Jay wird mir direkt vor die Füße
geschleudert, gefolgt von einigen angepissten Kerlen. Er hat
tatsächlich acht Männer mitgebracht. Sehr gut, dann kann
ich mein Schachbrett immer mehr und mehr aufbauen und
seine Figuren schlagen.

Mit einem unterdrückten Grinsen darüber, dass er hier
vor mir im Dreck liegt, sehe ich auf ihn herab. Mir ist klar,
dass er den besoffenen und randalierenden Trottel gespielt
haben muss, um sie mit nach draußen zu locken. Dennoch
ziemlich amüsant für mich.

Ich reiche ihm meine Hand, um ihn nach oben zu ziehen.
Schnaubend erhebt er sich, dann wandert mein Blick wieder
zu den todgeweihten Pissern. Mit zuckendem Mundwinkel
setze ich zu sprechen an.

»Was gibt es für ein Problem?«, frage ich mit ruhiger
Stimme. Den Spott darin kann ich leider nicht verbergen.

»Gehört der zu dir?«, fragt mich der eine und nickt auf Jay.
Wir tauschen einen vielsagenden Seitenblick miteinander
aus, ehe ich mich wieder ihnen zuwende und nicke.

Plötzlich geht ihr Blick an uns vorbei in Richtung der

Kleinen und den umgestellten Müllcontainern vor ihr. Sie ist weiterhin fleißig dabei, das Schachbrett auf dem Asphalt aufzuzeichnen. Mit der weißen Kreide malt sie die weißen Felder des Spielfelds aus, die schwarzen umfährt sie nur und lässt ihnen die dunkle Farbe des Betons. Sie arbeitet schnell und gründlich. Ich wusste, sie würde ihre Arbeit gut machen.

»Beachtet sie nicht. Ihr habt jetzt weitaus größere Sorgen, glaubt mir. Und du, Schätzchen, vergiss nicht, was ich gesagt habe! Schön weiter zeichnen, egal was hier gleich passiert. Dann halte ich mich an unseren Deal.« Bei meinen letzten Worten habe ich mich zu ihr gewandt. Wieder nickt sie eifrig und malt fleißig.

»Was bist du denn für ein Spinner? Wenn du dich nicht gleich mit deinem Kumpel verpisst, machen wir euch kalt!«, droht mir einer von ihnen schlechtgelaunt.

Ein amüsiertes Schnauben entweicht mir, ehe ich unauffällig nach hinten an meinen Rücken greife, um meine Waffe zu ziehen. Ich richte den langen, mit einem Schalldämpfer ausgestatteten Lauf auf die Kerle. Jay tut es mir gleich und bevor diese Stümper auch nur reagieren können, eröffnen wir das Feuer auf sie.

Der erste Schuss ertönt und die Kleine schreit laut auf vor Schreck, wagt es aber nicht, zu fliehen. Ob sie ihre Arbeit fortführt, weiß ich nicht. Darum kann ich mich auch später noch kümmern. Hauptsache, sie bleibt schön hier.

Mit den ersten beiden Schüssen haben Jay und ich gleich ins Schwarze getroffen und zwei der acht mit gezielten Kopfschüssen ausgeschaltet. Schockiert blicken die übrigen sechs erst auf die Leichen zu ihren Füßen, dann zu uns. Augenblicklich ziehen auch sie ihre Waffen und schießen zurück. Doch Jay und ich sind zu geübt darin. Vor allem Jay. Der Kerl kann kämpfen wie ein Berserker und schießen wie ein Gott. Keine Ahnung, wo er das alles gelernt hat, ist mir auch egal. Hauptsache, er dient mir und tut, was ich sage.

Die Kugeln zischen nur so an uns vorbei und wir springen mit einem Hechtsprung hinter den von uns vorbereiteten Containern in Deckung. Fachmännisch rollen wir uns über dem dreckigen Asphalt ab, ehe wir uns mit unseren Rücken gegen das Metall pressen. Ein vielsagender letzter Blick, dann lehnen wir uns zu beiden Seiten an der Mülltonne vorbei und schießen zurück.

Immer wieder müssen wir in Deckung gehen, ihren Kugelhagel abwarten, nachladen und wieder zielen. Schuss um Schuss jagen wir ihnen eine Kugel nach der anderen gezielt und tödlich in ihre Körper.

Nach einer kleinen Schießerei und zwei entladenen Magazinen liegen nun acht Leichen hier im Hinterhof verteilt. Mit erhobener Waffe warten wir darauf, dass noch weitere Männer die Gasse stürmen, doch es passiert nichts. Wahrscheinlich ist die Musik im Inneren zu laut. Schließlich dämmert es bereits und das Nachtleben hat begonnen. Da wir Schalldämpfer benutzt haben, können sie höchstens die feindlichen Schüsse gehört haben, und das waren ja nicht sonderlich viele. Zum Glück befindet sich der Laden in einem Industriegebiet. Hier gibt es nur Feierwütige, Huren und Dealer.

»Und jetzt?«, fragt Jay und packt seine Waffe wieder weg. Ich wende mich kurz der Kleinen zu. Sie hat ihre Arbeit eingestellt und sitzt leichenblass auf dem Boden und starrt zu uns nach oben.

»Weitermachen, Schätzchen, du hast es gleich überstanden und kannst gehen«, erinnere ich sie an ihre Aufgabe. Nach ihrem kleinen Heulanfall zeichnet sie weiter.

Anschließend prüfe ich die Leichen auf Kopfschüsse. Bei jeder, wo wir keinen Treffer erzielt haben, helfe ich nach. Ich brauche sie. Nachdem ich damit fertig bin, packe ich ebenfalls meine Waffe wieder weg. Jay tritt an mich heran.

»Du lässt sie gehen?«, fragt er überrascht.

»Ja. Ich brauche sie. Sie soll dem ach so großen, mächtigen weißen König alles erzählen, was hier gerade passiert ist«, antworte ich achselzuckend.

»Und jetzt hilf mir mit denen hier«, weise ich ihn an und nicke auf die Leichen.

»Und was hast du mit ihnen und dem Schachbrett auf dem Boden vor?«, bohrt Jay ungläubig weiter und blickt verständnislos zwischen der Kreidezeichnung und den Leichen hin und her. Heute ist er wohl nicht gerade der Schnellste.

Teuflisch grinsend schnappe ich mir die Reisetasche und hole ein Beil aus dem Inneren. Sofort mache ich mich an die Arbeit. Taten sagen schließlich mehr als Worte.

»Fuck, Nash!«, flucht Jay leise hinter mir, als er mein Werk zu Gesicht bekommt und anscheinend versteht, was mein Plan ist.

Die leisen Schluchzer der Kleinen habe ich auch ausgeblendet. Ich weiß, dass das, was ich hier tue, extrem ist. Aber der Wichser wollte es nicht anders. Er meinte, mich herausfordern zu müssen, also muss er mit den Konsequenzen leben. Und die sehen so aus, dass ich gleich alle seine Männer enthaupten werde, ihnen einen Bauern in die Stirn, genauer gesagt in das Einschussloch, stecken werde und sie auf das Spielfeld stelle. Auf der anderen Seite werde ich mittig des Bretts die schwarze Krone, die er mir als Botschaft geschickt hat, hinlegen. In diese werde ich eine einzelne kleine Schachfigur stellen, die ihm den Rest geben wird. *Die weiße Dame.*

Nachdem ich mit meiner bestialischen Arbeit fertig bin und mir Jay mehr als widerwillig zur Hand gegangen ist, wende ich mich verschwitzt und voll von fremdem Blut dem heulenden und zitternden Häufchen Elend zu. Die süße Barkeeperin ist fix und fertig und wenn ich ein Herz oder so etwas wie Mitleid besitzen würde, würde es wahrscheinlich genau jetzt an die Oberfläche kommen. Doch sie ist mir scheißegal. Ich will nur, dass sie ihre Aufgabe erfüllt.

Mit donnernden Schritten gehe ich auf sie zu, packe sie mit meinen blutverschmierten Händen an ihrer Kehle und ziehe sie zu mir nach oben in den Stand. Ja, ich weiß, ich wollte sie nicht mehr grob anpacken, aber ich glaube, ich muss meinen Standpunkt nochmal verdeutlichen.

Leise schluchzt sie auf und krallt sich haltsuchend in meine Unterarme. Ihre blauen Augen füllen sich immer wieder mit Tränen und überschwemmen ihr hübsches Gesicht. Erschrocken zieht sie die Luft ein, als sie mir in meine blutbespritzte Miene sieht. *Ja, Schätzchen, ich weiß, wie ich aussehe. Leichen zu zerstückeln, ist nun mal keine saubere Arbeit.*

»Bitte!«, entweicht es ihr.

»Schnauze!«, knurre ich sie an.

Ich will, dass sie versteht, dass sie lieber tun sollte, was ich ihr sage. Heftig zuckt sie zusammen und beißt sich auf die Unterlippe.

»Du erinnerst dich an meine Worte zuvor?«, frage ich sie dunkel. Sie nickt schnell.

»Du wirst nicht zu den Bullen gehen. Du wirst mit niemandem außer dem weißen König hierüber sprechen. Nicht mit seinen billigen Handlangern, nur mit ihm! Und dann wirst du ihm meinen Brief geben. Hast du bis hierhin alles verstanden?« Meine Stimme ist streng, mein Griff unnachgiebig.

Wieder nickt sie eifrig. Langsam lockert sich meine Hand

um ihren Hals. Ich nehme etwas Abstand von ihr.

»Ich werde dich jetzt, wie es abgemacht war, gehen lassen. Wie du siehst, bin ich ein Mann, der sein Wort hält. Also gebe ich dir hiermit mein Wort: Redest du, fliehst du oder tust nicht, was ich von dir verlange, werde ich dich finden, und ich verspreche dir, dein Tod wird qualvoller sein als ihrer. Verstanden, Schätzchen?«

Mit großen Augen sieht sie mich an. Mahnend ziehe ich eine Augenbraue nach oben, denn ich verlange eine Antwort von ihr.

»J … ja. Ja i– … ich w– … werde alles tun, was du verlangst«, stottert sie ängstlich.

Zufrieden nicke ich, dann gebe ich sie komplett frei, trete einen Schritt zurück und bedeute ihr mit einem strengen Kopfnicken, dass sie nun verschwinden soll. Mit schlotternden Knien geht sie langsam an mir vorbei, bis sie dann fluchtartig den Hinterhof verlässt.

»Ob das so schlau war?«, fragt mich Jay.

Ich sehe ihn an und zucke mit den Achseln. Mein Plan wird aufgehen. Ich weiß es. Und der weiße König wird so reagieren, wie ich es will. Er wird meine Einladung zu meinem nächsten Rave annehmen und kommen. Und nachdem ich mich um meinen Dealer gekümmert habe, werde ich meinem Püppchen ihre Einladung persönlich überbringen. Mal sehen, wie sie das nächste Mal auf mich reagieren wird. Ob sie ihren inneren Kampf überwunden hat? Zugegeben, ich bin schon neugierig, worum sie gerungen hat. Mal sehen, ob ich es aus ihr herausbekomme.

Mit einem Nicken bedeute ich Jay, dass wir hier fertig sind und gehen können. Ich weiß, mein erster Mann will mir den Arsch aufreißen für diese Aktion und dennoch bleibt er stumm und folgt mir aus der Gasse. Schließlich müssen wir hier, so schnell es geht, abhauen. Wir sind beide blutverschmiert und haben ein Massaker hinterlassen. Aber was sollte er auch anderes machen, als zu gehorchen?

Plötzlich stoppe ich mitten in der Bewegung, die Straße überqueren zu wollen, als ein weißer Geländewagen an uns vorbeifährt. Ich bin mir sicher, in seinem Inneren mein Püppchen gesehen zu haben. Ich will auf den Jeep, der direkt vor dem Eingang des Clubs gehalten hat, zugehen. Doch Jay hält mich mit kräftigem Griff um meinen Oberarm davon ab.

Knurrend funkle ich ihn wütend an und bedeute ihm mit einem mahnenden Blick, mich loszulassen. Ich muss wissen, wer der Wichser ist!

»Nash, sei vernünftig!«, mahnt mich Jay und gibt mich noch immer nicht frei.

»Jay, lass mich los, verdammt! Dort ist der Wichser und ich will wissen, wer er ist. Ich will seinen Kopf zu den anderen stellen!«

Der Zorn nimmt überhand und lässt mich nicht mehr klar denken. Dort ist er und ich will ihn tot sehen. Was ich mit meinem Püppchen mache, wenn ich sie in die Finger bekomme, weiß ich ehrlich gesagt noch nicht so genau. Das kommt drauf an, wie sie sich gleich verhält. Gedanklich habe ich ihm schon den Kopf abgeschlagen. Noch immer hält mich Jay davon ab, zerrt mich sogar zurück in die Gasse und nagelt mich an der Wand fest. Der scheiß Penner und seine Footballermasse. Jay kann mich schwer bändigen, aber wenn er es drauf anlegt, gelingt es ihm.

»NASH! Das ist Selbstmord! Unsere Männer sind mindestens zwei Stunden von uns entfernt. Und er wird, ohne zu zögern, all seine Männer auf uns hetzen. Wir können nur verlieren! Also sei schlauer. Halte an deinem Plan fest und locke ihn zu dir in dein Reich und laufe ihm nicht kopflos in seine Falle. ... Komm schon, Nash!«, redet Jay auf mich ein.

Mein Puls rast und der Zorn prescht nur so durch meine Venen, doch ich weiß, er hat recht. Also schließe ich für einen Moment meine Augen, atme tief durch, ehe ich nicke.

»Gut! Dann komm jetzt! Lass uns verschwinden!« Damit zieht er mich mit sich, drängt mich immer weiter über die Straße bis zu meinem Wagen. Bevor ich hinter dem Steuer Platz nehme, sehe ich noch einmal zum Club und damit ihr direkt in die Augen.

Mein Püppchen ist bereits aus dem Jeep gestiegen, wollte anscheinend gerade den Club betreten, sieht sich aber noch einmal zu mir um. Von dem weißen König fehlt jede Spur.

Morgen, Püppchen …

Kapitel 24

Weisser König

Du hast deinen Auftrag nicht ausgeführt? SCHON WIEDER?«, brülle ich Blair an und baue mich vor ihr auf.

Ich kann mich kaum noch kontrollieren und muss mich bemühen, sie nicht auf der Stelle zu erwürgen. Schon auf dem Weg zu ihr musste ich mich stark zusammenreißen und zur Ordnung rufen.

Eigentlich war ich mir sicher, dass ich deutlich genug war, und Blair ihren Auftrag ausführen würde. Entweder mir den Namen von diesem verfickten Dealer zu beschaffen oder Fletchers Haupt!

Leicht zieht sie den Kopf ein, doch schnell wandelt sich ihre Miene, nachdem sie meinen inneren Kampf bemerkt hat.

»Es tut mir leid, okay?! Aber denkst du, ich komme gern immer und immer wieder mit leeren Händen zu dir?! Was soll ich denn machen? Ich komme an diesen scheiß Dealer nicht ran. Und Nash einfach umbringen …? Wie stellst du dir das vor?«, entgegnet sie mir mit strenger Stimme und verschränkt anschließend die Arme.

Abfällig schnaube ich auf und als sie noch mit den Augen rollt, entgleist mir für einen Moment meine Beherrschung. Mit einem Satz bin ich bei ihr und packe grob beide ihrer Oberarme. Löse dadurch ihre Verschränkung und funkle sie mahnend an, während ich sie dicht zu mir heranziehe.

»Du weißt, wie man eine Waffe benutzt. Du hast schon so einige Männer erschossen. Ich habe es dir beigebracht. Habe dich ausgebildet, als meine weiße Dame! Du KANNST ihn sehr wohl ausschalten! Also wage es nicht, mich für dumm zu verkaufen, Blair! Sonst vergesse ich mich!«, brülle ich sie wutentbrannt an. Meine Finger bohren sich in ihr zartes Fleisch und ich schüttle sie immer wieder leicht.

»Warum lebt der Wichser noch?«, frage ich sie dunkel.

Sie schluckt hart und sieht mit ihren großen, braunen Augen zu mir auf. Normalerweise komme ich spätestens jetzt wieder zur Besinnung. Doch ich bin zu wütend auf sie. Blair hat mich in den vergangenen Wochen zu oft enttäuscht. Ich beginne allmählich an ihrer Loyalität zu zweifeln. An IHR! Meiner weißen Dame!

»Du willst doch gar nicht, dass ich ihn umbringe. Denn warum sonst der Krieg? Du willst ihn ausschalten. Gegen ihn gewinnen. Crow, ich nehme dir nicht deinen Sieg gegen ihn. Und jetzt lass mich los und hör auf, mir zu misstrauen! Ich bin und bleibe deine weiße Dame und ich werde dir immer treu ergeben sein. Loyal sein!«

Fest blickt sie mir in die Augen. Jedes Wort voller Überzeugung. Ich kenne Blair. Sehr gut. Ich weiß eigentlich, dass sie mich nicht hintergehen würde. Aber ich bin nun mal durch diesen Wichser und unsere Vergangenheit ein gebranntes Kind. Da kann ich nichts machen.

Leicht nicke ich, dann lasse ich von ihr ab und nehme etwas Abstand. Der intensive Blick bleibt jedoch. Ich bin noch nicht fertig mit ihr.

»Dennoch hast du mir noch immer nichts über seinen Dealer gebracht. Wo ist der Kerl? Wo versteckt er ihn?! Ich brauche seinen Namen, Blair! Ohne diesen wird uns das Kartell nicht helfen«, erkläre ich ihr noch einmal unnötigerweise, wie ernst die Lage ist.

Sie nickt. Denn sie versteht.

»Ich weiß, Crow! Gib mir noch etwas Zeit. Ich verspreche dir, ich finde ihn!« Voller Entschlossenheit sieht sie mich an.

Immer wieder muss ich über sie und ihren jugendlichen Leichtsinn schmunzeln. Blair ist noch so verdammt jung und doch ist sie nicht naiv. Das war sie noch nie. Deshalb habe ich ihr damals geholfen. Sie damals mitgenommen und zu meiner rechten Hand gemacht.

Seufzend wende ich mich von ihr ab und reibe mir müde die Augen. »Pack ein paar Sachen. Wir fahren nach Tucson und sehen nach unseren Leuten. Wir werden uns morgen mit dem Kartell treffen, dann sehen wir weiter«, spreche ich über meine Schulter und gehe zu ihrem Aufzug.

»Ich warte unten. Fünf Minuten, Blair!« Damit fahre ich mit dem alten Lastenaufzug herunter und steige in meinen weißen Jeep.

Mit Blair im Gepäck fahre ich zum *White Kingdom*. Schließlich muss sich ein König immer wieder in seinem Reich blicken lassen. Ich muss nach dem Rechten sehen und mit meinen Männern besprechen, wie es nun weitergeht.

Da Blair ihren Auftrag nicht ausgeführt hat, muss ich mir einen Plan B überlegen. Das Kartell wird allmählich ungeduldig. Sie haben mich zu sich zitiert. Doch das ist das Problem von morgen. Heute Abend will ich nur in meinem weißen Königreich sitzen, mich von meinen Männern über den aktuellen Stand unterrichten lassen, trinken, koksen und gegebenenfalls ficken. Ich brauche einen kühlen und klaren Kopf.

In der Straße meines Clubs angekommen fahre ich langsamer und lenke meinen Wagen nach rechts, damit ich direkt vor dem Eingang parken kann. Plötzlich erweckt etwas meine Aufmerksamkeit. Nash Fletcher. Mein Kopf ruckt in seine Richtung, und ich sehe ihn mit entsetztem Blick an. Der Wichser, wie er auf dem Gehweg steht. *Was zum Teufel suchst du hier?!*

Ich trete auf die Bremse und schnalle mich ab.

»Crow! Was wird das?!«, fragt mich Blair panisch und hält mich, kurz bevor ich aussteigen will, am Arm davon ab.

Wütend funkle ich sie an, will mich von ihr losreißen, doch dann ergreift sie mich auch mit ihrer anderen Hand und sieht mich mit strenger Miene an.

»Lass mich los, Blair! Ich bring den Wichser jetzt um!«, knurre ich unkontrolliert und befreie mich aus ihrem Griff. Sofort packt sie wieder unnachgiebig meinen Arm und zerrt mich zurück auf meinen Sitz.

»BLAIR!«, brülle ich sie an und töte sie mit meinem Blick. Natürlich lässt sich das kleine Biest nicht davon beeindrucken. *Teufelsweib!*

»Nein, Crow! Du wirst jetzt nicht kopflos handeln! Dann war all dein jahrelanges Planen umsonst! Komm schon! Spiel ihm nicht so in die Karten! Du wirst jetzt dort reingehen und ihn nicht beachten. Er wird gehen und morgen werden wir das Kartell überzeugen, ihn ein für alle Mal zu vernichten, und zwar auf deine Weise! Okay?!«, beschwört sie mich.

Ein Wutschrei verlässt meine Kehle. Blair hat recht. Schon wieder …

Wenn ich ihn hier und jetzt so einfach erschieße, dann wären die sechs Jahre meiner Rache, die Planung, die Mühe und Anstrengung, die ich unternommen habe, umsonst gewesen. Ich will ihn aber nicht einfach nur umbringen. Feige auf offener Straße hinterrücks erschießen. Ich will ihn vor mir auf den Knien. Bettelnd soll er sich vor mir auf dem Boden winden, weil ich ihm alles genommen habe, was ihm lieb ist. Und nur meiner Gnade wegen würde ich ihn dann erlösen und ihm den Kopf abschlagen. So und nicht anders wird meine Rache ablaufen. Aber dafür muss ich nun vernünftig sein. Ruhe bewahren.

Schnaubend lasse ich mich in meinen Sitz fallen und schließe für einen kurzen Moment die Augen. Dann nicke ich.

Blair lässt mich los und steigt ohne ein weiteres Wort aus, umrundet den Wagen und öffnet auffordernd meine Tür. Widerwillig langsam steige ich aus und sehe mich noch einmal nach ihm um, kann ihn jedoch nirgends mehr entdecken. *Hast du den Schwanz eingezogen, Nash? Das sieht dir gar nicht ähnlich …*

Blair scheucht mich regelrecht zum Eingang und ich betrete mein Königreich. Die Wut beherrscht noch immer meinen Körper und ich brauche heute definitiv ein Ventil für sie. Und morgen, morgen plane ich endlich Fletchers Hinrichtung!

Ich brauche jetzt einen Drink, um meine Nerven zu beruhigen und den Wichser nicht doch noch umzubringen. Doch hier an der Bar ist das bei laufendem Betrieb nicht möglich. Ich will meine Ruhe, also gehe ich in den ersten Stock in mein großzügiges Büro und bediene mich an meiner eigenen kleinen, jedoch gut ausgestatteten Bar.

Kaum, dass ich den ersten Schluck nehme, stürmen mehrere meiner Leute mein Büro. Ich verziehe abschätzig meine Brauen. *Was soll das?!*

»Boss! Du musst mitkommen!«, weist mich einer meiner eigenen Männer an, als wäre er hier derjenige, der die Befehle gibt. Mein abschätziger Blick wird immer dunkler. Ich habe heute keine Geduld für so eine Scheiße. Die besorgte Stimme von Blair hält mich jedoch davon ab, etwas Dummes zu tun. Schon wieder …

»Crow. Das musst du dir anhören!« Blairs Tonlage gefällt mir nicht, denn sie lässt darauf schließen, dass die Scheiße am Dampfen ist. Aber so richtig.

Eine innere Unruhe packt mich und ich wende mich Blair zu. Nur um festzustellen, dass sie mit einer meiner Barkeeperinnen im Schlepptau den Raum betreten hat. Verwundert sehe ich erst meine weiße Dame an, dann nochmal zu meiner Angestellten, ehe ich bemerke, wie mitgenommen und leichenblass diese aussieht.

»Sie stottert wirres Zeug vor sich hin, dass sie eine Nachricht für dich hat und nur für dich!«, erklärt Blair.

Meine Augenbraue wandert missbilligend nach oben. *Was soll der Scheiß hier?!*

»Was für eine Nachricht?«, frage ich sie ungeduldig.

Bei meiner strengen Stimme zuckt sie leicht zusammen. Dann erst entdecke ich das Blut auf ihrem Hals. Es ist nicht ihr eigenes, denn ich kann keine Wunde darunter ausmachen. Meine Stirn furcht sich. Ich verstehe nicht, was hier los ist.

»Ich soll dir eine Botschaft überbringen.«

Zitternd überreicht sie mir einen schwarzen Briefumschlag. Stirnrunzelnd nehme ich ihn an mich.

»Den soll ich dir und nur dir geben und dann soll ich dir, wenn du im Hinterhof warst, alles erzählen, was er Schreckliches getan hat.«

Augenblicklich bricht sie in Tränen aus. Ich blicke erst Blair, dann meine Männer an. *Was zum Teufel hat Fletcher getan?!*

Ich beschließe, den Brief zu öffnen und seine Nachricht an mich zu lesen.

Der Krieg beginnt und der schwarze König erwartet den weißen im dunklen Königreich!

Und wenn der weiße König schlau ist, kommt er allein. Denn sonst fallen nicht nur seine Bauern …

Der einzig wahre König!

Zähneknirschend lasse ich das schwarze Papier in meiner Hand sinken und mahle kräftig mit dem Kiefer. *Was erlaubst du Stück Scheiße dir hier mit mir?!*

»Das wollten wir dir gerade zeigen, Boss«, erklärt der eine, der mich zuvor schon aufgefordert hatte, mit ihm zu gehen.

Ich nicke und folge ihnen nach draußen. Keine Ahnung was ich gedacht habe, was mich hier in meinem Hinterhof erwartet. Aber sicher habe ich niemals mit dem gerechnet, was sich Bestialisches in der Gasse abgespielt haben muss.

Fassungslos sehe ich auf das Schachbrett auf dem Boden. All das Blut. Die acht kopflosen Männerleichen hinten in der Ecke blende ich für den ersten Moment aus.

Langsam trete ich an das Spielfeld heran und betrachte sein Werk. Es ist bis ins kleinste Detail durchdacht und übermittelt mir eine klare Botschaft. Meine Bauern werden fallen, einer nach dem anderen, und dann … mit nachdenklicher Miene blicke ich auf die schwarze Krone in der Mitte des Schachbretts und die weiße Dame, die darinsteht. *Du willst meine Dame?*

Ich wusste ja schon immer, dass Nash ein Tier in sich trägt. Dunkel und grausam. Aber das hier, das übertrifft alles bei weitem.

Er ist hiermit offiziell gegen mich in den Krieg gezogen, den ich so unbedingt wollte. Aber ganz ehrlich: Niemals hätte ich mit dem hier gerechnet. Nash ist zu weit gegangen und ich muss ihn aufhalten. Und das werde ich. Morgen werde ich das Kartell überzeugen und dann wird sein Kopf rollen.

»Räumt hier auf und löscht das Überwachungsvideo. Ich will keinerlei Beweise mehr finden«, befehle ich meinen Männern.

»Boss?«

Augenrollend wende ich mich ihnen zu.

»So werde ich nicht gegen ihn gewinnen. Nicht, indem er in den Knast kommt. Dafür habe ich nicht jahrelang gearbeitet. Ich will ihn gebrochen vor mir kniend, bevor ich ihm seinen verfickten Kopf abschlage. … Und jetzt los!«, brumme ich ungehalten erneut meinen Befehl.

Kurz bleibt mein Blick an der Barkeeperin hängen. *Sorry, Schätzchen …*

Ich ziehe meine Waffe und schieße, ohne eine Sekunde zu zögern, auf ihren Kopf. Ein dumpfer Schlag ihres leblosen Körpers, wie er auf den Boden aufschlägt, dann packe ich meine Waffe wieder weg, nicke Blair zu und verlasse die Gasse.

Kapitel 25

Die Dame

Ich sehe Crow hinterher, wie er durch den Hinterausgang wieder im *White Kingdom* verschwindet. Er wird langsam unruhig. Ich spüre es mit jeder einzelnen Handlung, je näher er seinem Ziel kommt. Erst das unüberlegte Aussteigen, als Nash auf dem Gehweg stand, jetzt der Mord an der Barkeeperin. *Crow, du darfst jetzt nicht den Kopf verlieren! Nicht in den letzten Zügen!*

Ich bin selbst zutiefst erschüttert über die Brutalität, die Nash hier im Hinterhof gezeigt hat. Es war kein spontanes Blutbad. Nein, das hier war bis ins kleinste Detail geplant. Und das macht mir ehrlich gesagt ein wenig Angst. So etwas hätte ich Nash, warum auch immer, nicht zugetraut.

Trotz dieser Tat hier in der Gasse wird meine innere Zerrissenheit immer größer. Je öfter ich in diese braunen Augen blicke, desto mehr bröckelt meine eigentlich so fest verankerte Loyalität Crow gegenüber. Ich versuche es mit aller Macht zu verhindern, aber wenn ich ehrlich bin, habe ich Crow eben im Auto nur zurückgehalten, weil ich nicht wollte, dass er Nash in die Finger bekommt. Und das hätte er.

Tucson ist Crows Königreich. Er kennt jeden Winkel und hätte die komplette Stadt abriegeln können und Nash nur in die Straße, die ihm lieb wäre, drängen müssen. Nash hätte keine Chance gehabt. Wie gut, dass meine Worte Crow überzeugt haben. *Und schon wieder handle ich gegen all meine Vernunft. Das muss aufhören! Warum will ich dich vor Crow beschützen? Warum?!*

Ich fühle mich so verdammt schlecht. Ich kann Crow kaum noch in die Augen schauen. Aus Angst, dass er irgendwann meine Lügen erkennt.

Nash hingegen kann ich nicht so einfach überzeugen. Jedes Mal, wenn ich in seiner Nähe bin, kann er in mir lesen wie in einem offenen Buch, egal wie sehr ich mich auch anstrenge, ihm mein wahres Inneres nicht zu zeigen.

Als er mich in der Gasse erwischt und mich in die Lagerhalle verschleppt hat, hatte ich tatsächlich kurz Panik. Alte Erinnerungen krochen durch meine Glieder und ließen mich erstarren. Und Nash wusste instinktiv, dass irgendetwas nicht stimmte. Keine Ahnung, wie er es schafft, seine Wut auf mich immer wieder so gut zu kontrollieren. Ich konnte ihm ansehen, wie sehr er mit sich gehadert hat, aber in diesem winzigen Moment hat er entschieden, mich gehen zu lassen. Obwohl er die Chance seines Lebens gehabt hatte. Er hätte keine Ahnung was mit mir machen können, um mich zum Reden zu bringen. Und so sehr ich mich auch bemüht hätte, irgendwann wäre ich eingeknickt. Denn bei ihm ist alles anders. Schon die leichte Berührung in der Bar hat mich so wahnsinnig gemacht, dass ich ihm meinen Namen verraten habe. Wer weiß, welche quälenden Einfälle er sich noch so ausdenkt.

Ich bin, so schnell ich konnte, geflüchtet, nachdem er mich gehen lassen hat. Mit schnellen Schritten habe ich die Gasse verlassen. Diesmal schlauerweise über die Motorhaube und nicht wie beim ersten Versuch untendrunter. Aber ich hatte einfach gedacht, er könnte mir mit seiner Größe niemals folgen. Wäre ich schneller gewesen, hätte es bestimmt auch beim ersten Mal funktioniert. Bei Crows Bike angekommen bin ich nur noch aufgesprungen und auf dem schnellsten Weg zu mir nach Hause gefahren.

Da wusste ich schon, dass mir Crow diesmal wirklich den

Arsch aufreißen würde. Bei seinem Ausbruch in meinem Loft hat er erste Zweifel an mir durchsickern lassen. Sein Misstrauen mir gegenüber wächst und ich kann es ihm bei meinem Verhalten noch nicht mal verübeln. Ich benehme mich widersprüchlich und nicht wie die Blair, auf die sich Crow sonst zu einhundert Prozent verlassen kann.

Glücklicherweise konnte ich ihn noch einmal von meiner Loyalität überzeugen. Aber dass er direkt handgreiflich wird, hätte ich nicht gedacht. So wütend ist er eigentlich nie auf mich. Aber natürlich kann ich ihn auch irgendwo verstehen. Immer wieder vertröste ich ihn und kann ihm noch nicht einmal kleine Fortschritte präsentieren. Und wenn ich ehrlich zu mir selbst wäre, müsste ich mir eingestehen, dass ich vielleicht gar nicht will, dass Crow Nash in die Finger bekommt.

Hoffentlich ist das alles bald vorbei und er erfährt nie, wie groß mein Hadern mit meiner Loyalität ihm gegenüber wirklich ist.

Immer noch stehe ich in der Gasse. Crow hat sich wahrscheinlich in sein Büro zurückgezogen und kippt sich einen Drink nach dem anderen herunter. Seine Männer räumen um mich herum auf. Lassen die verstümmelten Leichen verschwinden und spritzen das Blut und das Schachbrett fort. Morgen früh wird kein Mensch mehr sehen können, dass hier ein bestialisches Attentat verübt wurde. Dem Aufräumkommando sei Dank!

Ich gehe ein paar Schritte durch die Gasse zurück zur Hauptstraße und lehne mich an eine Hauswand. Tief atme ich die kalte Nachtluft ein und aus. Ich brauche einfach einen Moment für mich. Verzweifelt fasse ich mir mit beiden Händen ins Haar und verdecke anschließend mit meinem Unterarm und einem tiefen Seufzer meine Augen und lehne die Schläfe an die Wand. *Das muss verdammt nochmal aufhören, Blair!*

Ich muss Nash aus dem Kopf bekommen. Er ist der Feind! Nicht Crow! Ich bin loyal. Punkt.

Nash muss wirklich verrückt geworden sein. Was ist nur in ihn gefahren, dass er so etwas Bestialisches tut? Das kann so nicht weitergehen. Doch es wird erst enden, wenn einer der beiden gefallen ist, wenn ein König sein Königreich verloren hat.

Ich habe immer akzeptiert, dass Crow mich nicht in alle Einzelheiten eingeweiht hat. Ich war ihm trotzdem loyal gegenüber. Na ja, am Anfang hatte ich auch keine besonders große Wahl!

Aber diese Loyalität bekommt, so sehr ich mich auch dagegen wehre, Risse. Und je größer sie werden, desto mehr Fragen fluten mein Hirn. Ich will wissen, woher die beiden sich kennen, was der Auslöser für diesen so tiefsitzenden Hass war.

Auch wenn ich mit Crow noch nicht über die Gasse gesprochen habe, so habe ich genau verstanden, was Nash hier beweisen wollte. Ich habe die schwarze Krone gesehen und die weiße Dame in ihrer Mitte. *Ich bin die weiße Dame.*

Und Nash ist der schwarze König. Eine Gänsehaut wandert über meinen Körper und ich bin mir gerade nicht sicher, was ich von dieser Nachricht halten soll.

Dieser letzte Blick, den er mir zugeworfen hat, bevor ich den Club betreten habe, hat sich durch meinen kompletten Körper gebrannt. Seine Klamotten waren Blut durchtränkt, seine Hände waren dunkelrot gefärbt und auch auf seinem Gesicht konnte ich vereinzelte Blutspritzer erkennen. Schon in diesem Moment wusste ich, er ist einen Schritt zu weit gegangen. Jetzt wird Crow wirklich seinen Kopf wollen und sich nicht nur mit dem dunklen Königreich zufriedengeben. Das Blut an Nashs Körper gehörte Männern, die ich kannte, Männern, mit denen ich Seite an Seite gekämpft habe. Ja, es berührt mich, denn niemand hat es verdient, so hingerichtet zu werden.

Und trotzdem konnte ich in seinen Augen, wenn wir uns gegenüberstanden, so viel mehr lesen als Hass. Vielleicht macht mir genau das am meisten Angst. Denn genau das darf nicht sein, wenn ich Crow gegenüber loyal sein will. Muss!

Nach einer kurzen Nacht – dank der tausend Gedanken, die mir durch den Kopf gingen – sitzen wir jetzt in Crows weißem Jeep. Nachdem wir gestern Abend nicht mehr wirklich miteinander gesprochen haben und nur noch in seine Villa gefahren sind, um dort zu übernachten, sind wir jetzt auf dem Weg zum Kartell, da sie Crow zu sich zitiert haben.

»Dieser verdammte Wichser! Er ist zu weit gegangen! Was glaubt er, wer er ist? Ich werde mir nicht nur seinen Thron holen, sondern auch seinen verdammten Kopf! Das wird bald ein Ende haben. Sehr bald! Verlass dich drauf! ... Blair?! Hörst du mir überhaupt zu?«, unterbricht Crow meine kreisenden Gedanken. Ertappt schrecke ich zusammen.

»Ähm, sorry ... Was hast du gesagt?«

»Verdammt, Blair!«

»Sorry, war in Gedanken ...«

Crow sieht mich mahnend von der Seite an.

»Ich will seinen Kopf, nach gestern mehr denn je! Ich werde nicht zulassen, dass er mir meine weiße Dame nimmt!«

»Crow, ich bin deine weiße Dame! Und ich stehe hinter dir, das weißt du doch!« *Tue ich das?*

»Du wirst am Ende gewinnen, obwohl ich immer noch nicht sicher bin, ob das mit dem Kartell so eine gute Idee war, Crow.«

»War es. Sie sind mein letzter Zug. Gegen sie ist selbst der große Ravekönig nur ein kleiner Wurm! Sie werden ihn zerquetschen. Ich brauche nur noch etwas mehr Zeit.«

Entschuldigend schaue ich ihn an. Ja, ich weiß, ich bin schuld, dass wir immer noch keine Ergebnisse haben.

»Außerdem habe ich noch ein paar Benimmregeln für dich!«, sagt er und schaut mich belehrend aus dem Augenwinkel an, ohne den Blick von der Straße zu nehmen.

»Benimmregeln?«, ich pruste los. »Dein Ernst, Crow?«

»Das ist wichtig, Blair! Wenn wir bei Garcia sind, musst du die Klappe halten. Ja, du bist meine rechte Hand, aber Frauen sind halt in solchen Kreisen nicht gern gesehen. Also wirst du einfach nur anwesend sein und ausnahmsweise schweigen! Bekommst du das hin?«, fragt er gereizt und sieht mich jetzt doch für einen winzigen Moment an.

Genervt verdrehe ich die Augen.

»Crow …«

Doch er unterbricht mich sofort.

»Blair, ich meine das ernst. Das sind nicht irgendwelche Penner von der Straße! Ich kann es mir mit dem Kartell nicht verscherzen. Ich brauche sie, um Fletcher endlich zu stürzen. Aber das gelingt nur, wenn ich den Namen von diesem scheiß Dealer habe.«

Ja, Mann, ich habe eine Mitschuld daran, aber reib es mir doch nicht ständig unter die Nase!

»Ja, schon gut, ich benehme mich. Versprochen.«

Ein letzter intensiver Blick von ihm und er konzentriert sich wieder auf die Straße.

Die restliche Fahrt über schweigen wir. Er wirkt genau wie ich in Gedanken. Was verbindet ihn nur mit Nash? Ich will es wissen, doch dafür muss ich wirklich den perfekten Moment abpassen, wobei ich nicht sicher bin, ob dieser Moment jemals kommen wird.

Wir fahren irgendwann auf ein altes Fabrikgelände mit einer riesigen Lagerhalle. Davor stehen bereits mehrere schwarze Limousinen und passend gekleidete Männer in Anzügen. Alle sind bewaffnet. *Okay ...*

Crow parkt seinen weißen Jeep neben den anderen Luxusschlitten, stellt den Motor ab und sieht mich erneut eindringlich an.

»Blair, denk an meine Worte. Hör zu, lächele freundlich und halte dich einfach im Hintergrund. Verstanden?«

»Ja, ich werd's schon hinbekommen. Du kennst mich«, antworte ich jetzt doch etwas genervt.

»Genau deswegen sag ich's dir ja noch einmal!« Mit einem belehrenden Ausdruck im Gesicht sieht er mich an.

Ich bin still und verdrehe nur die Augen.

Wir steigen aus und ich folge Crow stumm. Ich kann bereits die Gedanken der bewaffneten Typen schreien hören. Sie begaffen mich wie ein Stück Fleisch. Ich beiße mir fest auf die Zunge, damit ich auch wirklich nichts sage, und recke stolz mein Kinn in die Höhe.

Crow läuft zielstrebig auf die beiden zu.

»Wir haben einen Termin!«, brummt er nur und lässt sich ohne Gegenwehr von einem der beiden abtasten.

»Wer ist sie? Deine Schlampe? Du kannst sie gern so lange bei uns lassen«, sagt der große, dunkelhaarige Typ, der Crow eben noch abgetastet hat, und zeigt mit einer Handbewegung auf mich, während er sich über die Lippen leckt.

Ich will gerade zu einer passenden Antwort ansetzen, doch mein Boss ist schneller.

»Das ist meine rechte Hand und ich wäre an deiner Stelle vorsichtig, sie ist nicht ganz so ungefährlich, wie sie aussieht.«

Der Kerl tritt vor mich und schaut mit einem ekelhaften Grinsen auf mich herab. *Schön ruhig bleiben, Blair!*

»Dann wollen wir mal sehen, wie gefährlich du bist,

Baby!« *Das würde ich dir wirklich gern demonstrieren.*

Und schon tasten seine widerlichen Hände meinen Körper ab. Er beginnt an meinem schwarzen Bandeau-Top. Eigentlich sieht man, dass es keine Möglichkeit gibt, in dem Oberteil irgendwo eine Waffe zu verstecken. Aber es geht hier wahrscheinlich ums Prinzip und natürlich berührt er dabei wie selbstverständlich meine Brüste.

Ich beiße die Zähne zusammen und atme tief ein und aus. Rufe mich innerlich dazu auf, ja nicht die Kontrolle zu verlieren. Er muss das Knirschen ebenfalls hören können. Meinen Atem lasse ich voller Wut durch meine Nase entweichen. Der Typ leckt sich erneut erregt über die Lippen, während seine Hände den Weg zu meiner schwarzen Jeans und meinem Hintern finden. Natürlich greifen sie auch hier fester zu, als sie müssten. Je größer die Gier in seinen Augen wird, desto mehr wächst der Wutklumpen in meinem Bauch. Ich atme abermals tief durch und muss mich zusammenreißen, nicht auszuflippen. Trotzdem kann ich meine Klappe nicht halten, als er plötzlich seine Finger in den Bund meiner Jeans schieben will.

»Nimm sofort deine Griffel von mir, oder ich brech dir den Kiefer!«, zische ich so leise, dass nur er es hören kann.

Der Typ fängt lauthals an zu lachen.

»Du kleines Püppchen willst mich verletzen? Du bist ja süß!« *Püppchen?! Sein Ernst?*

Keine Ahnung, ob es dieser besondere Spitzname ist oder die Tatsache, dass er mir absolut nichts zutraut, aber ich kann mich nicht länger zurückhalten. Der Typ nimmt zu seinem eigenen Glück seine Hand aus der Jeans, beugt sich dann vor, um meine Beine abzutasten. Gerade will ich mein Knie heben und ihm wirklich den Kiefer brechen, da bemerkt Crow meinen geplanten Angriff.

»Blair!«, donnert seine Stimme los.

Ich halte inne, presse die Lippen fest aufeinander und

276

funkle den Mann vor mir wütend an, während seine Hand beim Erheben auch noch meinen Schritt berührt. Vor Zorn balle ich meine Hände zu Fäusten. Ich würde ihm so gerne eine davon ins Gesicht donnern. Aber ich beherrsche mich.

»Vielleicht sollten wir nachschauen, ob du in deiner Unterwäsche noch etwas versteckst. Das würde ich zu gern prüfen.«

»Da muss ich dich leider enttäuschen, aber ich trage gar keine. Also gibt es auch keinen Grund, dort nachzusehen! Sorry, Süßer!«, sage ich mit einem aufgesetzten Lächeln.

Ich mache einen Schritt zur Seite und laufe an ihm vorbei auf Crow zu. Er will verärgert sein, muss sich aber trotzdem ein kleines Schmunzeln verkneifen.

Dann dürfen wir endlich in die Halle eintreten. Crow schaut noch einmal eindringlich über seine Schulter auf mich herab. Ja, ich weiß, ich soll still sein. Also nicke ich nur stumm, damit er weiß, ich habe ihn verstanden.

In der hinteren Ecke der Halle stehen drei Männer mit zusätzlichen sechs Bodyguards. *Okay, Blair … Du kannst das!*

Der älteste Typ in der Mitte, ich schätze, er ist das Oberhaupt des Kartells, ist um die sechzig, hat gebräunte Haut und leicht meliertes, dunkles Haar. Die beiden Männer hinter ihm könnten vielleicht seine Söhne sein. Seine Nachfolger.

Sie haben ebenfalls sonnengeküsste Haut und dunkles Haar.

Alle drei starren mich an. Als wir etwa drei Schritte von ihnen entfernt sind, bedeuten uns die sechs Bodyguards mit einer Handbewegung, stehenzubleiben. Das könnte tatsächlich irgendeinem Hollywoodstreifen entspringen, so surreal ist das gerade hier.

»Crow, mein Guter! Hast du endlich die erhofften Infos über den Dealer von Fletcher?«, ergreift das Oberhaupt das

Wort.

»Nein, Sir! Leider habe ich immer noch keine Informationen erhalten. Es ist …«

»Was willst du dann hier? Ich dachte, ich hätte mich beim letzten Mal klar ausgedrückt! Wenn du meine Hilfe willst, Fletcher zu vernichten, bring mir diesen Namen. Warum stiehlst du meine kostbare Zeit?«, wird Crow von dem Kartellchef unterbrochen.

»Ja, das weiß ich, aber dieser Wichser hat niemandem etwas von dem Dealer erzählt. Niemand kennt seinen Namen oder hat Informationen über ihn. Wir haben wirklich alles versucht. Ich brauche noch etwas Zeit!«, versucht Crow sich zu erklären.

Ein kurzer Seitenblick von ihm zu mir, den auch einer der Garcia-Söhne zu bemerken scheint.

»Wer ist sie?«, fragt dieser voller Neugier.

»Das ist Blair. Meine rechte Hand!«, antwortet Crow und gibt mir ein Zeichen, näherzutreten.

»Dieses kleine Ding ist deine rechte Hand? Wie niedlich. Hast du nichts anderes abbekommen?«

Auch wenn wir hier vielleicht bei einem Kartell sind, so würde ich ihnen trotzdem gerne beweisen, dass ich nicht so lieblich bin, wie ich vielleicht aussehe.

»Komm her!«, sagt der andere Sohn plötzlich.

Er hat eine lange Narbe auf der Wange. Seine dunklen Haare hängen ihm von Haargel getränkt in die Stirn und seine Finger winken mich auffordernd zu sich, als wäre ich ein Hund, den man zu sich pfeifen kann. Seinen Kopf hat er leicht schief gelegt, während er mich neugierig mustert.

Schieb dir deine Neugier sonst wohin!

Abschätzig ziehe ich eine Augenbraue in die Höhe und verschränke demonstrativ die Arme vor der Brust. Bleibe an Ort und Stelle stehen. Crow lehnt sich zu mir herüber und flüstert in mein Ohr:

»Nun geh schon und stell dich vor! Aber benimm dich!«

Ich schaue Crow an. Mein Blick dürfte Bände sprechen. *Dein verfickter Ernst?!*

Da er mich immer noch auffordernd ansieht, weiß ich, er meint es tatsächlich so. Also löse ich die Verschränkung meiner Arme und stolziere brav, wie ich heute bin, auf den Schmierlappen zu und bleibe vor ihm stehen. Und natürlich sage ich nichts, so wie von mir verlangt.

»Gefällt mir. Du scheinst Feuer zu haben«, sagt er, während seine Blicke mich schon ausgezogen haben. *Crow, bitte erlös mich! Ich kann mich nicht mehr lange zurückhalten.*

»Sorry, sie ist nicht zu haben«, verteidigt mich Crow knapp.

Ich drehe mich kurz zu ihm um, als ich sehe, wie zwei der Bodyguards auf ihn zugehen. Ich will ihn schon warnen, da werde ich plötzlich an den Armen gepackt und fixiert. Das Folgende passiert so rasend schnell, dass weder ich noch Crow angemessen reagieren können. Die beiden Anzugträger halten ihn fest und der Kartellboss tritt an ihn heran. Crow ist tatsächlich still, sagt kein einziges Wort.

»Crow!«, schreie ich. »Lass mich los, verdammt!«

Das Narbengesicht lacht nur auf und verdreht mir die Hände noch mehr, sodass mein rechtes Handgelenk kurz davor ist, zu brechen, und ich scharf die Luft einziehen muss.

Crow sieht mich nur mahnend an, endlich still zu sein. Ja, wir sind beim Kartell, aber ich dachte, sie würden irgendwie zusammenarbeiten. Was wird das hier bitte?

»Mein lieber Crow. Vielleicht war mein Wunsch, diesen Namen zu bekommen, nicht eindringlich genug. Ich werde dir jetzt nochmal ein wenig auf die Sprünge helfen. Vielleicht strengst du dich dann beim nächsten Mal etwas mehr an und hast diesen Namen, bevor du weiter meine wertvolle Zeit vergeudest.«

Er tritt einen Schritt zur Seite und läuft auf den Ausgang zu. Mit einem Fingerzeig gibt er seinen Leuten einen stummen Befehl, doch seine Männer scheinen sofort zu verstehen. Der andere Sohn tritt an meinen Boss heran und donnert ihm seine geballte Faust mitten ins Gesicht.

Mir entfährt ein erschrockener Laut.

»Crow!«

Ich trete nach hinten, versuche mit aller Kraft, mich loszureißen, doch Crow zischt mahnend auf.

»Blair!«

Während ihn ein weiterer harter Schlag an der Wange trifft, hält mich der Typ in einem eisernen Griff fest und haucht in mein Ohr: »Vielleicht begnügen wir uns das nächste Mal mit dir! Mal sehen …« *Mit Sicherheit nicht.*

Ich kann nicht einfach zusehen. Doch nach jedem Schlag sieht Crow auf und bedeutet mir mit seinem Blick, nichts zu unternehmen.

Nach unzählig vielen Treffern lassen sie den halb benommenen Crow irgendwann fallen, sodass dieser mit einem dumpfen Aufprall ohne Regung auf dem staubigen Boden landet. Nach ein paar harten Tritten in seine Rippen werde auch ich endlich losgelassen,

Alle Männer verlassen die Halle. Crow und ich bleiben zurück. Ich eile zu ihm und schaue mir sein verletztes Gesicht an.

Seine Lippe ist aufgeplatzt und auch seine Augenbraue hat einen Cut erlitten. Die ersten Verfärbungen bilden sich um sein Auge und seine Wange.

Ich höre noch, wie die Autos davonfahren. Erleichtert, dass sie jetzt weg sind, atme ich leise auf. So muss ich mich nur darum kümmern, ihn von hier wegzubekommen.

Mann, Crow, du verdammter Idiot. Warum hast du dich auch ausgerechnet auf das Kartell eingelassen? Ich wusste, dass das ein Fehler ist! Ich hab es von Anfang an gesagt!

Kapitel 26

Weisser König

*D*er metallische Geschmack von meinem eigenen Blut legt sich auf meine Zunge. Sie haben mich ordentlich erwischt und doch weiß ich, dass das noch lange nicht alles war.

Blair eilt zu mir und beugt sich mit besorgter Miene über mich. Sie inspiziert meine Wunden, doch ich reiße mich von ihr los und setze mich schnell auf, wische mir mein Blut mit dem Arm ab.

»Crow, ich …«, ich unterbreche sie. Ich will nichts hören. Keine weitere Entschuldigung oder sonst etwas. Ich bin es so leid und kurz davor, mich zum aller ersten Mal in ihrem Beisein wirklich zu vergessen. Da war mein kleiner Ausbruch in ihrem Loft nur eine nette Bitte.

»Halt die Fresse, Blair!«, knurre ich sie wutentbrannt an.

Leicht zuckt sie zusammen. Ich senke den Blick und sehe auf den staubigen und rotbeschmierten Boden.

Mit einem Arm auf meinem Knie abgestützt fahre ich durch mein wildes Haar. Meine Nerven glühen noch immer und mein Inneres windet sich in Qual.

Beinahe greifbar ist Blairs unterdrückter Zorn auf mich. Ihr Körper zittert vor Wut. Heute muss sie sich wirklich stark zusammenreißen und dennoch konnte sie es mal wieder nicht sein lassen.

»Lass es, Blair!«, zische ich warnend, denn sie war gerade dabei, wieder etwas zu sagen. Mein Blick findet den ihren. Ihre braunen Augen sprühen Funken. Ich ignoriere es.

»Du brauchst mich gar nicht so anzusehen! Wenn du mir

den verfickten Namen endlich beschafft hättest, so wie ich es dir vor Wochen aufgetragen hatte, dann hätte ich keinen einzigen dieser Schläge einstecken müssen. Denn hätten wir ihnen heute einen Namen geliefert, wäre der schwarze König jetzt schachmatt gesetzt.«

Für einen winzigen Moment weiten sich bei meinen Worten ihre Augen. *Warum?*

»Ach, und du hattest Glück, Blair! Sie waren sehr freundlich zu dir, was sonst nicht ihre Art ist. Kannst du dich nicht einmal an einen einzigen Befehl von mir halten?!«

Aufgebracht springt sie in den Stand und sieht wütend auf mich herab. Ihre Hände zu Fäusten geballt. Ihr zierlicher Körper zum Zerreißen angespannt. Blair ist kurz davor, auszuflippen. *Ganz falscher Tag, Kleines!*

»Du aufgeblasener …«

»Du solltest dir jetzt gut überlegen, was du sagst. Mord verjährt nicht, Blair!«, drohe ich ihr und stehe langsam auf.

Ihre Miene gefriert und sie sieht mich fassungslos an. Blair hätte wohl nie im Leben geglaubt, dass ich tatsächlich diese Karte ausspiele. Dass ich ihr damit drohe, sie doch noch wegen des Mords an dem Bullen zu verpfeifen.

Aber ganz ehrlich: Ich bin mir auch noch nie so unsicher über ihre Loyalität gewesen wie jetzt. Irgendetwas läuft zwischen Blair und Nash. Auch wenn sie mir immer etwas anderes beteuert. Ich kenne sie und vor allem kenne ich ihn.

Ja, es war geplant, Blair für genau das zu benutzen und einzusetzen. Deswegen habe ich sie aus dieser Gasse mitgenommen und seit Jahren ihr Geheimnis zu meinem gemacht. Sie ausgebildet und noch stärker gemacht. Blair sollte Fletcher gezielt den Kopf verdrehen. Ihn angreifbar und schwach machen. Verwundbar! Aber sicher nicht sich selbst.

Noch immer sieht sie mich mit geöffnetem Mund und großen Augen an. Ein seltener Moment, unsere

Kriegerprinzessin mal sprachlos zu erleben. Ich habe jetzt keine Geduld mehr, mit ihr zu streiten.

»Los, hauen wir ab!«, ist alles, was ich zu ihr sage, ehe ich mich von ihr abwende, um zu gehen. Ich brauche eine Dusche und einen starken Drink.

Kaum habe ich mich umgedreht, packt mich Blair an meinem Arm und dreht mich kraftvoll zurück in ihre Richtung.

»Verarschst du mich?«, keift sie mich an und innerlich seufze ich laut auf. Sie und ihr jugendliches Temperament. Beim Sex ja ziemlich unterhaltsam, aber in Augenblicken wie diesen anstrengend. Vor allem dann, wenn ich mich zusammenreiße, nicht wieder die Beherrschung zu verlieren!

»Blair«, seufze ich mehr, als dass ich spreche, lege kurz meinen Kopf in den Nacken und sehe nach oben.

»Weißt du was, Crow? Du kannst mich mal. Ich bin raus. Such dir eine andere weiße Dame«, entgegnet sie scharf und lässt von mir ab.

Ich nehme meinen Blick von den hohen Decken, nur um dann zu sehen, wie sie an mir vorbeigeht und mich hier einfach stehen lassen will. Mit einer schnellen Bewegung packe ich sie in ihrem Nacken und drehe sie bestimmt zu mir herum. Ziehe sie ganz dicht vor mein Gesicht und durchbohre sie mit einem dunklen Blick.

»Dünnes Eis!«, knurre ich sie an und mein Griff wird noch etwas fester.

»Lass mich los, Crow. Oder ich schwöre dir, ich zeige dir alles, was du mich gelehrt hast und dass die Schülerin den Lehrer übertroffen hat. … Fordere mich nicht heraus«, droht sie mir mit leiser, jedoch fester Stimme.

»Lass es jetzt gut sein, Blair! Du willst mich nicht wütend machen, glaub mir. Denn du hast mich noch nie wirklich wütend erlebt!«

In ihrer Miene verändert sich etwas und eine kleine Kerbe

bildet sich zwischen ihren Brauen. Ich kann es regelrecht in ihrem kleinen Köpfchen rattern hören. *Hätte ich doch nur nichts gesagt …*

Ich lasse von ihr ab und nehme etwas Abstand. Meinen strengen Blick behalte ich jedoch bei.

»Du hast recht. Ich kenne dich nicht! Weiß nichts von deiner Vergangenheit oder davon, woher ihr, du und Nash, euch kennt und wieso ihr euch so sehr hasst. Wie dieser Krieg, den wohlbemerkt keiner von euch gewinnen kann, begonnen hat«, hält Blair trocken dagegen.

Abschätzig wandert eine Braue nach oben.

»Keiner von uns gewinnt den Krieg, meinst du? Wie kommst du darauf, wenn du mir doch ach so treu ergeben bist?«, frage ich sie finster. *Ich wusste es!*

Der drohende Unterton ist kaum zu überhören. Aber ihre kleine Anspielung gefällt mir überhaupt nicht. Sie lässt mich unruhig und angespannt werden.

Abweisend verschränkt sie ihre Arme vor der Brust. Das tut sie immer, wenn sie sich hinter ihrer Stärke verstecken will. Blair denkt immer noch, ich kenne sie nicht. Doch ich kenne sie besser, als ihr lieb ist. Deshalb bin ich mir mit meinem Verdacht, dass zwischen ihr und Nash mehr läuft, als es sollte und sie sich jemals eingestehen würde, ziemlich sicher.

»Merkst du es denn nicht? Ihr denkt gleich. Handelt gleich. Hasst gleich. Ihr kennt den jeweils anderen so gut, dass es unmöglich ist, dass einer den anderen wirklich schlagen kann, weil der andere immer schon einen passenden Gegenzug parat hat.«

Abfällig schnaube ich bei dem Bullshit, den sie hier von sich lässt.

»Ich bin nicht wie er! Außerdem ahnt er nicht, dass ich der weiße König bin. Oder weißt du da mehr als ich?«, brumme ich und mache einen Schritt auf sie zu.

»Nein! Nochmal! Ich bin dir treuergeben. ... Was war das in der Gasse?«, fragt sie mich mit erhobener Augenbraue.

»Das musst du ihn fragen und nicht mich. Das war Fletchers Werk!«, halte ich dagegen.

»Ja, und es war schrecklich. Aber warum hat er das getan? ... Crow, ich weiß von den Köpfen seiner Männer vor seinem Haus. Du hast mit diesem kranken Spiel angefangen. Und genau das ist es, was ich meine! Verstehst du?!«

Knurrend wende ich mich von ihr ab. Einer meiner Männer muss Blair das mit meinem Schachzug erzählt haben.

Ob es mir passt oder nicht, Blair hat nicht ganz unrecht. Nash und ich denken gleich. Klar, bei der Vorgeschichte, die wir haben.

»Meine Loyalität gilt dir! Das darfst du bei all deinem Hass auf ihn nicht übersehen! Du wolltest doch, dass ich ihn um den Finger wickele. Also muss ich verdammt gut darin sein, wenn sogar du mir das abkaufst!«, spricht sie jetzt ruhiger in meinen Rücken.

»Und, Crow ... droh mir nie wieder damit. Sonst werde ich noch einen Mann in einer einsamen Gasse erschießen und zum Sterben zurücklassen. Und DANN bin ich dir wirklich nicht mehr treuergeben!«

Nach ihren eindeutigen Worten drehe ich mich zu ihr um, aber Blair ist schon dabei, die Halle zu verlassen. Sie ist wütend auf mich, deshalb lasse ich es ihr durchgehen. Unser beider Nerven liegen etwas blank, denn Blair hat nun gesehen, was es für Folgen nach sich zieht, wenn SIE nicht liefert.

Dennoch wollen mir ihre Worte von gerade eben nicht aus dem Kopf gehen. Dass Nash und ich gleich denken, gleich handeln und es deswegen niemals einen Gewinner geben kann. *Vielleicht hast du recht ...*

Muss ich umdenken? Anders handeln? Obwohl Nash

nicht weiß, dass ich es bin, vereitelt er dennoch all meine Vorhaben.

Hätte ich in all den Jahren eher lernen sollen, ein anderer zu werden, statt besser als er? Bin ich den falschen Weg gegangen und sollte ich nun auf meinem Pfad bleiben oder doch die Richtung wechseln? …

Kapitel 27

Schwarzer König

*E*rneut befinde ich mich auf dem Weg zu meinem Dealer. Dieses Mal jedoch mit einem anderen Wagen. Auch wenn ich mich ungern verstecke oder tarne, aber die Sicherheit und Anonymität meines Dealers gehen vor. Immer!

Deswegen fahre ich mit einem scheiß Leihwagen, einem weißen BMW. Ob ich damit etwas sticheln wollte? Definitiv. Aber in einem weißen Auto vermuten sie mich wenigstens nicht. *Wer fährt schon einen weißen Wagen?!*

Beim Campus angekommen steige ich mit meiner Pilotensonnenbrille auf der Nase aus, schlendere über das Gelände und halte Ausschau nach ihm.

Ich kenne seinen Stundenplan und da wir nie telefonisch Kontakt aufnehmen, muss er mir alle Änderungen immer bei unseren nächsten Treffen mitteilen. So kann ich mich danach richten und unser 'Meeting' timen. Alle zwei Wochen treffen wir uns. Besprechen die Pillenmenge, die ich für die nächsten Raves brauche, und die Qualität. Ich verlange perfekte Ware. Doch er hat mich bis jetzt noch nicht ein einziges Mal enttäuscht.

Jetzt erwische ich ihn gerade, als er auf dem Campusgelände auf einer Bank sitzt und offenbar mit einem süßen Mädchen 'lernt'. Seinen Arm hat er dabei auf der Lehne abgelegt, um ihr noch näher zu sein und sie zu berühren. *Du kleiner Casanova.*

Er sieht auch wie ein solcher aus. Wie ein kleiner, nerdiger Frauenschwarm, mit seinen dunkelblonden Haaren, die ihm frech in die Stirn fallen. Seinem leicht rundlichen Gesicht und seinem sportlich gebauten Körper.

Schmunzelnd trete ich an die beiden heran und stelle mich direkt vor sie. Mein Körper wirft einen Schatten auf die beiden und sie blicken zu mir auf, als sie mich bemerken.

»Nash!«, ruft der Kleine erschrocken und rutscht etwas von ihr weg. Mein Grinsen wird breiter. Ich kann den Jungen gut leiden. Er ist clever, aber auch nicht auf den Mund gefallen und ziemlich von sich selbst überzeugt, jedoch ohne abzuheben. Und das auch noch zurecht, denn der Kleine hat wirklich was drauf. Das muss ich zugeben.

»Störe ich?«, frage ich amüsiert und grinse vor mich hin. Seine Kleine mustert mich mit geöffnetem Mund. Niedlich, aber doch etwas zu jung für mich. Keine 21. Ich verbrenn mir ungern die Finger.

»Nein. Wir haben hier nur etwas für den nächsten Kurs gelernt«, erklärt er mir und nimmt nun auch den Arm von der Lehne.

»Wer ist das, Lucas?«, fragt sie ihn, nimmt jedoch nicht den Blick von mir.

Kurz sieht er zu mir. Wir haben eine klare Abmachung. Keiner von seinen kleinen Leutchen darf wissen, wer ich wirklich bin. Deswegen bin ich immer sein 'cooler Onkel'. Immer wieder aufs Neue könnte ich darüber die Augen verdrehen.

Da er heute etwas langsamer mit seinem cleveren Köpfchen zu sein scheint, übernehme ich wohl das Reden.

»Ich bin ein guter Freund der Familie und kenne den kleinen Scheißer hier schon, seitdem er nackt durch den Garten gerannt ist. Und ich hätte etwas Wichtiges mit ihm zu besprechen. Also gibst du uns ein paar ungestörte Minuten, Täubchen? Du könntest uns einen Kaffee von dem Kaffeewagen hinter dem Campus holen.«

Charmant lächele ich sie an und drücke ihr fünfzig

Dollar in die Hand. Irritiert sieht die süße Brünette erst zu dem Schein, dann zu mir, dann zu Lucas. Mit einem entschuldigenden Lächeln fordert auch er sie auf, uns einen Moment allein zu lassen.

»Was hätten Sie denn gern?«, fragt sie mich höflich und steht auf. Ich setze mich auf ihren Platz, breite meine Arme auf der Lehne aus und antworte mit einem frechen Lächeln:

»Du wirst mir schon etwas Leckeres aussuchen.«

Mit gerunzelter Stirn nickt sie, dann lässt sie uns allein. Mein Blick bleibt noch einen Moment auf ihrem kurzen Rock und ihren seidigen Schenkeln hängen, ehe ich mich Lucas zuwende.

»Du wolltest doch schon vor ein paar Tagen kommen? Was ist passiert?« *Sagte ich schon, dass ich dich kleinen Scheißer mit deinem klugen Köpfchen mag?!*

Lucas denkt mit und ist aufmerksam. Er hat die Situation sofort richtig erkannt, weil ich beim letzten Mal nicht aufgetaucht bin.

Meine Miene wird wieder ernst, der amüsierte Zug auf meinen Lippen verschwindet. Ich nehme meine Sonnenbrille ab, klappe sie zusammen und hänge sie mir vorne an mein graues Shirt.

»Ich bin nicht gekommen, weil ich im letzten Moment bemerkt habe, dass ich verfolgt wurde. Sie suchen dich«, spreche ich mit gedämpfter Stimme. Auch wenn um uns herum keiner in unmittelbarer Nähe ist, so sollte ich nichts riskieren. Vor allem nicht in solchen Zeiten.

»Das tun sie doch schon immer«, tut er es achselzuckend ab.

Eindringlich sehe ich ihn an. Meine Miene verhärtet sich noch etwas mehr.

»Nur davor hat mir kein Spinner aus Tucson den Krieg erklärt. Jetzt schon. Also pass einfach noch etwas besser auf dich auf und sieh zu, dass du in der nächsten Zeit nicht allein unterwegs bist und dich bedeckt hältst. Du weißt, erwischen sie dich oder finden raus, was du für mich tust, verlierst du deinen Kopf!«, erinnere ich ihn eindringlich.

Lucas nickt nachdenklich. Er kennt das Risiko. Wusste von Anfang an, worauf er sich eingelassen hat. Deswegen rede ich offen mit ihm darüber, auch wenn er noch ein Studentenscheißer ist. Da es hier um seinen Kopf geht, finde ich, verdient er die Wahrheit.

»Soll ich trotzdem noch die gewünschte Menge für übermorgen fertig machen?«, fragt er geschäftlich.

Mein Mundwinkel zuckt. Trotz drohender Gefahr im Nacken denkt er noch ans Geschäft und bleibt professionell. Das mag ich so an ihm.

»Ja. Nur wirst du sie diesmal nicht in deinem Kellerchen herstellen, sondern in einem Lager, das ich extra für dich und auf deinen Namen angemeldet habe. Keine Sorge – wird es hochgenommen, hält ein anderer seinen Kopf für dich hin. Ich habe versprochen, auf dich aufzupassen, und ich halte mein Wort«, erkläre ich ihm, weil ich schon den Protest auf seiner Zunge liegen sehe.

Damit ziehe ich den Schlüssel und einen Zettel, auf dem die Adresse steht, aus meiner Hosentasche und drücke ihm beides in die Hand.

»Pack es weg und pass auf, dass dir keiner folgt!«, weise ich ihn an.

Wieder nickt er und sieht gedankenverloren auf die Wiese vor uns.

»Wie schlimm ist es, Nash?«, fragt er mich nach einem Moment des Schweigens.

Mit einem kurzen Seitenblick mustere ich ihn, ehe mein Blick auch wieder vor uns auf die Wiese fällt.

»Das weißt du. Deswegen nimm meine Worte ernst. Pass einfach noch etwas besser auf. Sprich bedachter am Telefon und achte auf jeden Schatten, der hinter dir schleicht. Du kennst das Spiel. Du bist lang genug dabei und ich weiß, ich kann mich auf dich verlassen.«

Ich erhebe mich, denn seine Kleine kommt mit drei Bechern in einem Papphalter zu uns zurück und für sie ist unser Gespräch sicher nicht gedacht. Er steht ebenfalls auf.

»Pass du auch auf dich auf, Nash«, raunt er mir leise zu.

Ich verkneife mir ein Schmunzeln und nicke nur mit ernster Miene. Der kleine Scheißer macht sich Sorgen um mich. Er fragte mich mal bei einem unserer Treffen, ob ich damit nicht aufhören wollen würde und einfach nur meine Pfandhauskette führen wollte. Ob das nicht reichen würde. Ich belächelte ihn dafür.

Er hat einfach keine Ahnung. Gut, aber ich lasse ihn auch nicht auf meine Raves. Er macht meine Pillen, wird dafür gut von mir bezahlt und beschützt, und das war's. Ende der Verbindung.

Seine Kleine bleibt dicht vor uns stehen und reicht mir einen der drei Kaffeebecher.

»Ich hoffe, schwarz ist okay?«, fragt sie mich schüchtern.

Mit einem frechen Lächeln nehme ich ihr den heißen Becher ab.

»Gut geraten, Täubchen. Lucas, wir sehen uns.« Damit nicke ich ihm noch einmal zu und wende mich zum Gehen ab.

Es ist Nachmittag und ich beschließe, noch einmal kurz in mein Pfandhaus zu fahren, ehe ich mich dann zu meinem Püppchen aufmache. Schließlich will ich ihr ihre Einladung persönlich überreichen. Außerdem habe ich noch ein kleines Hühnchen mit ihr zu rupfen.

Ein neuer Rave steht an und ich muss die letzten Details planen. Dieses Mal habe ich eine ganz besondere Location ausgesucht. Eine alte, verlassene Villa mitten im Nirgendwo. Jedoch ist sie noch recht gut erhalten. Es lebt nur aus mir unerfindlichen Gründen seit Jahrzehnten keiner mehr dort.

Wahrscheinlich ein Erbstreit und die Erben wurden sich nicht einig, was nun mit dem Anwesen passieren soll. Aber soll mir recht sein, denn das heißt, ich kann dort meinen Rave stattfinden lassen.

Ich parke den weißen Wagen vor meinem Pfandhaus, steige aus und betrete meinen Laden. Einer meiner Männer kommt mir entgegen. Ich reiche ihm den Schlüssel und weise ihn an, das Auto wieder zurückzubringen und mir mein Baby vor den Laden zu stellen. Zu meinem Püppchen fahre ich selbstverständlich mit meinem Wagen. *Oder doch mit meinem Bike?*

Die Idee gefällt mir und ich gebe ihm den neuen Befehl, mir meine Bikermontur und meine Maschine bringen zu lassen, ehe ich mich in mein Büro begebe.

Jay sitzt an meinem Schreibtisch und beantwortet meine Mails. Auch ein Grund, warum ich mich immer persönlich mit meinem Dealer treffe und er nichts von mir hat, keine Nummer oder Mail-Adresse. Das Einzige, was ich Lucas gegeben habe, ist die Adresse von meinem Anwesen. Aber auch nur für den schlimmsten aller Fälle. Wenn er dringend meinen Schutz benötigt. Denn ich habe ihm eingebläut, sollte er bei mir auf der Matte stehen, war's das mit seiner Anonymität.

Als Jay mich bemerkt, sieht er kurz auf, ehe er sofort meinen Platz räumt.

»Was machst du denn hier?«, fragt er mich irritiert.

Ich sagte ihm, ich wäre heute mit Madi verabredet. Der einzige 'Termin', an dem mich Jay in Ruhe lässt und den er nicht dumm hinterfragt. Deshalb nutze ich diese kleine

Ausrede gern, wenn ich mich mit meinem Dealer treffe. Dann muss ich nicht jedes Mal eine Diskussion mit Jay über ihn führen.

»Muss ich mich jetzt schon in meinem eigenen Laden anmelden?«, frage ich ihn genervt und lasse mich auf dem Stuhl hinter meinem imposanten Schreibtisch nieder.

»Nein, natürlich nicht. Ich bin nur etwas überrascht, weil ich heute nicht mehr mit dir gerechnet habe. Das ist alles«, beschwichtigt mich Jay.

Ich fische meine Kippen aus meiner Hosentasche und zünde mir erst einmal eine an.

»Ich bin auch gleich wieder weg. Bring mich einfach auf den neusten Stand, was den nächsten Rave angeht, lass mich meine Mails selbst checken und du bist mich wieder los.«

Er nickt, wendet sich ab und macht uns beiden einen Drink. *Gute Idee, mein Freund.*

Nachdem er uns ein Glas Scotch eingeschenkt hat, reicht er mir meins, ehe er sich mir gegenüber auf dem Stuhl vor meinem Schreibtisch niederlässt, um mich aufzuklären.

»Unsere Männer haben die Villa gecheckt, ob die alten Decken so viele Menschen aushalten. Es dürfte damit keine Probleme geben. Sie haben auch schon das Gröbste aufgeräumt. Morgen beginnen sie dann mit dem Aufbauen der Technik, Bars, der DJ-Pulte, damit für übermorgen alles fertig ist. Ich wollte gerade die Codes zum Verkauf reinstellen. Also wie du siehst, läuft alles nach Zeitplan und zu deiner Zufriedenheit.«

Ich nicke und nehme noch einen Schluck meines geliebten Scotchs. Jay hat wirklich gute Arbeit geleistet, aber das tut er ja immer.

»Hast du mit deinem Dealer gesprochen?«, fragt er mich dann und betrachtet mich intensiv.

Jay hat noch immer die Hoffnung, dass ich mich entweder doch einmal verplappern werde oder ihm etwas verrate. Aber da kann er lange warten, denn beides wird nicht passieren.

»Ja, mit ihm ist alles geklärt. Übermorgen lasse ich die Pillen von ein paar Männern abholen.«

»Und von wo?«, bohrt er weiter nach und beginnt mir damit auf den Sack zu gehen. Mahnend ziehe ich eine Braue nach oben.

»Das sage ich meinen Männern dann, wenn es so weit ist«, antworte ich gereizt.

Er will noch etwas sagen, ich sehe es ihm ganz deutlich an. Aber hier und jetzt habe ich wirklich keine Geduld mehr, mit ihm über immer dasselbe Thema zu diskutieren.

»Lass es, Jay! Ich will nichts hören. Und jetzt lass mich allein und sieh dich noch einmal in der Villa um. Ich will, dass alles perfekt ist!« Damit werfe ich ihn mit einer lockeren Handbewegung raus.

Schnaubend erhebt er sich, knallt das Glas auf meinen Schreibtisch und verschüttet dabei die Hälfte.

Ein tadelndes Zungenschnalzen und ein nachdrücklicher Blick zeigen ihm, dass ich gerade nicht besonders begeistert von seinem Verhalten bin. Doch Jay ist wohl heute etwas auf Krawall gebürstet. Denn anstatt zu gehen, so wie ich es von ihm verlange, baut er sich dicht vor dem Schreibtisch auf und funkelt mich mit seinen dunklen Augen bedrohlich an.

Unbeeindruckt lehne ich mich in meinem Stuhl zurück und warte ab, was er meint, mir jetzt an den Kopf knallen zu müssen. Danach kann ich ihm immer noch den Arsch aufreißen.

»Nash, ich habe keine Lust mehr auf deine Scheiße! Ich bin dein erster Mann und die wichtigste Info willst du nicht mit mir teilen. Im Gegenteil, dann scheuchst du mich auch noch rum, als wäre ich eine der kleinen Schlampen!«, redet er sich in Rage und sein wütender Blick durchbohrt mich regelrecht.

»Dann benimm dich nicht wie eine zeternde Schlampe.

Wenn ich dir einen Befehl gebe, will ich, dass er ohne Wenn und Aber ausgeführt wird. Wenn ich mit dir diskutieren will, lasse ich es dich wissen und jetzt geh und mach deine Arbeit, bevor ich mich vergesse und etwas verdammt Dummes tue!«, drohe ich ihm mit dunkler Stimme und lehne mich in meinem Stuhl wieder leicht nach vorne.

Ich kann den inneren Kampf sehen, den Jay führt. Nur kennt er mich zu gut. Er weiß, dass ich ein Mann bin, der sein Wort hält. Also entscheidet er sich für das Richtige und geht. Jedoch nicht, ohne noch einmal patzig zu antworten. Als wäre er ein trotziger Teenager, der immer das letzte Wort haben muss.

»Irgendwann, Nash, will ich einen Namen!«, knurrt er mir gefährlich über seine breite Schulter entgegen. Dann verlässt er mein Büro mit einem donnernden Türknallen.

Seufzend verdrehe ich die Augen. Diese Diskussion ermüdet mich. Da müssen wir wohl oder übel beide durch. Denn ich werde weder ihm noch sonst jemandem je so weit vertrauen, dass ich den Namen meines Dealers preisgebe. Und Jay wird wohl immer auf sein Recht als meine rechte Hand bestehen, den Namen zu erfahren.

Um mich etwas abzulenken, und weil ich noch etwas arbeiten muss, checke ich meine restlichen Mails. Ebenso schiebe ich etwas Geld hin und her, um mein Vermögen für die CIA und den Rest nicht so leicht einsehbar zu machen. Zu leicht will ich es ihnen ja schließlich auch nicht machen.

Nach knapp zwei Stunden bin ich fertig und ich beschließe, dass es nun Zeit wird, zu meinem kleinen Püppchen zu fahren. Und da ich nach wie vor ihr Bike habe und sie es nach wie vor erst von mir bekommt, wenn ich Infos von ihr erhalte, vermute ich sie zu Hause.

Hier hat Jay wieder ganze Arbeit geleistet. Er hat ihre Adresse herausfinden können.

Ich klappe meinen Laptop zu und verlasse mein Büro.

Einer meiner Männer drückt mir, als ich unten ankomme, meinen Schlüssel für meine Maschine und meine Bikerkluft in die Hand.

Auf die Lederhose verzichte ich heute und ziehe daher nur meine schwarze Lederjacke und meinen mattschwarzen Helm auf. Dann verlasse ich mein Pfandhaus, schwinge mich auf mein Bike und rase, nachdem ich mein verdunkeltes Visier runtergeklappt habe, davon.

Mal sehen, ob du zum Spielen aufgelegt bist, Püppchen.

Kapitel 28

Schwarzer König

Der Fahrtwind weht mir entgegen. Ich liebe dieses Gefühl. Das ist Freiheit. Echte Freiheit, die mir keiner nehmen kann. Hier auf meinem Bike muss ich kein König sein. Keine schwere Krone lastet auf meinem Haupt. Keiner erwartet etwas von mir. Keiner, der mich von meinem Thron stoßen will. Nur mein Bike, die Straße, meine Freiheit und ich.

Ich habe noch eine Extrarunde gedreht und es dämmert bereits, als ich bei ihrem Haus ankomme.

Das Püppchen wohnt ganz schön abgeschieden. Weit und breit nicht ein Haus. Nur ein Industriegebiet liegt etwas die Straße runter, sonst ist hier tatsächlich nichts, abgesehen von ihrem Haus und der Wüste.

Nachdem ich meine Maschine abgestellt und aufgebockt habe, steige ich ab. Ich will gerade meinen Helm abnehmen, als ein weißer Geländewagen angerauscht kommt. Sofort springen drei Männer heraus.

»Na, sieh mal einer an, der Bastard schickt seine zwei Türme und einen Springer – um was zu tun? Mich zu töten?«, frage ich spöttisch und nehme langsam den Helm ab, halte ihn allerdings noch in der Hand.

»Der weiße König schickt uns, um dich einzusacken. Er hat noch etwas mit dir zu klären«, spricht der Springer.

Warum er der Springer sein muss? Ganz einfach. Weil er das Wort erhebt, das heißt, er steht schon mal über Dumm und Dümmer hinter ihm, die ganz offensichtlich nur wegen ihrer Muskeln hier sind.

»Ah! Ich verstehe. Ihm hat die Nummer mit meinem Schachbrett nicht gefallen? Dabei habe ich mir so viel Mühe mit dem Enthaupten gegeben«, stichle ich, um sie unüberlegt handeln zu lassen. Es klappt, denn einer der Türme stürmt wutentbrannt auf mich zu und will mich niederringen.

Da ich nichts anderes erwartet habe, donnere ich ihm in einer halben Umdrehung meinen Helm mit voller Wucht gegen seinen Schädel. Ein Knacken ertönt. Das Visier meines Helms ist gebrochen, aber das ist egal. Es hat seinen Zweck erfüllt.

Keuchend vor Schmerz und benommen hält sich der Kerl die Platzwunde an seiner Stirn und funkelt mich wütend an.

»Mehr habt ihr nicht drauf? Wenn ihr für mich arbeiten würdet, hättet ihr spätestens jetzt keinen Job mehr und eine Kugel im Kopf. Vielleicht sollte ich eurem König diesen Dienst abnehmen.« Diabolisch lächele ich sie an.

Ich gehe keinem Kampf aus dem Weg, wenn er sich mir bietet, und diese Vollidioten betteln mich ja regelrecht darum an, ihnen eine Kugel in den Kopf zu jagen.

»Schnappt ihn euch!«, befiehlt der Springer und schon kesseln sie mich zu dritt ein. Noch halten sie genügend Abstand zu mir, dass ich sie nicht erwischen kann.

Er sagte, sie wollen mich einsacken. Also dürfen sie mich nicht töten. Gut für mich, schlecht für sie. Wie der Wichser darauf kommt, dass er seine Männer lebend wiedersehen wird, weiß ich ehrlich gesagt nicht. Nicht nach der Nummer mit dem Schachbrett. Nun sollte er mich doch besser kennen. Mich einzuschätzen wissen. Eigentlich passt dieses Verhalten nicht zu seinen vorherigen Schachzügen. Er ist nicht durchdacht und ungestüm. Einfach das komplette Gegenteil von allem, was er sonst getan hat.

Selbst das Püppchen hat er gezielt gegen mich eingesetzt, um mich auszuspionieren. *Warum also änderst du plötzlich deine Taktik?! Und dann auch noch so schlecht …?*

»Letzte Warnung. Kommt noch einer einen Schritt näher, töte ich euch!«, raune ich gefährlich ruhig und meine es auch so.

Ich werde sie alle abschlachten, wenn sie nur einen Muskel bewegen. Sie dachten sicher, wenn sie mich allein erwischen, bin ich ein leichteres Ziel und ich sei ein König, der seine Männer vorschickt, sich nicht liebend gern selbst die Hände schmutzig macht. Da liegen sie falsch und ihren Fehler werden sie gleich am eigenen Leib zu spüren bekommen. Oder eher den Fehler ihres Königs. Schließlich hat er sie zu mir geschickt, um mich einzukassieren.

Ein verächtliches Lachen entweicht ihnen und sie treten alle einen Schritt auf mich zu. Selbst schuld. Obwohl ich mit allen dreien gleichzeitig schon etwas an meine Grenzen kommen könnte.

Unerwartet machen die zwei Türme einen verdammt schnellen Satz auf mich zu. Dafür, dass die beiden Schränke sind, bewegen sie sich ziemlich schnell und schlagen noch schneller zu.

Zwei Fäuste treffen mich unverhofft. Eine im Gesicht, die andere in die Seite. Leise keuche ich, doch ich fange mich schnell wieder und hole erneut mit meinem Helm aus, donnere ihn demselben wieder gegen den Schädel.

Benommen geht er zu Boden und die beiden anderen treten dichter an mich heran.

Schmunzelnd wische ich mir das Blut von der Wange. Der Cut, den mein Püppchen mir letztens zugefügt hat, ist durch den Schlag wieder aufgeplatzt. Und als wäre es Gedankenübertragung, höre ich plötzlich ihre Stimme in meinem Rücken. Für einen kurzen Moment blicke ich mich um und merke in derselben Sekunde, dass es ein Fehler war. Denn schon werde ich brutal von hinten gepackt und in einen schmerzhaften, kräftigen Schwitzkasten genommen.

»Was soll das hier?«, fragt mein Püppchen die Wichser

streng und vermeidet dabei ganz offensichtlich den Blick zu mir. *Wie vorhersehbar ...*

Der Springer und der andere Turm, dem ich gleich zweimal meinen Helm übergezogen habe, drehen sich zu ihr und beginnen ihr die Sache zu erklären. Als sie mit ihr sprechen, hört es sich fast so an, als seien sie ihr unterstellt. *Natürlich, die Dame steht neben dem König ...*

Den bitteren Beigeschmack, den dieser Gedanke mit sich zieht, versuche ich zu ignorieren. Ich will nicht wissen, in welcher Verbindung sie zu ihrem König steht.

»Unser König schickt uns. Wir sollen den Pisser mitnehmen. Er hat nur etwas mehr Probleme gemacht als vermutet«, erklärt der Läufer ihr.

Als sie ihr vom Befehl ihres Königs erzählt haben, wandert ihr Blick kurz zu mir und zum ersten Mal kann ich nicht aus ihm lesen. Ich weiß nicht, was in ihrem hübschen Köpfchen vor sich geht.

»Lasst ihn los und geht! Ich kümmere mich um ihn!«, lautet ihre Anweisung zu unser aller Überraschung.

Der Turm, der mich im Schwitzkasten hält, lockert bei ihren Worten sogar kurz seinen Griff und gibt mir damit die Möglichkeit, mich zu befreien und der Sache ein Ende zu setzen.

»Das ist nicht unser Auftrag. Wir sollen ihn mitnehmen und dem weißen König bringen«, hält der Springer diplomatisch dagegen.

Ich warte ihre Antwort nicht mehr ab und nutze meine Chance. Mit einer schnellen Bewegung schlage ich dem Kerl hinter mir die Nase mit meinem Hinterkopf zu Brei, ehe ich ihm, sobald er durch den Schmerz etwas Abstand von mir nimmt, mit voller Wucht meinen Ellenbogen in die Magengegend ramme.

Augenblicklich zücke ich meine Waffe und knalle ihn, ohne zu zögern, ab. Blut spritzt mir entgegen. Sprenkelt mein Gesicht und meine Klamotten. Dann wende ich mich um, nur um den anderen beiden, die sich gerade zu mir umdrehen, saubere Kopfschüsse zu verpassen. Leblos sacken ihre Körper in sich zusammen und Blut tränkt den staubigen Boden.

Mit aufgerissenen Augen starrt Blair mich an und rührt sich keinen Millimeter, als ich langsam auf sie zugehe.

»Wenn das so weitergeht, Püppchen, habe ich bald alle seine Figuren geschlagen und der weiße König bleibt einsam und allein zurück.«

Dicht bleibe ich vor ihr stehen und blicke mit ernster Miene auf sie herab. Das Adrenalin rauscht noch durch meine Adern und setzt meinen Körper weiterhin unter Strom.

»Sag mal, spinnst du?«, brüllt sie mir voller Wut entgegen.

Sie fackelt nicht lange und will mir eine verpassen. Doch ich habe es kommen sehen. Habe es in ihren Augen gesehen. Die Wut!

Also fange ich ihre kleine Faust in der Luft ab, ehe sie mein Gesicht berühren kann, und ziehe sie mit einem bestimmenden Ruck an mich heran. Blair prallt gegen meine breite Brust und sieht zu mir auf. Ein brauner Wirbelsturm aus Hass und Verzweiflung fegt durch ihre Iriden. Sie will mich hassen, für das, was ich eben und gestern getan habe, doch sie kann es ebenso wenig wie ich sie.

Ich weiß nicht, was das hier zwischen uns ist. Dieses Spiel aus Hass und Faszination. Noch nie hat mich eine Frau so sehr gereizt und gleichzeitig überreizt. In der einen Sekunde will ich ihr den Kopf abreißen, sie erschießen und sie endlich loswerden und in der nächsten will ich sie berühren, ficken und, fuck ja, küssen!

»Und jetzt, Püppchen?«, frage ich sie mit rauchiger Stimme.

Ich weiß, dass ihr das eine Gänsehaut beschert. Sie reißt

sich jedoch zusammen. Kann aber auch an den drei Leichen hinter mir liegen.

Als wäre ein Blitz in sie eingeschlagen, durchzuckt es ihren Körper und sie holt zum nächsten Schlag mit der anderen Hand aus. Diesen habe ich tatsächlich nicht kommen sehen und ihre Faust kommt mit einem kräftigen Schlag auf meiner Wange auf. Leicht ruckt mein Kopf zur Seite.

Ein drohendes Knurren verlässt meine Kehle, als ich sie wieder ansehe. Ihre Handgelenke halte ich nun im festen Griff und töte sie mit meinem Blick.

»Du solltest das endlich sein lassen, Püppchen! Denn irgendwann verträgst du das Echo nicht mehr!«, raune ich gefährlich.

Lange sehen wir uns an. Führen einen stummen Machtkampf. Ihre Atmung geht schnell und wird von Augenblick zu Augenblick immer heftiger. Bis sie den Blickkontakt plötzlich abbricht und zur Seite sieht.

»Wieso hast du das getan?«, fragt sie mich mit belegter Stimme.

Leicht lege ich den Kopf schief. Ich wusste, dass sie ein Gewissen hat, das ihr gern mal im Weg steht. Blair ist nicht so wie ich. Aber damit habe ich nicht gerechnet. Sie bedauert ihren Tod wirklich. Es macht ihr etwas aus, die Leichen ihrer Männer nun hier vor sich liegen zu sehen. *O Püppchen …*

»Weil ich ein Mann bin, der sich nicht ans Bein pissen lässt, deswegen«, erkläre ich ihr ruhig.

Ihr Blick wandert zwischen mir und den Männern am Boden hin und her. Sie scheint einen inneren Kampf zu führen. Soll sie. Dann lass ich sie diesen mal ausfechten.

Ohne sie um Erlaubnis zu bitten oder etwas zu sagen, gebe ich sie frei, um anschließend an ihr vorbei in Richtung ihres Hauses zu gehen.

»Hey!«, ruft sie mir hinterher und nach einem Moment

werde ich an meinem Ärmel gepackt und zurückgezogen.

Blair stellt sich vor mich und versperrt mir somit den Weg. Mit amüsierter Miene blicke ich auf sie herab.

»Was willst du hier, Nash, und was sollte das? Wieso tötest du sinnlos unsere Männer?«, fragt sie mich mit zittriger Stimme und doch kann ich die Wut, den Trotz und ihr inneres Feuer ganz deutlich in ihrem Gesicht sehen.

»Sinnlos? Püppchen, ich habe sie sicher nicht sinnlos getötet! Ich habe ihnen die Wahl gelassen. Sie wollten nicht hören und dank dir und deiner Ablenkung konnte ich es zu Ende bringen. Also vielen Dank auch«, entgegne ich ihr mit amüsiertem Ton.

Außer dass sie leicht ihren Mund öffnet, kommt von ihr keine Antwort mehr. Dann eben nicht.

Erneut lasse ich sie stehen und betrete ihr Haus, nur um mich vor einem Lastenaufzug wiederzufinden. *Aha?!*

Skeptisch betrete ich das alte Ding und will damit nach oben fahren.

»Was wird das hier?«, schnauzt sie mich in meinem Rücken an und betritt ebenfalls den Aufzug.

»Na, ich will zu dir nach oben und mit dir reden. Schließlich bin ich nicht grundlos hier.«

Ich sehe die Neugier durch ihre Augen huschen. Blair kann gar nicht anders, als mich mit in ihre Wohnung zu nehmen.

Seufzend zieht sie die große Tür des Lastenaufzugs zu und drückt auf den Knopf. Ruckelnd setzt er sich in Bewegung und fährt nach oben. Ich bin gespannt, was mich gleich erwarten wird. Wie ihr Reich aussehen wird. Als wir oben ankommen und Blair die Türen öffnet und mir damit den ersten Blick auf ihr Zuhause freigibt, muss ich das erst einmal auf mich wirken lassen. Denn damit habe ich nicht gerechnet.

Ich weiß nicht, was ich erwartet habe, aber das war es

nicht. Ich stehe inmitten eines geräumigen Lofts mit nur einem großen Wohnraum und einem 'Schlafzimmer' auf einer offenen Galerie.

Nur die nötigsten Möbel stehen hier und machen es geradeso zu einem Heim. Es sieht nicht schlecht aus und mehr braucht man eigentlich nicht, aber bei einer Frau hatte ich einfach etwas mehr Deko und Chichi erwartet. Und dann finden meine Augen ein kleines Podest. Es ist leer. Kleine Strahler befinden sich im Boden, um etwas zu erleuchten. *Dein Bike?!* Okay … Es muss ihr wirklich viel bedeuten. Wie gut, dass es jetzt bei mir ist. Das perfekte Druckmittel!

»Was willst du wirklich hier, Nash?«, holt mich ihre zarte Stimme aus meinen Gedanken und ich wende mich ihr zu.

»Jetzt will ich erst einmal duschen gehen und mir das Blut von deinen Männern abwaschen. Dann können wir reden«, informiere ich sie und sehe mich ein weiteres Mal in ihrer Wohnung um. Da es hier nur noch eine weitere Tür unter der Wendeltreppe, die zu ihrem Schlafzimmer führt, gibt, tippe ich darauf, dass sich dahinter das Badezimmer befindet. Ohne auf ihren Protest zu achten, gehe ich auf die Tür zu und stelle, als ich den Raum betrete, zufrieden fest, dass ich richtig liege.

Die Tür verschließe ich nicht, denn ich weiß, dass sie nicht reinkommen wird. Sie ist viel zu fassungslos und ringt mit sich, was sie nun tun soll, als dass sie nun ins Badezimmer kommen würde.

Bevor ich mich wasche, fische ich mein Handy aus der Hosentasche und benachrichtige meine Männer, dass sie hier etwas sauber machen sollen, und schicke ihnen meinen Standort. Mehr Informationen benötigen meine Leute nicht und lästige Fragen werden nicht gestellt. Nicht, dass ich sie überhaupt dulden würde. Ich bin ihr König und was ich sage, ist Gesetz!

Ich ziehe mich aus und stelle mich in ihre Dusche aus purem Luxus. *Du hast Geschmack, Püppchen.*

Dafür, dass der Rest der Wohnung eher spartanisch eingerichtet ist, hat sie aus ihrem Bad den reinsten Luxustempel gemacht.

Das heiße Nass lasse ich mir mit der Regenwalddusche über meinen Kopf und Rücken laufen. Ich genieße es einen Moment, ehe ich mich einer kurzen Körperpflege widme, um mir all das Blut und den Dreck von meiner Haut zu waschen. Danach steige ich aus, schnappe mir ein Handtuch und wickle es mir um meine Hüfte, ehe ich wieder zu ihr zurückgehe. Und wie ich es mir gedacht habe, kam sie nicht rein und hat sich während meiner kurzen Abwesenheit wohl auch nicht bewegt. Blair steht noch immer an derselben Stelle, an der ich sie zurückgelassen habe.

Mit zuckendem Mundwinkel gehe ich auf sie zu. Komisch, eigentlich bin ich hier, um ihr die Einladung zu übergeben. Ebenso, um ihren süßen Arsch wegen letztens zu versohlen, und aufgrund der Tatsache, dass sie mich die ganze Zeit verarscht hat. Um endlich Antworten von ihr zu bekommen. Doch immer, wenn ich ihr nah bin, fällt all mein Vorhaben in sich zusammen wie ein Kartenhaus, das den Tischrempler nicht überlebt.

Dicht bleibe ich vor ihr stehen. Amüsiere mich über ihre Blicke. Wie sie den vielen Wassertropfen, die mir meinen breiten, tätowierten Oberkörper hinablaufen, mit ihren Augen folgt.

Mein amüsiertes Schnauben holt sie in die Wirklichkeit zurück. Ihr Kopf schreckt nach oben und sie sieht mir direkt in die Augen.

»Nash, was machst du hier?«, fragt sie mich zum wiederholten Male und ich kann ihr nicht die Antwort darauf geben, die ich ihr gerne geben würde. Denn sie wäre gelogen und ich bin kein Lügner.

»Sieht man das nicht?«, antworte ich ausweichend und kann den Drang, sie zu berühren, nicht mehr zurückhalten. Sanft fahre ich mit meinem Daumen die Linie ihrer Unterlippe nach.

Zischend holt sie Luft und eine nachdenkliche Kerbe bildet sich zwischen ihren Brauen. Sie weiß nicht, was sie davon halten soll. *Dann sind wir ja schon zwei, Püppchen …*

Ich habe keine Ahnung, warum ich so widersprüchlich und untypisch bei ihr handle. Es passt nicht zu mir und doch fühlt es sich nicht falsch an. Im Gegenteil.

Ich weiß, dass ich sie nun eigentlich packen und sie dazu zwingen sollte, mir endlich meine Fragen zu beantworten. Vor ihr sollte jetzt der schwarze König mit seiner mächtigen Krone stehen und nicht ein einfacher Mann, und doch kann ich nichts dagegen machen. Kann mich nicht aufhalten, als ich meine Hand sanft in ihren Nacken gleiten lasse, sie zu mir nach oben ziehe, an meine Lippen, und sie verlangend küsse.

Und sie steigt keine Sekunde später in meinen Kuss mit ein. Als hätte sie nur darauf gewartet. Als würde sie ihn brauchen. … Mich brauchen. *Fuck!*

Das ist unser Untergang.

Kapitel 29

Die Dame

Ich kann mich nicht länger zurückhalten. In dem Moment, als seine Finger meinen Nacken berühren und er mich, anders als erwartet, fast vorsichtig an seine Brust zieht, fällt all meine Gegenwehr in sich zusammen.

Seine Zunge dringt in meinen Mund ein und ich muss einfach nachgeben. Mein Körper übernimmt die Kontrolle und lässt meinem Gehirn keine Wahl, in irgendeiner Weise logisch zu reagieren. Ich schiebe die Gedanken an meinen Verrat an Crow in den hintersten Winkel meines Verstandes. In diesem Augenblick gibt es nur Nash und mich. Dieser ständig unterdrückte Wille, mehr von seinen Berührungen zu bekommen, mehr seinen Fingern auf meiner Haut zu spüren, einfach alles von ihm. Ich kann mich gegen diesen Willen nicht länger wehren. Dieser Drang ist in diesem Moment größer als all meine Loyalität.

Unser Kuss wird immer leidenschaftlicher und meine Hände berühren seinen heißen und immer noch vom Duschen feuchten Körper. Es ist wie ein innerer Zwang. Ich muss ihn berühren. In meinem Magen beginnt es zu kribbeln und wieder entfacht er dieses Feuer aus Leidenschaft und Lust. Ohne dass er etwas tun muss, sammelt sich diese in meinem Unterleib und lässt mein Höschen feucht werden. *Verdammte Scheiße!*

Meine Finger gleiten über seine starken Oberarme, weiter zu seiner durchtrainierten Brust und fahren dann über jede Erhebung seines Sixpacks, bis sie am Saum des Handtuchs angelangt sind. Schon nach diesem Kuss fühle ich mich wie ein Drogenjunkie, der schon viel zu lange auf seinen nächsten Schuss warten musste.

Mit einem Ruck löse ich das Handtuch und es fällt zu Boden. Ich kann die Hitze spüren, die sein frischgeduschter Körper ausstrahlt, was meinen eigenen nur noch mehr zum Glühen bringt. Ich unterbreche den Kuss und nehme seine Unterlippe zwischen meine Zähne, sauge an ihr, was Nash ein Knurren entlockt. Mit einer schnellen Bewegung greift er an mein Top und zieht es mir über den Kopf. Ich hebe die Arme, damit es schneller geht. Mit seinem massigen Körper drängt er mich zur nächsten Wand.

Sein Blick ist so dunkel und doch kann ich Lust darin entdecken. An seiner Wange ist der kleine Cut, den ich ihm in der Gasse mit dem Mülltonnendeckel zugefügt habe, wieder aufgeplatzt. Wahrscheinlich von dem Kampf vor meinem Loft.

Nash schnappt sich meine Gelenke und pinnt sie mit einer Hand über meinem Kopf an der Wand fest. Seine andere wandert zu meinem Hals. Er umfasst meine Kehle mit seiner riesigen Pranke. Fest, aber nicht so, dass ich keine Luft mehr bekomme. *Es ist alles in Ordnung, Blair! Du willst das hier!*

Ich keuche ungeduldig auf. Er ist nackt und ich habe immer noch diese lästigen Shorts an. Ich will ihn endlich spüren, bevor ich noch beginne, über die Konsequenzen nachzudenken, die hierauf definitiv folgen werden.

Nash drängt seinen nackten Unterleib gegen meinen und lehnt sich zu meinem Ohr herab. Sein heißer Atem trifft meine Haut, was einen Schauder durch meinen Körper wandern lässt.

Seine Lippen berühren meine Haut, während sein Daumen über meine Ader streicht, in der mein rasender Puls schlägt. Ich kann sein Grinsen spüren, denn natürlich entgeht ihm die Reaktion meines Körpers auf ihn nicht.

»Ich sollte dir eigentlich die Kehle aufschlitzen, anstatt so freundlich zu dir zu sein«, raunt er an meinem Ohr.

Ich wölbe ihm meinen Unterleib entgegen, versuche, mich an ihm zu reiben.

»Ich sollte das Gleiche tun.«

Sein Gesicht ruckt ein Stück nach hinten, sodass er meinen Blick einfangen kann.

»Ich hätte dich gerade ganz leicht unter meiner Dusche erschießen können. Aber ich habe es nicht getan. Warum bringst du mich immer dazu, meine Befehle zu missachten?«, hauche ich ihm entgegen.

Immer noch hält er meine Arme über meinem Kopf gefangen. Seine Augen werden noch eine Spur dunkler, als sie es ohnehin schon sind, und formen sich zu schmalen Schlitzen. Seine andere Hand schließt sich fester um meinen Hals. Ich bekomme zwar immer noch Luft, aber das Schlucken fällt mir jetzt nicht mehr so leicht wie eben.

Seine Lippen kommen meinen gefährlich nahe. Er küsst meinen Mundwinkel hauchzart. Diese Mischung aus dem festen Griff an meinem Hals und dieser fast vorsichtigen Berührung seiner Lippen macht mich wahnsinnig. Ungeduldig beginne ich unter seiner Nähe zu zappeln und noch mehr Feuchtigkeit sammelt sich zwischen meinen Beinen. Der Gedanke an seinen nackten Schwanz macht es mir nicht leichter.

»Vielleicht sollten wir das herausfinden.«

Er erwartet keine Antwort von mir. Seine Lippen prallen erneut hart auf meinen Mund. Plündern ihn, ohne dass ich mich dagegen wehren kann, geschweige denn will. *Holy shit! Auf was lasse ich mich hier gerade ein?*

Seine Finger verlassen meine Kehle und wandern zu meinen Shorts. Genug geredet. Endlich scheint er ein Einsehen mit meiner Libido zu haben. Mit nur wenigen

Handgriffen schiebt er die Shorts samt Höschen hinunter, ohne dabei den Kuss zu unterbrechen. Sie landen zu meinen Füßen. Ich steige hinaus und schiebe sie ein Stück zur Seite.

Nash löst sich von unserem Kuss und knabbert an meinem Kinn entlang weiter über meinen Hals. Ich lasse den Kopf zurückfallen und lehne ihn an der Wand an, während ich genießerisch die Augen schließe. Seine Finger wandern zwischen meine Schenkel. Hitze schießt in meinen Körper. Ich wünschte, er würde noch mehr Öl in dieses Feuer gießen, um damit ein verdammtes Inferno heraufzubeschwören.

»So feucht für den Feind, Püppchen? Lass das nicht deinen König erfahren«, haucht er an meinem Hals.

Seine Finger verteilen die Feuchtigkeit auf meiner Perle. Ich stöhne auf, habe keine Möglichkeit mehr, einen klaren Gedanken zu fassen.

Während seine Finger immer mehr Druck ausüben, er an meinem Hals und an meinem Schlüsselbein knabbert, kann ich ihm nur mein Becken entgegenwölben. *Gib mir mehr!*

Sein Bart kratzt auf meiner Haut und immer wieder durchzuckt mich ein Schauer. Sein Finger schiebt sich quälend langsam in mich. Ich brauche mehr von ihm. Er kann mich nicht mit so Kleinigkeiten abspeisen.

»Nash, bitte!«, sage ich irgendwann vor lauter Ungeduld.

Ohne ein Wort zu sagen, schiebt er einen zweiten Finger in mich und beginnt mich mit langsamen Bewegungen zu ficken. Er genießt das hier viel zu sehr. Es macht ihn an, mich und meinen Körper so zu reizen. Haltsuchend kralle ich mich mit einer Hand in sein Haar, was ihm ein Brummen entlockt.

»O mein Gott!«, entfährt es mir, als sein Daumen meine Perle immer gezielter stimuliert.

Ich kann fühlen, wie er an meinem Hals grinst, während er spricht.

»Mein König reicht völlig aus.« *Blöder Arsch!*

Ich spüre, wie die Hitze in mir immer stärker wird und jede Zelle meines Körpers in Flammen setzt, dann nimmt er die Finger aus mir, fährt vorsichtig über meine Schamlippen und verteilt dort meine Feuchtigkeit. *Dein Ernst?!*

Ich bin kurz davor, zu zerspringen, und dieser Arsch hört einfach auf?

Ich schiebe meine Hand zwischen unsere Körper, versuche, ihn mit meiner Hand zu animieren, weiterzumachen, bitte ihn stumm, endlich fortzufahren. Glücklicherweise tut er mir den Gefallen und nimmt die Bewegungen wieder auf. Stimuliert mich mit zwei Fingern in mir und seinem Daumen auf meiner Perle. Immer wieder verlassen meinen Mund erregte Laute. Ich kann sie nicht aufhalten, so sehr ich auch versuche, mich dagegen zu wehren. Er weiß es eh schon, weiß, wie sehr sich mein Körper nach ihm verzehrt. Jedes Abstreiten wäre sinnlos.

Während sein Daumen voller Hingabe mein Lustzentrum bearbeitet, dringen die anderen beiden Finger immer wieder in mich ein. Mal etwas härter und schneller, dann wieder langsam und vorsichtig. Er beherrscht dieses Spiel perfekt. Kein Wunder, dass seine Berührungen einen so plötzlichen Orgasmus in mir heranrollen lassen. Mein Körper zuckt schon verdächtig, doch nur einen winzigen Augenblick, bevor ich über die Klippe stürzen will, unterbricht er abrupt sein Fingerspiel. Wütend funkle ich ihn an. *Dein fucking Ernst?!*

Dann kommt mir plötzlich ein Gedanke. Wenn er glaubt, nur er kann mich in den Wahnsinn treiben, so hat er sich geschnitten. Das, was er kann, kann ich schon lange.

Meine Finger fahren hauchzart über seine Brust. Immer tiefer, bis meine Hand an seiner Länge angelangt ist. Ich schaue zu ihm auf und schenke ihm ein dunkles Lächeln, umschließe seinen harten Schwanz und fahre langsam mit der Hand auf und ab. Sein Blick wandert an meinem

Körper hinab, bis sein Blick mein Tun findet. Er beobachtet genau, wie meine Finger immer wieder seine Länge auf- und abfahren. Mal ganz vorsichtig und langsam, mal schneller und mit etwas mehr Druck.

Mittlerweile hat sich auch sein Atem beschleunigt und ich weiß, dass auch ihn das hier anmacht. Er könnte mich ganz leicht, wie im Transporter, gegen meine Zustimmung nehmen. Doch er genießt dieses neue Spiel zwischen uns genauso sehr wie ich. Es ist ein ständiges Hin und Her, den anderen zu locken und zu kontrollieren. Und wir sind beide Menschen, die ihre Kontrolle nicht gern abgeben. Und doch tut er es bei mir und ich bei ihm.

Nach wenigen Minuten lasse ich von ihm ab. Natürlich ruckt sein Blick von meiner Hand wieder hinauf in mein Gesicht. Seine Finger greifen schnell an mein Handgelenk und wollen mich wieder zu seiner Länge dirigieren. Ich lecke mir langsam über die Lippen und schenke ihm einen verführerischen Augenaufschlag, bevor ich mich vor ihm auf die Knie fallen lasse.

»Blair!«, knurrt er. »Spiel nicht mit mir!« *Oh, glaub mir, ich kann das mindestens genauso gut wie du!*

»Lass mich nur machen, mein König!«, sage ich mit einem Schmunzeln.

Für eine winzige Sekunde reißt er seine Augen überrascht auf, doch bevor er antworten kann, lecke ich über seine Spitze. Nash stützt seine Hände an der Wand vor ihm ab und schaut auf mich herunter. Seiner Kehle entweicht ein genießerisches Brummen. Ohne mich von seinem Blick zu lösen, öffne ich den Mund und lasse seinen Schwanz ganz langsam zwischen meine Lippen gleiten. Nash zieht scharf die Luft ein und versucht, ein Stöhnen zu unterdrücken, was ihm nicht gelingt. *Siehst du? Auch ich kann mit dir spielen, schwarzer König.*

Ich liebkose ihn mit meiner Zunge und sauge immer

wieder unterschiedlich fest an ihm. Nash nimmt in keiner Sekunde den Blick von mir und lässt mich einfach machen, obwohl ich mir vorstellen kann, wie gern er das hier kontrollieren würde. Wie gerne er seine Hand in mein Haar schieben würde, um mein Tun steuern zu können.

Als sein Atem immer schneller geht und ich mir sicher bin, er ist kurz davor, zu kommen, lasse ich ihn aus meinem Mund gleiten, schaue zu ihm auf und lecke mir erneut über die Lippen.

Ich schiebe mich mit dem Rücken hinauf und da er immer noch leicht gebeugt, mit den Händen an der Wand, vor mir steht, sind wir für einen Moment auf Augenhöhe.

»Ich schätze, es herrscht Gleichstand«, sage ich mit einem Schmunzeln.

»Oh, Püppchen, sei dir da nicht so sicher. Vielleicht wollte ich dich auch einfach nur in Sicherheit wiegen.«

Plötzlich dreht er mich in einer schnellen Bewegung um, sodass ich mit meiner Brust gegen die Wand gedrückt werde. Ein kleiner Hauch von Panik überkommt mich, mein Puls beschleunigt sich und auch meine Atmung wird hektischer. Aber als ich spüre, wie Nash sich von hinten gegen mich drängt und seine Härte zwischen meine Pobacken drängt, übernimmt die Lust wieder all meine Gedanken.

Nash knabbert mit seinen Lippen an meinem Nacken und ich lasse meinen Kopf zurückfallen, bette ihn auf seinem Oberkörper. Seine Hand gleitet zwischen uns und er rückt seinen Schwanz zurecht. Ein erregtes Seufzen verlässt meine Lippen bei dem Gedanken daran, was er gleich mit mir tun wird.

Mein Inneres ist zum Zerreißen gespannt. Meine Mitte will endlich von diesem verwehrten Orgasmus erlöst werden. Voller Ungeduld dränge ich mich gegen ihn und schiebe seinen Schwanz die ersten Millimeter in meine Enge.

Und dann endlich, endlich erlöst er mich. Mit nur einem

einzigen harten Stoß dringt er in mich ein und füllt mich mit seiner beachtlichen Länge vollständig aus. Ich schreie kurz auf, was in ein Stöhnen übergeht und auch Nash knurrt animalisch auf.

Er drängt mich so nah an die Wand, dass ich keine Möglichkeit mehr habe, mich zu bewegen. Seine großen Hände legt er auf meine und presst sie gegen die Mauer.

Er fickt mich immer unkontrollierter und härter. Mittlerweile ist unsere Haut von Schweiß benetzt. Beide müssen wir immer wieder vor Lust aufstöhnen.

Irgendwann lässt Nash eine meiner Hände los und schiebt sie zwischen die Wand und mich. Seine Finger finden meine Perle und er übt gezielten Druck darauf aus. Wieder spüre ich, wie der Orgasmus in mir aufsteigt. Mein Körper ist vor Erregung angespannt und wünscht sich nichts sehnlicher, als endlich über die Klippe zu stürzen.

Dann gräbt er plötzlich seine Zähne in meine Schulter, kneift in meine Perle und dringt so hart in mich, dass ich falle. Ich stürze regelrecht diese Klippe hinab. Der Orgasmus ist so heftig, dass mir kurz schwarz vor Augen wird und ich Blitze vor ihnen tanzen sehe. Ich stöhne all meine Lust heraus, doch bevor ich auch nur einen Moment bekomme, um zu Atem zu kommen, knurrt mir Nash: »Auf die Knie!«, in meinen Nacken.

So schnell, wie er mich umgedreht und wieder auf den Boden gedrückt hat, kann ich gar nicht reagieren. Wie von allein öffnet sich mein Mund und ich lasse ihn erneut seine Länge in mich schieben.

Auch Nash hat seine Kontrolle mittlerweile vollständig verloren. Diesmal ist er es, der mich beherrscht. Seine Hand liegt fest und bestimmend an meinem Hinterkopf. Tief und hart fickt er meinen Mund. Dann kommt er mit einem letzten Stoß und einem lauten, animalischen Schrei.

Ich schlucke alles, bevor er sich aus mir zurückzieht und

ich schwer atmend und mit geschlossenen Augen auf dem Boden und an die Wand gelehnt sitzen bleibe.

Nash Fletcher, du wirst mein Untergang sein!

Kapitel 30

Die Dame

Ich wollte ihm widerstehen. Wirklich!

Als ich unten die lauten Stimmen wahrgenommen habe und gesehen habe, wie unsere Männer den großen Ravekönig in ihrer Gewalt hatten, musste ich eingreifen. Es war eine Kurzschlussreaktion, aber ich wusste, wenn Crow ihn in die Finger bekommt, ist Nash verloren. Nachdem er dann alle Männer erschossen hat, wie selbstverständlich in meine Wohnung stolziert ist und einfach mein Bad aufgesucht hat, schaltete sich für einen kurzen Moment mein Gehirn wieder ein.

Minutenlang habe ich mit mir gerungen, ob ich Crow anrufe oder nicht. Aber dann hätte ich erklären müssen, wie das passiert ist. Und dann hätte Crow wahrscheinlich endgültig die Kontrolle mir gegenüber verloren. Er hätte erfahren, dass ich schuld an dem Tod seiner Männer bin. *Gnade dir Gott, Blair, wenn Crow das erfährt!*

Ich habe mit dieser Aktion endgültig mit der Loyalität zu ihm gebrochen. Er darf niemals hiervon erfahren. Wie soll ich jetzt noch seinen Befehl erfolgreich ausführen?

Das war das Dümmste, was ich hätte machen können! Sex mit dem Feind! Ich bin verrückt!

Ganz langsam komme ich nach diesem berauschenden Erlebnis wieder in der Wirklichkeit an. Ich erhebe mich und lehne mich mit dem Rücken an die Wand. Nash steht immer noch vor mir und sieht mich mit einem wissenden Grinsen an.

»Ich bin also jetzt dein König, hm? Wenn ich vorher

gewusst hätte, wie leicht ich dich hätte umstimmen können …«

»Bild dir ja nichts ein. Du bist immer noch mein Feind«, versuche ich, so überzeugend wie möglich zu klingen. Doch wenn ich ehrlich bin, habe selbst ich die Lüge herausgehört.

»Warum arbeitest du für ihn?«, fragt er nach einem kurzen Moment der Stille, ohne auf meine Worte einzugehen.

Nash geht wie selbstverständlich zu meinem Kühlschrank und holt eine kalte Flasche Wasser heraus. *Ja, warum arbeitest du für ihn, Blair?*

Ich schnappe mir mein Top und mein Höschen und ziehe beides schnell über, bevor ich zu ihm an den Küchenblock trete. So fühle ich mich nicht ganz so nackt.

Ich schaue zu ihm auf, wie er neben mir einen großen Schluck aus der Flasche nimmt, bevor er sie mir reicht und, nackt wie er ist, die Arme verschränkt. Sein Blick ist auffordernd. Er will Antworten. So einfach kann ich es ihm nicht machen. Ich kann Crow nicht noch mehr hintergehen. *Noch mehr ist wohl kaum möglich, oder?*

Ich trinke einen Schluck, um etwas Zeit zu schinden.

»Ich denke, ich bin ihm einfach loyal gegenüber. Oder hat deine rechte Hand einen besonderen Grund, für dich zu arbeiten?«, versuche ich ihm auszuweichen.

Er grinst, weiß genau, dass ich nichts sagen werde.

»Was ist dein Auftrag, Püppchen? Was sollst du für den weißen König erledigen?«, fragt er mich weiter aus.

»Ich soll ihm deinen Kopf bringen, oder …«, doch ich breche schnell ab. Ich kann ihm nicht alles erzählen. Ich kann ihm nicht verraten, dass Crow den Namen seines Dealers will, um endlich die Hilfe vom Kartell zu erhalten, damit Nash untergeht. Innerlich schlage ich mir vor die Stirn.

Aber Nash prustet nur los, als würde er mich auslachen. Wütend funkle ich ihn an.

»Er schickt dich kleines Püppchen, um mir den Kopf abzuschlagen? Niedlich! Dein weißer König ist dämlicher, als ich dachte. Ich hoffe, du hast auf dem Schachbrett genau gesehen, wie so etwas funktioniert.«

Nash stellt sich vor mich und keilt mich abermals an der Wand ein. Ich verschränke die Arme vor der Brust und schaue ihn wütend an.

»Glaubst du, ich würde dich nicht umbringen, wenn es sein muss?«

»Nein, du konntest schon in der Gasse nicht auf mich schießen! Du hast mich nicht umgebracht, als ich eben unter deiner Dusche stand. Du kannst mich nicht umbringen, weil dich irgendetwas zurückhält. Obwohl ich mir sicher bin, dass du schon einmal jemandem das Leben genommen hast. Also, was lässt dich bei mir zögern, Püppchen?«

Ich weiß es doch selbst nicht!, würde ich ihm am liebsten ins Gesicht schreien, aber ich bleibe stumm. Dann werde ich ihm wohl anders beweisen, dass ich mich sehr wohl gegen ihn wehren kann. Wenn ich denn wollen würde. Auf meine Art.

Langsam beginne ich, mit meinen Fingern über seine feuchte Brust zu fahren, und beiße mir auf die Unterlippe. Natürlich wird sein Blick sofort wieder lüstern. Seine Hände wandern zu meinen Hüften, aber ich versuche, ihn aus meiner Küche zu dirigieren, indem ich meine flache Hand gegen seine Brust drücke und langsam einen Fuß vor den anderen setze, sodass er rückwärtsgehen muss.

Als wir genug Platz haben und wir mitten im großen Wohnraum stehen, ducke ich mich mit einer rasanten Umdrehung unter ihm weg. In der Bewegung reiße ich ihm ein Bein weg, woraufhin Nash sein Gleichgewicht verliert und er mit einem überraschten Laut zu Boden geht. Keine Sekunde später sitze ich auf ihm und grinse überlegen.

»Hätte ich jetzt eine Waffe, könnte auch so ein kleines

Püppchen wie ich dich erschießen. Also sei dir nicht zu sicher, schwarzer König.«

Er schenkt mir ein anerkennendes Lächeln.

»Du würdest trotzdem nicht auf mich schießen, geschweige denn mir den Kopf abschlagen. Dafür hat dir die kleine Nummer eben viel zu sehr gefallen«, antwortet er voller Überzeugung und verschränkt seine Hände unter dem Kopf und grinst mich wissend an.

Ruckartig und ertappt erhebe ich mich und schaue auf ihn herab.

»Ich gehe jetzt duschen. Wenn ich fertig bin, bist du verschwunden! Sonst rufe ich *meinen König* doch noch an, um ihn zu informieren! Ich hoffe, du kümmerst dich um die Sauerei draußen.« *Hoffentlich glaubst du mir meine Worte!*

Ich muss Abstand zu ihm bekommen, weshalb mir nur die Flucht unter die Dusche helfen kann. Er muss endlich aus meinen Gedanken verschwinden. Das mit uns war ein Fehler. Ich gehöre zu Crow, auch wenn sich das hier mit Nash so unfassbar perfekt anfühlt. So etwas hat noch niemand in mir auslösen können. Warum ausgerechnet er? Warum ausgerechnet mein Feind? Er muss gehen. So etwas darf nie wieder passieren.

Ich wirbele herum und eile ins Badezimmer. Plötzlich ist der Gedanke an meine fehlende Loyalität Crow gegenüber allgegenwärtig. Ich schließe sogar die Tür ab, um nicht von Nash überrascht werden zu können. Ich hoffe wirklich, er ist verschwunden, wenn ich im Bad fertig bin.

Nachdem ich meine Klamotten wieder losgeworden bin, stelle ich meine Regenwalddusche an und lasse mir das angenehm warme Wasser über den Kopf rieseln.

Ich führe einen inneren Kampf. Mit meinen Gefühlen und meinem Gewissen. Warum ist es ausgerechnet Nash, der mir so unter die Haut geht? Das darf einfach nicht sein.

Crow hat mich gewarnt. Seine Worte: ›*Mord verjährt*

nicht‹, jagen plötzlich durch meine Gedanken. Was, wenn er von dieser Sache hier erfährt und davon, dass die Männer auf dem Weg zu mir waren? Wenn er erfährt, dass unsere Männer tot sind? Er wird von mir wissen wollen, was passiert ist. Aber mein Auftrag, mich um Nash zu kümmern, habe ich schon irgendwie erfüllt. *Ich hab dir ganz wunderbar den Kopf verdreht, schwarzer König. Nur eigentlich solltest du ihn durch mich verlieren …*

Ich muss Crow irgendetwas geben, um all meine anderen Fehler zumindest kleiner wirken zu lassen, als sie sind.

Fieberhaft überlege ich, was ich für Infos habe. Ob ich vielleicht irgendetwas übersehe.

Als ich ihm gefolgt bin, ist er durch die halbe Stadt gefahren, um ausgerechnet am Campus wieder umzudrehen und zurück in die Stadt zu fahren. Man sagt, man solle seine Geheimnisse da verstecken, wo man sie am wenigsten vermutet. Was, wenn sein Dealer wirklich noch Student ist? Das wäre genial! Niemals würde irgendjemand auf so eine absurde Idee kommen. Wer würde schon vermuten, dass ein Student die besten Pillen in der Umgebung herstellt?

Dieses kurze Zucken an der Einfahrt zur Uni hat ihn verraten. Er wusste, ich verfolge ihn. Oder hat er mich vielleicht genau in diesem Moment gesehen und schnell einen Rückzieher gemacht? *Wie konnte ich die ganze Zeit so blind sein?*

Das Offensichtliche liegt meistens näher, als man denkt.

Wenn ich Crow diese Infos zukommen lasse und ich tatsächlich recht habe, wird er mir hoffentlich all meine Fehltritte verzeihen. Ich kann mich nicht auf Nashs Seite schlagen. Es geht einfach nicht. Egal, was das zwischen uns ist. Ich muss meinen Verstand einschalten! Ich will nicht ins Gefängnis!

Also drehe ich das Wasser ab, nachdem ich alle Spuren von Nash auf meinem Körper beseitigt habe, und hülle mich in ein Handtuch. *Hoffentlich bist du wirklich verschwunden!*

Ich trete aus dem Bad und er ist tatsächlich gegangen. Nichts erinnert daran, dass Nash jemals hier gewesen ist. Die Realität hat mich wieder.

Als ich zum Küchentresen blicke, fällt mir plötzlich ein schwarzer Briefumschlag auf. *Was ist das?*

Ich trete näher, nehme ihn in die Hand und finde auf dem Kuvert meinen Namen. Vorsichtig öffne ich es und finde darin ebenfalls schwarzes Papier, auf dem eine mit weißer Handschrift geschriebene Nachricht an mich steht.

Hallo, Püppchen!
Hiermit lade ich dich zu meinem morgigen Rave ein.
Wenn du dein Bike zurückwillst, trau dich, erneut in mein dunkles Königreich einzutreten.
Komm und finde mich … komm und spiel mit mir!
N.

Mein Bike!

Ja, das hat dieser Wichser immer noch. Ich will es mit aller Macht zurück. Es ist mein Baby! Aber ich kann mich nicht gegen Crow stellen.

Ich schnappe mir mein Handy und versuche, meinen König zu erreichen. Es ist mitten in der Nacht. Wo sollte er schon großartig sein? Aber auch nach dem zehnten Mal hebt er nicht ab.

Ja, wir sind nach der Sache beim Kartell etwas auf Abstand gegangen. Ich weiß, ich war schuld daran, dass es so eskaliert ist. Trotzdem gingen seine Worte zu weit. Ich war sauer und brauchte Luft. Aber dass er mich jetzt absichtlich ignoriert, ist trotzdem untypisch für ihn.

Ich beschließe, ihm auf die Mailbox zu quatschen. Vielleicht ist er bei irgendeiner seiner Schlampen und vögelt ihr das Gehirn heraus. Vielleicht braucht er Ablenkung. *So wie ich!*

Ich bitte ihn, sich dringend bei mir zu melden, um alles Weitere zu besprechen. Anschließend teile ich ihm mit, dass ich morgen auf den Rave gehe. Solche wichtigen Informationen bespricht man nicht am Telefon, das war einer der ersten Dinge, die mich Crow gelehrt hat.

Der Gedanke, somit Nashs Todesurteil zu unterzeichnen, verschafft mir einen plötzlichen Stich in der Brust. Wenn das Kartell den Namen des Dealers erfährt, helfen sie Crow, Nash zu beseitigen. Und das wird mit Sicherheit keine nette Bitte sein, aus der Stadt zu verschwinden.

Plötzlich fühlt es sich irgendwie falsch an, ihm auf die Mailbox gequatscht zu haben. Was, wenn er wieder nur kopflos handelt? Ich wusste nichts von seinem Befehl an die Männer, Nash zu schnappen und zu ihm zu bringen. Ich bin seine rechte Hand und sollte über solche Befehle eigentlich informiert sein. Ist sein Misstrauen wirklich schon so groß? Was wird er tun, sobald er meine Nachricht abhört?

Vielleicht sollte ich mir einfach nur mein Baby zurückholen und die Stadt verlassen. Sollte die beiden Könige ihren Kampf allein führen lassen und woanders ganz neu anfangen.

Aber kann ich das? Kann ich all das hier hinter mir lassen? Herz oder Kopf?! Ich muss mich entscheiden!

Kapitel 31

Weisser König

Du solltest nicht hier sein, Crow!, schimpfe ich mich in meinen Gedanken selbst und dennoch stehe ich nun hier vor deiner Tür und bin dabei, zu klingeln.

Mein Handy habe ich ausgeschaltet. Ich will nicht gestört werden, wenn ich bei meinem Mädchen bin. Wer weiß, ob du mich nach dieser Nacht überhaupt noch wiedersehen willst. Ob du es mir verzeihst?

Ich bezweifle es stark. Deshalb bin ich hier, um meine eventuell letzte Nacht mit meinem Mädchen nutzen zu können.

Hier bei dir gibt es keinen Krieg. Keine zwei Könige. Kein Königreich. Nichts von alledem. Nur du und ich. Wir haben nur diese Nacht, denn morgen wird sich alles ändern. Morgen Abend werde ich den schwarzen König töten. Vor mir wird er knien, wenn ich ihm mit einem echten Schmunzeln auf den Lippen den Kopf abschlagen werde. Wenn er in meine Augen blickt und endlich erkennt, dass ausgerechnet ich der weiße, der einzige König bin.

Ich habe meinen Männern den Auftrag gegeben, ihn bis spätestens morgen Abend in mein neues Bürogebäude zu bringen. Dort sind wir ungestört. Dort kann ich ihn zahlen lassen, für alles, was er mir – uns – angetan hat, Baby! Dafür, dass er uns getrennt hat!

Was du wohl sagen wirst, wenn du mich nach all den Jahren wiedersiehst?

Nervosität steigt in mir auf und mein Körper fängt an zu

vibrieren. Die Angst sitzt mir im Nacken. Die Angst, dich durch meinen nächsten Zug endgültig zu verlieren, obwohl ich dich gerade erst wiederhabe. *Ob du mich überhaupt sehen willst? ... Schluss jetzt, Crow!*

Fuck, Baby! Siehst du, was du aus mir machst?! Das zeigt es mir wieder! Ich sollte verschwinden und dich dein Leben leben lassen. Sollte gehen und den Krieg beenden, der vor so vielen Jahren mit dir den Anfang gefunden hat, und endlich als Sieger daraus hervorgehen. Und doch kann ich es nicht. Kann dich nicht verlassen! Ich muss dich wenigstens ein allerletztes Mal sehen, berühren, ... schmecken!

Ich nehme all meinen Mut zusammen und klingle. Ich höre deine Schritte, dann dein leises Fluchen, weil du dich in der Eile mal wieder irgendwo gestoßen hast. Du bist so tollpatschig, so hilfsbedürftig und doch bist du nicht schwach. Schließlich hast du ausgerechnet mich vor so vielen Jahren in dein Herz gelassen.

Schmunzelnd stehe ich vor deiner Tür, als du sie öffnest. Du erstarrst in der Bewegung. Siehst mich mit deinen großen, braunen Augen einfach nur an und tust ... nichts.

Mein Herz klopft mir bis zum Hals. Fuck, du machst aus mir einen nervösen Schuljungen, der heute seinem Schwarm seine Liebe gesteht.

»Hey, Baby«, ist alles, was ich nach all den Jahren zu dir sage. Was sollte ich auch sonst tun?

Unser Ende war nicht schön und fair war es erst recht nicht. Du hattest etwas anderes verdient. Etwas Besseres. Und doch stehe ich wieder hier vor deiner Tür und verdunkle dein wunderschönes Licht. Nehme dir deine Helligkeit und ersetze sie durch meine Düsternis, die mich von innen heraus verschlingt und auch dich mit in die endlose Tiefe, diesen schrecklichen Abgrund reißen wird. Die dir all dein Licht und deine Farbe nehmen wird, bis nichts mehr von dir übrig bleibt, nichts mehr außer deine Liebe zu mir. Denn dass du mich noch liebst, sehe ich in diesem Moment so deutlich in deinen Iriden, dass es mir für einen Augenblick den Atem raubt. Fuck, Baby, du warst und bist mein Untergang ... meine Zerstörung ... mein alles!

»Dante?!« Deine Stimme ist nicht mehr als ein ersticktes Flüstern. Du kannst es nicht glauben, dass ich es bin. Dass ich wahrhaftig vor dir stehe. Doch, Madi, ich bin es!

Ich lächle dich sanft an. Bei dir bin ich nicht dieser grausame Mann. War ich nie und werde ich auch nie sein. Du bist mein Ruhepol. Mein Anker. Mein Licht. Eben mein alles!

Du trittst einen Schritt näher und hebst die Hand. Willst dich davon überzeugen, dass es kein Traum ist und ... holst mit einem Mal aus, um mir meine verdiente Ohrfeige zu geben. Ich habe sie kommen sehen und dennoch lasse ich dich gewähren. Denn du brauchst das. Musst deine berechtigte Wut auf mich, darüber, dass ich mich all die Jahre nicht gemeldet habe, dich tatsächlich auf seinen Befehl hin allein gelassen habe, loswerden.

Natürlich hast du einen ordentlichen Schlag drauf und mein Kopf fliegt heftig zur Seite. Es klatscht laut und meine Haut brennt. Es ist okay.

»Wieso?«

Noch ein Hieb, nur dieses Mal schlägst du mit deiner kleinen Faust gegen meine Brust. Und als du merkst, wie gut es tut, all deine Gefühle, die sich in den letzten sechs Jahren in dir aufgestaut haben, an mir auszulassen, prasselt ein Fausthagel auf meine breite Brust ein.

»Wieso, Dante? Wieso hast du mich allein gelassen? Dich nie gemeldet?«, weinst du mittlerweile und trommelst weiter auf mich ein, machst dich frei.

Irgendwann werden deine Hiebe weniger, kraftloser. Ich halte deine beiden Gelenke gefangen und ziehe dich mit einem

Ruck dicht an mich heran und ehe du auch nur protestieren kannst, küsse ich dich. Alles andere kommt hier und jetzt nicht infrage.

Sofort – und wahrscheinlich, ohne dass du es eigentlich willst – erwiderst du meinen Kuss. Als hättest du nur darauf gewartet. Als wäre es das Einzige, dass dich jetzt wieder zusammensetzen kann. Dich ganz machen kann, wo ich dich über all die Jahre zerstört zurückgelassen habe.

Deine Hände finden in meinen Nacken und du schiebst deine Finger in mein dichtes Haar. So, wie du es früher schon immer getan hast. Du stehst auf den Zehenspitzen, denn du bist so klein und zierlich. Unwiderruflich muss man bei dir einen Beschützerinstinkt bekommen. Auch wenn du nicht zerbrechlich bist, nicht schwach bist.

»Wieso?«, fragst du mich erneut und löst dich leicht von meinen Lippen.

»Was wäre die Dunkelheit ohne ihr Licht?«, scherze ich.

Deine Finger krallen sich fester, verzweifelter in mein Haar. Du hast Angst, was nun kommt, dass ich dich wieder verlassen könnte.

Das werde ich, Baby. Und dann, wenn du mir verziehen hast, dann komme ich zurück.

»Dante!«, schimpfst du mich, so wie du es schon so oft getan hast.

Dante. Komisch, diesen Namen wieder zu hören. Stammt er schließlich aus einem anderen Leben. Meinem Leben mit dir.

Ich nehme dein Gesicht mit meinen Händen gefangen und sehe dir fest in die Augen. In dieses sanfte Braun.

»Weiß er, dass du hier bist? Wieder zurück bist?«, fragst du mich besorgt.

Du hast Angst, dass sich die Geschichte wiederholen wird. Wird sie nicht, mein Herz! Denn wenn, dann werde ich dieses Mal als Sieger hervorgehen. Doch darüber will ich heute nicht mit dir sprechen. Will ihm nicht diese Nacht widmen. Sie gehört uns!

»Madi, du hast mich sechs Jahre nicht gesehen. Lass uns nicht über ihn reden. Lass uns am besten gar nicht reden!«, raune ich gegen deine Lippen und küsse dich wieder verlangend. Entwaffne dich damit und bringe dich endgültig zum Schweigen.

Ausgehungert küsse ich dich. Verschlinge dich. Raube dir den Atem, nur um dir meinen zu geben. Dann hebe ich dich auf meine Hüften und betrete deine Wohnung. Du schlingst deine Beine wie selbstverständlich um mich und deine Arme wieder um meinen Nacken und küsst mich ebenso verlangend wie ich dich.

Drinnen angekommen stoße ich mit meinem Fuß die Tür zu und gehe mit dir durch deine Wohnung. Kurz löse ich mich von dir, da ich nicht weiß, wo ich hinsoll. Bis mir deine Küchenzeile ins Auge fällt und ich dich, bei ihr angekommen, auf die Arbeitsplatte setze und mich zwischen deine gespreizten Schenkel dränge.

»Ich habe dich so vermisst, Dante!«, keuchst du zwischen deinen heißen Küssen. Oh, und ich dich erst, Baby!, antworte ich dir in Gedanken und nehme wieder deinen Mund mit dem meinen gefangen.

Das liebe ich so an uns, Baby! Wir brauchen nicht viele Worte. Brauchten wir nie. Schon damals haben wir uns blind verstanden. Es ist, als wäre die Zeit für uns stehengeblieben. Als wäre ich nie weggewesen. Als wären keine sechs Jahre vergangen und wir würden uns noch immer heimlich in deinem Zimmer treffen und rummachen. Du noch immer 18 und ich 23 sein. Unsere Liebe ist nicht erlaubt, weil sie verwerflich ist. Da waren und sind sich dein Alter und dein Bruder einig.

Deine flinken Finger reißen mich aus meinen dunklen Gedanken. Du weißt immer, wie du mich ablenken und besänftigen musst, und vor allem, wann du es musst. Wie ich das vermisst habe. Deine Ruhe, wo ich das Chaos bin. Deine Güte, wo ich die Zerstörung bin. Deine Reinheit, wo ich die

Verderbtheit bin.

Wir sind so verschieden und ich so toxisch für dich und doch will ich dich gerade so sehr, Baby! Will dich ausfüllen und nicht mehr gehen lassen.

Ich zerre dir ungeduldig dein Top über den Kopf und entblöße deine schönen Brüste. Du trägst nichts darunter und bringst mich damit um den Verstand. Sofort wandern meine Lippen über deine gebräunte Haut bis runter zu deinen harten Knospen. Sanft küsse ich über sie, ehe ich sie saugend zwischen meinen Lippen gefangen nehme, dich damit zum Keuchen bringe.

Du wölbst dich meinen Lippen lustvoll entgegen. Dein Kopf in den Nacken geworfen. Deine Finger weiterhin in meinem schwarzen Haar vergraben drückst du mich regelrecht an dich und forderst deine lang verwehrte Zärtlichkeit ein.

Ich schmunzle an deine steifen Nippel, ehe ich sie mit meiner Zunge verwöhne und dich damit noch etwas mehr um den Verstand bringe. Du kannst so oder so keinen klaren Gedanken fassen, seit du mich gesehen hast. Da geht es dir wie mir, Baby! Ich kann nur noch an deine süße Pussy denken und wie ich mich gleich endlich wieder in ihr versenken werde.

Meine Lippen bahnen sich ihren Weg nach oben, zurück an deine Lippen, wo sie hingehören und immer sein sollten. Du lässt von meinen Haaren ab und zielstrebig finden deine Finger meinen Gürtel und öffnen ihn schnell. Das hat mich von Anfang an so sehr an dir fasziniert. Dass du auch damals schon wusstest, was du wolltest, und du überhaupt das Höllenfeuer um uns herum entfacht hast, als du mich zum ersten Mal geküsst hast.

Ich hätte nie den ersten Schritt getan. Schließlich hatte ich ein Versprechen abgegeben und doch habe ich es nach deinem Kuss ohne Wenn und Aber und ohne Reue gebrochen. Als deine weichen Lippen mich zum allerersten Mal berührt hatten.

Ich brumme erregt auf, als du mit deinen flinken Fingern

in meine Hose und Shorts wanderst und meine Härte berührst. Sanft streichelst du meinen Schwanz und weißt, wie verrückt mich das macht, denn ich war schon immer der Ungeduldigere von uns beiden.

Mit einem kräftigen Ruck ziehe ich dir die knappe Sportpanty und den Slip runter. Du hilfst mir, indem du deinen süßen Po leicht anhebst und ich dich endlich von all dem lästigen Stoff befreien kann. Eine Göttin wie du muss in all ihrer Pracht und Schönheit betrachtet werden.

Bevor ich dich dort unten berühre und vollkommen meinen Verstand verliere, greife ich nach hinten an mein Shirt und ziehe es mir mit einer gleitenden Bewegung über meinen Kopf und lege somit meinen Oberkörper frei. Du musst unseren Kuss unterbrechen, nimmst etwas Abstand und lässt deine braunen, wachen Augen über meine Muskeln gleiten. Schon immer hast du meinen definierten Oberkörper geliebt.

Du bemerkst schnell, dass ich noch um einiges muskulöser geworden bin, und dir gefällt, was du siehst, denn deine Augen bekommen diesen herrlich lüsternen Glanz und deine sinnlichen Lippen treffen gierig meine Brustmuskeln, während deine Bewegungen um meinen Schaft immer drängender werden.

»Fuck, Baby«, keuche ich und meine Finger finden endlich deine feuchte Pussy. Sie hat mich ebenso vermisst wie du, denn du läufst bereits für mich aus, was mich wiederum animalisch knurren lässt. Denn der Gedanke, dass ich mich gleich nach all der Zeit in dich versenken darf, berauscht mich.

Eigentlich sollte ich dich nicht ohne Gummi ficken. Aber ich muss! Ich muss dich spüren. Voll und ganz. Außerdem ficke ich keine Frau außer dich, meine Göttin, ohne Schutz! Nur dich allein will ich spüren und mich tief in dich versenken, dich markieren.

Ungeduldig schiebe ich meine Jeans nach unten, ehe ich mich richtig positioniere und mit nur einem kräftigen Stoß in dich eindringe. Ich brauche das jetzt so sehr. Doch du wärst nicht mein Licht, wenn du mich nicht aus meiner Ungeduld, meiner Zügellosigkeit holen würdest.

Deine Hände finden an meine Wangen, du dirigierst mein Gesicht so, dass ich dich ansehen muss. Dein sanftes Braun trifft auf mein kaltes Grau und sofort kehrt die Ruhe in mir zurück, durchflutet mich, und ich verharre in dir. Genieße dich und deine herrliche Enge, statt dich wild zu nehmen.

Tief sehen wir uns in die Augen, als ich beginne, mich in dir zu bewegen. Langsam gleitet mein Schwanz vollkommen aus deiner himmlischen Nässe, ehe er sich wieder komplett in dich drängt. Sanft und tief.

Ich liebe deine körperlichen Reaktionen auf mich. Wie deine inneren Muskeln sich um meinen Schaft ziehen, als würden sie ihn nie wieder freigeben wollen. Dein Zittern und Keuchen. Deine Nägel, wie sie sich immer tiefer und unnachgiebiger in meine Haut an meinem Rücken bohren.

Ich werde schneller, ficke dich härter, während du mir willig dein Becken entgegendrückst und mich nun verlangend küsst. Meine Hände graben sich in dein zartes Fleisch.

Stoß um Stoß, ficke ich dich auf deiner Küchenzeile. Beide Stöhnen wir immer lauter und hemmungsloser, bis du, meine Göttin, kommst und mich mit in den Abgrund stürzt.

Mein Schwanz zuckt noch in deiner süßen Pussy. Dein Körper zittert und unser beider Atmung geht schnell. Sachte küsse ich dich noch ein letztes Mal, ertrinke noch einmal in deiner Lust und dem verebbenden Orgasmus, dann löse ich mich von dir und schließe meine Hose.

Deine nackte Brust hebt und senkt sich noch immer schnell. Ich weiß nicht so recht, was ich nun sagen soll, wie es jetzt zwischen uns ist. Verteufelst du mich gleich wieder? Jagst mich davon? …

Doch du tust es nicht. Obwohl du es solltest. Ich würde es verdienen.

Mit einem Schmunzeln ziehst du mich an dem Bund meiner

Jeans gepackt zu dir heran und küsst mich. Nicht stürmisch oder verlangend, sondern einfach leidenschaftlich und versprechend.

Shit! Wie soll ich nur je wieder ohne dich sein, Baby? Ich spreche diese Worte nicht aus, denn du kennst mich zu gut. Du weißt, dass ich dann dabei wäre, wieder alles zu zerstören. Dich zu zerstören, obwohl ich das nie wollte – und doch geht es nicht anders.

Du bist die schwarze Dame, Baby. Für uns gibt es keine Zukunft, solange der schwarze König auf dem Schachbrett steht. Deshalb lass mich das tun, für dich. Für uns!

Eine Nacht voller Gespräche, Sex und noch mehr Sex liegt hinter uns, als ich am Morgen mit dir in meinen Armen aufwache. So, wie ich es mir in all den Jahren immer und immer wieder herbeigesehnt habe. Und nun liege ich hier mit dir und ich lasse dich nie wieder gehen.

Ich habe viel nachgedacht, Baby. Und ich werde tun, was ich tun muss. Es geht nicht anders. Und eines Tages wirst du es verstehen und mir danken, auch wenn du mich im ersten Moment hassen wirst. Ich werde warten, dir Zeit geben.

»Guten Morgen!«, nuschelst du verschlafen und räkelst dich niedlich in meinem Arm, legst dich auf meine nackte Brust und drückst mir einen vertrauten Kuss auf. Als wäre ich nie weggewesen.

»Guten Morgen, Baby!«

Ich grinse dir entgegen, denn ich kann deine Geilheit schon wieder in deinen Augen glänzen sehen. Du warst schon früher immer unersättlich und das hat sich über die Jahre wohl nicht geändert. Gut so! Wir haben schließlich verdammt viel nachzuholen!

Du erhebst dich und ich lasse dich gewähren. Halte dich nicht davon ab, wie du dich rittlings auf meinen Schoß und dann auf meine Morgenlatte setzt. Protestiere nicht, als ich Stück für Stück von unten in dich eindringe, weil du dich auf meine Härte niederlässt.

Als ich dich vollkommen ausfülle, richte ich mich auf, schlinge meine Arme um dich und küsse dich sanft, während du dir nimmst, was du brauchst. Schnell reitest du mich. Immer härter und drängender lässt du dich auf meinen Schwanz nieder. Mit meinen Lippen und meiner Zunge an deiner erhitzten Haut sporne ich dich an, uns über die Ziellinie zu bringen. Und als du stöhnend deinen Kopf in den Nacken wirfst und auf mir kommst, tue ich es dir gleich und falle erneut kopfüber in den Abgrund. Fuck, Baby! ...

Wir verbringen den ganzen Tag im Bett, reden über nichts Wichtiges, über nichts, was unsere schöne, kleine Blase zum Platzen bringen könnte.

Du erzählst mir von den letzten Jahren, wie es dir ergangen ist und doch fragst du nicht nach mir. Als wüsstest du die Antwort schon. Als würden wir wieder in die harte Wirklichkeit katapultiert werden, wenn ich es ausspreche und deine Ängste damit bestätige. Aber das willst du nicht. Du liebst unsere Blase. Denn hier und nur hier sind wir sicher. Es gibt uns nur hier, in unserer eigenen kleinen Welt, unserem Paradies.

Ich lasse es dir noch, schließlich werde ich dich noch früh genug zerstören. Lieber sehe ich dich heute noch einmal vollkommen glücklich, ehe sich alles verändert.

Ob es ein Fehler war, hierherzukommen? Dich noch ein letztes Mal zu schmecken und zu spüren, wenn ich doch weiß, dass heute alles vorbei sein kann? Nein! Ich würde immer *wieder so handeln.*

Ja, ich war schon immer egoistisch, wenn es um dich geht. Eigentlich sollte ich der Stärkere von uns sein und gehen. Für immer! Denn ich weiß, du hast die Kraft dazu nicht. Du könntest mich niemals verlassen.

Deshalb hat er mich auch damals aus der Stadt vertrieben, weil dein Bruder dich und deinen Dickschädel kennt. Und ich bin gegangen, weil ich dich nicht vollkommen zerbrechen wollte und ich wusste, du kannst es nicht.

Ich will so viel sagen, dir alles erklären, versprechen, dass alles gut werden wird. Doch ich tue es nicht. Nicht mit einer Silbe erwähne ich, was ich gleich, wenn ich unser Paradies verlasse, vorhabe.

Stattdessen ficke ich dich ein ums andere Mal. Küsse dich und höre dir zu. Lache und schmunzle über deine Geschichten, die alle so typisch du sind. Bis es Zeit wird, zu gehen.

Kommentarlos drücke ich dir einen gefalteten Zettel in die Hand. Er beinhaltet meine Nummer. Nur für den Fall. Du siehst mich mit deinen sanften Iriden an und nimmst ihn stumm an dich.

»Ich habe Angst, Dante«, flüsterst du gegen meine Lippen.

Ich nicke und lächle. Du warst schon immer zu schlau. Kennst mich zu gut. Spürst, wenn ich etwas Dummes vorhabe.

»Ich weiß, Baby«, ist alles, was ich dir antworte. Ich will dich nicht noch mehr anlügen. Das hast du nicht verdient. Ich habe dich nicht verdient!

»Ich muss jetzt gehen«, sage ich und löse mich leicht von dir. Du siehst zu mir auf und du weißt es, denn du kennst mich.

»Wirst du morgen wieder hier sein?«, fragst du mich leise und ich kann die Panik in deinen schönen Augen sehen. Ich küsse dich und antworte dir nur in meinen Gedanken, ehe ich mich abwende und gehe.

Ich weiß es nicht, Baby!

Auf dem Weg zu meinem Auto fische ich mein Handy aus meiner Jeans und schalte es wieder an. Ich habe unser Paradies verlassen und die Wirklichkeit hat mich zurück.

Das blöde Ding hört überhaupt nicht auf, zu vibrieren, von den ganzen Nachrichten, die ich nun alle erhalte.

Seufzend scrolle ich mich durch sie hindurch, während ich mich hinters Steuer meines Jeeps setze.

Blair hat mehrfach versucht, mich zu erreichen. Ich beschließe, ihre Nachricht als Letztes abzuhören. Auch wenn sie meine rechte Hand ist und ich eigentlich auf all ihre Anrufe sofort reagiere, so kann ich sie jetzt gerade nicht gebrauchen. Meine Gedanken sind zu widersprüchlich, was sie betrifft.

Eine Nachricht meiner Männer lässt mich jedoch sofort hellhörig werden und ich beschließe, den Absender anzurufen.

»Boss?«, nimmt er schon nach dem zweiten Klingeln ab.

»Was ist passiert? Habt ihr ihn?«, frage ich ihn ungeduldig und verspanne mich dabei immer mehr.

»Nein. Sie kamen nicht wieder zurück und wir erreichen sie auch nicht. Keine Spur von ihnen, Boss«, unterrichtet er mich und verspricht damit nichts Gutes.

Meine Männer sind äußerst verlässlich. Vor allem die drei, die ich gestern beauftragt habe, Fletcher zu finden, einzusacken und ihn mir in mein Bürogebäude zu bringen, damit ich mich da um ihn kümmern kann, es ein für alle Mal beenden kann.

Fletcher scheint mir wohl wieder einen Strich durch die Rechnung gemacht zu haben. Ich hätte nicht so kopflos handeln dürfen. Das war ein Fehler und ich sollte wieder zu meinem Ursprungsplan zurückfinden. Strategie statt Raserei gewinnen lassen.

»Was ist mit Blair?«, frage ich ihn gedankenverloren.

»Du hast noch nicht mit ihr gesprochen?«, entgegnet er vorsichtig, doch sein Unterton gefällt mir nicht.

»Nein, aber das werde ich jetzt tun!«, damit lege ich auf und höre meine Mailbox ab, auf die sie mir gesprochen hat.

Ihre Stimme klingt brüchig. Unsicher. Nicht nach Blair. Als wäre etwas passiert.

Sie teilt mir mit, dass sie etwas Wichtiges mit mir zu besprechen hätte, das nicht warten könnte, jedoch persönlich geklärt werden müsste. Zum Schluss schiebt sie dann noch eilig und beinah zusammenhangslos hinterher, dass sie heute zum Rave gehen und mir die Adresse zukommen lassen würde, sobald sie diese erhält.

Irritiert sehe ich auf mein Handy. *Was soll das? Und was ist los mit dir?!*

Ich rufe Blair an, aber sie geht nicht ran. Schnell checke ich meine unzähligen Nachrichten, und tatsächlich, Blair hat mir bereits die Adresse gesendet.

Da ihn mir meine Männer nicht bringen konnten, werde ich es nun selbst in die Hand nehmen müssen. Also werde ich nun allein zum Rave gehen.

Warum allein? Ich kenne den Wichser und er war überdeutlich mit seiner Drohung in seinem Brief an mich. Er will mich allein. Er will, dass ich ohne Verstärkung in sein dunkles Königreich komme, denn dann denkt er, könnte er gewinnen. Doch das kann er nicht. Ich werde nicht verlieren! Nicht schon wieder!

Kapitel 32

Die Dame

*J*mmer noch habe ich nichts von Crow gehört. Keine Ahnung, warum er sich nicht meldet. Ob er immer noch angepisst ist oder mich durch seine Ignoranz wirklich nur daran erinnern will, wo mein Platz ist?

Das mit Nash gestern Abend war ein riesiger Fehler. Warum muss sich mein sonst so gut funktionierendes Gehirn in seiner Gegenwart auch immer auf Sparflamme runterdrehen? Ich hätte unsere Männer gewähren lassen und Nash zu Crow bringen lassen sollen. Aber nein, ich muss ja immer meinen Kopf ausschalten und planlos handeln, wenn er in meiner Nähe ist.

Ich werde heute auf den Rave gehen und versuchen, Nash aus der Reserve zu locken. Und natürlich will ich mir mein Bike zurückholen. Ich will es Nash nicht als Trophäe überlassen. Das lässt mein Stolz nicht zu. Ja, an erster Stelle steht Crows Auftrag, aber mein Bike kann ich trotzdem nicht kampflos aufgeben.

Relativ früh beginne ich damit, mich für den Abend vorzubereiten. Ich starte einen richtigen kleinen Beautymarathon, um den großen schwarzen König um den Verstand zu bringen.

Während einer ausgiebigen Dusche rasiere ich mich gründlich und schäume mich besonders ausgiebig ein. Ich will ja schließlich auch gut duften.

Am Abend, als es Zeit ist, sich umzuziehen, entscheide ich mich für ein besonders knappes Kleid mit Spagettiträgern. Es ist natürlich schwarz und endet knapp unter meinem Po.

Überall sind kleine Cutouts, sodass immer mal wieder ein wenig Haut durchblitzt und sich auch mein Tattoo unterhalb meiner Brust an ein paar Stellen zeigt. Einen BH lasse ich weg. Ich trage nur einen dunklen Spitzenstring. Meine Füße hülle ich in ebenfalls schwarze Overknee-Stiefel. Mit diesen hohen Absätzen bin ich zwar nicht mehr ganz so klein, aber trotzdem befürchte ich, ihm nicht auf Augenhöhe begegnen zu können.

Mein Tattoo auf dem linken Oberschenkel ist eingerahmt vom Saum des Kleides, das sich perfekt an meinen Körper schmiegt, und den Stiefeln.

Wie von allein wandern meine Gedanken zu der gestrigen Nacht und wie Nash mich hier neben dem Spiegel gegen die Wand gefickt hat. Wie seine rauen Finger mir so unglaublich viel Lust geschenkt haben. Im Spiegel blicke ich mir in meine dunkel umrahmten Augen. *Ich muss dich aus meinem Kopf bekommen!*

Meine Haare fallen glatt und komplett aus dem Gesicht frisiert über meine Schultern. Mit diesem Anblick wird er nicht rechnen. Ich hoffe, schon allein mit meinem Aussehen bringe ich ihn ein wenig aus der Fassung. Bis jetzt kennt er mich nur in Jeanshorts oder meinem Bikeroutfit. So hat er mich noch nicht gesehen und hoffentlich wird ihm der Atem stocken.

Nachdem ich über den Verteiler endlich die Adresse für den Rave erhalten habe, rufe ich mir ein Taxi und trete, kurz bevor es da sein muss, noch einmal vor den großen Spiegel. Ich trage roten Lippenstift auf, betrachte mich komplett und nicke mir selbst zu. Vielleicht, um mich ein letztes Mal an meinen Plan zu erinnern. Ich werde Crow beweisen, dass ich es kann. Dass er sich auf mich verlassen kann.

Ich habe Crow nur eine kurze Nachricht geschickt, mit der Adresse, wo der Rave heute stattfindet. Aber natürlich erscheint nur ein grauer Haken. Sein Handy ist also immer noch ausgeschaltet. Na ja, irgendwann wird er es schon lesen und auch meine Nachricht auf seiner Mailbox abhören. Ich hoffe nur, dass er nicht erneut kopflos handelt.

Als ich das Taxi hupen höre, begebe ich mich nach unten und steige in das Auto. Ich gebe dem Fahrer die Adresse und nachdem er sie in sein Navi eingetippt hat, dreht er sich noch einmal zu mir um.

»Sind Sie sicher, dass das die richtige Adresse ist?«, fragt er vorsichtig.

»Ja, das stimmt schon«, sage ich voller Überzeugung.

Es war ja klar, dass es irgendwo in der Pampa stattfindet. Aber wahrscheinlich bin ich eine der wenigen, die mit einem Taxi kommen. Der Fahrer hebt eine Augenbraue, sagt aber nichts mehr und fährt los. Na ja, es kann ihm auch egal sein, wo ich hinwill. Denn sein Geld erhält er so oder so.

Plötzlich beginnt mein Handy zu vibrieren und ich erkenne Crows Namen im Display. Ich will schon abheben, als eine innere Stimme plötzlich ganz laut schreit, es nicht zu tun. *Was, wenn du schon weißt, dass unsere Männer tot sind?*

Vielleicht sollte ich doch warten, bevor ich mit ihm spreche. Vielleicht ist es klüger, wenn ich es erst dann tue, wenn ich wirklich zu tausend Prozent belegen kann, dass ich weiß, wo sich der Dealer aufhält. Also ignoriere ich fürs Erste die Anrufe. *Ich werde dir später alles berichten und hoffentlich nur gute Neuigkeiten haben, Crow! Bitte vertrau mir noch dieses eine Mal!*

Je näher wir kommen, desto abgelegener wird die Gegend. Ich frage mich jedes Mal aufs Neue, wie er immer an diese einsamen, aber wirklich coolen Locations kommt. Dann erblicke ich die alte Villa und bin für einen Moment sprachlos. *Wow!* Mehr kann man zu diesem imposanten Gebäude einfach nicht sagen.

Eigentlich unbegreiflich, warum sie leersteht. Dieses gigantische Haus hat mindestens drei Etagen und bestimmt hunderte Zimmer. *Wie soll ich dich da finden?*

Als das Taxi hält, beäugt mich der Fahrer skeptisch. Vielleicht denkt er, ich würde hier auf der Party mein Geld verdienen. Ich schenke ihm zum Abschied, nachdem ich ihm die Fahrt bezahlt habe, einen Luftkuss und mache mich mit schwingenden Hüften auf den Weg zum Eingang. Der Bass und die Stimmen der feiernden Masse dröhnen mir mit ganzer Wucht entgegen. Durch die Fenster kann ich die flackernden Lichter erkennen. Der Rave muss in vollem Gange sein.

Dann werde ich mich mal auf die Suche nach ihm machen. Er glaubt vielleicht, sein dunkles Königreich schüchtert mich ein. Aber da hat er sich geschnitten.

Nachdem ich einem der Türsteher seine Einladung vorgezeigt habe, trete ich durch die zwei dunklen Holztüren in die Villa ein. *Wow, der Typ hat es einfach drauf.*

Überall tanzen bunte Lichter, Stroboskoplicht flackert und immer wieder wird der riesige Eingangsbereich von neuen Nebelschwaden eingehüllt. Für einen winzigen Moment lasse ich diese Atmosphäre auf mich wirken. Wie gern würde ich mich auch einfach nur in der Masse verlieren und mich der Musik hingeben.

Aber nein, ich habe andere Pläne. Also reiße ich mich von dem Anblick los und mache mich auf zur Bar. Ich bestelle mir einen Gin Tonic und frage die Bardame nach Nash.

Wenn ich dachte, ich wäre heute knapp bekleidet, dann muss ich meine Aussage definitiv zurücknehmen. Die Dame trägt lediglich schwarze, kurze Unterwäsche, bei der zum Nacktsein nicht mehr viel fehlt.

»Ich suche den König. Wo finde ich ihn?«

Nachdem sie mir mein Glas vor die Nase gestellt hat, beäugt sie mich skeptisch, bevor sie den Mund aufmacht.

»Der König empfängt nicht jeden. Mach dir keine Hoffnung und genieß einfach den Beat. Kann ich dir was zum

Runterkommen anbieten?«

Neben meinem Glas erscheint ein kleines Tablett mit bunten Pillen. Seine Wunderdroge.

»Nein danke. Und außerdem erwartet er mich.«

Überrascht reißt sie die Augen auf, gibt mir aber trotzdem weiterhin keine Antwort. Genervt verdrehe ich die Augen.

»Schätzchen, ich hab nicht ewig Zeit. Kannst du mir jetzt sagen, wo ich ihn finde, oder nicht?«

Eingeschnappt verzieht sie den Mund.

»Treppe hoch«, sagt sie nur und deutet in die entsprechende Richtung, bevor sie sich umdreht und einem anderen Gast zuwendet.

»Zu freundlich«, sage ich schon, während ich mich bereits abwende.

Ich schnappe mir meinen Drink, steuere die große Freitreppe an und begebe mich in die erste Etage. Diese Villa ist riesig. Wie soll ich ihn in all diesen Zimmern finden?

Ich beschließe, zuerst dem linken Gang zu folgen. Mindestens fünfzehn Räume befinden sich hier. Vereinzelte Türen sind verschlossen, in andere kann ich einen Blick hineinwerfen. Die meisten sind leer oder in ihnen stehen zugestaubte Möbel. Doch vom Ravekönig fehlt jede Spur. Als ich gerade die letzten Zimmer in diesem Gang ansteuern will, kommen mir zwei Männer aus einem entgegen.

»Was machst du hier, Süße? Suchst du Gesellschaft?«

Oh, wie ich solche Typen hasse ...

»Ja, aber nicht eure. Ich will zum König, er erwartet mich!«

Ich halte die schwarze Einladungskarte in die Höhe und die beiden blicken sich wissend an.

»Hier wirst du ihn nicht finden.« Damit treten sie ohne ein weiteres Wort an mir vorbei und lassen mich weiterhin unwissend zurück. *Na, das kann ja lustig werden.*

Da ich ihn hier anscheinend nicht antreffen werde,

beschließe ich, zurück zum Treppenaufgang zu gehen und im anderen Gang zu suchen. Hier sind erneut einzelne Zimmer verschlossen, andere leer. Es fehlt jede Spur vom Ravekönig.

Kurz spiele ich mit dem Gedanken, mit irgendwem hier Streit anzufangen, nur um ihn aus seinem Versteck zu locken. Aber wer weiß, ob er überhaupt über jeden kleinen Störenfried informiert wird?

Auch in den oberen Etagen finde ich außer einem fickenden Pärchen, das mich noch nicht mal bemerkt, und weiteren ungenutzten Räumen nichts Interessantes.

Da mein Glas mittlerweile leer ist, beschließe ich, erneut nach unten zur Bar zu gehen und mir einen weiteren Drink zu holen. Ich lasse mich frustriert auf einem der Hocker nieder und überlege fieberhaft, wie ich ihn finden soll. Ich dachte, die Location wäre wieder irgendeine Halle, in der es nicht so viele Versteckmöglichkeiten gibt wie hier. Es ist fast unmöglich, ihn zu finden, wenn mir nicht irgendjemand einen Tipp gibt. Aber ich war in jedem Zimmer. Außer … außer in denen in der ersten Etage, wo die Männer mich weggeschickt haben. *Toll! Und ich such mir 'nen Wolf …*

Also schnappe ich mir meinen zweiten Gin Tonic, exe ihn schnell und mache mich auf den Weg zurück, um dort nach ihm zu suchen.

Ich will mit dem letzten Raum des Korridors starten, doch gerade als ich an einem anderen Zimmer vorbeigehen will, beginnt mein Nacken plötzlich zu prickeln und ich kann seine Präsenz schon hier im Flur spüren.

Also gehe ich die drei Schritte zurück zu der angelehnten Tür. Mein Puls beschleunigt sich. Ich weiß einfach, dass er darin auf mich wartet, es ist wie ein unsichtbares Band, das mich hineinzieht.

Ein letztes Mal schließe ich die Augen und atme tief durch. *Heute wirst du nicht gewinnen.*

Ich öffne die Tür so weit, dass ich eintreten kann. Trotz meines Plans muss ich hart schlucken, als ich ihn erblicke. Er sitzt tatsächlich auf einem fast königlichen Sessel. Ein Fuß auf dem anderen Knie abgelegt, die Hände auf den Armlehnen platziert. Seine Präsenz nimmt den kompletten Raum ein. Dann wandert mein Blick in sein Gesicht. Seine Lippen ziert ein so teuflisches Lächeln, dass ich kurz mit dem Gedanken spiele, wieder umzudrehen. *Denk an deinen Auftrag, verdammt!*

»Hallo, Püppchen! Du hast mich also gefunden?!«, reißt mich seine dunkle Stimme aus meinen Gedanken.

Noch einmal atme ich tief durch und konzentriere mich auf meinen Plan. Er will spielen? Kann er haben. Dieses Mal bin ich vorbereitet. Dieses Mal werde ich ihn nicht so einfach davonkommen lassen. Ich will nicht nur meinen Auftrag erfüllen, sondern auch mein Baby zurück. Nach gestern glaubt er vielleicht, ich lasse mich komplett auf seine Bedingungen ein. Aber er wird sich noch wundern.

Du unterschätzt mich, dunkler König!

Kapitel 33

Schwarzer König

*D*er Plan war eigentlich ganz einfach, denn ich kenne schließlich alle ihre Knöpfe. Ich wollte sie dieses Mal restlos um den Verstand bringen, damit sie mir endlich die Antworten gibt, die ich wissen will, wissen muss, um sie dann anschließend gegen den weißen König zu benutzen. Er wird kommen und wenn er nicht vor mir sein Knie beugt und seine Krone ablegt, werde ich ihm seine weiße Dame nehmen. Und dann werden wir sehen, wie sein nächster Zug aussieht, wenn er völlig auf sich allein gestellt ist.

Dann taucht dieses kleine Biest hier in diesem Outfit auf, mit ihrem dermaßen kurzen Kleid, dass es schon fast als Gürtel durchgehen kann, und ihren hohen Stiefeln, die ihr bis übers Knie reichen. Auf ihrem linken Oberschenkel ihr Tattoo, perfekt in Szene gesetzt. Heilige Scheiße!

Ich habe ja wirklich schon einiges Heißes gesehen und noch mehr davon gefickt. Doch mein kleines Püppchen hier treibt mich an meine Grenzen. Denn der Wunsch, Antworten von ihr zu bekommen, rückt in den Hintergrund und das Bedürfnis, sie zu schmecken und zu berühren, drängt sich in den Vordergrund. Wird beinah übermächtig und lässt mich mein Ziel aus den Augen verlieren. Reiß dich zusammen, Nash! Du bist ein König und ein König bekommt immer, was er will!, erinnere ich mich an die Realität.

Mit noch immer teuflischem Lächeln auf den Lippen greife ich nach dem vollen Glas Whiskey, das neben mir auf dem kleinen Beistelltisch steht, und nippe leicht daran.

Sie hat noch keinen Ton gesagt und so, wie sie schaut, rasen ihr, ebenso wie mir, tausend Gedanken durch den Kopf.

Sie kam mit dem ganz klaren Vorsatz hierher, mich zu verführen, um zu bekommen, was sie will. Vielleicht sollte ich sie einfach machen lassen. Sie ihr Spiel spielen lassen, um zu sehen, wie weit sie bereit ist, zu gehen. Um zu wissen, was sie wirklich vorhat, um dann im richtigen Moment den Spieß umzudrehen und sie endgültig zu brechen.

Schamlos lasse ich meinen Blick über ihr heißes Outfit gleiten, um es ihr leichter zu machen, zurück in ihre Rolle zu finden. Denn sie scheint etwas aus dem Konzept zu sein. Oh, Püppchen, mach es mir doch nicht so verdammt leicht …

»Du hast mich also gefunden. Bist du denn nun auch ein braves Mädchen und sagst mir, was ich wissen will? Oder führst du deinen Auftrag heute aus und tötest mich? Denn um dein geliebtes Bike geht es hier schon lange nicht mehr, oder?«, provoziere ich sie etwas, um sie aus ihrer Starre zu holen.

Es funktioniert, denn sobald ich ihre Maschine erwähne, durchzuckt es sie wie ein Blitz und das altbekannte Feuer lodert in ihrem Blick auf. Mein Mundwinkel zuckt verräterisch. Gleich wird sie mir wieder mit ihrem jugendlichen Temperament den Arsch aufreißen wollen. Unsere kleinen Wortgefechte gefallen mir allmählich. Sie sind so erfrischend und anders. Sie ist anders.

Statt das zu tun, was ich von ihr erwarte, setzt sie ein verruchtes Lächeln auf, schenkt mir einen Augenaufschlag, der irgendwelche Weicheier schon allein davon hart werden lassen würde, und kommt mit einem Hüftschwung, der waffenscheinpflichtig sein sollte, auf mich zu.

Ich lege den Kopf leicht schief und beobachte sie, wie sie immer nähertritt, bis sie dicht vor mir stehen bleibt und zu mir heruntersieht. Ihr Kleid ist so verdammt kurz, dass ich bei jedem ihrer kleinen Schritte ihr schwarzes Spitzenhöschen durchblitzen sehe, und nun, da sie direkt vor mir steht, erkenne ich, dass dieses kleine Biest keinen BH trägt. Unfair spielen kannst du, Püppchen. Doch ich bin besser …

Ich erwarte irgendeinen schlagfertigen Spruch von ihr. Jedoch bleibt sie noch immer stumm. Blickt einfach nur weiter mit verruchtem Blick und einem sexy Lächeln auf mich herab. Bis sie sich leicht nach vorne beugt, mir dadurch einen perfekten Blick auf ihre schönen Brüste schenkt, ehe sie mir mein Glas frech, wie sie nun mal ist, aus der Hand nimmt, um es an ihre sinnlichen und rotgeschminkten Lippen zu führen.

Einen Schluck später läuft sie plötzlich rückwärts. Ich lehne mich schnell nach vorne, um sie davon abzuhalten, zu gehen. Keine Ahnung, welcher Teufel mich gerade dazu geritten hat. Doch der Gedanke, sie würde jetzt verschwinden, lässt mein Inneres unruhig werden.

Ihr Lächeln wird noch eine Spur frecher, dann wendet sie sich ab. Statt den Raum zu verlassen, geht sie mit einem heißen Hüftschwung auf den Schreibtisch im hinteren Teil des Zimmers zu und setzt sich auf dessen Oberfläche. Ich folge ihr mit meinen Blicken, beobachte sie genau, was sie tut. Als sie dann langsam ihre Beine spreizt, setzt mein Hirn aus und ich bin bei ihr, ehe ich überhaupt weiß, was hier abgeht.

Ich dränge mich zwischen ihre Beine, drücke sie dadurch noch etwas weiter auseinander und lege meine Hände auf ihren seidigen Schenkeln ab.

»Und jetzt, Püppchen?«, raune ich mit tiefer Stimme dicht an ihre Lippen und jage ihr damit den altbekannten Schauer über den Rücken. Dennoch lässt sie sich nichts anmerken und spielt weiter ihr gefährliches Spiel.

Sie lehnt sich etwas zurück und ich verliere mich beinah in

dem sanften Braun ihrer Iriden. Was macht dieses Mädchen mit mir?!

Meine Wut auf ihr abgekartetes Spiel ist wie verflogen. Zurück bleibt nur der übermenschliche Drang, sie zu schmecken. Ich muss dich schmecken!

Sie will etwas sagen, will den Machtkampf zwischen uns weiterführen, aber der muss warten. Ich will jetzt nicht kämpfen. Will nichts von ihr hören. Keine Antworten oder Geständnisse aus ihr herausholen oder sonst etwas. Ich will einfach nur zwischen ihren Schenkeln verschwinden und bei ihrem Geschmack den Verstand verlieren. Deshalb schenke ich ihr ein ehrliches Lächeln, das sie innehalten lässt.

Als ich vor ihr auf die Knie gehe, sie packe und sie bis an die Tischkante ziehe, blickt sie mich mit aufgerissenen Augen an. Als ich ihre Beine, die sie wieder schließen will, mit meinen breiten Schultern blockiere, sehe ich noch einmal verschmitzt lächelnd zu ihr nach oben, ehe ich mich ihrer verführerischen Mitte widme.

Ich küsse den dünnen Stoff ihres Spitzenhöschens entlang und entlocke ihr dadurch ein erregtes Keuchen. Ihr süßlicher Geruch steigt mir in die Nase und lässt mich meinen Verstand schon jetzt verlieren, ehe ich sie überhaupt gekostet habe. Fuck, dieses Mädchen könnte meinen Untergang, den meines Königreichs, bedeuten und gerade in diesem Moment würde ich es hergeben, würde alles hergeben, nur um sie zu schmecken.

Mir meiner verrückten Gedanken wohl bewusst, denke ich nicht daran, jetzt wieder zu mir zu finden. Ich will jetzt kein König sein, mit seiner schweren dunklen Krone auf seinem stolzen Haupt. Will einfach nur ein Mann sein, der vor seiner Königin kniet, um sie um den Verstand zu lecken. Ohne Hintergedanken. Ohne Tricks. Ohne Falltür. Einfach, weil ich es will.

Sie hält mich nicht auf, als ich ihr Höschen zur Seite

schiebe. Auch nicht, als ich mit meinem Mund ihren unteren Lippen immer näherkomme und diese dann sanft küsse. Erst als ich meine Zungenspitze zwischen ihre Schamlippen schiebe, krallt sie sich in mein Haar, aber nicht, um mich aufzuhalten, sondern um mich regelrecht gegen ihren pochenden Schritt zu drücken. Mit einem wissenden Lächeln lecke ich einmal grob durch ihre unteren Lippen, bringe sie dadurch zum Erbeben.

Ich lecke genießerisch über ihre pulsierende Perle. Mal langsam, mal schneller. Bringe sie damit immer und immer wieder zum Stöhnen und Keuchen. Ihr Griff wird fester in meinem Haar. Ihr Körper spannt sich an und beginnt leicht zu zucken.

Mit einem tiefen Brummen, das sich aus meiner Kehle presst, schiebe ich meine Zunge in ihre verführerische Nässe und meine Geschmacksnerven explodieren, als ich endlich ihren süßlichen Saft schmecke.

Ungeduldig drücke ich ihre Beine noch weiter auseinander, lege meinen Daumen auf ihre Perle und reibe diese, während ich sie tief mit meiner Zunge ficke. Sie damit laut zum Stöhnen und mich damit selbst weiter um den Verstand bringe.

Als ich spüre, dass sie kurz davor ist, zu kommen, ziehe ich mich mit meiner Zunge aus ihrer Enge zurück. Nur, um sie sofort durch zwei Finger zu ersetzen. Sie sind leicht gekrümmt, um auch ihren verborgenen Punkt zu treffen und zu reizen, und ich ficke sie mit schnellen Bewegungen. Dabei nehme ich ihren Kitzler zwischen die Lippen und sauge an ihm. Sie explodiert.

Blair kommt mit einem lauten und sexy Stöhnen. Ihr Griff um mein Haar wird für diesen einen kurzen Moment, in dem sie sich fallen lässt, schmerzhaft. Doch das stört mich nicht. Ihr bebender und zuckender Körper und ihr erlösendes Stöhnen sind viel zu erotisch, als dass ich aufhören könnte.

Ich lasse sie ihren Orgasmus vollkommen auskosten, lecke und küsse immer wieder sanft ihre pochende Perle. Bis sie mein Haar loslässt, dann wische ich mir ihren köstlichen Saft an meinem Arm ab und stehe auf.

Dicht zwischen ihren Beinen, sehe ich auf sie herab. Das Feuer und der Trotz sind aus ihrem Blick verschwunden. Auch keine Verwirrung trifft mich, wie sonst immer. Ich blicke einfach nur in zwei sanfte, braune Iriden, die mich genauso intensiv mustern wie ich sie.

»Normalerweise knie ich vor niemandem. Niemals! Außer vor meiner Königin. Merk dir das, Püppchen.«

Ihre Augen werden bei meinen Worten groß. Ich weiß, was ich hier gerade gesagt habe, und dennoch werde ich es nicht zurücknehmen. Denn es ist, wie es ist. Also wieso etwas anderes daraus machen?

Zärtlich nehme ich ihr Gesicht in meine Hände. Noch nie hat mich eine Frau so fasziniert und angezogen. Und noch nie habe ich ihren Blick dermaßen erwidert. Niemals wollte ich mein Knie beugen und erst recht nicht eine Frau meine Königin nennen. Ich bin ein einsamer König.

Ebenso habe ich noch nie eine Frau beglückt, ohne dass für mich etwas dabei herausgesprungen ist. Und noch nie war es mir so egal, ob ich etwas dafür bekomme oder leer ausgehe. Ich hatte einfach das zwingende Bedürfnis, sie zu schmecken. Doch jetzt, wenn sie mich mit ihren großen Puppenaugen ansieht, da will ich nicht einmal mehr Antworten von ihr.

Ich will, dass sie geht oder bleibt, wenn sie es will. Will einfach nicht mehr das Arschloch ihr gegenüber sein. Kein erbarmungsloser Mann. Kein dunkler König. Vor ihr will ich die Krone ablegen. Ich sein, wer auch immer ich bin. Das muss ich nach all den Jahren noch herausfinden.

Viel zu lange bin ich nicht mehr dieser Mann gewesen.

Zu lange trage ich schon diese schwere Krone auf meinem Haupt. Es wird Zeit, sie abzulegen, zumindest in ihrem Beisein, wenn sie das ebenso möchte. Und nicht, weil ich sie dazu zwinge oder mit etwas erpresse. Sie muss sich entscheiden. Schwarz oder Weiß. Was wirst du wählen, Püppchen? Liebe oder Loyalität?

Deshalb tue ich etwas, das ich in all den Jahren als Ravekönig nicht getan habe. Ich breche mein Wort. Halte mich nicht an dieses und gebe nach. Etwas, das ich noch für keinen Menschen außer meiner kleinen Schwester getan habe.

Ich greife in meine Hosentasche, ziehe einen kleinen Gegenstand aus ihr heraus und lege ihn ihr anschließend in die Hand.

»Dein Bike steht hinter dem Haus. Es gehört dir. Du kannst jetzt gehen, Püppchen.« Meine Stimme klingt rau und die Worte kommen mir schwer über die Lippen. Denn ich will nicht, dass sie geht, und doch werde ich sie nicht aufhalten, wenn sie es tut.

Irritiert blickt sie in ihre Hand und als sie den Schlüssel für ihr Bike entdeckt und meine Worte vollends begreift, sieht sie mich mit aufgerissenen Augen an. Sie kann meinen Sinneswandel nicht verstehen und das ist okay. Schließlich kann ich es auch nicht. Ich weiß nur, dass ich sie nicht mehr verletzen will. Nicht für meine Zwecke missbrauchen will. Und auch nicht mehr brechen will. Nicht einmal mehr besitzen will ich sie.

»Warum?«, ist alles, was sie mich wispernd fragt.

Lächelnd nehme ich ihr Gesicht erneut mit meinen beiden Händen sanft gefangen, ehe ich sie küsse. Nicht dominant, besitzergreifend oder einnehmend wie bei unseren letzten Treffen, sondern einfach nur leidenschaftlich. Eben das, was gerade meinen Körper durchflutet, meine Gedankenwelt auf den Kopf stellt und mich dumme Dinge tun lässt.

Als Blair meinen Kuss erwidert und das mit derselben Intensität wie ich, drohe ich zu zerspringen. Kann die Emotionen nicht einordnen und noch weniger verstehen. Aber das ist in diesem Moment egal. Ich lasse mich einfach von meiner Königin um den Verstand küssen.

Ihre Zunge bittet sanft um Einlass und ich lasse sie nur allzu gern gewähren. Spiele mit ihrer und sie mit meiner. Der Kuss ist weder stürmisch noch wild. Er ist ... anders. Anders als alles, was ich bis jetzt gespürt habe.

Keuchend löst sie sich von mir und sieht mir in die Augen. Noch immer halte ich ihr Gesicht in meinen Händen und stehe zwischen ihren weit gespreizten Beinen.

Ein süßes Lächeln schleicht sich auf ihre geschwollenen Lippen und auch ich muss ehrlich lächeln.

»Blair?!«, ertönt plötzlich eine mir viel zu vertraute Stimme und das Blut gefriert in meinen Adern. Ihre Augen weiten sich panisch und erschrocken sieht sie auf, entzieht sich mir dadurch und starrt an meiner Schulter vorbei Richtung Tür.

»Crow!«, keucht sie und die Erkenntnis, die bittere Erkenntnis, flutet meinen Verstand, reißt alle Emotionen, die ich gerade empfunden habe, mit sich und lässt nichts weiter zurück als Zorn. Allumfassenden und tobenden Zorn, der alles und jeden um mich herum zerstören wird.

Ich will euch alle brennen sehen!

Fortsetzung folgt...

Danksagung

Das war es! Unser gemeinsames Debüt! Aus einer spontanen Idee am Telefon ist tatsächlich dieses Buchbaby entstanden. Niemals hätten wir beide gedacht, dass wir in der Lage sind, mit jemand anderem zu schreiben. Aber wir harmonieren einfach perfekt zusammen! Wir freuen uns schon sehr darauf, Band 2 und 3 zu schreiben. Und auf alles, was danach noch kommt.

Aber ohne ein paar liebe Menschen wäre das alles gar nicht möglich gewesen.

An erster Stelle müssen wir uns wohl bei unseren beiden Männern bedanken. Die vielen stundenlangen Telefonate, die sogar manchmal bis morgens um drei gingen, wenn einer der beiden aufstehen musste, haben sie mehr oder weniger hingenommen. Auch wenn sie wahrscheinlich des Öfteren mit dem Kopf geschüttelt haben. Danke, dass wir euch an unserer Seite haben!

Danke an all unsere lieben und fleißigen Testlesebienchen! Dank eurer Hilfe ist dieser Auftakt unserer Kingdom-Reihe so viel besser geworden!

Ein großer Dank geht auch an unsere Kingdom-Blogger!
Nadine, Saskia, Sara, Denise, Lisa, Anni, Celina, unsere Elfe, Emi, Feli, Lara, Lena, Mary, Merve, Nadine, Teufelchen, Steffi, Enya, Silke und Mareike.
Danke für diese grandiose Unterstützung – egal ob es ein Beitrag, ein Reel oder sogar ein Buchtrailer war – und für jedes aufbauende Wort. Wir sind so froh, euch an unserer

Seite zu haben!

Ein weiteres Dankeschön geht an die liebe Mery! Die Illustrationen sind einfach perfekt geworden! Danke für deine Geduld mit uns beiden!

Außerdem möchten wir uns beim Heartcraft Verlag bedanken, dass sie uns diese Chance, gemeinsam etwas zu veröffentlichen, ermöglichen.
An die liebe Kim, die uns nicht nur das geilste Cover ever gezaubert hat, sondern auch für dieses einmalige Erlebnis eines Lektorats. Deine Stimme im Kopf werden wir wohl nie wieder los!

Und unser größter Dank geht an euch Leser! Ohne euch könnten wir unseren Traum nicht leben! Danke, dass ihr uns das durch das Lesen unserer Bücher möglich macht!

Das war's auch schon wieder. Unsere erste gemeinsame Danksagung. Natürlich gibt es da noch so viel mehr wundervolle Menschen. Liebe Kolleginnen und Kollegen, die uns mit Rat und Tat zur Seite standen. Auch euch ein dickes Dankeschön, ihr Zuckerschnuten.

So, ihr Süßen, und nun steuern wir schon auf die Fortsetzung unseres dunklen Königreichs zu. Im Frühjahr nächsten Jahres geht es weiter. Wer wird diesen Krieg auf dem schwarz-weißen Brett gewinnen? Wird sich Blair je zwischen Loyalität und Herz entscheiden können?

Ihr wollt auf dem Laufenden bleiben? Dann folgt uns auf unserer Instagram-Seite: @dark.woods.books
Dort werdet ihr rund um Band 2 und unser dunkles Königreich auf den neusten Stand gebracht.

Wir freuen uns auf euch!

Verspielte Grüße
Sam Woods & Sally Dark

sallly lark ♥

Über Sally Dark

Man nennt mich Sally Dark.

Kommt und folgt mir in meine Welt der dunklen Liebesromane und erotischen Geschichten.

Fühlt ihr euch auch eher zu den düsteren Kerlen hingezogen? Steht ihr auf raue und prickelnde Sexszenen? Und mögt ihr ebenso wie ich Protagonisten, die kein Blatt vor den Mund nehmen und auch mal eine etwas derbere Aussprache haben dürfen?

Dann heiße ich euch in meiner Welt willkommen.

Ich habe ein Faible für Bad Boys und Bad Heros, die die Welt ein klein wenig heißer machen.

Denn sind wir doch mal ehrlich: Wer will schon den Guten, wenn man den Heißen haben kann?!

Dunkle Grüße

Eure Sally Dark

Über Sam Woods

Sam Woods ist im Herzen des Ruhrgebiets geboren worden und durch und durch ein Ruhrpottkind. Mit ihrem Mann und zwei Kindern lebt sie immer noch in ihrer Geburtsstadt in einem kleinen gemütlichen Zechenhaus, hört viel Musik und streamt gerne Netflix. Erst spät entdeckte sie ihre Leidenschaft für Bücher, die dafür nun umso stärker ist, und veröffentlichte ihr Debüt „Save me Enemy". Mittlerweile kann sie sich ein Leben ohne das Schreiben gar nicht mehr vorstellen. Für sie ist es ein Ausgleich zum Alltag, den sie nicht mehr missen möchte. Es warten noch so viele Charaktere in ihrem Kopf, deren Geschichten auf Papier gebracht werden wollen. Also seid gespannt auf das, was noch kommen wird!

Wenn ihr keine Neuigkeiten verpassen wollt, folgt ihr doch einfach über Instagram:

@sam_woods_author

In unserem Newsletter erwarten dich
exklusive Inhalte wie zum Beispiel:
- Autoreninterviews
- Insider Infos zu den Büchern
- Verlosungen
- Vorabinformationen zu den kommenden
Werken. Zum Beispiel Cover und Klappentexte
- XXL Leseproben

Melde dich ganz einfach an unter
www.heartcraft-verlag.de

Weitere Bücher von Sally Dark

Princess - Reihe
Band 1: The Princess and the Beast - Dunkles Spiel
Band 2: The Princess and the Beast - Tödliche Jagd

Klappentext:
Um gleich eins klarzustellen:
Das hier ist weder ein zuckersüßes Märchen noch eine harmlose Lovestory. Meine Geschichte ist nichts für schwache Nerven. Mein Leben besteht aus Gewalt, Tod, Drogen und Sex.
Hier gibt es keine Moral.
Ich bin auch kein verschissener Ritter in strahlender Rüstung. Ich bin ein Monster, das sich nimmt, was es will und tötet, wer ihm im Weg steht.
Will ich dich töten oder nur mit dir spielen?
Ich bin der Hunter und du meine Beute. Was auch immer ich mit dir vorhabe, ich verspreche dir, dass es dich fesseln wird. **Also, traust du dich in meine Welt?**

Sin - Reihe
Band 1: The Sweet Sin - Du bedeutest meinen Untergang
Band 2: The Deadly Sin - Du wirst mich zerstören

Klappentext:
Schneewittchen:

Ein Blick in diese Augen und meine ganze Welt geriet ins Wanken. Sie leuchteten in so einem intensiven Grün und doch wohnte Dunkelheit und tiefe Traurigkeit in ihnen. Wieso zog mich dieser mysteriöse Fremde mit seinem düsteren Erscheinen so an? Wieso konnte ich ihn nicht vergessen? Dabei sollte ich es unbedingt, denn mein Leben ist bereits vorherbestimmt – und ein Mann wie er passt niemals in meine Welt.

Blake:

Oh, Schneewittchen, wie konnte ausgerechnet ein unschuldiges Mädchen wie du an einen Mann wie mich geraten? Verstehst du denn nicht, dass ich nichts weiter bin als ein rücksichtsloser Mistkerl? Ich bin nicht der Retter, den du so dringend brauchst. Ich bin nicht der gute Mensch, den du so verzweifelt in mir sehen willst. **Aber du ... du bist mein Untergang.**

Angel-Reihe

Band 1: Lonely Angel - Dunkle Vergangenheit
Band 2: Hopeless Angel - Kein Entkommen
Band 3: Darkest Angel - Sein Besitz

Klappentext:

Man nennt mich Angel. Warum, fragst du dich? Tja, um das herauszufinden, musst du meine Geschichte kennen. Aber bedenke: Nicht jeder, der einen Heiligenschein trägt, gehört automatisch zu den Guten. In meinem Leben dreht sich alles nur um Lust, primitive Begierde, Verlangen und dunkle Geheimnisse, die nie ans Licht kommen dürfen. Liebe oder Gefühle sind mir fremd! In meinem Beruf wären sie mir auch nur im Weg. Doch was tust du, wenn plötzlich nicht nur ein Mann, sondern gleich zwei unglaublich attraktive Männer in dein Leben treten? Deine dir selbst auferlegten Regeln einfach über Bord werfen? Dich an deine Grenzen bringen und Dinge fühlen lassen, die noch nie da waren? Eine Lust in dir wecken, die du nie in dir vermutet hättest? Dabei warst du dir doch so sicher, anders als die anderen zu sein. Besser. Also? Wie steht es um deine Lust? Habe ich sie geweckt? Verlangt es dir nach mehr? Gut! Dann tauche in meine Welt ein und lass dich verführen. Aber gib auf dich acht, denn es gibt keine Garantie, dass sie nicht süchtig macht.

Weitere Bücher von Sam Woods

Sam Woods - The right kind of Darkness

Klappentext:
Du tust so, als wärst du stark, versteckst dich hinter deinem Trotz.

Aber ich durchschaue dich, Tigerlilly. Ich werde dich brechen und ich sehe es in deinem glühenden Blick:

Du wirst mehr davon wollen.

Mehr von mir.

Mehr Schmerz.

Mehr Lust.

Ich muss meine Schwester aus den Fängen dieses Bastards befreien! Aber als ich nass und frierend aus dessen Club stolpere, laufe ich in die Arme eines Fremden. Ich kenne diesen Mann nicht, doch der Orkan in seinen grauen Augen nimmt mich gefangen. Seine Dunkelheit zieht mich an. Und ehe ich mich versehe, bin ich in ihr verloren.

Sam Woods - Save-Me Reihe
Band 1: Save Me, Enemy
Band 2: Save Me, Past

Klappentext:
Emilia
Ich lebte in meiner persönlichen Hölle und dachte immer, es könnte nicht schlimmer kommen. Bis ich entführt wurde. Anstatt jedoch noch tiefer zu fallen, entpuppt sich mein vermeintlicher Entführer als mein Retter. Was passiert, wenn die Frist abgelaufen ist und ich wieder zurück in die Hölle muss? Zurück zum Teufel? Wird er mich tatsächlich davor bewahren, oder bleibt ein Job letzten Endes immer nur ein Job?

Maxim
Er hat meinen Vater bestohlen. Dafür stehle ich jetzt seine Frau und nutze sie als Pfand. Er hat sieben Tage Zeit. Aber was tue ich, wenn diese Frau mir plötzlich so sehr unter die Haut geht wie keine zuvor? Was, wenn ich mehr will, sie aber nur ein Job sein sollte und die Frist schon bald abläuft? Dann muss ich mich entscheiden.

HEARTCRAFT

HEARTCRAFT